les conjurés de florence

paul j. mcauley

les conjurés de florence

roman
traduit de l'anglais
par Olivier Deparis

Denoël

Collection PRÉSENCES
sous la direction de Jacques Chambon

Titre original :
PASQUALE'S ANGEL
(Victor Gollancz, Londres)
ISBN : 0575-05917-6

9, rue du Cherche-Midi, 75006 Paris
ISBN 2.207.24562.4
B 24562.1.

Pour V.

Salai, je veux faire la paix avec toi, pas la guerre. Plus de guerre, je me rends.
Léonard de Vinci, *Carnets.*

PREMIÈRE PARTIE

La Saint-Luc

1

Le matin, peu après l'aube. Le ciel, pour une fois dégagé des fumées vomies par les fonderies et les manufactures, d'un bleu aussi intense que le meilleur outremer à quatre florins l'once. Des hommes qui s'en vont travailler d'un pas tranquille dans la rue des Teinturiers, en tablier de cuir, de longs gants jetés autour du cou, les cheveux tirés en arrière et rentrés sous des casquettes en cuir. Des sabots qui claquent sur les dalles, des cris joyeux, le fracas des rideaux levés pour l'ouverture des échoppes qui jalonnent la rue. Des apprentis qui pendent des écheveaux de laine colorée aux crochets des devantures : rouges, bleus, jaunes, frémissants dans la lumière vive qui tombe en oblique sur les murs bruns et décrépis. Puis un halètement caverneux et rapide comme on lance la machine d'Héron qui, par un système complexe de poulies et de courroies, fait tourner les palettes des cuves de teinture et entraîne la vis d'Archimède qui tire de l'eau du fleuve. Un toussotement, un soupir, un petit nuage de vapeur qui s'élève au-dessus des toits gauchis en terre cuite, le halètement se réduisant à un ronronnement lent et régulier.

Pasquale, qui avait trop bu la veille au soir, s'éveilla en grognant tandis que les vibrations lancinantes de la machine ébranlaient le sol et le lit gigogne, résonnant jusque dans sa colonne vertébrale. L'année précédente, au moment d'une conjoncture difficile – le scandale entraîné par la commande de l'hôpital de Santa Maria Nuova, et le travail, déjà rare, devenu soudain inexistant –, le maître de Pasquale, le peintre Giovanni Battista Rosso, avait loué un atelier au deuxième étage d'une maison haute et étroite, à l'extrémité est de la rue des Teinturiers. Si la première pièce n'était qu'un placard, et la seconde, celle où dormait Pasquale, guère plus qu'un couloir meublé d'un lit, la pièce principale était spacieuse et claire, et offrait une vue agréable sur les jardins des moines franciscains de Santa Croce. Les matins d'hiver, Pasquale s'était attardé au lit à regarder papillonner les ombres que projetaient, sur le plafond de la pièce exiguë, les lanternes des ouvriers qui défilaient en bas dans la rue froide et obscure, et au printemps il avait tourné son lit face à la fenêtre opposée, afin de contempler la danse trépidante des clairs-obscurs distribués par les feuilles des arbres du jardin. Mais depuis le début de l'été, il avait été réveillé dès potron-minet par la machine d'Héron, dont les vibrations se confondaient à présent avec les élancements nauséeux de sa gueule de bois, tandis qu'il tâtonnait sans pouvoir retrouver ses cigarettes.

Le vin avait coulé à flots, le vin et la bière, une nuit pour le coup très arrosée, et puis il y avait eu le tour de garde devant la dépouille de Bernardo : armés de pistolets au cas où les ramasseurs de corps découvriraient la cachette, Pasquale et ses trois compagnons s'étaient abreuvés d'un vin noir et épais sucré comme le miel, gesticulant avec leurs armes que leur joyeuse ivresse rendait plus dangereuses pour eux-mêmes que pour ceux auxquels elles étaient destinées. Pauvre Bernardo, blanc et inerte, le visage comme abîmé dans la lueur de la forêt de cierges qui brûlait à la tête de son cercueil, faisant scintiller les deux florins d'argent qui lui fermaient les yeux, plus qu'il n'en avait jamais eu durant sa brève existence. Âgé de douze ans, benjamin des élèves de Jacopo Pontormo, Bernardo s'était fait renverser par un *vaporetto* ce matin-là, la poitrine brisée par le fer de la roue, et sa vie du même coup. Mauvais présage au demeurant, car il était mort le dix-sept octobre, veille de la fête de saint Luc, patron de la confrérie des artistes de la cité.

D'autres bruits qui montent, se diffusant par la fenêtre ouverte. La canonnade automatique qui signale l'ouverture des portes de la cité, les explosions arrivant les unes après les autres selon la loi de la propagation des ondes dans l'air, d'abord proches et puissantes, puis plus lointaines et plus faibles. Le crépitement des roues de bois d'un vélocipède sur les pavés, son conducteur sifflant allégrement. Des femmes, qui s'interpellent d'un côté à l'autre de la rue étroite, les futilités du commencement de la journée. Puis les cloches des églises, en tous lieux, qui sonnent la première messe ; et le tintement lent et lourd de Santa Croce de se mêler aux battements de la machine d'Héron, l'air de monter et de retomber à mesure que les deux rythmes s'entrecroisent.

Après une ultime et vaine tentative pour mettre la main sur ses cigarettes, Pasquale grogna et, se redressant, s'aperçut qu'il était tout habillé. Il avait l'étrange impression qu'un chirurgien l'avait vidé de son sang pendant la nuit. Le macaque de Rosso était assis sur le large appui de la fenêtre au pied du lit, le regardant de ses yeux bruns et humides en tripotant du plâtre desséché de ses longs et souples orteils. Lorsqu'il vit que Pasquale ne dormait plus, il s'empara de sa couverture et s'enfuit par la fenêtre en hurlant, ravi du bon tour qu'il venait de jouer.

Au bout d'un moment s'éleva un cri humain. Pasquale passa la tête à la fenêtre pour savoir de quoi il retournait. Cette fenêtre-là donnait sur les jardins verdoyants de Santa Croce, et le jeune moine qui en avait la charge s'agitait en bas dans la large allée de gravier blanc, brandissant un sac vide à la manière d'un drapeau.

« Veux-tu rappeler ton animal de malheur ! » cria le moine.

Pasquale regarda de chaque côté de la fenêtre : le singe avait disparu. « Il est déjà rentré, rétorqua-t-il. Vous devriez en faire autant, mon frère. Vous êtes là pour prier, pas pour réveiller les innocentes gens.

– N'empêche qu'il en voulait à mes raisins ! » protesta le moine. Le visage rubicond, c'était un homme jeune et gras dont les cheveux bruns et huileux se dressaient tout autour de la tonsure. Il ajouta : « Quant à l'innocence, nul homme n'est innocent, sauf aux yeux de Dieu. Et toi le dernier : avec tes chants païens d'ivrogne, tu m'as réveillé cette nuit.

– Eh bien ! vous n'avez qu'à prier pour moi », lança Pasquale avant de se retirer de la fenêtre. Il ne se revoyait même pas rentrer chez lui, encore moins chanter.

Le moine continuait de crier, la voix muant sous la colère comme souvent chez les gros hommes. Je vais m'en occuper, de tes raisins, décida Pasquale en allumant une cigarette de ses doigts tremblants. La première bouffée était décisive, l'astuce consistant à ne pas inhaler à fond. Pasquale avala prudemment un peu de fraîche fumée verte, puis davantage quand il lui sembla qu'il n'allait pas rendre le contenu de son estomac. Assis sur son lit défait, il termina sa cigarette en pensant aux anges, ainsi qu'au doux visage endormi de Bernardo. Les parents du malheureux devaient tenter de le faire sortir clandestinement de la cité aujourd'hui, pour le ramener à Pratolino, hors de la juridiction des ramasseurs de corps.

Pasquale versa de l'eau dans une cuvette et s'en aspergea le visage. Ramenant en arrière les boucles de ses cheveux mouillés, il entra dans la pièce principale de l'atelier et trouva son maître déjà au travail.

Cela faisait tout juste deux semaines que Rosso et Pasquale avaient blanchi les murs et le sol de la vaste pièce à la chaux, et même à cette heure matinale, il y régnait une lumière éclatante. Le singe était blotti dans le fauteuil de brocart, enroulé dans sa couverture ; il ronflait avec bonheur, et c'est à peine s'il remua lorsque Pasquale s'avança mollement et que Rosso s'esclaffa devant l'allure débraillée de son élève.

Rosso travaillait près de la grande fenêtre qui donnait sur la rue, les volets largement ouverts. Il se servait d'une plume pour retirer du fusain de l'esquisse tracée sur la toile qui, apprêtée, enduite d'huile, de blanc de céruse et de colle, était restée debout contre un mur pendant plus de trois semaines et reposait à présent sur la table à ouvrage. Il était nu-pieds et ne portait que son tablier vert, lâchement noué à la taille et qui lui tombait juste au-dessus des genoux. Un grand gaillard à la peau blême, avec une tignasse rousse hérissée comme un porc-épic, un nez en lame de couteau, et une bouche mobile aux lèvres exsangues. Une traînée de fusain s'étalait sur son front.

Pasquale tira une grosse plume d'oie de l'attirail amassé sur la table et mit la main à la pâte.

« Comment allons-nous ce matin ? s'enquit Rosso. Ferdinand t'a-t-il réveillé comme je le lui avais demandé ? Et ce bon moine, pourquoi criait-il ainsi ? »

Ferdinand était le nom du macaque, en mémoire de l'impopulaire roi d'Espagne.

« Il a attendu que j'aie cessé de dormir pour me prendre la couverture. Et s'il l'a fait, c'est parce qu'il aime mon odeur, pas parce que vous le lui avez demandé. On l'enchaînerait cent ans dans le désert d'Arabie qu'on ne pourrait le convaincre de boire un verre d'eau. Quant au moine, c'est un esprit jaloux. À propos, vous aimez les raisins ? J'ai une idée pour faire crier notre ami à s'en rompre les poumons.

– Tu dresserais Ferdinand à lui voler ses raisins ? Si tu y arrives, je veux bien croire que tu sais lui parler avec tes doigts. »

D'un vif revers de la main, Pasquale balaya la poussière de fusain qui s'était accumulée au bas de la toile. Le tracé de l'esquisse devait être effacé en presque totalité, sous la menace de transparaître, ou pire encore, de baver sur les huiles.

« Maître, pourquoi faites-vous cela maintenant ? Ne devez-vous pas vous préparer pour sortir ?

– Laisse-moi souffler, je viens tout juste de rentrer.

– De chez votre giton, je présume.

– Ça, protesta Rosso, c'est mon affaire. D'autre part, ce

n'est pas parce que tu n'as pas réussi à persuader Pelashil de te redonner de son poison qu'il faut t'en prendre à moi.

– Pelashil ? Vous en êtes sûr ? »

Pasquale se souvenait pourtant qu'il avait parlé avec elle, un échange quelque peu animé, lui la harcelant tant et plus pour goûter de nouveau au *híkuri*, et elle lui opposant qu'un homme soûl ne serait que dérouté par ses effets hallucinatoires, ce qui ne l'avait pas empêchée d'aller lui donner un baiser par la suite, devant tout le monde, et de lui proposer de revenir la voir quand il aurait retrouvé ses esprits. Pasquale poussa un soupir, mi-satisfait, mi-coupable. Pelashil était la servante de Piero di Cosimo, une sauvage ramenée des rives accueillantes du Nouveau Monde et qu'on tenait communément pour son épouse de droit coutumier. Elle avait deux fois l'âge de Pasquale, une peau brune et de larges hanches, mais ce que le jeune homme recherchait en elle, c'était la gageure de soutenir son intérêt assez longtemps pour la faire sourire. Elle ne supportait pas les platitudes, et si la conversation l'ennuyait elle s'en allait. Ses silences étaient longs, moins boudeurs que méditatifs ; son brusque et flamboyant sourire, trop rare. Curieusement, ce que Pasquale prenait au sérieux, le rêve euphorique que lui avait donné le *híkuri*, ce sentiment de s'enfoncer dans l'entrelacs du monde, Pelashil maintenait que ce n'était que de l'amusement. Elle refusait même de l'écouter lorsqu'il essayait de lui dire ce qu'il avait vu après avoir mâché le bouton gris-vert racorni, d'une amertume écœurante, qu'elle lui avait donné dans la chaleur de sa chambrette aux peintures éclatantes.

Rosso, qui comprenait son élève, gloussa en faisant des cornes de cocu sur son front. « Tu n'as pas honte, Pasqualino ? Abuser ainsi d'un pauvre vieux fou !

– Et si j'avais envie de suivre ses traces, et de voir le Nouveau Monde par moi-même ? Nous pourrions y aller, maître, vous et moi. Ce serait l'occasion d'un nouveau départ.

– Je ne t'obligerai pas à terminer ton engagement si tu veux t'en aller, déclara Rosso. Dieu sait que tu as appris tout ce que je pouvais t'apporter. Vas-y si tu en as envie, mais ne brise pas le cœur d'un vieil homme en lui volant sa servante. Les vieux ont besoin de la chaleur des femmes.

– Songez à la lumière, maître, et à la vie de roi qu'on peut mener avec l'argent que vous donnez pour cet atelier.

– Au milieu des sauvages ? Tu parles d'une vie de roi !

– Je sais bien ce que vous allez me dire, se résigna Pasquale. Que vous avez votre réputation ici. N'en parlons plus. Vous devriez aller vous habiller pour la procession.

– Nous avons tout le temps. » Rosso se recula pour jeter un œil critique sur son esquisse ; elle représentait le Christ après la descente de croix, les yeux baissés sur son corps tragiquement replié dans les bras délicats de ses disciples.

« Qu'a-t-elle de si urgent, cette toile ?

– Si je ne l'ai pas livrée dans deux semaines, j'écoperai d'une amende. C'est prévu dans le contrat.

– Ce ne serait pas la première fois. Et nous avons aussi le mur de l'artificier à terminer. »

Rosso avait accepté de peindre des motifs sur un mur que l'on venait d'enduire de mortier, dans le cadre d'une illumination commandée à un artificier pour étonner et divertir le pape. Autrefois, les spectacles destinés à fêter la visite d'un prince étranger auraient été en entier réglés par des artistes ; aujourd'hui, ces derniers étaient réduits à seconder les desseins et fantaisies des artificiers.

« Nous nous occuperons du mur dès demain. En ce moment, je ne peux me permettre de perdre aucune commande. Nous en sommes presque à demander la moitié de son manteau à saint Martin. Tu sais, si ma toile plaît au Signor di Piombino, il se peut qu'il nous confie son oratoire particulier. Qu'en dis-tu, Pasqualino ? Cela pourrait me permettre d'engager d'autres élèves.

– Dans ce cas, il faudra vous trouver un autre lit. Le mien

est trop étroit pour deux, et il est tellement défoncé que j'ai la sensation d'y être enterré vif.

– Il est aussi large que le permet la pièce. » Puis, soudain exaspéré : « Oh ! À quoi bon d'autres élèves, à la fin ! » Son humeur venait de changer, comme c'était si souvent le cas à cette époque. Pasquale savait que son maître ne s'était pas remis de sa mésaventure avec le régent de l'hôpital, qui, ayant vu des démons au lieu de saints sur le carton d'une œuvre qu'il lui avait commandée, clamait à qui voulait l'entendre qu'on l'avait floué. « Je te laisserai peut-être faire l'oratoire tout seul, Pasqualino. Mais j'ai envie de peindre cette toile, quand même. Il est temps qu'elle soit terminée. Et le panneau que tu prépares, quand comptes-tu t'y mettre ? Pour la toile, ne t'en fais pas, ce sera vite réglé. Nous allons commencer par un dégradé horizontal, côté droit plus clair que le gauche. Au fait, j'ai vendu l'une de tes estampes. »

Pasquale avait dégoté un morceau de pain de la veille. Mâchant avec effort, il bafouilla : « Laquelle ?

– Tu sais, de celles qu'achètent les femmes, de celles qu'elles n'osent jamais trop demander directement. C'était une jolie femme, Pasquale, et tu l'aurais vue s'escrimer à me faire comprendre ce qu'elle voulait ! Sans mentir, elle était rouge jusqu'au blanc des yeux. Mets donc un peu d'huile sur ton pain, si toutefois tu arrives à manger après tout ce que tu as bu. Tu ne vas pas vomir, au moins ?… »

Pasquale avait fait un certain nombre d'études pour ce genre d'estampes – les « raidisseuses », comme on les appelait dans le métier. Il avait pris pour modèle l'une des filles de la mère Lucia, une putain compréhensive qui acceptait de poser contre quelques pièces et pouvait rester immobile durant plus d'une heure sans se plaindre. « Mais quelle estampe, au juste ? demanda-t-il. Combien en avez-vous tiré ?

– Une ancienne, répondit négligemment Rosso. Hardie à souhait, avec des membres virils qui se promènent un peu partout.

– Celle-là ? On me l'a copiée au printemps.

– Je sais. D'ailleurs, la copie est meilleure que l'original : la scène de l'homme qui tient la verge et les parties au bout de son pieu est bien plus enlevée. Toujours est-il que notre cliente effarouchée voulait un exemplaire de l'artiste lui-même. Je suppose qu'il faut le prendre comme un compliment.

– Qu'à cela ne tienne, j'en ferai une autre. » Pasquale essuya ses mains huileuses avec un morceau d'étoffe, puis, reprenant sa plume d'oie noircie : « Vous comptez vraiment utiliser cette esquisse, ou bien voulez-vous tout recommencer ?

– Oh, ce que j'ai fait me paraît encourageant. En revanche, je n'aime pas la position des deux personnages qui portent les jambes. Je vais peut-être les reculer un peu.

– Vous perdrez la ligne de leurs bras, c'est inévitable. De plus, quand on porte une lourde charge, on garde les bras collés aux flancs. Il faut donc qu'ils restent près du corps.

– Voilà bien mon élève, à donner des leçons à son maître.

– Et ma prime, pour l'estampe ?

– Ça, c'est déjà dépensé. Ne me fais pas ces yeux-là, Pasqualino. Il faut bien payer son coucher.

– Hier, vous disiez que le loyer pouvait attendre.

– Mais je ne parle pas de l'atelier, lâcha Rosso avec un clin d'œil.

– Quel giton était-ce encore, cette nuit ? Le Prussien balafré ? »

Rosso haussa les épaules.

« Vous savez pourtant que c'est un voleur.

– Tu ne comprends rien, Pasqualino. Un vieil homme trouve de l'amour où il le peut. Est-ce ta gueule de bois qui te rend méchant ? »

Rosso avait vingt-quatre ans, seulement six de plus que son élève.

Pasquale gratta le singe derrière les oreilles ; l'animal remua, puis poussa un soupir d'aise. « Nous devrions nous préparer pour la procession, fit Pasquale.

– Il nous reste de longues heures devant nous.

– Je vous rappelle que nous avons promis d'aller chercher les bannières chez Maître Andrea. Dites, maître... vous croyez qu'il sera là ?

– Le contraire serait très grossier de sa part. »

Raphaël. Ils n'avaient pas besoin de le nommer. On ne parlait que de lui depuis les trois jours qu'il était arrivé de Rome en avant de son maître, le pape Léon X.

« En tout cas, poursuivit Rosso, il faut que je m'habille convenablement, et je n'ai pas encore bien fait mon choix...

– Voilà qui va me laisser du temps pour tenter une petite expérience avec ce singe. »

Ils arrivèrent en retard, comme de bien entendu. Rosso était célèbre pour son manque de ponctualité. Au lieu de s'habiller, il avait paressé en tablier de travail, à contempler son esquisse d'un air chagrin, puis il s'était mis à croquer Pasquale au crayon rouge pendant que celui-ci dressait le singe à grimper à la corde – entreprise moins aisée qu'il n'y paraissait, les macaques faisant de piètres grimpeurs, surtout quand il s'agit d'utiliser des cordes. Rosso avait par ailleurs persisté dans son humeur capricieuse, peu disposé à partir et néanmoins incapable de rester en place. Lorsqu'il s'était enfin résolu à enfiler quelques vêtements, lui et Pasquale avaient dû cavaler à travers les rues pour rejoindre l'atelier d'Andrea del Sarto, sans pour autant réussir à rattraper leur retard.

Maître Andrea était en rogne à cause d'une affaire concernant sa nouvelle épouse. Ses élèves traînaient devant la façade de l'atelier, où des bannières processionnelles en berne étaient posées contre le mur. La voix furieuse de leur maître montait et retombait d'une fenêtre ouverte au-dessus de leurs têtes. Dans une joviale atmosphère de vacances, parés de leurs plus beaux atours, les élèves faisaient circuler une épaisse cigarette de marijuana et dévoraient à belles dents les raisins charnus et juteux de Colombano que Pasquale et Rosso avaient apportés avec eux, et tous riaient en écoutant l'aventure que Pasquale avait à raconter. Une brûlure de corde était là pour appuyer ses dires ; à un moment donné de sa descente, le singe s'était affolé et avait manqué de lui arracher la corde des mains. D'autres maîtres et élèves ne tardèrent pas à venir grossir le nombre ; cette rue abritait une dizaine d'ateliers de peintre, répartis parmi les échoppes des orfèvres et des tailleurs de pierre. Quelqu'un avait apporté une gourde de vin, et on la fit circuler avec le reste.

Maître Andrea finit par apparaître, un homme imposant vêtu de velours noir, ceinturé de fil d'or tressé. Il avait le visage pommelé, et ses mains tremblaient comme il lissait ses longs cheveux en arrière : on eût dit une abeille en colère, sortie de son trou pour chasser des intrus. C'était en fait un brave homme, doublé d'un bon professeur – Rosso avait été son élève, de même que Pasquale, de manière indirecte –, mais il avait tendance à s'emporter facilement, et sa nouvelle épouse, jeune et belle, lui inspirait des crises de jalousie phénoménales.

Rosso prit son ancien maître par le bras pour discuter avec lui, tandis que le groupe se dirigeait vers la Piazza della Signoria, Pasquale, bannière à l'épaule, suivant parmi les autres élèves. Il se sentait mal ficelé, ayant gardé sur lui sa tenue de la veille – non qu'il eût vraiment mieux à se mettre, les choses étant ce qu'elles étaient, mais s'il avait été moins soûl, il aurait pu retirer son pourpoint, ses chausses et sa tunique, pour les étendre sous son matelas avant d'aller se coucher. Il avait tout de même pensé à se décrasser le visage et les mains, et à s'enduire les paumes d'une eau de rose empruntée à Rosso. Il avait brossé ses cheveux bouclés jusqu'à les faire briller, et Rosso y avait mis un serre-tête, appelant Pasquale son petit prince des sauvages pour le taquiner.

La troupe recueillit d'autres peintres avec aides et élèves au fil des rues, si bien qu'en arrivant à la Piazza della Signoria, elle comptait une cinquantaine d'hommes. Il en attendait déjà autant devant la Loggia, sous le commandement de Michel-Ange Buonarroti, qui les dominait tous par la seule force de sa personnalité et arborait une tunique blanche presque aussi longue qu'une toge – pour cacher ses genoux cagneux, selon Rosso, qui ajouta qu'il ne lui manquait que la foudre pour égaler Jupiter.

Raphaël et les siens n'étaient pas là.

Les musiciens de l'orchestre commencèrent à tirer des notes de leurs chalumeaux, saquebutes et *viole da braccio*. Les bannières se déployèrent, aux éclats d'or et d'outremer, comme des fleurs s'ouvrant d'un coup dans un coin de l'enceinte pierreuse de la place. À l'exemple des autres élèves, Pasquale coinça la hampe de sa bannière dans le repli du harnais de cuir qu'il avait enfilé ; malgré tout, il eut bientôt les épaules endolories par le vent qui tirait la lourde bannière dans tous les sens.

Rares étaient les badauds qui s'attardaient. La confrérie avait perdu de son importance, et elle ne représentait là qu'un petit groupe insignifiant, écrasé par l'immense estrade que les ouvriers dressaient à coups de marteau devant le Palazzo, en vue de l'arrivée imminente du pape.

Les marteaux ne se turent même pas quand fut donnée la bénédiction depuis le perron de la Loggia. Entre cela, les aboiements des compagnies de la milice citadine qui sillonnaient le vaste échiquier de la place, et le bruit du sémaphore qui surmontait le Palazzo della Signoria, dont les bras claquaient et tournoyaient en un ballet cinétique, c'est tout juste si l'on put entendre la voix frêle du vieux secrétaire des Dix prononcer le discours annuel. Le prêtre jeta de l'eau bénite vers l'assemblée de peintres alors même que le secrétaire était reconduit par ses suivants, à une vitesse qui pouvait passer pour intempestive. Le prêtre marmonna une prière, dessina une croix dans l'air, et c'en fut terminé.

La procession s'ébranla, se resserrant en une ligne inégale comme on se bousculait pour se mettre en position. Peu à peu, elle se déroula et sortit de la place, à travers l'ombre de la

Grande Tour. Carrée, parsemée de fenêtres étroites et de balcons, des plates-formes et des mâchicoulis accrochés à sa pierre lisse comme des nids d'hirondelle à une cheminée, la tour s'élevait si haut dans le ciel qu'avec le mouvement des nuages, elle semblait n'en plus finir de s'affaisser. Elle délimitait le coin nord-ouest des collèges, laboratoires, apothicaireries, salles de chirurgie, de dissection et autres ateliers de la nouvelle université qui avait remplacé tout un quartier de rues tortueuses où travaillaient autrefois les orfèvres, polypier de toits rouges et de colonnades et terrasses blanches en entier dominé par son architecte, le Grand Ingénieur lui-même, qui, niché dans sa Grande Tour à des centaines de *braccia* au-dessus de la populace, regardait peut-être en cet instant la procession s'égrener comme un chapelet de fourmis au pied de son aire vers le Ponte Vecchio. Il fallut marcher en file indienne pour laisser passer le flot tonitruant des voitures, des chariots et des *vaporetti*, avant de bifurquer sur la large promenade qui côtoyait le fleuve.

Pasquale, agrippé à la hampe d'une bannière qui représentait saint Luc, le visage doux et la barbe blanche, peignant l'un de ses portraits de la Vierge (il y en avait trois, désormais à Rome, à Lorette et à Bologne), marchait en gardant un œil sur le fleuve. Il aimait voir passer les bateaux : les petites barges qui jouaient les chevaux de trait du système de transport fluvial, les bacs à aubes, les gros long-courriers *maonas*, et, de temps à autre, un navire de guerre qu'une mission avait entraîné loin des chantiers navals de Livourne, rôdant avec son hélice comme un élégant léopard au milieu de chats domestiques.

Des rayons de soleil trouèrent les nuages ; les bannières s'embrasèrent. Les musiciens marquèrent le rythme et chacun y ajusta son pas. Reprenant enfin du poil de la bête, Pasquale oublia sa migraine et son estomac contrarié, où le pain et l'huile faisaient un poids malencontreux, oublia ses bras courbatus par sa lourde bannière. Les goélands, qui suivaient le Grand Canal vers l'intérieur des terres, formaient des flocons blancs et bruyants au-dessus des chenaux du fleuve. Des cris, des cris lointains. Pasquale se voyait en rêve ramenant sa Pelashil aux yeux de biche et à la peau brune dans son pays natal : le Nouveau Monde, avec ses pyramides blanches en gradins qui miroitaient comme du sel au milieu des palmiers, ses fruits innombrables qui ne demandaient qu'à être cueillis pour fondre dans la bouche, et ses volées de perroquets qui filaient comme les flèches des arcs d'une armée.

Le fleuve était divisé en chenaux ; le plus proche de la rive renvoyait des couleurs étranges qui s'entremêlaient en spirales onctueuses : les teintureries et les industries chimiques déversaient des flots divers qui, au contraire des pigments, ne se confondaient pas en un mélange brunâtre, mais produisaient des combinaisons nouvelles et insolites, des réactions chimiques émaillant la surface de dessins délicats comme si l'eau s'était éveillée à la vie. Tout le long du chenal principal s'échelonnaient des moulins depuis les piles des ponts, qui battaient et brassaient l'eau de leurs roues hydrauliques en faisant claquer leurs engrenages avec fracas. La plupart alimentaient des métiers à tisser, s'efforçant de rivaliser avec les machines automatiques modernes des manufactures de la rive opposée. La nuit venue, certains propriétaires prenaient le mors aux dents et coupaient les amarres de leurs concurrents, dans le but de se hisser en amont pour profiter d'un courant plus puissant. On entendait parfois des coups de pistolet se répondre au fil de l'eau. Le journaliste et dramaturge Niccolò Machiavel s'était un jour illustré en faisant observer que la guerre n'était que de la concurrence commerciale poussée à l'extrême ; c'était le cas ici.

Au Ponte alla Grazie la procession se détourna du fleuve, s'enfonçant dans un dédale de petites rues au milieu d'immeubles revêtus de tendre *pietra serena* grise, souillée de traînées noires par les impuretés de la pluie et qui s'effritait sous l'action de l'air vicié et des fumées crachées par les manufactures. Au niveau de la rue, échoppes et *bottegas* avaient ouvert leur rideau pour la journée, et les employés sortaient pour saluer le passage du cortège. Leurs acclamations allaient surtout à Michel-Ange, qui ouvrait fièrement la marche et dont les vêtements blancs tranchaient avec les tons noirs et marron des autres maîtres. Florence aimait ses fils qui avaient réussi, tout particulièrement si c'étaient des prodigues. Mieux encore, Michel-Ange était revenu à cause d'une violente dispute avec le pape concernant le tombeau du prédécesseur de ce dernier. Les Florentins considéraient qu'il avait défendu leur honneur contre les intérêts de leur vieil ennemi ; ce n'était pas pour rien si son œuvre la plus célèbre était la statue de David, le tueur du géant.

Enfin la procession arriva devant la modeste église de Sant'Ambrogio, dans le quartier où travaillaient la plupart des peintres. Avant que la confrérie n'eût rompu ses liens avec la Compagnie de Saint-Luc et ses médecins et apothicaires, qui du reste avaient longtemps comblé le déficit de leurs camarades artistes désargentés, l'office était célébré parmi les marbres et les bronzes de l'église de Sant'Egidio, dans l'enceinte de l'hôpital de Santa Maria Nuova ; plus maintenant.

Une pluie fine s'était mise à tomber. Les tambours accompagnèrent la procession qui s'engouffrait par l'étroit portail de la petite église aux murs de plâtre et aux chevrons enténébrés, derrière le bruit des machines alternatives de la manufacture d'en face.

Raphaël n'était pas là non plus.

2

La messe touchait à sa fin lorsque Raphaël se décida à faire son apparition. Il entra superbement à la tête d'un troupeau d'aides et d'élèves, et le remue-ménage à la porte de la petite église attira tous les regards. Les flâneurs du fond, qui n'avaient cessé de bavarder depuis le début de l'office à la manière désinvolte des Florentins, l'église n'étant, hormis ses autels et ses chapelles, qu'un lieu public aussi séculier qu'un autre, restaient bouche bée en se poussant du coude. Les maîtres et les élèves de l'assemblée jetaient de furtifs coups d'œil derrière eux, tous excepté Michel-Ange, qui se tenait raide au bout du premier rang de sièges, dans la même attitude qu'il avait affichée tout au long de la messe (attitude dans laquelle Pasquale l'avait subrepticement croqué), sans daigner se retourner vers son rival et lui donner ainsi la satisfaction d'une attention. Même le prêtre s'interrompit quelques instants, avant de reprendre la consécration de l'hostie à grand renfort de clochettes. Tandis que Raphaël et les siens retiraient leurs capes de pluie pour révéler d'élégantes tuniques noires taillées à la machine, avec pourpoints et jambières assortis, le sextuor asthmatique entonna l'*Agnus Dei*, le vieux castrat commençant en retard d'un demi-temps, et tous les membres ou presque de l'assemblée se mirent à se chuchoter à l'oreille.

Rosso donna un coup de coude à Pasquale et lui souffla dans un soupir théâtral : « Le second élu de Dieu nous bénit. »

Pasquale ne pouvait s'empêcher de tourner la tête pour dévisager le grand peintre. Ce dernier était tranquillement installé parmi ses disciples, dont certains auraient été des maîtres à part entière s'ils n'avaient choisi d'entrer à son service. Mais comment résister ? Raphaël était mieux payé que tous les artistes de Rome ou de la République florentine, et donc mieux que tous ceux de l'Europe et du Nouveau Monde. Comme Michel-Ange, il avait pris le nouvel âge à cœur, et ces temps d'individualisme le lui avaient bien rendu. Il acceptait les commandes selon son bon plaisir, et sa notoriété amenait les riches, les nobles autant que les bourgeois, à s'arracher ses œuvres à prix d'or, tandis que les pauvres s'en procuraient des gravures sous le manteau pour décorer leurs maisons. Nul autre artiste ne jouissait d'un tel prestige. Si Michel-Ange n'en faisait qu'à sa tête, ce qui lui valait bien souvent de se brouiller avec ses clients, Raphaël savait pour sa part veiller à la satisfaction des siens tout en travaillant comme il l'entendait.

« Il est revenu à ses racines pour s'assurer qu'elles sont aussi mauvaises que dans ses souvenirs, ajouta Rosso.

– Il a payé son florin », rétorqua Pasquale, qui voulait dire que Raphaël avait le droit d'entendre la messe avec la Confrérie des Artistes Florentins pour la fête de leur saint patron, puisqu'il avait signé le Livre Rouge et versé sa cotisation. Ravi d'avoir enfin aperçu Raphaël, Pasquale se sentait à présent le devoir de prendre sa défense.

« C'est bien le seul ici », fit Rosso, ce qui n'était pas loin de la vérité.

Le Livre Rouge de la confrérie enregistrait plus de débiteurs envers saint Luc que de créanciers, car peu d'artistes consentaient à se défaire d'un lourd florin pour être reconnus maîtres au sein d'une guilde qui avait mangé son pain blanc, tandis que ceux comme Raphaël Sanzio di Urbino ou Michel-Ange Buonarroti n'avaient besoin d'aucune association pour défendre leurs intérêts. Pasquale avait entendu Maître Andrea grommeler, alors que la procession filtrait à travers le portail de l'église, qu'ils valaient moins désormais que la guilde des chasseurs de rats, qu'autrefois la rue entière où se dressait cette petite église de Sant'Ambrogio était envahie par une foule d'artistes pleins d'entrain, tous accourus pour voir un seul tableau quitter l'atelier de Cimabue – qu'était donc devenue cette ardeur ?

Les bannières processionnelles continuaient cependant de briller, malgré leurs étoffes rapiécées et défraîchies, vieilles du siècle dernier. Et même dans cette petite église abondaient les témoignages de l'âge d'or, dont le chant pictural s'adressait directement à Dieu. Il y avait une fresque écaillée de l'Annonciation au premier autel, et, mieux conservée, une autre magnifique de la Madone sur son trône céleste, en compagnie de saint Jean-Baptiste et de saint Barthélemy. Ce thème se retrouvait au troisième autel, où cette fois la Vierge était représentée dans sa gloire au milieu d'un chœur de saints. La feuille d'or des fresques chatoyait à la lueur des cierges, donnant l'illusion que l'église était plus grande qu'elle ne l'était vraiment, comme un lac qui miroite entre les arbres prend l'apparence d'une mer.

Pasquale s'était arrangé pour s'asseoir aussi près que possible du plus bel ornement de l'église. Situé dans une niche entre le deuxième et le troisième autel, il s'agissait d'un petit médaillon de l'Annonciation peint par Lippi à l'âge d'or, avant l'essor des artificiers. Durant le plus clair de la messe, qui consistait en une grande cérémonie financée par souscription de chacun des maîtres, débiteurs et créanciers confondus (Rosso s'était fortement plaint de cette imposition), Pasquale avait contemplé cette petite ouverture vers un autre monde, un monde de couleurs vives et de lignes pures. La grave acceptation de la Madone à sa fenêtre, son visage et son attitude exprimant la quatrième des cinq glorieuses vertus de la Vierge, à savoir l'*Humiliatio* ; le trait d'or qui reliait la colombe du Saint-Esprit à son sein ; et l'ange Gabriel, agenouillé dans le jardin parmi les fleurs printanières. L'ange, surtout. Pasquale avait fait des anges l'objet de sa quête. N'eût été ses ailes (qui, malgré l'or de leurs nervures, s'inspiraient très nettement de celles du pigeon ; Pasquale avait vu une autre Annonciation de Fra Lippi où les ailes de l'ange avaient les plumes ocellées du paon), celui-ci aurait pu être n'importe quel jouvenceau de grande maison du temps de Laurent le Malheureux. Âgé de quatorze ou quinze ans, il avait la peau blême, un long visage émerveillé, des yeux bleus aux longs cils, et portait le costume d'apparat propre au raffinement de l'époque. Dépouillé de son exotisme superficiel, il aurait pu passer pour un diacre ou pour un page. Ce qui retenait l'attention de Pasquale, ce qu'il avait par deux fois tenté de fixer sur un morceau de papier, c'était l'expression de l'ange. Elle était remplie de bienveillance, partagée entre la douloureuse perspective du fardeau que le divin enfant devrait porter, et la joie de voir cette union du ciel et de la terre enfin incarnée.

Du moins était-ce ainsi qu'il fallait l'interpréter, selon Pasquale. Mais comment saisir les véritables sentiments d'une créature à la fois supérieure à l'homme (car seuls les plus bénis des saints se tenaient aussi proches de Dieu) et inférieure (car en dépit de son autorité sur les myriades d'anges secondaires, Gabriel n'était finalement rien de plus qu'un messager, un intermédiaire qui transmettait le Verbe de Dieu aux hommes sans être le Verbe en soi, mais son simple vaisseau : les anges ne choisissaient pas de servir, puisque ne pas servir c'était déchoir) ? Cette question n'avait cessé de le tourmenter depuis le jour où l'idée de son chef-d'œuvre s'était formée dans son esprit. Piero di Cosimo, que Pasquale aimait à considérer comme son maître secret, lui avait dit dans l'un de ses rares moments de lucidité que s'il voulait peindre, il devait le faire avec sincérité, mais comment se montrer sincère avec quelque chose qui dépassait l'entendement humain ? Comment peindre le visage d'un ange ?

Fra Lippi, comme la plupart des peintres de l'âge d'or, avait résolu ce problème en représentant son ange sous les traits d'un courtisan merveilleux. D'ailleurs, la plupart des peintres florentins, à un moment donné de leur carrière, avaient signé au moins une Annonciation, thème populaire étant donné que la fête qui lui était consacrée tombait le même jour que celle du nouvel an, c'est-à-dire le vingt-cinq mars. Toutefois, l'âge d'or était révolu, aussi bouleversé par les inventions des artificiers que la réalité elle-même. Les temps modernes étaient arrivés, et réclamaient du génie sinon rien. Dans sa jeunesse, Raphaël avait peint des anges sous la forme d'idéalisations, recherchant moins le meilleur ou le plus beau des courtisans que le courtisan idéal des conversations imaginaires de Castiglione. On disait que lorsqu'il peignait, Raphaël rendait non seulement les nuances du visage de son modèle, mais aussi ses pensées et sa personnalité mêmes. Cependant, il n'avait plus peint d'anges depuis son apprentissage, sauf pour sa représentation de saint Pierre délivré de prison, et encore, en grisaille. Si le plus grand peintre du monde se dérobait à la tâche, comment Pasquale pouvait-il relever le défi qu'il s'était lancé ?

Or, tout pourvu qu'il était de sa vision et du petit panneau ruineux qu'il avait préparé avec un soin infini, Pasquale n'avait pas apporté le moindre coup de pinceau à la réalisation de son projet. Il avait ou croyait avoir entrevu plus que la simple beauté ou même que la beauté idéale, mais il ignorait par où commencer pour exprimer ce qui lui avait été dévolu. Tout ce qu'il savait, c'était qu'y faillir revenait à faillir à son devoir, et il avait la conviction que s'il parvenait seulement à se confier à Raphaël, le grand peintre comprendrait.

Le malheureux Piero di Cosimo, rendu fou par la drogue, avec ses histoires de créatures appartenant à des mondes intercalés, était plus perspicace que la plupart, mais malgré toutes ses aventures sur les rives lointaines du Nouveau Monde, ses conceptions étaient celles de l'ancien monde ; il n'avait pas totalement échappé à son instruction. Quant à Rosso, Pasquale lui avait à peine parlé du sujet de son œuvre, encore moins de sa vision. Rosso était un maître du problème technique, de la perspective et du modelé, des décisions rapides qu'exigeait la peinture des panneaux *a tempera* et des retouches délicates que permettaient les nouvelles formules hollandaises et prussiennes de couleurs à l'huile, mais bien que ce fût un brave homme et un maître généreux, il était de plus en plus aigri par son sort, et moins large d'esprit qu'il ne le prétendait. Les artistes étaient d'abord et avant tout des artisans, comme il ne se lassait de le répéter.

Les clochettes tintèrent pour l'élévation de l'hostie ; à la suite des maîtres de la confrérie (Rosso, qui avait oublié d'aller à confesse, dut rester à sa place), Pasquale et les autres élèves s'alignèrent devant la table de communion pour recevoir la gorgée de vin rouge sang, ainsi que la fine rondelle de chair transsubstantiée. Lorsque Pasquale se releva, l'hostie fondant sur sa langue et adoucissant le goût ferrugineux du vin, il remarqua que Raphaël était humblement agenouillé au bout de la rangée, démocratiquement mêlé à ses disciples comme s'il appartenait au commun des mortels.

La communion terminée, les rites de conclusion célébrés et le renvoi prononcé, l'assemblée commença à se replier vers le fond de l'église, rejoignant les curieux ainsi que les simples citoyens qui attendaient la messe ordinaire de midi, censée débuter dès la fin de celle-ci. Les élèves ramassaient à présent leurs bannières. Lorsqu'il eut roulé la sienne, Pasquale pria l'un des élèves de Maître Andrea de la rapporter pour lui ; il avait repéré Raphaël qui descendait l'allée centrale, en conversation avec quelques-uns des maîtres.

L'élève en question, un joyeux luron du nom d'Andrea Squazella, lui dit : « Puisque Dieu voit tomber le moineau, je suppose que Raphaël t'accordera bien un regard. Mais il ne verra jamais qu'un moineau.

– Je ne vaux pas mieux, peut-être ?

– Je connais ton ambition, mais pour ce qui est de ton talent… »

Au passage de Raphaël, Andrea empoigna Pasquale et feignit de s'alarmer. « Du calme, ne va pas défaillir. Ce n'est qu'un homme. »

De taille normale, Raphaël avait un doux visage au teint pâle et des cheveux bruns bouclés jusqu'aux épaules. Son ensemble noir, constitué d'une tunique, d'un pourpoint et de chausses, était de la plus belle étoffe hollandaise, luxueusement taillée dans le biais. Il faisait des gestes pour souligner ce qu'il disait. Ses doigts étaient aussi fins que ceux d'une femme, et si longs qu'ils semblaient dotés d'une phalange supplémentaire.

Pasquale poussa un soupir quand le petit groupe fut passé. « Qu'un homme, répéta-t-il.

– Voilà quelqu'un qui ne l'entend pas de cette oreille, fit Andrea. Pour Maître Michel-Ange, ton Raphaël se place nettement au-dessous de l'homme. Au rang du pou, peut-être. »

Michel-Ange revenait de l'autre bout de l'église, sa tête carrée dressée, suivi de deux de ses aides. Il avait l'air d'un cuirassé quittant le port pour braver la tempête, escorté par ses deux avisos.

« Mon maître prétend que Raphaël lui a volé ses idées, confia Andrea à Pasquale. On a secrètement ouvert les portes de la chapelle Sixtine à Raphaël après que Michel-Ange en a eu terminé la voûte, en conséquence de quoi il a aussitôt repeint le prophète Isaïe sur lequel il travaillait pour faire croire à une collaboration, alors que Michel-Ange n'était même pas au courant. Ton Raphaël tient davantage de l'émule que du créateur.

– Si tu veux dire par là que son inspiration commence où s'arrête celle des autres, alors la mienne commence par la sienne », déclara Pasquale, et Andrea de s'esclaffer et de lui faire remarquer qu'il était sans vergogne.

« Il faut à tout prix que je lui parle. Mais comment faire ?

– Dis-lui que tu admires son œuvre, conseilla judicieusement Andrea. Ou mieux, tiens, demande à mon maître de te présenter. Allez, Pasquale ! Si tu ne t'approches pas de lui, tu vas devoir crier, et cela ne se fait pas. Même dans une église florentine. »

Andrea, qui venait d'Urbino, trouvait les Florentins généralement grossiers, tout particulièrement à leur façon de bavarder librement pendant la messe, même les jours de fête.

À présent, le groupe au milieu duquel se trouvait Raphaël était presque à la porte. Quelqu'un entra au moment même où Pasquale s'élançait, et ce fut comme si un souffle de vent avait fait voler un rideau de feuilles, ceux qui entouraient Raphaël s'écartant en reculant, le laissant face à face avec le nouvel arrivant.

C'était un homme massif entre deux âges, vêtu d'une manière qui aurait mieux convenu à un individu de vingt ans plus jeune : une courte cape grise, tachetée de gouttes de pluie fuligineuses, une chemise blanche au lacet desserré, un pourpoint tapageur, fabuleusement gonflé et tailladé, comme aimaient en porter les étudiants prussiens, et des chausses bariolées. Son visage exalté montrait plus qu'un vestige du superbe jeune homme qu'il avait été jadis, à travers son profil et la moue renfrognée de ses lèvres charnues. Ses cheveux frisés étaient encore abondants ; coiffés avec extravagance, ils lui tombaient sur les épaules.

Pasquale le reconnut immédiatement : Giacomo Caprotti, surnommé Salai, le giton milanais du Grand Ingénieur. Il remarqua également que l'homme était ivre. Il eut beau reculer, Salai le bouscula tout de même.

« Tu ne sais donc pas t'effacer, pesta Salai, au passage de tes supérieurs ?

– Je suis navré, signor, lui répliqua Pasquale, mais je crains de ne pas partager la haute opinion que vous avez de vous-même. »

Il en aurait dit davantage, si l'un des aides de Raphaël, Giulio Romano, un homme d'âge mûr solidement charpenté, n'avait pris Salai par le bras. Le tirant de côté, il lui glissa : « Pas ici. Ce n'est pas un endroit convenable. »

Salai se dégagea sèchement de son étreinte et rajusta ses manches. « Ce n'est que trop vrai, mais je vous ai manqués à la tour, et avec votre permission, j'aimerais vous présenter mes respects. »

Romano leva les bras au ciel.

Salai se retourna vers les autres et articula péniblement : « Mille excuses pour ne pas avoir assisté à votre petite réunion, je me suis trompé d'adresse. Je me suis rendu où vous aviez coutume d'entendre votre messe annuelle, à l'époque où vous aviez encore quelque importance à Florence. J'ai eu un mal fou à trouver cette petite église… charmante en son genre, j'en conviens, si l'on aime l'obscurité. En fait, je m'en moque éperdument, je ne suis là que pour représenter mon maître. Il a payé son dû il y a bien longtemps, avant d'abandonner le barbouillage pour répondre à sa véritable vocation. »

Il fit face à Raphaël, le regard vacillant. « Alors, le peintre. Pour une fois, le chien précède son maître, n'est-ce pas ? Je vous fais mes compliments pour le choix de votre toilette, Signor Raphaël, ainsi que celle de vos protégés. En effet, dans les circonstances présentes, il semblerait que le deuil s'impose. Les amusants petits artistes que vous êtes ont fait leur temps ; même vous, Signor Raphaël. Nous allons bientôt vous éclipser tous en capturant la vraie lumière du monde.

– Si c'est ton maître qui t'envoie, fit un deuxième aide, presse-toi de nous livrer son message. Maître Raphaël a d'autres préoccupations que de badiner avec ceux de ton espèce.

– Des préoccupations amoureuses, assurément. Des affaires de cœur, comme on en lit dans les gazettes. Oh, je ne suis pas homme à faire obstacle à l'amour. »

Rire de Raphaël. « Personne ne t'envoie, n'est-ce pas ? »

Salai eut un large sourire, comme s'il était profondément ravi qu'on eût percé son jeu. « Eh bien, pour tout vous dire, non.

– Si ma mémoire est bonne, lâcha le deuxième aide, c'est dans une église que Laurent de Médicis a été assassiné.

– Tais-toi », fit Giulio Romano.

Salai porta la main au pommeau de la rapière française accrochée à sa ceinture de brocart argenté. « Signor, je puis vous accompagner dehors si cela vous fait plaisir. Je suis même disposé à vous laisser le temps de vous armer. »

Il y eut un moment de silence étouffant, Salai ayant la réputation d'une fine lame. L'aide s'empourpra et détourna les yeux.

« C'est assez, intervint Romano. Va-t'en, Salai. Ce n'est ni le lieu ni le moment.

– Tout le monde vous écoute, Signor Salai, insista Raphaël avec un sourire affable. Dites ce que vous avez à dire. »

Salai inclina la tête. « J'aimerais ne rien avoir à dire, Signor… pardon, Maître Raphaël. C'est bien là le problème. Nous devons bientôt recevoir la bénédiction du premier des Médicis à poser le pied dans les murs de Florence depuis la création de la République. Il serait fâcheux que ce pas délicat vienne à se perdre dans l'opprobre du scandale.

– Je n'ai pas peur, Salai. Certainement pas de quelque mauvais tour que tu pourrais trouver à méditer. »

Salai cligna de l'œil et plaqua un doigt contre son nez dans une grossière parodie de confidence. « Que faites-vous de l'honneur d'une certaine dame ?…

– Ce ne sont que des ragots », rétorqua Raphaël, alors même que le deuxième aide s'avançait, la main sur la dague rentrée dans sa ceinture.

Salai fit un bond en arrière, brusquement dégrisé, le visage empreint d'une ignoble malice et d'une espèce d'avidité. « Que veux-tu faire avec ce pique-olive, l'ami ? Je te conseille de t'en servir pour te curer les ongles ; ils gagneraient à ne pas être assortis à ton costume. »

Romano posa la main sur l'épaule de son compagnon. Le reste du groupe de Raphaël, enflammé par la tournure des événements, se mit à protester et à trépigner. Certains membres de la confrérie, parmi lesquels Maître Andrea, se faisaient eux aussi entendre, criant au scandale, au déshonneur de Florence, indignés qu'un de ses citoyens pût insulter de la sorte l'un de ses hôtes. Salai les regarda, puis s'inclina, exagérément bas, avant de tourner les talons et de quitter fièrement l'église.

Quelques anciens parmi les maîtres entreprirent de s'excuser auprès de Raphaël ; plus loin sur le côté, Rosso était en grande conversation avec Giulio Romano. Pasquale tenta de se frayer un chemin, mais les disciples de Raphaël s'étaient resserrés autour de leur maître, et ils franchirent comme un seul homme le grand portail de l'église pour s'enfoncer dans l'après-midi morne et pluvieux. Lorsque Pasquale alla pour les suivre, Maître Andrea se retourna et lui dit, non sans gentillesse : « Il est là jusqu'au départ du pape, tu sais. Tu auras certainement l'occasion de lui parler, mais pas maintenant, d'accord ? »

Pasquale le tira par la manche. « Que voulait dire Salai, quand il a soulevé la question de l'honneur d'une dame ?

– Tu connais le genre de manigances qu'affectionne le giton du Grand Ingénieur, répondit Maître Andrea d'un ton vague. Les femmes sont la source de tous les maux, comme le disent certains. Ou comme ils le diraient, si on les laissait faire… » Il vissa soigneusement sa toque à quatre cornes sur sa tête grisonnante, secoua les larges manches de sa tunique, puis se hâta de rattraper son groupe. Un couple de pigeons s'ébroua devant ses pieds pour prendre son envol : des ailes d'ange.

Pasquale observa les pigeons un moment, se faisant tremper par la pluie fine et impure, jusqu'à ce que Rosso sortît de l'église. Voyant le visage blême et inquiet de son maître, Pasquale demanda : « Vous ne les accompagnez pas, maître ? Et le banquet en l'honneur de Raphaël…

– Que les vieux aillent faire des dessins dans leurs assiettes, coupa Rosso. Quant à nous, je crois que la boisson nous appelle. »

3

La taverne où se plaisaient Pasquale et Rosso était un misérable bouge fréquenté par un mélange parfois détonant d'élèves de peintre, de journalistes et de mercenaires suisses. Le tavernier, un gros Suisse prussien à la tête ronde, avait coutume de boire dans les verres qu'il servait, et possédait un chien de la taille d'un petit cheval qui, lorsqu'il n'était pas vautré devant la cheminée, rôdait autour des clients pour grappiller quelques rognures. Le Suisse dévisageait chaque personne qui entrait, et si le nouvel arrivant se trouvait être un inconnu dont il n'aimait pas la tournure, ou un habitué avec lequel il s'était accroché, il lui lançait une formidable bordée de jurons et d'injures jusqu'à ce que le malheureux rebroussât chemin. Le reste du temps, il s'efforçait de distraire sa clientèle, se fendait de lourdes facéties qui tombaient généralement à plat, et créait ainsi un petit monde à part. Curieusement, il n'y avait que peu de bagarres. Si le Suisse ne pouvait se défaire de fauteurs de troubles, il leur lâchait son chien, et cela valait bien des armes.

Déjà, toute la taverne ne parlait que de la confrontation scandaleuse entre Salai et Raphaël. Pasquale régalait de son récit deux auditoires distincts, se faisant offrir à boire par son public enthousiaste. Il avait l'espoir de voir Piero di Cosimo, mais le vieil homme n'était pas là. Avec le temps, ce dernier fuyait le bruit, de plus en plus replié sur lui-même. Il pouvait rester des heures à regarder les dessins de la pluie sur une fenêtre, ou bien les taches de peinture sur le sol crasseux de son atelier.

Pasquale lui avait apporté à manger quelques jours plus tôt, mais Piero avait refusé de le laisser entrer, se contentant de lui parler par l'entrebâillement de la porte. Il était, avait-il expliqué à Pasquale, occupé à un travail important. Il s'exprimait comme dans un songe éveillé, le regard fixé sur un objet de son imagination.

« À force de prendre de votre *híkuri*, lui avait dit Pasquale, vous allez finir par en mourir. Ce n'est pas bon de s'enfermer dans les rêves.

– Il existe d'autres mondes, Pasquale. Tu les as entraperçus une ou deux fois, mais tu ne les comprends pas encore. Il le faudra, si tu as quelque ambition de peintre.

– Il faut d'abord que je maîtrise ce monde-ci. Laissez-moi entrer, rien qu'un instant. Regardez, j'ai du pain et du poisson. »

N'y prêtant pas attention, Piero avait pris un accent de mélancolie. « Si seulement je t'avais eu comme élève. Ensemble, nous en aurions fait des voyages, hein, Pasquale ? Reviens donc dans quelques jours. Disons dans une semaine. »

Pasquale s'était efforcé de cacher son exaspération. « Si vous ne mangez pas, vous allez mourir.

– On croirait entendre Pelashil, avait grommelé Piero. Et encore ! Elle, au moins, a la délicatesse de ne pas me déranger. Elle comprend.

– Moi aussi, je comprendrais, si vous vouliez m'aider. Il faut que je puisse voir…

– Ton ange, je sais. Mais tu n'es pas prêt, Pasquale, tu manques encore de maturité. Maintenant, laisse-moi tranquille. Je dois retourner méditer. »

Pasquale comprenait à présent, dans le bruit de la taverne encombrée, que c'était certainement cette conversation qui l'avait conduit dans son ivresse à presser Pelashil de lui redonner du *híkuri*, cette plante que Piero avait ramenée du Nouveau Monde. Du regard il chercha Pelashil, qui avait l'habitude de travailler tous les soirs à la taverne, mais en vain. Il ne l'avait pas vue de la soirée, et l'espace d'un instant, dans toute la vanité de son jeune âge, il se demanda si, fâchée par son comportement, elle n'était pas partie définitivement.

Un groupe de cavaliers suisses, tapageurs et mal embouchés, occupait le coin habituel de Piero. Le *condottiere* qui les avait recrutés était affalé sur la chaise à dossier droit où Piero aimait s'asseoir, et expliquait avec une riche obscénité pourquoi il ne se ferait jamais sodomiser ni ne sodomiserait jamais personne, à Florence ou ailleurs, tandis que le giton qui était assis sur ses genoux affectait la fascination.

« Entre nous, j'aime me faire sucer le gland autant qu'un autre, et que ce soit par une femme, par un homme ou par un nourrisson qui prend mon foutre pour le lait de sa mère, ça m'est bien égal. L'un de mes meilleurs coups de queue, je le dois à une vieille qui avait perdu toutes ses dents. Mais il n'y a que les Turcs et les Florentins pour s'emmancher par le trou du cul, pas vrai ? »

Le *condottiere* avait un maigre visage grêlé, barré d'une fine moustache minutieusement cosmétiquée. Il tordit dans son poing les cheveux du giton ; le jeune homme grimaça et lui envoya un baiser, moqueur et soumis à la fois. Le *condottiere* promena un regard de défi sur la salle, ses petits yeux luisant sous ses sourcils broussailleux, peut-être à l'affût d'un contradicteur. Il n'en trouva point, car comme les gazettes ne cessaient de le souligner, les citoyens florentins craignaient les soldats étrangers auxquels ils faisaient appel. Un petit silence de honte ayant pesé sur la salle, l'homme s'esclaffa et redemanda du vin.

Ce fut Pelashil qui le servit. Pasquale eut un pincement au cœur en la voyant. Quand elle eut rempli le pichet du *condottiere*, il l'appela, et elle vint vers lui d'un pas nonchalant. Pelashil et ses yeux insolents, noirs comme des airelles sur un visage de la couleur des feuilles d'automne, ses larges hanches moulées dans une robe de brocart râpé, aux manches arrachées pour libérer ses bras musclés. Pasquale avait couché avec elle une fois, l'hiver passé, sans pouvoir déterminer depuis qui d'elle ou de lui avait fait le premier pas.

« J'avais un coup dans le nez, hier soir, avoua Pasquale. Tu ne m'en veux plus, j'espère. »

Pelashil fit un pas en arrière lorsqu'il voulut l'embrasser. « Pourquoi faut-il que les hommes ne pensent toujours qu'à eux ?

– Alors tu m'en veux ! Qu'est-ce que je t'ai dit de mal ? J'ai bien le droit de le savoir, non ? »

Rosso, qui avait bu avec assiduité, remua sur sa chaise et répondit pour elle. « Tu lui as proposé de l'enlever d'ici, Pasqualino. De la ramener de l'autre côté de la mer, là où le sable est blanc, où l'eau est bleue, et où les femmes vivent nues.

– Tu confonds tes désirs avec la réalité, rétorqua Pelashil, car l'endroit d'où je viens n'est rien de ce que tu imagines. D'autre part, il me semble que c'est plutôt la nudité des garçons qui t'intéresse. » Elle prit la main de Pasquale. « Le vieil homme est à nouveau souffrant. Il faut que tu ailles le voir. » Puis elle retourna chercher du vin, esquivant la main vorace d'un soldat éméché.

Pasquale se rassit, reprit du vin et se mit à repenser aux paroles énigmatiques de Piero, puis à la façon dont, après l'absorption du *híkuri*, les différents instants s'étaient rassemblés en un faisceau continu, et enfin au halo des ailes de pigeon dans la lumière humide. Les anges et le temps… leur temps à eux était-il le même que celui subi par les hommes, une succession d'instants ? Un concept inconnu, vaste mais d'une fragilité aussi extrême qu'une fleur de givre, semblait se faufiler dans son esprit, menaçant de se volatiliser s'il l'examinait avec trop d'attention. Il se dit que Piero saurait peut-être ce que signifiait cette révélation. Peut-être lui donnerait-il une autre feuille de *híkuri* séchée. Il lui fallait aller voir le vieil homme, c'était entendu, mais pas encore. Pas tout de suite. Il avait besoin de courage pour affronter l'étouffant délabrement de la chambre de Piero.

Giambattista Gellia, révolutionnaire exalté aussi célèbre pour son parcours de cordonnier devenu pamphlétaire que pour tout ce qu'il pouvait écrire, se frayait un passage à travers la foule. Le journaliste Niccolò Machiavel venait d'entrer, et Gellia l'entraînait vers la table de Pasquale, lui disant à voix haute : « Niccolò, il faut que tu écoutes ça. Quelqu'un y était, au cœur même du scandale.

– On a souvent besoin de recul pour découvrir la vérité, se gaussa Machiavel. De toute façon, j'ai déjà rédigé mon article ; il est à la composition. Il va d'ailleurs falloir que j'y retourne bientôt pour le corriger. Accorde-moi le bonheur de boire un verre sans penser au travail, Gellia. La révolution est peut-être ta vie, mais le journalisme n'est que ma profession.

– Ce jeune homme a tout vu… du moins c'est ce qu'il prétend.

– C'est la vérité, fit Pasquale.

– Et je vois que tu as su profiter de l'aubaine, remarqua le journaliste, souriant tandis que le reste de la tablée riait aux dépens de Pasquale.

– Mais c'est la vérité ! » s'indigna ce dernier.

Machiavel lui sourit gentiment. « Je n'ai pas besoin de mots, mon ami.

– Il a raison, fit Rosso. Les mots sont inutiles, Pasqualino.

– Que diriez-vous d'un dessin ? proposa Pasquale.

– C'est en effet très étonnant que dans toute cette assemblée d'artistes, personne n'ait eu l'idée de dessiner la confrontation », souligna Machiavel, déclenchant un nouvel éclat de rire.

Rosso se leva, s'agrippant au bord de la table ; il avait bu davantage que Pasquale. « Il s'agit d'une affaire privée, dit-il.

– Mais qui s'est déroulée dans un lieu public », objecta Gellia.

Pasquale enfonça son coude dans le flanc de Rosso et lui chuchota sévèrement : « Nous avons besoin d'argent, maître.

– Fais comme tu voudras, Pasqualino, lâcha Rosso d'un ton las, pris d'une nouvelle crise de morosité. Tu as ma bénédiction. D'une manière ou d'une autre, j'imagine que tout finira bientôt par se savoir. »

Gellia s'écarta pour laisser passer Rosso, qui se perdit dans la foule en prenant la direction de la porte. Pasquale annonça, parce qu'ils avaient vraiment besoin d'argent : « Je m'en vais vous prouver que j'y étais. Ne faites pas attention à mon maître. Ce qui s'est passé… c'est une honte. » Il sortit le bout de papier sur lequel il avait gribouillé pendant la première partie de la messe, trempa le coin de sa tunique dans le vin et allait effacer le croquis qu'il avait fait précédemment quand Machiavel lui arrêta la main.

« Tu permets ? » demanda le journaliste, avant de porter le papier à ses yeux, le balayant du regard comme s'il s'agissait d'un texte. Fluet sans être voûté, il avait le visage vif et gamin d'un bibliothécaire de monastère. Une barbe neuve ombrageait ses pommettes saillantes, et ses cheveux, formant un V sur son front dégarni, étaient coupés court. « Je vois Michel-Ange qui brandit la foudre en se demandant sur quel mortel il va l'abattre, dit-il. C'est toi qui as fait ça ?

– Pour illustrer sa supériorité, expliqua Pasquale.

– Si tu veux, viens avec moi… non, ne finis pas ton verre, tu auras besoin d'une main sûre et d'un œil clair, et surtout pas d'une mémoire exaltée. »

La pluie avait cessé. L'air était alourdi par une vapeur jaunâtre, dont les odeurs de soufre et bois brûlé piquaient le nez de Pasquale et lui irritaient les yeux. Bien que la canonnade de six heures qui signalait la fermeture des portes de la cité n'eût pas encore retenti, il faisait déjà noir, le brouillard ayant fait tomber la nuit. Les gens avançaient péniblement dans les rues en se protégeant le visage ; deux artificiers passèrent bras dessus bras dessous, masqués de cagoules en cuir au nez de cochon.

« Les artificiers sont obligés de trouver le moyen de respirer l'air qu'ils empoisonnent, observa Machiavel. Hélas, leur remède n'est pas à la portée de toutes les bourses. »

C'était l'un de ces brouillards qui affligeaient Florence lorsque le vent ne soufflait pas et que les fumées des artificiers retombaient en un lourd manteau sur le cours de l'Arno. Le journaliste toussa bruyamment, le poing serré devant la bouche, avant de s'excuser. Il avait jadis été enfermé dans les cachots du Bargello, expliqua-t-il, et souffrait depuis ce temps de fluxion de poitrine.

« Mais c'était avant que je ne prenne la plume pour servir la cause de la vérité plutôt que celle de l'État. En parlant de vérité, à présent que tu es loin de tes compagnons, tu peux me dire s'il est bien vrai que tu as tout vu.

– Je me trouvais aussi près de Raphaël que maintenant de vous », répondit Pasquale, ce qui manquait de précision pour contenter un artificier, mais suffirait comme vérité d'ordre général.

« Et tu t'en souviens assez bien pour le dessiner ?

– J'exerce ma mémoire, Signor Machiavel, en particulier pour ce qui est des visages et des gestes. Si je ne puis le dessiner, je suis au moins capable de m'en souvenir.

– Alors c'est parfait. Mais je t'en prie, appelle-moi Niccolò. Le Signor Machiavel est mort depuis longtemps. »

Il y avait une dizaine d'années, Machiavel était l'un des hommes les plus puissants de Florence : en sa qualité de secrétaire des Dix, il connaissait la plupart des secrets de la République, et jouait un rôle prépondérant dans sa politique étrangère. Jusqu'au jour où le gouvernement en place avait été renversé après l'attaque surprise des chantiers navals de Livourne par la marine espagnole. La moitié de la flotte florentine avait été brûlée sur ses amarres, et un régiment de l'armée espagnole était remonté jusqu'aux murs de Florence en détruisant tout sur son passage, avant d'être écrasé par les Florentins enfin ralliés. Le gonfalonier à vie Piero Soderini s'était suicidé, et Machiavel était tombé en disgrâce. Malgré ses fréquentes proclamations républicaines, et malgré le fait que sa propre famille eût été massacrée et ses biens détruits par l'assaillant, ses adversaires firent courir le bruit qu'il avait toujours été un sympathisant des Médicis. Dans la confusion qui suivit les événements, on lui prêta l'intention de former le noyau d'un mouvement visant à ramener les Médicis au pouvoir pour la première fois depuis le bref mais cruel et désastreux règne de Julien : trente ans plus tôt, après une conjuration fomentée par le pape qui avait coûté la vie à son frère aîné et dont il s'était lui-même sorti de justesse, il avait engagé une campagne de terreur qui était allée bien au-delà de l'exécution sommaire des assassins et de leurs proches ; alors même que Rome faisait la guerre à Florence, et après la victoire florentine grâce aux machines du Grand Ingénieur, Julien avait décimé chacune des grandes familles comme Dieu les Égyptiens pour protéger la fuite des Israélites. Or, cette période barbare n'avait toujours pas été pardonnée.

Démis de ses fonctions, Machiavel avait refusé de jurer fidélité au nouveau gouvernement, et pour sa peine – ou sa fierté –, il avait écopé de deux années de souffrances dans les cachots du Palazzo del Bargello. À sa libération, lavé de toute imputation, il avait rejoint la nouvelle race de journalistes qui travaillaient pour les divers *stationarii* en concurrence pour publier des gazettes quotidiennes où le sensationnel se mêlait au scandale. Après la chute de l'ancien gouvernement, la faction des artificiers avait accaparé les conseils des Huit, des Dix et des Treize. Profitant de leur principe de transparence absolue – tout en veillant à ne jamais contrarier le jour particulier sous lequel le pouvoir voulait bien se montrer –, Machiavel s'était bâti une carrière de chroniqueur politique.

Le *stationarius* qui l'employait avait installé ses bureaux dans l'ancien atelier de Vespasiano da Bisticci, détail ironique puisque cet éminent éditeur avait préféré se retirer dans sa gentilhommière plutôt que d'adopter les nouvelles presses typographiques qui avaient mis les copistes au chômage. Certains voyaient en cette coïncidence le signe que Machiavel bénéficiait du soutien financier des Médicis, ces derniers ayant été les meilleurs clients de Bisticci en la personne de Côme, qui lui avait commandé une bibliothèque de deux cents volumes que quarante-cinq scribes avaient réalisés en un temps record de deux ans. Rien n'était plus prisé à Florence que les potins, et ceux-ci s'appuyaient en grande partie sur des analogies ou des similitudes avec des faits d'autrefois, les Florentins ayant par ailleurs une grande connaissance, et une égale fierté, de l'histoire turbulente et colorée de leur cité. On pouvait lutter contre le destin, mais il était impossible d'échapper au passé.

Même à cette heure tardive, les lumières étaient allumées d'un bout à l'autre des bureaux de la gazette. Se prélassant à l'intérieur, une demi-douzaine d'hommes partageaient un repas de pâtes, de pain de seigle et de vin à l'une des tables à écrire, un nuage bleu de fumée de tabac flottant au-dessus de leurs têtes. Deux apprentis imprimeurs dormaient dans une espèce de nid de chiffons sous le bâti reluisant de la presse à ressorts. Des liasses de papier étaient entassées dans le fond, et des feuilles imprimées pendaient à des fils comme du linge à sécher. Des bougies équipées de miroirs réflecteurs brûlaient çà et là, et une des nouvelles lampes à acétylène était suspendue au plafond par une chaîne. Elle diffusait une vive lumière jaune et donnait un relent d'ail au vieil air confiné de la salle.

Machiavel fut accueilli par ses collègues avec de joyeux sarcasmes. Le directeur de la gazette, Pietro Aretino, était un homme ambitieux deux fois plus jeune que Machiavel, trapu, avec une tendance à l'embonpoint, qui portait toute sa barbe et dont les cheveux bruns pommadés étaient plaqués en arrière. « Un témoin oculaire, dis-tu ? » s'étonna-t-il quand Machiavel eut présenté Pasquale. Il tirait sur un cigare vert qui dégageait une épaisse fumée blanche aussi asphyxiante que le brouillard au dehors. Il étudia Pasquale avec un regard aimable et néanmoins perçant. « C'est qu'ici, mon ami, nous ne publions que la vérité, hein, les gars ? »

Les hommes qui l'entouraient ricanèrent. Le plus vieux, dont le crâne chauve était cerclé de fins cheveux argentés, lança : « Le public s'intéresse-t-il vraiment à une petite querelle d'artistes ?

– Ce n'est pas aussi anodin que cela », souligna Machiavel. Il venait de verser une dose de liqueur jaunâtre dans un verre d'eau ; il avala alors sa trouble mixture avec un frisson d'avidité mêlée de dégoût.

« Doucement, Niccolò, fit Aretino.

– Ça me détend les nerfs, répliqua Machiavel en s'affairant à préparer un autre verre. Bref, pour en revenir à cette querelle, elle n'est que le symptôme révélateur d'une situation dont dépend l'État tout entier. La vérole espagnole se déclare par une plaie d'apparence bénigne, pas même douloureuse, à ce qu'on dit.

« Comprenez bien que je ne parle pas là d'après mon expérience personnelle, précisa-t-il sous les rires. Toujours est-il que le malheureux qui voit fleurir le bouton d'or au bout de son vit ne peut l'ignorer sans s'exposer au péril. Je me dis souvent que nous nous comportons comme des médecins, en conseillant une certaine hygiène de vie, en évacuant les excès d'humeurs. Ce petit incident paraît peu de chose, j'en conviens, mais c'est un signe diagnostique. »

Aretino laissa échapper un long filet de fumée. « Le public ne porte son attention que là où nous voulons l'attirer. Quoi que nous écrivions, c'est de l'information. Si nous l'écrivons en lettres de feu, cela devient de l'information brûlante. La guerre d'Égypte, par exemple. Eh bien, elle n'existait pas jusqu'à ce que nous en parlions, et que la Signoria se croie obligée d'y envoyer une escadre.

– La guerre aurait eu lieu de toute façon », dit Machiavel

avec mesure. L'air de rien, il avait terminé son deuxième verre et en était à la moitié d'un troisième.

« Mais pas la même guerre ! s'exclama Aretino. Ne sois pas modeste, Niccolò. Un tel pouvoir devrait te réjouir.

– Je sais trop bien jusqu'où l'exercice du pouvoir peut mener.

– Qui ne risque rien n'a rien. »

Aretino fit rouler son cigare d'un coin à l'autre de sa bouche avec une volupté épicurienne. Les flammes des bougies jetaient dans ses yeux des reflets incandescents. Il ressemblait au diable, songea Pasquale. Par une nuit comme celle-ci, il était facile de concevoir que ces quelques cyniques fussent bel et bien capables de manipuler le monde avec leurs mots, comme ils se plaisaient tant à le croire.

« Mais en quoi cette petite querelle est-elle révélatrice, Niccolò ? s'enquit le vieux journaliste. Quelle maladie met-elle en évidence ?

– Je t'encourage à lire mon article, Girolamo. Il est tard, et si je reprenais tout depuis le début, je risquerais de me contredire. »

Aretino prit la parole. « C'est la tradition contre la modernité, les artistes contre les artificiers, le pape de Médicis contre notre chère République. La question que nous devons nous poser est : De quel côté sommes-nous ? Qui sont les bons dans cette affaire ?

– Ceux que Dieu reconnaîtra, fit un autre membre de l'équipe.

– C'est bien joli, rétorqua Aretino, mais nous ne pouvons nous en remettre à la justice divine, dont la procédure est souvent lente et les décisions saugrenues.

– Il n'y a rien de bien mystérieux dans tout ça, fit le vieux journaliste. Il suffit d'avoir des yeux pour savoir que le pape sera là d'ici deux jours, et des oreilles pour comprendre que cette opération peut enterrer les cendres de la vieille guerre entre Florence et Rome. Cette dernière a autrefois tenté de détruire les Médicis par la force, et voilà l'un des leurs devenu pape, qui vient traiter avec les mêmes artificiers dont les machines ont sauvé le gouvernement de son oncle Julien. Une simple bisbille est un fondement bien fragile pour une accusation aussi lourde qu'une manœuvre destinée à tromper l'opinion.

– Il est bien connu que Raphaël est un émissaire du pape, affirma Machiavel. Tous les artistes ont des yeux, n'est-ce pas, jeune homme ? Et Raphaël a les meilleurs qui soient pour apprécier le climat florentin. À cela s'ajoute le problème de l'épouse d'un certain citoyen haut placé, une femme qui a des intérêts personnels dans les arts… » Tous se mirent alors à sourire, et Machiavel lui-même prit un air amusé. « Mieux vaut cependant ne pas prononcer son nom maintenant, si célèbre soit-il. »

Pasquale, qui se demandait qui pouvait bien être la femme en question, intervint avec audace. « Salai le giton a menacé de révéler son identité, si Maître Raphaël ne se tenait pas tranquille.

– Vaine menace, fit Aretino, étant donné que les exploits amoureux de ton Maître Raphaël sont parmi les plus colportés de la Chrétienté. Nombreux sont les hommes mariés, semble-t-il, qui souhaitent se faire cocufier par ce jeune prodige, à croire qu'ils confondent son dard avec son pinceau, comme si leurs épouses prenaient autant de valeur entre ses doigts experts que le pigment qu'il transforme en or.

– Peut-être devrait-il signer ses femmes comme il le fait pour ses peintures, suggéra l'un des plus jeunes.

– Le bruit court, expliqua Machiavel à Pasquale, que le Grand Ingénieur a déjà passé des accords avec le pape, et que Raphaël en est le négociateur. Naturellement, cela ne serait guère dans l'intérêt de Florence, dont l'empire repose sur les fruits de l'industrie du Grand Ingénieur. Sans compter que la marine espagnole est actuellement en manœuvres au large de la Corse, sous le commandement de Cortés lui-même.

– Cortés l'assassin, grinça l'un des journalistes.

– Cortés au cul brûlé, renchérit Aretino. Sa flotte a essuyé le feu grégeois quand il a voulu envahir le Nouveau Monde, et elle l'essuiera de nouveau.

– À présent, fit le plus vieux, les Espagnols sont équipés de cuirassés, et ils n'ont pas étanché leur soif d'or et de convertis. Une fois qu'ils auront éliminé le califat maure de chez eux, ils étendront leur guerre sainte aux quatre coins du Nouveau Monde. Songez à ce qui se serait passé si c'était Cortés, à la place d'Amerigo Vespucci, qui avait négocié le premier avec Moctezuma !

– Et Salai, dans tout ça ? demanda Pasquale.

– Il est clair qu'il se sent menacé par Raphaël, répondit Machiavel, d'où la fanfaronnade à laquelle tu as assisté. Le Grand Ingénieur a un penchant pour les jolis garçons, et Salai n'est plus dans la fleur de sa jeunesse.

– Il l'a tant arrosée qu'elle s'est bien vite fanée, fit un autre journaliste.

– Raphaël est un homme qui n'a de goût que pour les femmes, précisa Aretino. Quant au Grand Ingénieur, c'est un vieillard qui mange des feuilles comme un cul-terreux, et qui n'a sans doute plus eu d'érection depuis celle de sa tour. Salai, en revanche, vit de sa queue, et c'est d'elle également qu'il mourra, un de ces jours. Si lui échappe à la vérole espagnole, c'est vraiment qu'il n'y a pas de justice.

– Il paraît que le Grand Ingénieur l'a attrapée, avança le plus vieux. Il paraît qu'il est fou. J'ai entendu dire qu'il élevait des oiseaux en liberté dans ses appartements.

– C'est moins extraordinaire que l'histoire du corps qu'il aurait ranimé, fit Aretino. Que dis-je ? Un homme recousu à partir des morceaux de plusieurs cadavres. Avouez que c'est un peu difficile à avaler, les gars ! Quant aux oiseaux, eh quoi ! à chacun sa marotte. Celle-là n'est pas pire qu'une autre.

– À moins qu'on ne se prenne soi-même pour un oiseau, souligna le plus vieux. Il paraît qu'il se perche sur la barre de son lit et qu'il craille comme une corneille tout en battant des coudes. »

L'un des plus jeunes gloussa et dit : « Je tiens d'une putain que l'un des plus hauts membres des Dix de la liberté et de la paix a pour lubie de recevoir une demi-douzaine de filles à la fois, et de se pavaner dévêtu avec une plume dans le cul en imitant le chant du coq. »

Machiavel esquissa un sourire. « S'il fallait croire tous les bruits qui courent, alors pour ne prendre qu'un seul exemple, tous les hommes et toutes les femmes de Florence seraient déjà morts vingt fois de la vérole espagnole. Le fond du problème qui nous intéresse ici n'est pas les jeux de l'amour, malgré leur popularité universelle, mais les alliances politiques. Salai est la carte maîtresse qui risque d'obliger chacun à montrer son jeu avant l'heure. Je ne pense pas que Raphaël soit là pour séduire le Grand Ingénieur ; ce serait une entreprise trop voyante. En revanche, si Raphaël est venu transmettre à la Signoria les conditions du pape, de sorte qu'à son arrivée elle soit prête à lui répondre, alors une telle manœuvre s'avérerait gênante pour nos dirigeants au cas où elle viendrait à se savoir. Après tout, leur devise est que la démocratie repose sur le dialogue et l'honnêteté des débats. Voilà pourquoi cet incident est capital, et pourquoi nous devons le couvrir avec la plus grande application, d'autant plus qu'aucun de nos concurrents n'a pensé à lui accorder la moindre ligne.

– C'est l'exclusivité qui m'intéresse, expliqua Aretino. Voilà un sujet qui réunit la luxure, l'honneur et les hautes affaires d'État, et nous sommes les seuls sur le coup. Il y a de l'argent à gagner, les gars.

– Et donc du travail à faire, conclut le plus vieux journaliste en se levant avec raideur de son grand tabouret à trois pieds. Je vais voir ce que je peux couper. »

Aretino écrasa son cigare, soudain débordant d'énergie. « Coupe tout, si c'est nécessaire. Gerino, secoue-moi les deux jeunes arpètes pour qu'ils démontent le cliché. Il va nous falloir deux colonnes de cinquante lignes, et je les veux le plus haut possible. Léon, tâche de rédiger un article de cent mots sur le Signor Salai, rien de gratuit, mais avec suffisamment d'exagération pour le flatter à notre guise. C'est notre coquin, mais c'est aussi notre dupe. Quant à toi, l'artiste en herbe, que connais-tu à la gravure sur cuivre ? »

Pasquale respira à pleins poumons. Il avait encore la tête encombrée par les vapeurs de tout le vin qu'il avait bu et de la cigarette de marijuana qu'il avait fumée : les choses lui semblaient légèrement floues et grossies. Du ton le plus posé qu'il put trouver, il répondit : « J'en ai déjà fait.

– Très bien. Tu vas prendre le bureau qui est là. Jacopino… tire-le sous la lampe, et puis monte le gaz. Ce jeune homme va avoir besoin d'un bon éclairage pour travailler. Va chercher… que te faut-il ? »

Pasquale respira de nouveau. « Du papier, pour commencer, d'un grain aussi fin que possible, des feuilles de calque et un poinçon pour piquer le report du tracé. Et une bonne plume. Signor Aretino, je connais aussi la gravure sur bois, ne serait-ce pas moins coûteux ? Le bois de houx est presque aussi performant que le cuivre.

– De toute façon, je n'en ai pas, et je préfère les plaques de cuivre parce qu'elles permettent de très nombreuses reproductions. Ce numéro va être tiré à des centaines d'exemplaires. Que le dernier soit aussi net que le premier. Tu en as pour combien de temps ?

– Oh, pour bien faire, disons trois ou quatre heures.

– Je te donne une heure », trancha Aretino, avant de lui donner une tape dans le dos et de le laisser planté là.

Le plus jeune des journalistes aida Pasquale à tirer le bureau sous le foyer sifflant de la lampe, lui montra comment tourner la clef qui réglait l'écoulement de l'eau sur les pierres blanches contenues dans le réservoir à combustible ; lorsque le débit augmenta, le sifflement redoubla et les flammes jaunes s'épanouirent, déversant une lumière crue sur la feuille de papier blanc, et jetant des ombres à travers la salle.

Pasquale alluma une cigarette et reconstruisit la scène dans son esprit, se servant de ses mains pour délimiter les différents espaces sur le papier. L'espace, comme le lui avait enseigné Rosso, était le souci premier de la composition. Les relations des figures à l'intérieur du volume spatial qu'elles occupaient devaient attirer le regard dans le bon ordre, sinon c'était le chaos. Salai à gauche, donc, avec Raphaël au premier plan, qui, de trois quarts, légèrement effacé, constituait le centre du dessin. Ses disciples étaient disposés autour de lui en demi-cercle, devant les maîtres réduits de moitié en raison de leur moindre importance. Du détail pour Raphaël et Salai uniquement, des attitudes et des expressions génériques de honte et d'horreur pour les autres. Pour exprimer la honte d'un personnage, le montrer avec les doigts devant les yeux ; pour l'horreur, des poings crispés et des bras tendus.

Une fois que Pasquale eut tracé la silhouette des deux figures principales, il s'attaqua à la frise des spectateurs du fond, parmi lesquels ressortaient Giulio Romano, qui tenait Salai à l'œil, ainsi que l'aide qui avait timidement menacé ce dernier, à présent transfiguré en serviteur loyal et courageux, prêt à défendre son maître jusqu'à la mort, la main sur la dague, le visage lourd de défi. Puis Salai lui-même, les yeux plissés, le sourire contraint non moins que sa posture, tordue de gauche à droite. Raphaël en fier pilier central, supportant tout le poids du petit dessin, inébranlable alors que d'autres flanchaient face à l'agressivité de Salai.

Pasquale étira ses doigts engourdis, puis appliqua son croquis sur la plaque de cuivre doux et se pencha pour reporter d'abord le tracé des figures, puis les détails nécessaires. Cette opération terminée, il commença à tailler les lignes principales, procédant avec la vive assurance et la délicatesse qu'il devait à Rosso. Puis le travail du détail, les pointillés, les grignotis et les guillochis, les ombres et les clairs.

Il s'affairait avec fébrilité, peu conscient de ce qui se passait autour de lui si ce n'était quand il prenait une pause pour se dégourdir les doigts, se détendre le dos et s'allumer une nouvelle cigarette. Les apprentis faisaient chauffer le poêle qui actionnait les ressorts basculants de la presse. Des arceaux d'alliages enchâssés craquaient et gémissaient, se dilatant sous la chaleur pour entraîner la visserie qui comprimait le gros ressort du barillet, avant de se rétracter pour être chauffés de nouveau. Le vieux journaliste était penché sur une planche de caractères, mesurant les lignes avec une baguette graduée. Aretino s'entretenait tranquillement avec Machiavel, tirant sur un cigare qui lui servait aussi à ponctuer ses phrases.

Leur discussion parvenait aux oreilles bourdonnantes de Pasquale. Machiavel développait une théorie sur le pouvoir, selon laquelle toute société, pour être stable, devait être construite sur le modèle de la pyramide égyptienne, large à la base et resserrée au sommet. Les problèmes de l'Italie, expliquait-il, provenaient de la dispersion du pouvoir, qui permettait aux scélérats d'exploiter les masses. Les États totalitaires auraient toujours le loisir de conquérir les démocraties, car la décision d'un homme seul et puissant serait toujours plus prompte et plus adaptée que celle d'une assemblée, fondée non pas sur l'efficacité mais sur le compromis. Aretino gloussa et lui rétorqua que c'était bien bon à dire, mais que les Italiens finiraient toujours par avoir raison de leurs dirigeants, car les besoins de la famille seraient toujours plus pressants que ceux de l'État. Pasquale se laissa peu à peu absorber par cette discussion, et ne s'aperçut qu'au bout de quelques minutes qu'il avait cessé de travailler non pas pour se reposer mais parce qu'il avait terminé.

Aretino voulut qu'on procédât sur-le-champ au tirage d'une épreuve, et demanda que la plaque fût assemblée au bloc d'impression. L'un des apprentis enclencha les leviers à cliquets d'une main exercée et libéra le frein du barillet. Au milieu du vacarme des ressorts à lames et des bagues à billes de roulement, le chariot recula pour attraper une feuille de papier tandis que le rouleau d'encrage passait sur la surface du cliché, où le papier fut déposé quand le rouleau eut repassé pour enlever l'excès d'encre. La platine de la presse s'abattit dans un fracas de contrepoids, puis se releva d'un coup.

L'apprenti retira prestement l'épreuve, et là, sous l'emblème de la gazette, entre des colonnes serrées de petits caractères fleuris, se trouvait le dessin que Pasquale avait fait, étincelant de fraîche encre noire.

Au moment où Aretino prit l'épreuve pour l'élever à la lumière, la porte de la salle d'impression s'ouvrit à la volée. Tout le monde se retourna ; l'homme qui venait de faire irruption s'appuya au chambranle, haletant comme après une course effrénée. Des écharpes de brouillard s'enroulaient autour de lui.

« Qu'y a-t-il, l'ami ? » s'enquit Aretino.

L'homme retint son souffle et s'écria : « Un meurtre ! Un meurtre au Palazzo Taddei !

– Foutre, lâcha un journaliste. C'est là que séjourne Raphaël. »

Aretino reposa l'épreuve et ôta son cigare de la bouche. « Les gars, dit-il calmement, je crois bien que nous tenons quelque chose de sérieux. »

4

Le Palazzo Taddei était un solide bâtiment carré qui présentait une façade imposante de blocs de grès brut doré. Dépourvue de fenêtres, celle-ci se dressait dans l'obscurité nébuleuse de la Via de Ginori comme un mur de fortification. Alors qu'il était déjà huit heures et que tous les honnêtes citoyens auraient dû être couchés, un petit attroupement s'était amassé à la grande porte arrondie du palais. Machiavel et Pasquale durent jouer des coudes et des genoux pour se frayer un chemin jusqu'au premier rang.

Machiavel échangea quelques mots avec le sergent de la milice citadine dont l'unité défendait un espace libre devant la porte, et lui offrit un cigare en souriant. Le sergent lui serra la main avant de parler dans le pavillon de cuivre d'un tube acoustique qui sortait du mur. Dans un brusque grincement arthritique, la dizaine de panneaux de bois de la porte se mirent à reculer à l'intérieur de leur logement, faisant apparaître une ouverture irrégulière qui s'élargit pour former un cercle. L'un des panneaux supérieurs resta coincé, pareil à la dernière dent d'un vieillard, et malgré l'apparition d'un domestique qui tenta avec acharnement de le rentrer à force, Machiavel et Pasquale durent passer par-dessous à l'invitation du sergent.

Pasquale se retourna pour regarder la porte se refermer dans un roulement de poids soutenus par des chaînes, qui, en s'abaissant, comprimaient de nouveau le mécanisme à ressort, regagnant toute l'énergie utilisée pour l'ouverture, moins celle perdue en échauffement et en bruit. Les riches marchands tels que Taddei avaient une passion pour ce genre de machines, qui symbolisaient le prestige comme autrefois le fait de financer un retable ou une fresque. Il y avait de grands miroirs d'argent battu de chaque côté de l'entrée, et Pasquale s'y contempla des pieds à la tête avant de se presser pour rattraper Machiavel. Il traversa ainsi le somptueux hall de marbre, puis, après avoir franchi un porche, suivit le journaliste dans la galerie qui longeait les quatre côtés du jardin intérieur.

Le palais était construit dans le nouveau style d'architecture inspiré par les fouilles de la cité romaine d'Herculanum. Des lampes à acétylène, montées sur de maigres colonnes en fer, diffusaient une pâleur jaune qui silhouettait en noir, comme s'il se fût agi de leur ombre, l'herbe et les buissons taillés du jardin classique. Un poisson de pierre écailleux crachait de l'eau dans le bassin central, et un oiseau chanteur mécanique gazouillait à l'intérieur d'une cage dorée, tournant la tête dans un mouvement de va-et-vient. Ses yeux étaient de fins rubis, et ses plumes, de la feuille d'or sculptée. Une tour aux signaux s'élevait au-dessus du jardin ; elle était enfoncée dans un angle de la galerie, l'arrondi de sa lisse paroi de pierre jetant une lueur blanche dans les ténèbres du ciel. Machiavel leva les yeux pour l'observer un long moment. Pasquale l'imita, mais ne remarqua rien d'autre qu'une fenêtre éclairée, ronde comme un hublot, et les fanaux verts et rouges qui brûlaient aux extrémités du long sémaphore en forme de T.

Machiavel héla un deuxième milicien, vêtu celui-ci d'une courte cape rouge d'officier. « Le capitaine du poste de la division, précisa-t-il à Pasquale après un bref entretien avec le milicien. Sa présence est de rigueur dans un cas comme celui-ci. Il m'a dit que les faits avaient eu lieu en haut de la tour aux signaux. Il est prêt à nous y laisser monter, dans la mesure où le Signor Taddei n'y verra pas d'inconvénient. »

Animé par une sorte d'espérance malsaine, Pasquale demanda : « Est-ce Raphaël qui a été tué ? »

Machiavel porta une gourde de cuir à ses lèvres, puis revissa le bouchon d'un air méditatif. Il était passablement éméché, comme le comprit Pasquale ; il n'avait cessé de boire depuis leur arrivée au bureau de la gazette. Tel un homme progressant avec précaution dans une tempête de neige, il répondit : « Oh non, ce n'est pas Raphaël, bien sûr. Non, c'est l'un de ses disciples. Un certain Giulio Romano. »

Pasquale se rappela l'homme qui avait tenu tête à Salai. « Il a défendu Raphaël contre le giton du Grand Ingénieur, dit-il, ainsi que je l'ai montré sur mon dessin. Pour qui voudrait semer la terreur et le désespoir dans le cœur de Raphaël, le plus sûr moyen d'y parvenir serait de tuer le meilleur de ses aides. Et si c'est Salai qui a fait le coup, il est normal qu'il ait choisi celui qui s'est opposé à lui.

– Nous n'avons aucune preuve de la culpabilité de Salai, souligna Machiavel en souriant.

– Faites venir le capitaine, que je lui fasse part au moins de mon opinion. »

Machiavel prit Pasquale par le bras et lui dit doucement : « Tu es là pour observer le lieu du crime, si toutefois nous parvenons jusque-là. Étant donné les circonstances… il serait préférable que tu gardes ton opinion pour toi.

– Mais je ne veux accuser personne, répliqua Pasquale dans un élan d'indignation qui le surprit lui-même. Tout ce que je veux, c'est faire en sorte qu'on sache ce que j'ai vu.

– Écoute, le Signor Aretino m'a donné la liberté de récrire mon article : toute la première page est à moi. À nous, devrais-je dire. Tu comprends ce que cela signifie, jeune Pasquale ? Ma foi non, probablement pas. Mais laisse-moi te dire que ce n'est pas rien, et que j'ai intérêt à trouver autre chose à écrire que des lieux communs rebattus. Un peu de nouveauté ne me fera pas de mal, pour une fois. Si tu me réserves la primeur de ton témoignage, et que tu le livres à la milice un jour après, quelle importance ? La victime ne s'en portera pas plus mal, et si c'est Salai le meurtrier, il est peu probable qu'il cherche à fuir, car cela reviendrait à un aveu. Et même s'il prenait la fuite, la milice ne tarderait pas à le retrouver. Prends garde, Pasquale. Tu ne te rends pas compte de la gravité de cette affaire. Ta soif de justice t'honore, mais réfléchis un peu : serais-tu prêt à mourir pour sauver mille hommes ?

– Ça dépend.

– Si c'étaient tes concitoyens ?

– Dans ce cas, peut-être.

– Bien. Mais si ta mort n'en sauvait que cinq cents ? Ou soixante-dix ? Ou dix ? Et quand bien même tu donnerais ta vie pour dix hommes, à quoi cela te servirait-il une fois que tu serais raide et froid et qu'ils boiraient à ta mémoire dans une taverne, en mangeant de l'*arista* ? À quoi bon se sacrifier pour l'intérêt commun si l'on ne peut plus profiter du goût du porc au romarin, ni de rien d'autre ?

– Peut-être que mes enfants, eux, pourraient en profiter.

– Bonne réponse, mais je ne crois pas que tu aies d'enfants.

– Pas que je sache, en tout cas. »

Rire de Machiavel. « Cela dit, si tu meurs maintenant, tu n'en auras jamais, et ce sera comme si tu les avais tués. Tu sais, si tu tiens absolument à te sacrifier pour autrui, tu n'as qu'à provoquer un ennemi dans un duel à mort et le laisser gagner, car au moins tu auras sauvé une vie : la sienne.

– Je n'ai pas d'ennemis.

– Tu crois ? C'est bien possible. Mais alors, pourquoi vouloir t'en attirer ?

– Je ne veux que remplir mon devoir de citoyen, protesta Pasquale, conscient de la futilité de son argument.

– Si tu dois tomber dans le travers du civisme, gloussa le journaliste, j'espère que tu es prêt à en payer le prix.

– Quel mal y a-t-il à dire la vérité ? » Il semblait à Pasquale que Machiavel serait allé jusqu'à vendre son âme pour le simple plaisir de satisfaire son esprit de contradiction.

« Ce que tu crois vrai sur la mort de Giulio Romano ne l'est pas forcément pour celui qui l'a tué. Pour toi, c'est un assassinat ; pour lui, c'est peut-être de la survie, ou bien un moyen de donner un peu de pain à ses enfants. » Il déboucha sa gourde et y téta une nouvelle gorgée, puis, avec un frisson d'assouvissement exagéré : « Ah ! Je me fais vieux, et l'air de la nuit me tombe facilement sur les os.

– Vous avez une conception bien pratique de la morale. À vous entendre, on croirait de l'arithmétique, une science inanimée. »

Machiavel fit un geste évasif, et le bouchon de sa gourde lui échappa. « C'est que la morale n'est pas un jeu de hasard, dit-il en se penchant maladroitement. Il y a des lois, des calculs et des résultats… mais où est passé mon bouchon ? » Pasquale le ramassa pour Machiavel, qui demeura un long moment à le revisser. « Je suis las, annonça-t-il en manière de conclusion. Il est temps que je m'entretienne avec le Signor Taddei. »

Le journaliste en tête, ils traversèrent le jardin classique. Un homme corpulent vêtu d'une lourde robe de nuit brodée, un bonnet turc posé au milieu de ses rares cheveux ébouriffés, était apparu au bord de la galerie. Il s'agissait du maître du palais, le marchand Taddei, qui leur expliqua sans s'émouvoir que la maisonnée s'apprêtait à se coucher lorsqu'un terrible cri s'était fait entendre. Ses domestiques affolés avaient couru de tous côtés jusqu'à ce que l'un d'eux remarquât une lumière allumée dans la tour aux signaux, et c'était là qu'on avait découvert le corps, après avoir dû enfoncer la porte derrière laquelle il se trouvait : le meurtrier l'avait verrouillée en repartant.

Machiavel écouta le marchand sans l'interrompre, puis s'accorda un instant de réflexion avant de demander si les portes du palais étaient fermées à clef au moment des faits.

« Naturellement, répondit Taddei, bien que ce soit triste à

dire. Nous vivons à l'époque du progrès, et pourtant, dans les murs mêmes de notre cité, nous devons nous protéger contre les vagabonds et les voleurs. Quant aux mercenaires suisses qui sont censés nous défendre, c'est à se demander s'ils ne tuent pas davantage de citoyens innocents que la vérole espagnole.

– Sans compter que vous aviez des invités de marque sous votre responsabilité…

– Maître Raphaël s'efforce de calmer ses disciples. Sans son intervention, ils se seraient tous précipités incontinent dans la nuit à la poursuite du meurtrier.

– Maître Raphaël est un homme de bon sens, reconnut Machiavel. La milice a-t-elle examiné les murs du palais ? Sachant que personne n'a pu sortir par les portes, celles-ci étant verrouillées, il est possible que notre meurtrier soit passé par une fenêtre. Et si tel est le cas, on devrait trouver des traces à l'endroit où il est tombé, d'autant plus qu'en l'absence de fenêtres au rez-de-chaussée, il aura dû sauter de l'un des étages.

– Je vais demander au capitaine de donner des ordres en ce sens, si cela n'a pas été fait. Il n'en reste pas moins que le meurtrier devait avoir une clef de la tour aux signaux, car elle est toujours fermée la nuit quand je n'ai pas de messages à envoyer, et que je ne m'attends pas à en recevoir. Et s'il avait une clef de la tour, il pouvait très bien en avoir une également pour ouvrir l'une des portes extérieures.

– Très juste, fit Machiavel. Nous n'allons pas vous importuner plus longtemps, signor. Pourrions-nous voir à présent le lieu du drame ?

– Bien sûr, si le capitaine ne s'y oppose pas.

– Merci. Une dernière chose : êtes-vous certain de n'avoir envoyé ni reçu aucun signal, ce soir ?

– Absolument. Comme je vous l'ai dit, la tour était fermée à clef. Lorsque le corps a été découvert, l'un de mes domestiques est allé aussitôt prévenir la milice, dont le poste se trouve au bout de la rue. »

Machiavel considéra quelques instants la réponse du marchand. « J'entrevois une explication simple qui permettrait de résoudre notre énigme, dit-il enfin, mais il faut d'abord que j'examine la tour pour en avoir le cœur net. Suis-moi, Pasquale. »

Ils traversèrent de nouveau le jardin pour regagner le côté opposé de la galerie, où deux ou trois miliciens, habillés de gilets blancs et de culottes aux bandes rouges et blanches, montaient la garde devant la porte de la tour aux signaux.

« Alors, Pasquale, fit Machiavel. Quel est ton sentiment ?

– C'est peut-être un domestique qui a fait le coup : connaissant les habitudes du palais, il n'aurait eu aucun mal à se procurer une clef de la tour. Si aucune clef n'a disparu, on peut imaginer qu'il ait remis la sienne en place avant qu'on ne pense à aller vérifier. D'autre part, un domestique n'aurait pas besoin de s'enfuir. Ou alors, c'est peut-être l'œuvre d'un aide de Raphaël, ou de l'un de ses élèves. Cependant, cette hypothèse ne permet pas d'expliquer pourquoi le meurtre aurait été commis en haut d'une tour, qui plus est dans la maison d'un étranger.

– Bravo, Pasquale ! Ton analyse rejoint la mienne.

– Pour quelle raison n'en avez-vous rien dit au Signor Taddei ?

– Il serait mal venu de laisser entendre que l'un de ses domestiques pourrait assassiner un invité. Lorsqu'on interroge quelqu'un, il faut veiller à ne jamais l'offenser, quitte à devoir pour cela découvrir ce que l'on cherche par des moyens obliques. Blesse l'honneur d'un homme, et il se fermera comme une huître. Caresse-le dans le sens du poil, et il ne tardera pas à te faire davantage de confidences qu'il ne l'aurait souhaité. »

L'un des miliciens, un svelte jeune homme à peine plus âgé que Pasquale, s'écarta pour les laisser gravir l'escalier de bois qui s'enroulait dans le sens inverse des aiguilles d'une montre à l'intérieur de la tour. Il était tellement étroit que Pasquale dut rester sur les talons de Machiavel. Ce dernier fit une halte à mi-hauteur et secoua violemment la frêle rampe de l'escalier, puis repartit d'un pas vif. Arrivé près du sommet, il se retourna vers Pasquale et lui demanda : « Tu as déjà vu un mort ?

– Bien sûr.

– Mort de mort violente ?

– L'hiver passé, j'ai suivi des cours de dissection à la Nouvelle Université, pour voir comment sont faits les hommes afin de mieux les peindre. La vue des tripes ne me fait pas peur.

– Voilà qui est courageux, mais sans doute as-tu remarqué que les cadavres ne saignent pas. Or, là où nous allons, je crains qu'il n'y ait beaucoup de sang. D'autre part, il faut savoir qu'au moment de la mort, les intestins se relâchent. Je présume que tu n'as pas voulu suivre tes cours en été à cause de l'odeur, je me trompe ? Tu sais, il ne faut pas t'inquiéter si tu te sens défaillir, ou même si tu vomis. Il n'y a aucune honte à cela. »

Deux gardes de la milice ainsi que le capitaine à la cape rouge étaient serrés sur les bords de la petite cabine de bois de la tour, dont la plate-forme centrale, circulaire et surélevée, était occupée par le corps gisant de Giulio Romano. Quelqu'un avait marché dans la mare de sang gluant qui baignait la tête du malheureux, ajoutant des traces de pas aux diverses taches qui s'étalaient sur le plancher de frêne ciré. L'air était chargé d'une odeur d'abattoir, qui empâta la bouche de Pasquale. Il y avait du papier partout, déchiré en morceaux dont les plus gros ne dépassaient pas la taille d'une main, et des éclats de verre noir entassés près de la petite fenêtre ronde.

Au lieu de se trouver mal comme l'avait envisagé Machiavel, Pasquale débordait de curiosité. Il avait hâte de voir le journaliste à l'œuvre, et d'autre part, c'était la première fois qu'il montait dans une tour aux signaux. Le cadavre ne ressemblait guère au solide gaillard qui avait affronté Salai à l'église le matin même. Il avait plutôt l'air d'un mannequin mal façonné, richement vêtu de noir et replié sur lui-même, étranger aux vicissitudes des hommes. Rien qu'on puisse me faire, semblait-il dire, ne saurait être pire que ce qu'on m'a fait avant ma mort. Son visage était lacéré jusqu'à l'os maxillaire, et sa gorge présentait une plaie profonde, mâchée, remplie d'une espèce de gelée noire caillée.

La cabine de bois, pas plus grande que celle d'un navire, était éclairée d'une vive lumière par une lampe à acétylène qui chuintait, suspendue au centre du plafond en dôme. La plate-forme sur laquelle reposait le corps était élevée à hauteur de taille au-dessus du passage qui la ceinturait. C'était la place du signaleur, d'où il surveillait à l'aide de sa longue-vue, par les fenêtres pratiquées dans le dôme aux quatre points cardinaux, l'un des nombreux postes de relais de la cité, ou bien le vaste complexe multidirectionnel qui surmontait la Grande Tour. Juste en face de la porte se trouvait le bras équilibré par contre-poids qui commandait le sémaphore. À côté, il y avait un tube acoustique en cuivre, une ardoise frottée d'un blanc laiteux et une boule de craie attachée à une ficelle. L'une des petites fenêtres rondes était ouverte, et à travers, Pasquale aperçut les lumières vertes et rouges des fanaux du sémaphore.

Machiavel salua de nouveau le capitaine, sortit un petit carnet ainsi qu'un bâton pointu de plombagine, puis demanda si le corps était tel qu'il avait été découvert. Se rappelant la raison de sa présence, Pasquale tira un papier et un crayon de sa besace, bien qu'il ne fût pas encore prêt pour commencer à dessiner.

« Pas du tout, dit le capitaine en réponse à la question de Machiavel. Il était appuyé contre la porte, comme l'indiquent les traces de sang que vous voyez. Nous avons eu un mal de chien à entrer, même après l'ouverture de la serrure. Ensuite, nous l'avons étendu là pour que le médecin puisse l'examiner. »

Machiavel se pencha pour inspecter la serrure, puis s'inclina davantage et passa le doigt sur le bas de la porte avant de se redresser. « Il était déjà mort quand les domestiques l'ont trouvé, je crois. »

Le capitaine était un homme de grande taille, et avec son casque de cheveux bruns et sa barbe soigneusement taillée qui soulignait son menton carré, on eût dit un centurion romain. Pasquale esquissa son portrait en quelques traits rapides.

« Tout ce qu'il y a de plus mort, confirma le capitaine. Il a été égorgé ; entre l'asphyxie et l'hémorragie, le pauvre bougre n'avait aucune chance de s'en remettre. »

Machiavel arpenta le passage extérieur de la cabine, faisant un premier tour, puis un deuxième. Tandis que le capitaine et les gardes observaient le journaliste, Pasquale se mit à dessiner le corps, les bras et les jambes repliés, la gorge béante inclinée en arrière, le visage figé en une expression lointaine comme le jeune homme n'en avait jamais vu chez quelqu'un de vivant. À mesure qu'il dessinait, Pasquale se sentait gagné par une grande lucidité. Il prenait conscience que la mort n'était pas simplement la perte de la vie, mais un profond changement. C'était un sentiment qu'il n'oublierait jamais, et qui l'aidait à moins craindre la mort. Après la mort on ne souffrait plus ; il ne restait plus rien pour le permettre.

Machiavel passa la main par la fenêtre ouverte, puis la retira et montra au capitaine le sang qu'il avait recueilli au bout de ses doigts.

« Il y a du sang partout, acquiesça le capitaine. Comme si le malheureux s'était traîné avec frénésie d'un endroit à l'autre avant de mourir, peut-être même pendant que son agresseur saccageait les lieux : comme vous le voyez, le sol est jonché de bouts de papier. Apparemment, le signaleur tient un registre de tous les messages envoyés ou reçus, et c'est principalement ce qui a été déchiré. Celui qui a tué Romano devrait être couvert de sang, en principe. Voilà pourquoi je ne pense pas que ce soit l'un des résidants du palais. Nous les avons tous rassemblés dès que nous l'avons pu, c'est-à-dire moins de vingt minutes après l'alerte. Aucun d'eux n'avait la moindre trace de sang, et personne n'aurait pu se laver si vite et si parfaitement. Aucun n'avait non plus de marques de lutte, ni éraflures ni contusions. Celui qui a fait ça est un malade, et ce pauvre

Romano s'est défendu vaillamment ; peut-être même a-t-il tenté de sortir de la tour pour poursuivre son agresseur.

– C'est fort bien raisonné, complimenta Machiavel. Et je suis d'accord avec vous, l'assassin est quelqu'un d'extérieur au palais. Permettez-moi d'ajouter qu'il est entré par cette fenêtre, et qu'il est reparti par le même chemin. En effet, il y a du sang sur le rebord de la fenêtre, mais il n'y en a pas sur la rampe de l'escalier. Fouillez les vêtements de Romano : vous y trouverez une clef. Il s'est enfermé ici pour une raison ou pour une autre, et il a ensuite été surpris par l'assassin. Ils se sont violemment battus, et Romano a tenté d'ouvrir la porte pour s'enfuir : il a rayé le bois autour de la serrure en essayant vainement d'y introduire la clef avant de succomber à son agresseur. Et son forfait accompli, ce dernier est reparti comme il était venu, par cette même fenêtre que Giulio Romano avait ouverte pour allumer les fanaux du sémaphore. Ils sont toujours allumés, comme je l'ai remarqué en regardant la tour depuis le jardin à mon arrivée. Pourtant, le Signor Taddei m'a assuré qu'aucun signal n'avait été envoyé de la soirée. C'est faux, mais il ne pouvait se douter que l'un de ses invités se servirait de son sémaphore sans sa permission. Je suppose en outre que Romano était encore en vie au départ de son agresseur, car il y a des traces au bas de la porte qui montrent qu'il a de nouveau tenté de l'ouvrir avant de mourir. Et c'est ainsi qu'on l'a retrouvé. Avouez que l'assassin aurait eu du mal à appuyer le corps contre la porte, puis à la refermer de l'extérieur.

– Mais il ne manque aucune clef, observa le capitaine. La porte a dû être verrouillée par l'assassin quand il est reparti.

– Non, c'est Romano qui l'a verrouillée. Fouillez son cadavre et vous trouverez la clef. »

Le capitaine ordonna la fouille en souriant, comme si Machiavel lui procurait un divertissement rare auquel il n'était que trop content de prêter son concours, ne fût-ce que par curiosité. C'était ce que ressentait Pasquale, en tout cas, comme s'il se trouvait au centre d'une pièce de théâtre dont Machiavel était seul à connaître la trame.

Le garde qui fouillait le corps brandit une clef, et le capitaine la prit pour la soumettre à la serrure de la porte. Le pêne sortit puis rentra en claquant, et le capitaine sourit. « Un point pour vous, Niccolò. Mais s'il ne manque aucune clef, d'où vient celle-ci ?

– Le Signor Taddei doit avoir la sienne, en tant que maître des lieux, de même que le majordome, en tant que responsable de la bonne marche de la maison. Mais il doit en exister une troisième, à mon avis. Je présume que son propriétaire vous a assuré qu'elle n'avait pas disparu, peut-être même vous en a-t-il montré une. Seulement ce n'était pas la bonne. »

Le capitaine laissa échapper un juron. « Bien sûr ! s'écria-t-il. Hé, Acciaioli ! Va chercher le signaleur ! »

L'autre garde, celui qui avait trouvé la clef, intervint. « Voilà encore quelque chose… »

Il tenait un petit assemblage de papier blanc cartonné et d'éclats de bois, une sorte de bateau avec une hélice à double spire en guise de voile. L'objet était d'une taille suffisamment réduite pour tenir au creux de sa main. Le capitaine s'en empara. « Qu'en pensez-vous, Niccolò ? Ah, tenez, il y a un ruban de cette nouvelle gomme élastique, avec un remontoir pour l'enrouler. Un jouet, à votre avis ? »

S'aidant de l'ongle de son pouce, avec une délicatesse étonnante, le capitaine fit tourner une cheville de la taille d'une épingle. Le petit bateau tressaillit et se mit à vibrer ; le capitaine le lâcha. Les spires de papier vrombirent et l'objet s'envola en zigzaguant, s'élevant avec une telle force qu'il rebondit contre la vitre ronde de l'une des fenêtres d'observation. Puis l'énergie de l'élastique s'épuisa, et l'hélice tournant lentement dans l'autre sens, le bateau redescendit.

Pasquale, qui avait de bons réflexes, le rattrapa avant qu'il n'eût touché le sol. Il était léger comme une plume : en fait, la membrure qui lui donnait de la rigidité était faite des tuyaux des rémiges d'un oiseau. Un pigeon. Les anges, les ailes de pigeon trop petites pour les porter. Les artificiers. « Les artificiers, fit Pasquale. Les artificiers et les anges. »

Le capitaine se tourna vers Machiavel. « Chez les artificiers, on parle de machines capables de voguer dans les airs avec la même légèreté qu'un canot d'osier sur l'Arno. Vous ne pensez pas que…

– Tu permets, Pasquale ? » coupa Machiavel. Il souleva le petit bateau volant et le scruta de ses yeux sombres – des yeux de pigeon, songea Pasquale, cerclés de rouge et que des années de boisson avaient rendus chassieux, mais qui restaient perçants.

« Nous ne devons invoquer aucune explication fantastique avant d'avoir épuisé le champ des possibilités rationnelles, déclara-t-il après avoir rendu le bateau à Pasquale. Alors seulement nous pourrons nous lancer sur la piste des anges. Cet objet-là n'est qu'un jouet, d'ailleurs très populaire à Rome. Ce n'est pas la première fois que j'en vois un. » Des bruits de pas dans l'escalier de bois lui firent dresser la tête. « Voilà la clef qui nous manque, annonça-t-il, et à plus d'un titre. »

Le signaleur avait au moins cinq ans de moins que Pasquale, des cheveux blonds tonsurés et un collier de petits poils blonds autour de son menton boutonneux. Il portait la tunique noire de son ordre, pourvue de quatre poches et descendant jusqu'à la cheville, serrée par une large ceinture de cuir à laquelle pendaient une bourse de cuir et une petite croix en bois de rose. L'ordre des signaleurs était une congrégation dominicaine qui, bien que plus séculière que monastique, n'en demeurait pas moins soumise à une sévère discipline religieuse.

D'un ton relativement aimable, le capitaine pria le signaleur d'utiliser sa clef pour actionner la serrure de la porte de la cabine, et à la façon dont le jeune garçon parcourut l'assemblée du regard, Pasquale comprit que ses nerfs avaient lâché.

Le signaleur se redressa et dit, d'une voix flûtée mais résolue : « Le Signor Romano m'a soudoyé pour avoir accès à la tour, signor. Je demande à être remis entre les mains des maîtres de mon ordre.

– Pas tout de suite, fit le capitaine. Le corps qui est allongé ici, c'est bien celui de l'homme qui t'a acheté la clef ? »

Le signaleur confirma d'un signe de tête bref et crispé ; des gouttes de sueur perlaient sur son front.

« T'a-t-il confié ses intentions ? demanda sèchement le capitaine. Parle, mon garçon ! Il est mort, tu n'as plus rien à craindre de lui.

– Tout ce qu'il m'a dit, c'est qu'il avait besoin de la tour pour un entretien privé.

– Pas pour envoyer un message ?

– Je ne lui aurais pas permis d'utiliser le sémaphore, signor.

– Tous les messages qui sont envoyés d'ici doivent passer par la Grande Tour, n'est-ce pas ? fit Machiavel.

– Nous l'appelons la borne centrale, expliqua le signaleur avec empressement. C'est elle qui commande la totalité du réseau de la cité, et elle sert de relais aux communications du pays entre le nord et le sud. »

Machiavel se tourna vers le capitaine : « L'ordre des signaleurs est très pointilleux sur la tenue de ses registres. Si Romano a réussi à envoyer un signal, vous en trouverez certainement une trace quelque part. C'est sans doute un message simple, tout à fait convenable et banal en apparence, mais qui doit receler une signification déguisée. Ce jeune homme ayant refusé de s'en charger, le Signor Romano l'aura envoyé lui-même en langage abrégé, ce qui n'est pas très difficile à faire. Moi-même, j'en serais capable. En s'entraînant quelque peu au préalable, n'importe qui peut envoyer un signal avec suffisamment de maîtrise pour faire croire à ceux qui le reçoivent qu'il provient de la personne habilitée, en l'occurrence notre jeune signaleur ici présent. Je me trompe, mon garçon ?

– Il ne m'a pas dit qu'il comptait utiliser le sémaphore, signor. Encore une fois, je ne le lui aurais pas permis.

– Alors qu'en lui prêtant ta clef, tu avais la conscience tranquille, c'est ça ? fit le capitaine. Résultat, un homme est mort. Tu auras toute la nuit pour y réfléchir au poste, avant qu'on ne t'abandonne aux bons soins de ceux de ton ordre. »

Lorsqu'on eut emmené le jeune garçon, Pasquale demanda ce qui allait lui arriver.

« Les signaleurs s'appliquent entre eux des sanctions bien plus sévères que les nôtres, répondit le capitaine. Ils n'ont pas le choix, s'ils veulent imposer leurs règles et préserver leur intégrité. Si on les croyait corrompus, qui donc irait leur confier un message ?

– Je n'ai plus grand-chose à ajouter, capitaine, s'excusa Machiavel. J'espère que mon analyse vous convient.

– Vous avez été à la hauteur de votre réputation, Niccolò. Si vous pouviez me donner le contenu du message, et l'identité de son destinataire, je crois que ce serait une affaire classée.

– Il reste encore de nombreuses questions à résoudre, et le contenu du message est celle qui importe le moins. Il serait plus intéressant de connaître les motifs de l'homme qui l'a envoyé. Était-ce un espion ? Et si oui, ses agissements étaient-ils connus de son maître, Raphaël, voire commandés par lui ?

– Malheureusement, Raphaël et sa troupe jouissent du statut diplomatique. À ce titre, on ne peut pas les interroger, encore moins les arrêter. Ils seront certainement placés sous haute surveillance à partir de maintenant, mais ce n'est pas à moi de m'en charger. Je ne suis qu'un pauvre capitaine de division qui doit tenter de mettre la main sur un meurtrier. Quant à son identité, et à ce qui l'a poussé à supprimer Romano, permettez-moi de vous dire que malgré un développement tout à fait satisfaisant, votre analyse manque de conclusions.

– Je ne sais trop quoi vous dire sur votre homme, soupira Machiavel, sinon que ce n'est pas un tueur très adroit, ni très bien armé. Il est peu probable qu'il se soit servi d'un couteau, dont la lame aurait laissé des coupures franches dans les vêtements de Romano, de même que sur son visage et sur son cou. Il y aurait également des entailles sur la paume de ses mains, comme on en voit chez les victimes qui se sont défendues sans armes, ou encore chez celles qui ont été désarmées par leur adversaire. En dernier recours, l'instinct de survie pousse le sujet à empoigner la lame même s'il doit pour cela se couper jusqu'à l'os. Or, au lieu de blessures de ce type, on constate des marques d'ongles et peut-être de dents, ainsi que des ecchymoses en forme de mains fortement serrées. Romano a été sauvagement battu à mort, selon moi, par quelqu'un contre qui il n'était pas de taille à lutter, même avec l'énergie du désespoir ; même une femme peut puiser dans des réserves physiques insoupçonnées lorsqu'elle se sent menacée de mort, et bien que Romano ait dû bénéficier de ce phénomène, il a succombé. Notre meurtrier est donc un homme fort, d'un tempérament qu'on peut imaginer fougueux. Et cet homme-là n'était pas complice de ce que Romano pouvait manigancer, car s'il était entré avec Romano, celui-ci ayant verrouillé la porte derrière lui pour ne pas être dérangé, il aurait su où trouver la clef et l'aurait prise pour sortir. Nous devons donc admettre qu'il est entré en escaladant la tour et qu'il s'est enfui de la même manière, ainsi que le confirment les traces de sang que je vous ai montrées sur le rebord de la fenêtre. Par conséquent, si le meurtrier de Romano est fort, il est par ailleurs assez menu pour passer par cette petite fenêtre.

– D'après mon expérience, fit le capitaine, un voleur est capable de passer par n'importe quelle ouverture assez grande pour sa tête. Certains font appel à de jeunes enfants, qui peuvent se faufiler par des brèches dont on jurerait qu'elles ne laisseraient pas passer un serpent. Et malgré tous les cas de cambriolage que j'ai pu connaître dans ma carrière, je n'ai jamais rencontré quelqu'un qui soit capable d'escalader une tour comme celle-ci sans équipement. Le Signor Taddei est un homme fortuné, et il a engagé des maçons qui savent construire des murs de pierre presque aussi lisses que ceux des villas antiques d'Herculanum.

– Vous avez visité cette malheureuse cité ? Vous avez de la chance.

– Les parents de ma femme possèdent une ferme dans les environs. Ils cultivent la vigne sur les pentes du Vésuve.

– Si je dois m'incliner devant vos connaissances en matière de cambriolage et de ruines romaines, et même de maçonnerie, j'ai cependant quelques notions d'alpinisme, et j'estime qu'il n'est pas impossible à un grimpeur accompli d'escalader ce que nous autres Toscans, pour qui la moindre colline est un obstacle, trouverions inconcevable. Je note par ailleurs la présence de poils rudes sous les ongles de Romano. Ce ne sont pas des poils humains, et il est possible qu'ils proviennent du manteau ou du col du manteau du meurtrier. En hiver, ainsi que les nuits plus froides que de saison comme celle-ci, les Prussiens et les Suisses se plaisent à porter des manteaux à col de fourrure. Peut-être devriez-vous commencer vos investigations parmi les rangs de l'armée mercenaire de Florence. Il faudrait y chercher un soudard fort et mince, si possible originaire d'un canton plus rural que celui de Zurich ou de Genève, et qui présenterait des griffures fraîches et profondes au visage et aux mains ; car outre des poils, il y a des lambeaux de chair sous les ongles de la victime.

– Le pape, comme Florence, emploie des soldats suisses. C'est un sujet brûlant, Niccolò. Si jamais vous le couvrez, je n'ose imaginer les troubles qui pourraient en résulter. Je crois même qu'il va vous falloir consulter la Signoria avant d'agir, et en attendant, je me vois dans l'obligation de confisquer vos notes, ainsi que les croquis de votre jeune assistant.

– Soyez assuré de ma coopération, soupira Machiavel. Vous me connaissez, capitaine. C'est l'information qui m'intéresse, pas le scandale.

– C'est bien pour cette raison que je vous ai laissé venir ici. Je compte sur vous pour vous en tenir aux faits, Niccolò.

– Et moi qui croyais que c'était pour mon esprit de déduction qu'on m'avait appelé sur le lieu du crime…

– Votre aide m'est toujours très précieuse, voyons, vous le savez bien. D'ailleurs, je ne manquerai pas de faire état de vos remarques, mais hélas, cette affaire ne sera bientôt plus de mon ressort. À présent, si vous voulez bien me remettre vos notes et vos croquis, je vais demander qu'on vous raccompagne jusqu'à la sortie du palais. »

Il n'y avait plus personne devant la porte du Palazzo. Le brouillard infect et le froid exceptionnel avaient découragé les curieux. Machiavel gagna rapidement le coin de la rue, où il fouilla dans sa poche pour en sortir sa gourde. Il but tout ce qui lui restait, puis s'essuya la bouche du revers de la main.

« Vous auriez pu m'en laisser, lança Pasquale après avoir allumé une cigarette.

– Ma soif n'admet aucune générosité », répliqua Machiavel en frissonnant, la tête rentrée dans les épaules, les mains serrées entre les cuisses.

Le jeune homme prit le journaliste par le bras et, ensemble, ils commencèrent à descendre la rue en direction des bureaux de la gazette. « Qu'allez-vous faire, maintenant que la milice a interdit votre article ? »

Machiavel partit d'un rire rauque : « Ce n'est pas la confiscation de mes notes qui va m'empêcher d'écrire.

– Mais le capitaine…

– Le capitaine n'a fait qu'appliquer le règlement pour se protéger. Il détient mes notes, ainsi que tes croquis, et il peut dire à ses supérieurs qu'il a fait de son mieux pour me réduire au silence, même s'il sait pertinemment que j'écrirai mon article de toute façon. Quant à toi, vu ton talent pour dessiner de mémoire, tu ne devrais pas avoir grand mal à refaire tes croquis. Et puis il te reste le petit objet volant.

– Je l'ai rangé dans ma besace. Vous croyez que ce jouet est important ?

– Ce n'est pas un jouet. J'ai simplement dit cela pour éviter que le capitaine ne souhaite le garder. Surtout, prends-en soin, Pasquale. Je peux te le confier ?

– Bien sûr. Mais pourquoi…

– Ah, sais-tu que je suis las, mon jeune ami ! Tiens, enfonce-toi dans cette rue. J'y connais une taverne ouverte à toute heure, si tu ne crains pas les vagabonds et les putains. »

C'était un bouge à l'intérieur d'une cave que seul éclairait un petit brasero posé au milieu du sol de terre couvert de paille. Autour de ce foyer rudimentaire, assis sur des bancs massifs noircis par la fumée, une dizaine de gens buvaient du gros vin rouge nouveau qu'ils puisaient dans une cuvette commune. Des rats bruissaient dans les coins sombres. La souillon qui tenait la taverne jetait des pierres à ceux qui s'aventuraient trop près de la chaleur du brasero.

Après deux coupes de vin, Machiavel revint à la vie. « Je ne m'étais pas livré à une telle confrontation intellectuelle depuis mon interrogatoire, expliqua-t-il. J'avais oublié combien le travail cérébral est épuisant.

– C'est vrai, tout ce que vous avez dit ?

– Il faut bien qu'il y ait une part de vérité. En revanche, je ne suis guère convaincu par la méthode que le capitaine prête au meurtrier.

– Peut-être que Romano n'était pas personnellement visé, avança Pasquale. Peut-être a-t-il simplement surpris un voleur ou un espion en train de fouiller dans les messages.

– Il faudrait alors supposer que Romano ait décidé d'utiliser illicitement le sémaphore au moment même choisi par ce malandrin pour s'introduire dans la tour. Je ne dis pas que ce soit impossible, mais c'est fort improbable. Or, nous ne pouvons envisager l'improbable que lorsque le probable a été écarté, et l'impossible que lorsqu'il ne reste rien d'autre.

– Remarquez, il y a forcément un complot là-dessous.

Forcément ! Ce n'est tout de même pas un hasard si l'un des aides de Raphaël s'est fait assassiner la veille de la visite du pape ! »

Machiavel sourit avec indulgence devant ce transport. Pasquale vida sa coupe et puisa de nouveau du vin dans la cuvette commune : si ce devait être à lui de payer, il en aurait au moins pour son argent. Lorsqu'il se rassit, Machiavel lui dit : « Nous n'en sommes qu'au commencement, Pasquale. Crois bien que je meurs d'envie de me mettre en chasse, car il n'est de meilleur remède à l'ennui que de résoudre une énigme comme celle-ci, mais je dois m'assurer d'abord que je poursuis le bon gibier.

– Et le petit objet volant ? Je n'ai jamais rien vu de pareil.

– C'est peut-être la clef de l'énigme, ou bien un petit détail sans importance. Les hommes portent sur eux toutes sortes de babioles, en particulier les artistes. Qu'as-tu dans ta besace, Pasquale, mis à part la pièce qu'il te faudra donner pour ce vin vigoureux ? J'imagine que tu as du fusain et des plumes d'oie, ainsi qu'un petit couteau pour tailler les plumes, des bouts de papier pour dessiner, de la plombagine d'Angleterre, et de la mie de pain pour effacer les traits ; un bloc de noir de fumée, et une pierre creusée pour préparer ton encre. Tous ces objets te distinguent en tant qu'artiste. Cependant, je présume que tu possèdes également des babioles qui te distinguent en tant qu'individu, et qui n'ont absolument rien à voir avec ta profession. Peut-être était-ce le cas de Giulio Romano. Nous trouvons une petite maquette, lui donnons dans notre élan plus de valeur qu'elle n'en a vraiment, et nous voilà qui nous égarons hors du chemin de la vérité, à la poursuite d'ombres imaginaires. Alors oui, il se peut que ce soit important, comme il se peut que ce soit insignifiant.

– Dans une peinture, fit Pasquale, tout est chargé de sens. Les choses éveillent des résonances parce qu'elles ont déjà été utilisées, et parce qu'il y a une histoire ou une tradition derrière le moindre geste, la moindre fleur. Quand j'ai vu cette maquette s'envoler, j'ai pensé aux anges… »

Bien qu'il en eût envie, Pasquale n'osait pas parler de sa vision, cette peinture qui luisait dans son esprit, encore obscure mais qui s'éclaircissait peu à peu, comme une chose voilée par la brume se détache à mesure qu'on en approche. Non, cela ne ressemblait en rien à la manière dont Machiavel travaillait, reconstituant un bref épisode de violence à partir de ce qu'il en restait éparpillé. Il était soudain dévoré par le besoin de commencer à peindre sur-le-champ, conscient cependant qu'il ne parviendrait alors qu'à une ébauche très imparfaite, et encore lui faudrait-il y passer des jours, des semaines, des mois. Ce serait ce qu'il voyait, ou rien du tout.

La cave était humide et froide, mais le feu du brasero réchauffait Pasquale, et la fumée qui s'en échappait valait mieux que l'âpre odeur chimique du brouillard des artificiers dont sa tunique était encore imprégnée. De l'autre côté du brasero, un loqueteux maigrelet à figure de fouine plongeait lentement le bras entre les énormes seins pendants d'une grosse putain, comme s'il espérait finir par entrer tout entier dans cet antre maternel. Les autres clients se contentaient pour la plupart de hocher la tête, grisés par le gros vin, absorbés par les charbons ardents du brasero ainsi que par leurs propres pensées indéchiffrables.

Au bout d'un moment, le vieil homme aux cheveux blancs qui était assis à côté de Pasquale prit la parole. Une plaque livide de tissu cicatriciel s'étendait sur le côté gauche de son visage, tirant l'œil et le coin de la bouche vers le bas. Posant le doigt sur la cicatrice, il dit avec un fort accent milanais : « Tu te demandes où je me suis fait ça, hein, petit ? Eh bien tu vois, c'était quand je travaillais à la construction du canal qui rejoint la mer. Les artificiers ont utilisé de la poudre chinoise pour faire sauter le roc vif qui nous bloquait à Seraville, et une des explosions a jeté des éclats enflammés sur les tentes des ouvriers. Beaucoup n'ont pu échapper à l'incendie qui s'est étendu après l'explosion d'une réserve de poudre, mais moi j'ai eu de la chance, si on veut. Plus d'hommes ont été tués cette nuit-là que pendant la guerre d'Égypte, alors que moi je m'en suis sorti avec une simple cicatrice. Quand on voit toutes les fabriques qu'il y a là-bas maintenant, qui fonctionnent grâce à la force du canal que nous avons creusé... mais qu'est-ce que j'y ai gagné, moi, à part une pension et un visage à faire tourner le lait ? On dit que les artificiers ont donné aux hommes la liberté de progresser, mais à suivre le rythme de leurs machines, les hommes comme moi deviennent moins que des bêtes de somme : on nous fait travailler tant que nous le pouvons encore, et quand nous nous écroulons, on nous met au rancart. »

Le vieil homme fit passer sa chique de tabac d'une joue à l'autre, puis cracha un long jet de salive en direction du brasero. Se penchant en avant pour contourner Pasquale du regard, il ajouta : « Je vous connais, Signor Machiavel. Ce n'est pas la première fois que je vous vois ici, et j'ai eu l'occasion de vous écouter parler. Je sais que vous êtes d'accord avec ce que je dis. »

Une fois encore, comme le remarqua Pasquale, Machiavel montra de la bonne humeur et de la vivacité. Sous le feu du vin, ses maux avaient fondu comme neige au soleil.

« Nous avons toujours été libres de progresser, signor, corrigea-t-il, du moins dans notre tête. Cependant, rares sont ceux qui peuvent espérer un jour se libérer du nombre en bénéficiant du progrès social. Il est mathématiquement démontrable que le travail fourni pour produire des biens matériels ne peut enrichir qu'une fraction de la population laborieuse. En fait, il est dans l'intérêt de notre république de garder des caisses pleines et des citoyens pauvres, car la richesse individuelle engendre l'oisiveté. Songez à Rome, qui durant quatre cents ans après sa fondation a abrité la plus grande pauvreté, et pourtant, ces années ont également marqué la dernière grande époque de sa république. Songez à Paul Émile qui, grâce à sa victoire sur Persée, a considérablement enrichi Rome ; et pourtant, il est lui-même demeuré pauvre. Comme les conquêtes, le travail ne doit pas nous rendre riches, mais nous garder dans une pauvreté active.

– Ne le prenez pas mal, Signor Machiavel, fit le vieil homme, mais on croirait entendre un de ces savonarolistes. Je ne peux pas dire que je partage leurs opinions.

– J'ai eu de bonnes raisons de rejoindre les disciples de ce sombre prophète, expliqua Machiavel, mais Dieu merci, j'ai assez de bon sens pour n'en avoir jamais rien fait.

– Que de mots ! maugréa Pasquale. À quoi servent les mots ? » Il fut épouvanté de constater qu'il était plus soûl qu'il ne l'avait cru.

Assis dans la zone d'ombre qui échappait à la lueur du feu, quelqu'un bougea. C'était un homme extrêmement gros et complètement chauve, enveloppé dans une pèlerine de laine abondamment reprisée. « Les derniers jours sont là, journaliste, déclara-t-il. La Bête est assise sur le trône de saint Pierre, et bientôt elle mourra. Les fausses tours érigées par l'orgueil et la vanité des artificiers seront renversées. Mets donc ça dans ton journal.

– Il est bien connu que mes armes sont les mots, et non les bombes. » Sur quoi Machiavel termina son vin et retourna sa coupe, secouant les dernières gouttes au-dessus de la paille entre ses bottes. « Paie notre hôte, Pasquale, il est l'heure de partir. Nous devons coucher notre travail sur le papier avant de songer à nous coucher nous-mêmes. »

5

Pasquale rentra à l'atelier au premier chant du coq. Bien que fatigué, il était loin d'avoir sommeil. Durant la nuit qu'il avait passée à travailler sur une gravure du cadavre de la tour aux signaux du Palazzo Taddei, le Signor Aretino lui avait servi plusieurs tasses d'un épais café amer, cette nouvelle et coûteuse boisson importée du Protectorat égyptien. Aretino lui avait dit qu'elle remédiait à tous les maux, et notamment au sommeil. Il n'avait pas menti sur ce dernier point ; tout fourbu qu'il était, Pasquale ressentait une fragile et singulière lucidité, comme s'il venait de se réveiller d'un songe étrange et merveilleux.

Le brouillard des artificiers se levait. Dans l'air vaporeux du lointain, au-delà des toits cambrés de tuiles rouges des vieilles maisons modestes qui bordaient la rue étroite, les dessins dont les lampes habillaient le corps de la Grande Tour se noyaient dans les larmes de l'aurore. Des fanaux verts et rouges brillaient et clignotaient. De petits bras se balançaient sur un clocheton au sommet de la tour. Des volées de messages lancés à travers le ciel, aussi invisibles que des anges.

La cité s'éveillait avec le jour. Les ménagères faisaient claquer les volets en rotin aux fenêtres des premiers étages et, le système d'égouts n'ayant pas encore été étendu à ce quartier-là, jetaient leurs eaux usées dans le ruisseau central de la rue, tout en piaillant d'une maison à l'autre comme des hirondelles suspendues au mur d'une grange. Les cloches sonnaient la première messe, de loin en loin, de place en place, et se répondaient par-dessus les toits. Les hautes cheminées des manufactures qui ne dormaient jamais, de l'autre côté de l'Arno, envoyaient des panaches de fumée dans le ciel matinal, tous rabattus au même niveau par le vent d'ouest qui avait dissipé le brouillard. Le grondement de leurs machines et de leurs métiers à tisser était faible et régulier, pulsation monotone des affaires de la cité.

Pasquale interrompit un mitron en plein cri pour lui acheter une boule de pain chaud, à la croûte charbonneuse et croustillante. Deux florins d'argent, salaire de sa nuit de labeur, reposaient dans sa besace, avec la maquette volante, dont Machiavel lui avait confié la garde, ainsi qu'un exemplaire fraîchement plié du numéro du jour de la gazette, où ses deux gravures s'enchâssaient au milieu de la prose vive et pressante des colonnes de Machiavel. Le jeune homme se sentait en harmonie avec la cité, comme s'il faisait partie d'un mécanisme énorme et délicat qui se serait arrêté à un instant du bonheur. Il profita même de la compagnie d'un corniaud famélique, qui fit un bout de chemin sur ses talons avant d'être appelé soudain par une mission urgente et de disparaître au coin d'une ruelle.

La porte de l'atelier était ouverte en haut de l'escalier ; une lumière brûlait à l'intérieur. Rosso était déjà au travail. À cheval sur le polissoir, son grand tablier maculé de peinture flottant autour de sa taille, les manches retroussées pour dégager ses avant-bras tachés de son, il broyait du pigment bleu, frottant sèchement du cuivre vinaigré sur la planche du polissoir pour obtenir une fine poudre qu'il poussait dans un panier déjà à moitié plein d'une couleur azurée.

Pasquale fut envahi par un sentiment de culpabilité et d'affection en voyant son maître attelé à cette humble tâche. Il se dépêcha d'entrer pour s'excuser, mais Rosso l'en dispensa aussitôt.

« Tu mènes ta vie comme tu l'entends », lui dit-il. Il avait le front et les joues barbouillés de bleu, dont ses doigts étaient teints jusqu'aux jointures. Il semblait avoir travaillé toute la nuit ; sur la table à ouvrage, près de la fenêtre, son esquisse avait été en partie coloriée au lavis avec des tons qui se dégradaient jusqu'à un brun profond, presque noir, donnant du relief aux formes des figures.

Pasquale montra à son maître les deux florins qu'il avait gagnés, puis la gazette, que Rosso approcha de la fenêtre pour l'examiner un long moment. « Pauvre Giulio, lâcha-t-il enfin. Personne ne sait qui l'a tué ? »

Pasquale se mit à raconter à son maître les investigations de Machiavel, tandis que Rosso regardait fixement par la fenêtre d'un air affolé. Une épée de lumière s'abattit par l'ouverture des volets, illuminant précisément la moitié de son visage. Lorsque Pasquale en eut terminé, Rosso déclara : « J'ai le talent d'un grand peintre, Pasquale, je le sens en moi. Cet idiot de régent d'hôpital, il n'y connaissait rien, rien du tout ! Il fut un temps, ici, à Florence, où l'on savait ce que c'était que la peinture, mais ce temps-là est révolu. Aujourd'hui, on ne parle que des artificiers et de leurs machines, du commerce, d'un empire capable de rivaliser avec celui de l'ancienne Rome. Mais sans art, c'est vide, Pasquale. Ça ne vaut rien. »

Ainsi, une fois de plus, l'affaire de l'hôpital était jetée sur le tapis : les saints aux airs diaboliques que Rosso avait dessinés facétieusement, l'indignation du régent devant le prétendu sacrilège. Se détournant de la fenêtre, Rosso ajouta : « Cet idiot de moine m'a appelé du jardin quelques minutes avant ton arrivée. Il voulait savoir si nous avions des rats.

– Il doit faire l'inventaire de ses raisins tous les jours.

– Je veux que tu t'occupes de Ferdinand, ordonna Rosso d'un ton sec. Il a assez semé la perturbation comme ça, et j'ai besoin de calme pour travailler. Je l'ai attaché à ton lit, Pasquale, alors ne t'avise pas de le détacher. »

Il fit inscrire à Pasquale ses deux florins dans le livre relié en cuir des comptes de l'atelier, soupesa les pièces et en donna une au jeune homme. Ils étaient égaux, précisa-t-il, et ce depuis déjà quelque temps. Le maître n'avait plus rien à apporter à son élève, et Pasquale devrait bientôt voler de ses propres ailes.

« Mais maître, je ne cesserai jamais d'apprendre de vous.

– C'est gentil, dit Rosso avec un sourire vaguement mélancolique. En un temps plus heureux, si les choses n'étaient pas ce qu'elles sont… De plus en plus, il s'agit non pas de ce que nous pouvons faire, mais de ce que nous avons fait, Pasquale. Nous tombons dans les oubliettes de l'histoire.

– Vous savez bien que c'est faux, maître, protesta Pasquale avant de se laisser surprendre à bâiller.

– Va dormir quelques heures. Aujourd'hui, nous avons du travail à faire pour ce fou d'artificier. »

Sitôt couché, Pasquale s'endormit, sans guère prêter attention au macaque qui était attaché par une corde au cadre de son lit. Ce furent ses hurlements qui le réveillèrent, et lorsqu'il se redressa, il s'aperçut que l'animal avait disparu, laissant vide la boucle qui lui retenait la patte. Des hommes criaient aussi, Rosso dans la pièce voisine, et le moine dans le jardin d'en bas. Pasquale se précipita à la fenêtre et vit le singe recroquevillé dans un coin, qui pleurait et hurlait tandis que le moine tentait de le déloger avec une perche, Rosso les accablant tous deux d'imprécations.

Pasquale coupa la corde du lit avec son couteau et en lança une extrémité vers le singe, qui, comprenant aussitôt le but de la manœuvre, escalada fougueusement le treillage de vignes en s'aidant des pieds et des mains. Au moment où les échalas commençaient à céder sous son poids, il réussit à saisir la corde, et manqua faire passer Pasquale par la fenêtre. Le moine jeta sa perche et recula pour s'écarter des vignes et des échalas qui s'écroulaient autour de lui.

Le singe monta se réfugier dans la chambre de Pasquale, atterrissant sur le sol après avoir franchi la fenêtre d'un bond. Tout à coup, Rosso apparut, un balai à la main, et se mit à battre l'animal à coups redoublés. Pasquale s'interposa, criant à Rosso d'arrêter, pour l'amour de ciel, que l'incident était clos. La mine de Rosso finit par s'adoucir, et il lâcha son balai pour se cacher le visage dans les mains. Le singe sauta sur le lit et s'enroula la tête dans les couvertures.

Pasquale ne savait qui du maître ou du singe il lui fallait consoler. Le moine vociférait dans son jardin, recourant à des mots qu'un homme de Dieu n'est pas censé connaître, et encore moins prononcer, jurant qu'il se plaindrait à l'Administration du Gîte et des Monastères.

« Priez pour nous, mon frère, cria Pasquale en retour. Montrez donc un peu de charité chrétienne. » Puis il ferma violemment les volets et se tourna vers Rosso, qui s'était apaisé.

Quand Pasquale commença à s'excuser, car après tout c'était lui qui avait dressé le singe à grimper à la corde et à voler du raisin, Rosso lui affirma sans hésiter qu'il n'y était pour rien du tout. « Ces animaux-là, c'est dans leur nature, Pasquale. Moi, je l'avais pris pour m'amuser, et voilà ce qu'il est devenu, un fardeau que je porte autour du cou comme le vieil homme de la mer, et qui me tourmente comme un démon.

– Vous croyez que le moine va prévenir l'administration ?

– Oh, c'est fort probable, répondit Rosso en se frottant les yeux avec la base de ses paumes. C'est un esprit vil et mesquin. Tu sais, Dante réservait un cercle de l'Enfer aux stylites qui se retiraient du monde pour enrichir leur propre spiritualité, comme un ladre s'accroche à ses pièces. Eh bien pour moi, les moines ne valent pas mieux. »

Le singe, au son de leur voix, sortit la tête des couvertures, et les deux hommes ne purent s'empêcher de rire en le voyant qui les regardait comme une vieille femme engoncée dans son châle.

Rosso laissa échapper un soupir. « Il y a encore beaucoup de préparation à faire pour le travail d'aujourd'hui », dit-il.

Pasquale aida Rosso à broyer le reste des pigments dont ils auraient besoin pour peindre le mur de l'artificier : le sel bleu obtenu en trempant du cuivre dans du vinaigre, le nouveau colorant blanc de carbonate de plomb, le rouge extrait de scarabées écrasés, et le jaune vif du sulfure de mercure. Tous ces pigments étaient plongés dans de grands seaux de bois réservés à la peinture à fresque, qui contenaient soit du jaune d'œuf délayé dans de l'eau vinaigrée (le bleu s'y transformait en vert), soit de la colle (le bleu y restait bleu).

Le travail que leur avait commandé l'artificier n'était rien de bien compliqué : il s'agissait de peindre des motifs onduleux de couleurs primaires sur la façade d'une banque de la Piazza della Signoria. Le pape, en entrant sur la place ombragée par la Grande Tour, se retrouverait face à cette fresque, mystérieusement transformée par ruse d'artificier en merveille. Du moins c'était ce qu'avait promis l'artificier ; cachottier par nature, il n'avait jusque-là rien dit aux peintres de la façon dont la chose devait se faire. Mais enfin, une commande était une commande, et l'artificier payait bien, et d'avance.

La façade de la banque avait reçu sa première couche de mortier, et la structure des motifs y avait été tracée au fusain sous la surveillance de Rosso deux jours auparavant. On avait dressé un échafaudage moderne, composé d'éléments normalisés qui s'assemblaient comme des pattes d'insecte, avec une régularité qui n'avait rien à voir avec la forêt d'étais qui soutenait les planches inégales des échafaudages traditionnels. L'artificier était déjà sur place lorsque Rosso et Pasquale arrivèrent, peu après midi, flanqués de la petite équipe d'ouvriers qui leur portait les pigments, les pinceaux, les brosses et tout le reste.

L'artificier était un jeune homme grassouillet qui avait un visage rond et vernissé au teint olivâtre, des yeux bleus larmoyants et une barbe soigneusement taillée. Il portait l'uniforme habituel des artificiers : une tunique de cuir couverte de poches, des culottes turques noires et flottantes et des bottes de cuir noir lustré, ferrées aux orteils et serrées aux genoux par des boucles. Il se nommait Benozzo Berni ; c'était un parent éloigné du grand poète satirique.

Engagé par la banque pour réaliser ce spectacle, Berni se rongeait d'inquiétude à l'idée que, pour avoir négligé quelque détail, il pût échouer et connaître la ruine. Il avait vivement protesté contre le retard occasionné par les solennités de la Saint-Luc, et faisait à présent remarquer avec insistance que son dispositif était déjà en place. Il s'agissait d'une machine qui s'apparentait à une catapulte, si ce n'était qu'au lieu d'un cuilleron de lancement, elle soutenait une rangée de lanternes à acétylène, ainsi qu'un ensemble de lentilles et de miroirs destiné à la projection de la lumière. Elle se tenait devant l'échafaudage comme une grenouille squelettique aux yeux exorbités. Quant à la façon dont cette machine devait s'accorder avec les motifs informes de la fresque, Berni refusa de le dire. « Vous verrez bien le jour du spectacle. Enfin, si nous sommes prêts. »

Berni ne traitait pas Rosso comme un artisan qualifié exécutant de son mieux la tâche qui lui avait été confiée, mais plutôt comme un homme de peine, aussi insista-t-il pour vérifier avec ses assistants, deux blancs-becs d'au moins cinq ans plus jeunes que Pasquale, chacune des lignes que Rosso avait reportées sur le mur à partir du croquis schématique, ce qu'ils firent au moyen de petits instruments de pointage en cuivre, fixés par des charnières sur une règle graduée en forme de demi-cercle. La structure des motifs n'était pas compliquée, et il ne fallut qu'une heure de plus pour repasser sur les traits de fusain avec des brosses chargées d'ocre rouge, et faire ensuite disparaître le fusain pour ne laisser que le tracé à l'ocre, le *sinopia*.

Rosso et Berni entrèrent alors en conflit sur la meilleure manière de peindre. Rosso demandait à travailler comme il l'avait toujours fait, d'une plaque de mortier à la suivante, de haut en bas, alors que l'artificier insistait pour qu'on procédât par couleurs afin d'éviter toute différence de tons, chose qu'il jugeait impossible si des plaques de même couleur étaient peintes à des moments différents. Rosso, blessé de ce manque de confiance, proclamait encore et encore, élevant la voix davantage à chaque fois, qu'il était suffisamment compétent pour s'assurer d'une parfaite unité de tons sur toute la surface du mortier, tant et si bien que Berni finit par lever les bras au ciel avant de s'éloigner, tremblant de rage, pour allumer un cigare.

Si Rosso était encore contrarié par l'inconduite de son singe, cette petite victoire avait au moins contribué à lui redonner confiance. Il se tourna vers Pasquale. « Nous allons commencer par le haut, comme nous le faisons toujours. Je ne vais tout de même pas écouter cet idiot et prendre le risque d'éclabousser les parties déjà peintes. Nous pouvons passer le bleu dès maintenant, là où le mortier est sec. Hier, j'ai demandé aux ouvriers d'enduire l'*arriccio* pour le bleu afin de gagner du temps. Espérons qu'ils l'ont fait correctement. Le jour commence à tomber, et Berni a promis de nous éclairer avec sa machine, mais je ne suis pas tranquille, Pasquale, je n'ai jamais travaillé à la lumière artificielle. »

Comme par une entente tacite, Rosso et Pasquale se pressèrent de terminer les zones de bleu, puis dirigèrent les ouvriers tandis que ceux-ci préparaient le mortier et l'appliquaient sur ce qui restait du *sinopia*. La difficulté était de veiller à ce que la couche de mortier fût assez fine pour sécher rapidement à la bonne consistance tout en conservant un grain suffisant pour fixer le pigment. Plaque après plaque, dès que le mortier avait atteint le stade de séchage adéquat, les deux hommes étendaient les pigments additionnés d'eau de chaux à coups vifs de leur plus grande brosse en soies de sanglier. Alors qu'on en était à la moitié de la fresque, le jour devenant insuffisant, l'artificier fit allumer les lampes à acétylène de sa machine, dont les miroirs et les lentilles s'ajustèrent pour diffuser une lumière jaunâtre sur la façade de la banque, de sorte que Rosso et Pasquale durent désormais travailler sur une fresque où s'allongeaient les ombres anguleuses de la charpente de l'échafaudage, ainsi que celle de leur propre corps.

« Ce n'est pas de la peinture, grogna Rosso, c'est une course.

– Ainsi nous voilà peintres en bâtiment, à présent », soupira Pasquale, qui éprouvait pourtant une agréable sensation de défoulement à barbouiller ainsi du pigment.

« Nous restons avant tout des artisans, Pasquale, quelle que soit la tâche qui nous est confiée. C'est pourquoi nous allons accomplir celle-là avec la même rigueur que toutes les autres. »

Pasquale avait travaillé sur assez de fresques pour en connaître les délicatesses. Il s'agissait tout d'abord de faire disparaître les inégalités du mur en appliquant une épaisse couche de mortier, l'*arriccio*, soit directement sur la brique ou sur la pierre, soit sur des nattes de paille intercalées pour protéger l'ouvrage de l'humidité, le pire ennemi des fresques. Cette opération était un art en soi : l'*arriccio* devait être lisse, tout en gardant la rugosité nécessaire à l'adhérence de la couche superficielle de mortier, et il fallait soigneusement surveiller sa consistance. Ensuite venait le problème du moment de séchage auquel on peignait, qui influait non seulement sur le résultat de la couleur, mais aussi sur la conservation de la fresque : trop tôt, la peinture pénétrait trop profondément dans le mortier et s'y noyait ; trop tard, elle ne prenait pas correctement, et s'écaillait. Les pigments bleus, mêlés de colle, ne pouvaient être appliqués que sur du mortier sec, et il fallait les traiter séparément et les remplacer environ tous les trente ans. Pour cette raison, on découpait la fresque en petites parties au moyen du *sinopia*, ébauche succincte ou dessin détaillé et complet, que l'on recouvrait ensuite d'une deuxième couche de mortier, l'*intonaco*, sous forme de plaques : de petites plaques là où il y avait des détails à soigner, comme sur un visage ou sur une main, et des plaques plus grandes pour les éléments réclamant moins de minutie, tels que le drapé ou le paysage de fond.

En temps normal, il aurait fallu peindre les plaques une par une, à raison d'une journée par plaque. Dans le cas présent, avec une fresque comportant une vingtaine de parties de forme irrégulière mais d'égale grandeur, qu'il suffisait de remplir d'une seule couleur primaire, il était possible de progresser rapidement, la technique consistant à poser trois plaques de mortier relativement sec à la suite, afin qu'au moment où la troisième était en place, la première fût prête à peindre.

Malgré l'aide des ouvriers, qui préparaient le mortier et la peinture selon les dosages indiqués et portaient les truelles et les seaux d'un endroit à l'autre, Rosso et Pasquale n'avaient pas le temps de souffler, ni de se poser de questions. Pasquale était tout entier à la tâche qui l'occupait : le coup de truelle sur une plaque de mortier fraîchement posée, le passage de la grosse brosse à poils rudes sur le mur grenu et absorbant. Le ciel se violaçait derrière l'éclatant faisceau des lanternes de l'artificier. Les papillons de nuit, attirés par la lumière comme par la flamme d'une bougie, ne cessaient de heurter le visage de Pasquale ; ses bras nus, couverts d'écailles de peinture sèche, lui démangeaient à cause des piqûres de moustique. Le jeune homme ne s'en souciait guère, et il était tellement absorbé par son travail que Rosso dut lui dire de s'arrêter lorsqu'ils en eurent enfin terminé.

6

Pasquale regardait les ouvriers démonter l'échafaudage à la structure étrange quand Machiavel le trouva. Assis sur une caisse retournée, il mangeait du pain de seigle avec de la morue salée d'une main, et de l'autre prenait quelques notes sur les attitudes des ouvriers ; une gourde de gros vin rouge était posée à ses pieds. Le goût des pigments cuivreux et de la poussière de mortier sec se mélangeait à la saveur salée de sa nourriture. Ses bras tremblaient d'épuisement. L'un des ouvriers, un Prussien aux cheveux blonds, était doté d'un physique intact et parfait, et Pasquale se proposa de faire sa connaissance ; peut-être accepterait-il de poser contre quelques pièces.

Rosso discutait avec l'artificier près de la machine à jeter de la lumière. Le singe, Ferdinand, était appuyé contre la jambe de son maître, content d'être délivré de la chaîne qui l'avait rivé au pied de l'échafaudage durant le travail. Les assistants de l'artificier étaient aux prises avec les lentilles de la machine, d'épais verres jaunâtres cerclés de cuivre et montés sur des bras articulés qu'ils manœuvraient de côté et d'autre, en réponse aux ordres tatillons de leur maître. Des ronds de lumière se déplaçaient sur le mur peint ; les ombres de l'échafaudage se réorganisaient, distribuées selon de nouvelles configurations. Les lampes ronflaient régulièrement.

Machiavel traversa le flot de lumière, et Pasquale se leva

d'un bond lorsqu'il le reconnut, heureux de voir le journaliste. Peut-être avait-il déjà trouvé la solution du mystère.

« Donne-moi un peu de ton vin », fit tranquillement Machiavel. Et pendant qu'il buvait, Pasquale lui demanda des nouvelles de son enquête.

« Te souviens-tu que je croyais que le malheureux Giulio Romano avait envoyé un message avant d'être assassiné ? »

Pasquale alluma une cigarette et rejeta la fumée avec une délectation sensuelle. « Vous avez trouvé ce que c'était ? Le capitaine de la milice devait faire des recherches.

– Ce message n'existe pas. Le capitaine a fait examiner les registres correspondant au moment du meurtre. Rien.

– Il faut donc croire que Romano s'est rendu dans la tour pour une autre raison.

– Et pourtant, il avait allumé les fanaux du sémaphore, Pasquale. Pourquoi aurait-il pris cette peine s'il ne comptait pas envoyer de message ?

– Peut-être que c'était ça, le message, avança Pasquale, se rappelant alors la petite maquette rangée dans sa besace.

– C'est exactement ce que je pense, fit Machiavel en souriant. Le message envoyé par Romano ne s'adressait peut-être pas à la tour de relais, mais à quelqu'un qui se trouvait aux abords du Palazzo. Peut-être était-ce un signal qui indiquait le moment d'entrer par un chemin déterminé. Plutôt qu'un espion, on peut imaginer que Romano était un traître au sein du groupe de Raphaël. Ou bien qu'il agissait pour son propre compte. Ou encore qu'il a été piégé par l'assassin, ce qui voudrait dire que quelqu'un voulait sa mort, ou cherchait à nuire à Raphaël en supprimant son meilleur aide.

– En tout cas, nous ne pourrons pas le convaincre de trahison. Il est mort, à présent. C'est à Dieu de le juger.

– Le capitaine m'a chargé d'une mission, Pasquale. Je veux bien que tu m'aides, si tu es d'accord. Il s'agit d'avoir un entretien avec Raphaël. Le capitaine me l'a demandé car lui n'en a pas le droit, étant donné que Raphaël est sous la protection du pape. Veux-tu m'accompagner ? Tu n'auras pas à prendre la parole, mais simplement à te servir de ton regard perçant, de ta sensibilité d'artiste.

– Avec plaisir. » Pasquale était prêt à tout pour rencontrer Raphaël. Combien les autres élèves seraient jaloux !

« Nous avons quelqu'un à voir avant de nous rendre auprès de notre homme, annonça Machiavel. J'ai dressé la liste des ennemis de Raphaël, et cette personne y figure en deuxième place : Michel-Ange.

– Vous plaisantez ! s'exclama Pasquale, en proie à un mélange d'indignation confraternelle et de curiosité morbide.

– Chacun sait qu'il y a entre eux une rivalité farouche. Michel-Ange prétend que Raphaël lui a volé ses idées.

– On dit que c'est pour cette raison qu'il s'est brouillé avec le pape. Cependant, je ne pense pas qu'il tuerait l'un des aides de Raphaël pour si peu.

– Certes, ce serait folie de sa part, mais la colère peut rendre fou n'importe qui.

– Il est vraiment prêt à vous recevoir ?

– Dans l'instant même.

– Mais si Michel-Ange n'est que le deuxième plus grand ennemi de Raphaël, qui donc est le premier ?

– Voyons, le mari qu'il a cocufié, bien sûr. Malheureusement, dans la mesure où c'est l'un des responsables les plus hauts placés de Florence, et où il était de ceux qui ont forgé des accusations contre moi pour me faire emprisonner, il m'est difficile de le soumettre à la question, bien que ce ne soit pas l'envie qui m'en manque.

– Puis-je savoir de qui il s'agit ?

– Si c'est nécessaire… mais nous n'en sommes pas encore là. » D'un air aimable, Machiavel inclina la tête pour plonger son regard dans celui de Pasquale. « Une dernière chose : j'ai reçu ce qu'il y a lieu de considérer comme une menace de mort, un paquet contenant un couteau brisé. Bien sûr, ce n'est peut-être pas sérieux. Nous autres journalistes sommes souvent menacés, et ce paquet m'est arrivé bien après la distribution de la gazette. Je m'en inquiéterais davantage si je l'avais reçu avant. » Il porta la gourde à ses lèvres et renversa la tête en arrière. « Ah ! Ce vin est infect. Est-ce que le Signor Aretino ne t'a pas payé correctement ?

– Je n'ai pas à me plaindre. Signor Machiavel…

– Niccolò suffira. Je ne suis pas un homme de condition, du moins plus maintenant. Les Espagnols sont passés par là.

– Niccolò… Croyez-vous vraiment que Raphaël soit impliqué dans un complot contre notre cité ?

– Rien ne le prouve. Et je n'ai pas l'intention de le torturer pour le savoir, Pasquale. Je vais simplement lui poser quelques questions sur son malheureux aide, qui a été si sauvagement assassiné. Ce n'est pas une enquête officielle, vois-tu, le statut diplomatique de Raphaël l'interdit. Il ne peut être jugé, ni arrêté, ni même interrogé. Passer outre à son immunité nous mettrait en position d'agresseur envers le pape. D'ailleurs, c'est justement le caractère officieux de notre démarche qui nous permet d'agir. Il ne doit y avoir aucun scandale, aucune rumeur. Tu comprends ?

– Tout à fait.

– Alors si ton travail ici est terminé, dis au revoir à ton maître. Nous n'avons que peu de temps. »

Malgré la hâte de Machiavel, Pasquale persuada celui-ci de faire un crochet par l'atelier, où le jeune homme troqua ses vêtements de travail contre son plus beau justaucorps de serge noire, un pourpoint à larges taillades doublées de luxueuses chutes de soie rouge, et des chausses rouges. Il se lava le visage et les mains, brossa soigneusement les boucles de ses cheveux et s'épingla un bonnet souple de velours derrière la tête ; puis, alors que Machiavel s'était mis à arpenter la pièce d'un air impatient, il s'aspergea les mains d'eau de rose et frotta des fleurs de lavande séchées entre ses paumes, s'en parfumant le bas des joues et les côtés du cou avec de petites tapes.

« Comment me trouvez-vous ?

– Tu feras une belle mariée pour celui que ton cœur choisira, gloussa Machiavel.

– J'ai rendez-vous avec les deux plus grands artistes de notre temps, il est normal que je sois à mon avantage. Une dernière chose… » Pasquale sortit la fleur de lis qu'il avait confectionnée avec des bouts de feuille d'or et se l'épingla sur la poitrine. « Voilà, dit-il. Ainsi, Raphaël saura le respect que j'ai pour lui. » Se demandant ce qui faisait rire Machiavel, il ajouta : « Dois-je prendre mon épée, à votre avis ? » Il montra une courte lame flamande à la trempe douce, dont il avait retravaillé le pommeau avec de la feuille d'or et du cuir rouge.

Machiavel eut un sourire à la fois railleur et amusé. « Nous sommes des parlementaires. À ce titre, nous devons user de la finesse de l'esprit, et non de la violence des armes. Laisse ton épée, Pasquale, et suis-moi. »

Michel-Ange possédait une immense propriété sur la Via Ghibellina, composée de trois maisons en enfilade. Son atelier se trouvait dans celle du milieu, une ancienne étable dont le toit avait été surélevé jusqu'à la hauteur de trois étages. Cette vaste salle était coupée en deux par un rideau ; derrière, comme Pasquale le savait bien, se cachait la statue héroïque inachevée qui commémorait la victoire de la marine florentine à la bataille de Potonchán, où les navires sous-marins du Grand Ingénieur avaient coulé la moitié de la flotte espagnole alors qu'elle s'apprêtait à envahir l'empire aztèque, son feu grégeois ayant pratiquement détruit le reste. Michel-Ange travaillait sur ce monument, par à-coups, depuis près de dix ans. Il n'acceptait de le montrer à personne, pas même aux membres de la Signoria, qui l'avait pourtant financé, et ses ennemis racontaient qu'il ne le terminerait jamais.

Deux apprentis, vêtus de longues blouses et coiffés de chapeaux de papier, travaillaient sur un petit bloc de pierre blanche et brute à la lumière flamboyante d'une couronne de lampes à acétylène. Le tintement du métal sur la pierre résonnait sous le haut plafond tandis qu'ils accomplissaient les premiers gestes pour libérer la forme emprisonnée dans la pierre. La poussière fraîche donnait à l'air une odeur piquante. Leurs outils étaient éparpillés sur une table à tréteaux : des ciseaux en pointe, des burins plats, dentés et des burins griffus, des maillets meurtris de toutes grandeurs, des râpes, un foret. Des bacs d'abrasifs (émeri, ponce et paille) étaient posés sous la table. Dominant le tout, comme le squelette d'un fabuleux dragon antédiluvien, se dressait le treuil à vapeur qui faisait entrer et sortir les grands blocs de pierre de l'atelier.

Michel-Ange reçut Machiavel et Pasquale dans son bureau, un modeste appentis adossé à l'atelier, dont les murs étaient couverts de dessins perspectifs. Il les fit asseoir sur de petits tabourets, leur servit un verre d'amère liqueur d'artichaut et sourit lorsque Machiavel, ayant aussitôt vidé le sien, déclara que c'était aimable à lui de leur accorder cet entretien.

« Je n'ai rien à cacher. Je travaillais ici hier soir, d'abord avec mes aides, puis seul, mais il était déjà très tard. Plusieurs de mes amis étaient présents ; je peux vous donner leurs noms si vous le désirez.

– Je vous remercie, mais ce ne sera sans doute pas nécessaire.

– La mort de Giulio Romano est regrettable, reprit Michel-Ange. Il aurait pu devenir un artiste de premier ordre s'il n'avait pas choisi de vivre dans l'ombre de son maître. Par ailleurs, je n'ai jamais rien eu à lui reprocher. Reprenez donc un peu de cette liqueur, Signor Machiavel. C'est bien la seule chose de Rome qui me manque. À propos, connaissez-vous la Fraternité de saint Jean le Décollé ?

– Je crois savoir que, comme votre excellente liqueur, elle est romaine, et que ses frères se chargent de réconforter les condamnés.

– Exactement. Eh bien, voyez-vous, j'en ai fait partie. Nous étions convaincus que même dans le pire des hommes se cachait un fond de bien, tout comme j'ai trouvé mon David dans de la pierre qui avait été massacrée par Simone da Fiesole – peut-être as-tu entendu parler de lui, Pasquale –, un crime, selon moi, aussi grave qu'un meurtre. À travers ma participation à la Fraternité, j'ai tout appris de la justice, signor, et des récompenses du meurtre. J'ai une bonne situation, comme vous pouvez le constater. Je ne voudrais la perdre pour rien au monde, et moins que tout pour Raphaël.

– Peut-être, dit Machiavel, connaissez-vous quelqu'un qui se serait querellé avec le Signor Romano.

– Je ne me tiens pas au courant des commérages de Rome », trancha Michel-Ange sur un ton péremptoire.

C'était un homme mince et musclé, démesurément large d'épaules, dont les yeux perçants étaient surplombés par un front carré que sillonnaient sept rides profondes. Il était penché en avant, la tête inclinée d'un air vif, ses mains puissantes appuyées sur le bord de son tabouret. De ses doigts couverts de coupures et de cicatrices, un ongle portant la marque noire d'une blessure récente, il tambourinait sur le tabouret au rythme des coups de ses aides sur la pierre.

« Les vieilles rancunes sont souvent les plus meurtrières, insista Machiavel.

– C'est bien vrai, s'esclaffa Michel-Ange. Tout le monde croit que je suis en guerre contre Raphaël, mais à se battre avec un bon à rien on ne gagne rien. L'opinion que j'ai de Raphaël est bien connue, et je ne m'en défends pas, mais j'ai mieux à faire de mon temps que de mener campagne pour nuire à sa réputation. Elle finira par s'écrouler toute seule, tôt ou tard, quand on découvrira sur quoi elle est assise.

– Il me semble que vous avez dit un jour que celui qui suit les autres ne parvient jamais à les dépasser.

– Et je le maintiens. Lorsqu'on est incapable de faire du bon travail par soi-même, il est difficile de faire bon usage du travail d'autrui. Ce n'est pas à Raphaël que j'en veux, mais à ceux qui le prennent pour ce qu'il n'est pas. Quant à Giulio Romano, personne n'avait de raison de le trouver déplaisant, à moins qu'il n'y eût un conflit parmi les aides. Vu la façon dont Raphaël mène ses affaires, je n'en serais pas surpris. Il est si négligent qu'il est obligé de payer quelqu'un pour s'occuper de ses intérêts. En voulant s'enrichir, il s'appauvrit.

– J'ai la conviction que celui qui a tué Romano était une de ses connaissances, mais qu'il ne faisait pas partie de l'entourage immédiat de Raphaël.

– Je m'intéresserais de près à ses aides, à votre place. Vous comptez les interroger ?

– Ce soir, comme vous devez le savoir.

– Et toi, Pasquale ? Vas-tu faire profiter le Signor Machiavel de tes conseils ?

– Je l'aiderai de mon mieux, répondit Pasquale, flatté et troublé par l'attention de Michel-Ange.

– Alors j'espère que tu sais nager contre le courant. Ton maître, Rosso, m'a aidé à dorer mon David lorsqu'il était au service d'Andrea del Sarto. Je veux croire que tu es un élève aussi appliqué qu'il le fut. »

Michel-Ange s'excusa et s'absenta brièvement pour avoir une conversation passionnée avec ses aides, puis revint et servit une nouvelle tournée de liqueur d'artichaut. Affable, il discuta de politique avec Machiavel pendant quelques minutes, avant d'annoncer poliment qu'il devait partir le lendemain pour les carrières de Serevezza et qu'il lui restait beaucoup de travail à faire.

Si Machiavel ne sembla pas déçu de cet entretien, Pasquale eut le sentiment qu'ils avaient perdu leur temps, n'ayant rien appris qu'ils ne savaient déjà.

« Bien au contraire, fit Machiavel. Nous avons appris d'une part que Michel-Ange avait toujours une profonde aversion contre Raphaël, et d'autre part qu'il quittait Florence pour quelques jours.

– C'est un repli stratégique, expliqua Pasquale. Il s'en va pour ne pas avoir à rencontrer le pape. Tout le monde s'y attend depuis des semaines.

– Sans doute, mais si quoi que ce soit se produit pendant son absence, nous aurons la preuve de son innocence.

– Il pourrait demander à des hommes de main d'agir pour lui.

– Peut-être, concéda Machiavel avec entrain, mais n'as-tu pas observé son comportement à l'égard de ses aides ? Il a eu le plus grand mal à les laisser travailler sans surveillance, et dès qu'il en a eu l'occasion, il s'est empressé d'aller voir où ils en étaient. Un homme comme lui, qui possède son art en maître, ne s'en remettrait à personne pour faire son travail à sa place. J'ai longuement étudié le comportement des hommes, Pasquale, et Michel-Ange n'est pas de ceux qui délèguent les affaires importantes. Espérons maintenant que notre entretien avec Raphaël se passera aussi bien. »

Le Palazzo Taddei n'était pas assailli par les curieux, et il ne restait qu'un seul milicien pour monter la garde. Ce dernier invita Machiavel et Pasquale à entrer en souriant. Les panneaux de la porte s'écartèrent, et une fois encore l'un d'eux resta coincé. Machiavel y donna un coup de poing, comme pour se porter chance, au moment où lui et Pasquale passaient par-dessous. Le majordome du palais, splendidement vêtu d'un costume cramoisi garni d'or, l'air grave et légèrement réprobateur, les conduisit jusqu'aux appartements du dernier étage qui avaient été attribués à Raphaël et à sa suite.

C'étaient en tout cinq ou six pièces, éclairées par des bougies aussi dispersées que des étoiles, qui faisaient plus d'ombre que de lumière, et il y régnait un désordre fastueux, comme dans un campement de bohémiens qui auraient été dotés non seulement d'une immense richesse, mais aussi d'une sensibilité artistique exacerbée. Les murs de pierre étaient habillés d'étoffe ou tendus de tapisseries flamandes. Il y avait des lits à baldaquin sens dessus dessous, jonchés de vêtements, des plateaux de nourriture abandonnés à moitié terminés sur les draps froissés. Dans l'une des pièces, un jeune homme nu dormait à plat ventre sur un divan, ses fesses formant deux croissants pâles dans la pénombre ; dans celle d'à côté, des chiens de chasse noirs étaient vautrés sur des sparteries devant une vaste cheminée vide ; dans une troisième, deux hommes jouaient aux échecs, et c'est tout juste s'ils levèrent la tête lorsque Machiavel et Pasquale passèrent devant eux à la suite du majordome.

Raphaël était étendu sur un lit gigantesque dans la pièce du fond, adossé à un amas de traversins. Il portait une chemise blanche, lâchement nouée sur sa poitrine satinée, des chausses noires munies d'une braguette d'une taille indécente, et des bottes de feutre rouge. Une jeune femme dormait à ses côtés, les cheveux libres et les épaules nues, négligemment roulée dans la couverture.

Un homme aux cheveux gris était assis sur un tabouret à la tête du lit ; trois autres compagnons de Raphaël se trouvaient devant la cheminée, tout près d'une belle flambée. L'un d'eux, un gros joufflu couvert de sueur, déclara d'une voix forte et enjouée au majordome qu'ils allaient devoir se mettre à découper les meubles si on ne leur faisait pas remonter du bois. Le majordome s'inclina et répondit calmement qu'il allait voir ce qu'il pouvait faire, puis annonça Machiavel et Pasquale avant de se retirer, plus à la façon d'un hôte courtois que d'un domestique obéissant.

Raphaël se redressa davantage, passant la main dans les cheveux de la femme allongée près de lui lorsqu'elle bougea dans son sommeil. Il accueillit Machiavel comme un vieil ami, jeta un regard torve à Pasquale. Ce dernier le soutint hardiment, bien qu'il commençât à transpirer dans la chaleur étouffante de la pièce.

« Mon assistant », dit Machiavel.

L'homme aux cheveux gris souffla quelque chose à l'oreille de Raphaël, qui hocha la tête. « C'est l'élève de Giovanni Rosso », dit alors celui-ci en dévisageant Pasquale. Il avait les yeux mi-clos et les paupières gonflées ; ses sourcils barraient l'arête de son nez puissant d'un trait noir. Des fils d'or étaient emmêlés dans la masse de ses longs cheveux bruns bouclés. D'ici quelques années, songea Pasquale, il serait gros : cela se voyait au double menton qu'il affichait, ainsi vautré sur les traversins comme un sultan, et au renflement de ses poignets. Pasquale n'en était pas moins impressionné ; devant lui se trouvait le peintre le plus riche du monde, le peintre des princes et des papes. Il promena un regard circulaire dans la pièce, avec l'espoir d'y découvrir des esquisses, des cartons, peut-être une toile en train de sécher contre une chaise. Il n'y avait rien de tout cela.

« Pasquale a eu la gentillesse de m'apporter son aide, dit Machiavel. Il était ici hier soir. Peut-être avez-vous vu, dans la gazette, les dessins qu'il a faits pour illustrer mon article.

– Ce n'est pas grand-chose », protesta Pasquale d'un air embarrassé.

Raphaël agita la main, comme pour chasser une mouche. Il portait des bagues à chaque doigt, de lourdes bagues en or incrustées de rubis et d'émeraudes. « Je ne lis pas les gazettes, dit-il. Je vois en revanche que les peintres florentins ont toujours un goût singulier pour la toilette. Est-ce de la peinture que tu as dans les cheveux, ou une nouvelle teinture ? »

Pasquale rougit et répondit : « Pour vous faire honneur, signor, j'aurais préféré avoir le loisir d'effacer toute trace de ma journée de travail, mais, comme Maître Niccolò a eu la délicatesse de vous le taire, notre affaire est pressante. »

L'homme aux cheveux gris chuchota de nouveau à l'oreille de Raphaël. « Peindre un mur pour l'illumination d'un artificier n'est pas vraiment du travail, lâcha enfin Raphaël, mais je suppose qu'il faut prendre ce qu'on vous donne. »

Le gros joufflu qui était assis près du feu intervint avec une gaieté malicieuse. « Voilà donc la devise qui a fait de Florence la capitale mondiale des arts. Que ne m'a-t-on donné un florin chaque fois que je l'ai entendue !

– Nous avons des ennemis dans votre cité, Signor

Machiavel, dit un deuxième homme. Michel-Ange, en particulier. Il est dévoré par la jalousie depuis qu'il a perdu la caution du pape, et multiplie les fausses accusations contre nous. À l'en croire, c'est lui qui aurait inventé toutes les techniques de l'histoire de la peinture. C'est un homme dangereux.

– Nous n'avons pas peur de Michel-Ange, expliqua Raphaël. Mais il lui arrive d'être gênant, et il a beaucoup d'amis.

– Beaucoup d'amis parmi ceux qui se disent des artistes, précisa le deuxième homme.

– J'ai subi suffisamment de fausses accusations pour comprendre votre méfiance, dit Machiavel avec diplomatie, mais je vous prie de croire que nous ne venons ici pour servir d'autre cause que celle de la vérité. Vous me connaissez tous. Vous savez que je ne suis à la merci d'aucune influence, que je ne me range dans aucun parti. »

Voilà qui parut contenter Raphaël. Il claqua des mains et demanda du vin d'une voix forte, puis, faisant un clin d'œil à Machiavel : « Je présume que l'un des crus du Signor Taddei sera le bienvenu.

– Vous êtes trop aimable.

– Taddei est un bon ami à moi, Niccolò. L'assassinat de Giulio est une chose horrible, mais qu'il ait eu lieu dans la maison de mon ami le rend d'autant plus douloureux. Je suis prêt à faire tout ce que je peux pour vous aider, si de votre côté vous êtes franc avec moi. Y a-t-il une chance pour que l'assassin soit arrêté par la milice citadine ?

– Je ne pense pas. »

Raphaël se tourna vers l'homme aux cheveux gris. « Je te l'avais dit ! On se moque de notre sort. Nous sommes ici en terre ennemie, et le danger nous guette de tous côtés.

– Il ne faut pas en parler, protesta l'autre.

– Non, dit Raphaël, non, tu as sans doute raison. Chaque chose en son temps, n'est-ce pas ? »

Un jeune garçon aux yeux ensommeillés, de moitié moins âgé que Pasquale, apporta un plateau d'or chargé d'une fiasque de vin et d'une demi-douzaine de timbales en or. Il versa le vin et distribua les timbales, souriant en voyant Pasquale soupeser la sienne avec stupeur, la palper avec ravissement. C'était de l'or pur, d'une valeur d'un an de salaire. Le vin exhalait un parfum fort et capiteux.

Raphaël vida sa timbale d'un seul trait et la tendit pour être resservi. « Quel est votre sentiment, Niccolò ? demanda-t-il d'une voix languissante. Parlez franchement. Vous savez combien j'estime votre jugement. Qui a tué mon ami ?

– Pour tout vous dire, il me reste encore à me faire un avis, mais je suis certain que le meurtrier ne demeure pas dans cette maison.

– Ce qui ne laisse que deux cent mille de mes concitoyens florentins, lança le gros joufflu, chacun d'eux ayant une lame à la ceinture et le meurtre au fond du cœur.

– Tais-toi ! » ordonna Raphaël en tapant sur le lit. Du vin gicla de sa timbale et tacha la couverture. La femme allongée près de lui bougea, mais ne s'éveilla pas. « Tais-toi, répéta-t-il plus doucement. Tu sais peindre avec talent, Giovanni, en particulier les animaux, mais pour l'heure, tu ne vois pas plus loin que le bout de ton nez. J'aimais Giulio plus que chacun de vous, et il est mort. Je veux savoir qui l'a tué, mais avant tout, je veux que nous puissions rentrer chez nous sans encombre. Nous sommes la cible d'un terrible complot, nos ennemis sont partout... mais ce n'est rien que nous ne soyons capables de surmonter, n'est-ce pas ? D'ici un jour ou deux, Papa Leone sera là. En attendant, nous devons rester sur nos gardes. Vous savez tous combien m'a coûté la gloire. Pour chaque admirateur, il y en a deux qui disent que je manque d'originalité, que je ne suis que le reflet du Pérugin, ou que j'ai pillé Michel-Ange. Moi, dont on a pillé les idées plus souvent que personne, dont les œuvres sont copiées et imprimées dans tous les pays sans ma permission... ! » Il reprit sa respiration, faisant un effort manifeste pour maîtriser ses émotions. « Que voulez-vous savoir, Niccolò ? »

Le journaliste attendit d'avoir l'attention de tout le monde. « D'après mon expérience, dit-il calmement, la meilleure façon de comprendre comment un homme a été tué est de remonter avant le moment de sa mort. C'est-à-dire d'établir ce qu'il a pu dire ou faire, et ce qui lui a été dit, et par qui. De découvrir qui le haïssait, et qui l'aimait, de connaître ses ennemis et ses amis. J'aimerais m'entretenir avec vous et vos disciples, si vous le permettez, de tout ce qui est arrivé à Giulio Romano après son arrivée à Florence. Déjà cela, pour commencer.

– Vous demandez beaucoup, remarqua Raphaël.

– Pardonnez-moi, mais si je prends cette liberté, c'est parce que je sais combien votre ami comptait pour vous.

– Vraiment ? Vous n'avez aucune idée de la somme de travail qu'il faudrait fournir pour gagner le dixième de ce que Giulio représentait pour moi. » Raphaël inclina la tête pour écouter le chuchotement discret de l'homme aux cheveux gris, puis : « Tout ce que je demande, c'est que votre assistant se retire le temps que vous nous interrogiez. »

La colère de Pasquale s'enflamma. « Il semblerait que les Romains aient un penchant prononcé pour les secrets, grinça-t-il. Si je parle sans détours, pardonnez-moi, mais je ne puis m'en empêcher, n'étant qu'un simple Florentin.

– Moi-même, je suis originaire de Venise, déclara posément l'homme aux cheveux gris. Pour ce qui est des secrets, j'ai entendu dire que les Florentins les aimaient plus que toute autre chose, avec une préférence pour ceux des autres.

– Excusez-moi, signor, répliqua Pasquale, mais nous n'avons pas été présentés. Si vous êtes vénitien, alors vous devez aimer les secrets plus encore que les Romains, et assurément plus que n'importe quel Florentin. Car enfin, s'il est une ville baignée de mystère, c'est bien la vôtre.

– Lorenzo est mon homme d'affaires, expliqua Raphaël. Il a toute ma confiance. S'il te plaît, mon jeune ami, aie la gentillesse d'attendre dehors. » Puis, se tournant vers le garçon qui avait apporté le vin : « Baverio, occupe-toi de l'ami de mon ami.

– Ce n'est rien », dit Machiavel à Pasquale. À voix basse, il ajouta : « Je te répéterai tout.

– Et fais-nous monter du bois, lança le gros joufflu tandis que le jeune domestique emmenait Pasquale. Je croyais qu'il n'y avait rien de pire que l'air de Florence, mais j'avais oublié le froid.

– Il ne faut pas leur en vouloir, dit Baverio à Pasquale en sortant de la chambre. Mon maître est convaincu que la mission qu'il doit accomplir ici le met en danger de mort, et ses aides sont tous persuadés qu'ils vont être éliminés un à un. Pourtant, nous sommes des peintres, pas des soldats ni des ambassadeurs.

– Vous avez donc bien une mission, triompha Pasquale. C'est ce que nous avions cru comprendre. »

L'air fâché, Baverio fit la moue et haussa les épaules. « S'il te plaît, je ne suis pas habile à ces jeux-là. Tiens, assieds-toi. Je vais chercher du vin, et nous parlerons. Je veux t'aider. »

Ils se trouvaient dans la pièce où les chiens de chasse paressaient devant la cheminée sans feu. Pasquale s'installa sur un tabouret sculpté, laissa les chiens lui renifler les mains et frotta leurs oreilles repliées. Son père avait possédé deux chiens comme ceux-là ; leur gueule délicate leur permettait de rapporter des oiseaux abattus sans en abîmer une plume. Sa colère avait disparu, remplacée par une simple sensation de fatigue.

Baverio réapparut avec une gourde de vin et une meule de fromage sec ; Pasquale coupa un morceau de fromage, puis mangea et but tour à tour. Baverio le regarda faire. Il portait une tunique de velours à rayures noires et vert foncé, des culottes de la même matière, bizarrement attachées par des boucles, et des bas noirs. Un serre-tête en or retenait sa souple tignasse brune.

Pasquale se rappela le serre-tête que lui avait mis Rosso dans les cheveux – à la différence que celui de Baverio était d'or véritable. Il lui confia qu'il ressemblait davantage à un jeune prince qu'à un domestique, et lui demanda s'il était peintre lui aussi.

« Je dessine un peu, mais pas très bien.

– Avec un bon professeur, n'importe qui peut apprendre à dessiner correctement. Alors quand on a un maître comme le tien…

– Il faut donc croire que je manque d'ambition. Je me contente de servir mon maître de mon mieux.

– Tu as dit que tu voulais m'aider. Peut-être que tu peux me le dire… sais-tu pourquoi Giulio Romano se trouvait dans la tour ? »

Baverio fit non de la tête. « J'étais en train d'aider mon maître à se préparer pour la nuit quand nous avons entendu les cris. Nous nous sommes précipités dehors, chacun de nous, et c'est là que nous avons remarqué l'absence de Giulio. Mais quant à ce qu'il faisait dans la tour, et au message qu'il a envoyé… »

Estimant qu'une révélation pouvait lui en valoir une autre, Pasquale prit un risque. « Giulio Romano n'a pas envoyé de message, mais il est possible qu'il ait envoyé un signal, simplement en allumant les fanaux du sémaphore. Un signal destiné à quelqu'un qui se trouvait à l'extérieur du Palazzo, quelqu'un qui attendait le moment d'y entrer, ou qui voulait savoir si la voie était libre.

– Ne va pas croire que Giulio aurait trahi mon maître ! s'indigna Baverio avec une certaine émotion. C'était son meilleur ami, un maître à part entière qui, simplement parce qu'il l'aimait, mettait son talent à son service pour l'aider à terminer ses commandes. Écoute, Pasquale. Si, comme l'a laissé entendre le Signor Machiavel, Giulio a été assassiné par un individu étranger au Palazzo, pourquoi lui aurait-il fait signe que la voie était libre ? Et si cet individu est entré au signal de Giulio, pourquoi est-il allé le tuer dans la tour avant de s'échapper ?

– Je pense que ce sont les questions que Niccolò entend poser. C'est un peu comme l'esquisse d'un tableau. Nous avons le tracé, pour ainsi dire, mais pas le moindre détail. Je ne crois pas que Giulio ait voulu nuire à ton maître ou à ses amis, Baverio, mais peut-être s'est-il trompé dans le choix de ses alliés pour l'entreprise qu'il pouvait préparer.

– C'est mon maître qui en supporte les conséquences, dit Baverio. Reprends du vin, sinon pour satisfaire ton estomac, du moins pour te préserver du froid.

– Il est très bon.

– Dans ce cas, tu peux remercier le Signor Taddei. » Devenant grave, Baverio se pencha en avant pour fixer Pasquale des yeux, et l'envelopper d'un nuage de parfum pénétrant qui émanait de la pomme d'ambre accrochée à sa poitrine. « Quand j'ai dit que je voulais t'aider, ce n'était pas une parole en l'air. Pendant que les autres tentaient d'enfoncer la porte de la tour, puis d'en trouver la clef, je suis allé dans la chambre de Giulio. Sans trop y croire, je me disais qu'il avait peut-être regagné son lit. J'avais l'impression que si je le trouvais là-bas, tout s'arrangerait, tout serait comme avant.

– Je comprends.

– Il n'y était pas, bien sûr. Il couchait dans la chambre contiguë à celle de mon maître, dans le même lit que moi. Je savais que sa sacoche était toujours là, cachée sous le traversin, et j'ai regardé à l'intérieur. Je ne sais pas pourquoi j'ai fait ça. J'ai honte de moi, et je n'en ai parlé à personne, pas même à mon maître. Surtout pas à Raphaël.

– Je ne le dirai à personne, Baverio, pas même à Niccolò.

– Je n'aurais pas dû, avoua Baverio, mais peut-être que j'ai bien fait malgré tout. J'y ai trouvé quelque chose, et je l'ai toujours. J'ai entendu arriver les gardes, tu comprends, et je l'ai rangé dans ma besace. Tiens... »

Baverio fit apparaître un carreau de verre brillant. Pasquale crut tout d'abord qu'il s'agissait d'une petite glace à main fumée, mais la surface noire était trop friable, et il put en arracher un copeau avec l'ongle de son pouce. Il le renifla : une odeur chimique, âcre et fétide.

« C'était enveloppé dans de la soie noire, expliqua Baverio, et quand je l'en ai sorti, sans mentir, c'est passé du gris au noir. Il y avait aussi une boîte de gros cuir peint en noir, avec une sorte de couvercle coulissant sur l'un des côtés, au-dessus d'un petit trou. Mais les gardes l'ont emportée, ainsi que toutes les affaires de Giulio.

– Sans doute une babiole d'artificier, proposa Pasquale. Il y avait un tas de bouts de verre du même genre dans la tour aux signaux. Et puis il y avait ça, aussi… » Il sortit le petit objet volant de sa propre besace. « Tiens, regarde. Ton ami le serrait dans sa main quand il est mort. On en trouve beaucoup à Rome ? »

Baverio le prit du bout des doigts et le retourna dans tous les sens. « Je n'ai jamais rien vu de tel.

– Je pensais que c'était peut-être l'invention d'un artificier romain.

– Votre Grand Ingénieur est le plus grand de tous les artificiers. Peut-être que lui saurait ce que c'est.

– Je suis heureux d'apprendre qu'il y a quelqu'un parmi la délégation romaine qui reconnaît une qualité à Florence.

– J'ai vu votre Grand Ingénieur pas plus tard qu'hier. Il nous a accordé une audience, et il s'est entretenu en privé avec mon maître pendant une heure. Il sera présent au banquet qui sera donné en l'honneur du pape, selon mon maître.

– Eh bien, ce sera la première fois qu'il sort de sa Grande Tour depuis vingt ans. Il y attend le nouveau Déluge, qui emportera la cruauté du monde et ne laissera derrière lui que ceux dont le cœur est pur. Il a écrit des traités sur ce sujet ; certains disent que c'est pour cette raison qu'il a inventé la presse à caractères mobiles. Cependant, je ne suis pas le pape, Baverio. Je ne peux pas l'interroger sur nos découvertes.

– Tu n'as qu'à t'adresser à un autre artificier. » Puis, dressant la tête : « Mon maître m'appelle. » Il tendit la maquette volante et le morceau de verre fumé à Pasquale. « Ces objets avaient de l'importance pour Giulio, Pasquale. Garde-les. Trouve ce qu'ils signifient. »

7

Cependant que le majordome impassible les reconduisait à la sortie, Pasquale demanda à Machiavel ce qu'il avait appris, mais ce dernier secoua la tête et répondit à voix basse : « Pas ici. »

Dehors, tandis que les panneaux de la porte arrondie se refermaient en claquant derrière eux, Machiavel invita Pasquale à faire le guet en sa compagnie depuis l'autre côté de la rue. Ils se mirent à couvert dans une allée pour surveiller la porte du Palazzo, qu'ils apercevaient entre les véhicules lancés à toute allure. C'était une voie de grande circulation, et elle grouillait de voitures et de chariots, de vélocipèdes et de *vaporetti*, qui, profitant de la dernière heure avant la fermeture des portes de la cité, affluaient des villes et des villages voisins pour la visite du pape. Des réverbères à acétylène déversaient un triste simulacre de jour.

« Qui comptez-vous voir arriver ? s'enquit Pasquale.

– C'est un départ, que nous attendons. Je pense que Giulio Romano avait un complice. Voyons qui sort du palais, et nous connaîtrons son identité. Ensuite, nous le suivrons, car il nous mènera jusqu'à ceux qui complotent avec lui.

– Tout le monde voit des complots partout. »

Machiavel but une petite gorgée de sa gourde de cuir. « Lorsque j'étais secrétaire…

– Est-ce bien le moment de boire ?

– Il y avait des complots partout, à cette époque. Il y en a toujours. »

Pasquale fut touché de compassion. « Ce sont des souvenirs qui doivent être pénibles, Niccolò.

– Tous les souvenirs sont pénibles. Nous nous rappelons ce qui a été, et par là même, nous ne pouvons nous empêcher d'envisager ce qui aurait pu être. C'est dans la nature des hommes de ne jamais être satisfaits de leur sort, et qu'ils soient riches ou pauvres n'y change rien. Le mendiant peut maudire le bourgeois qu'il voit passer dans sa voiture, en pensant que voilà un homme sans soucis, mais le même bourgeois peut regarder cet homme en haillons et lui envier d'être libre et dégagé des responsabilités du pouvoir. Foutre Dieu ! Il fait froid dehors. » Machiavel souffla dans ses mains. La lumière diffuse d'un réverbère éloigné jeta du bleu sur ses joues piquantes, du noir dans ses yeux sombres.

Pasquale alluma une cigarette et proposa la dernière qui lui restait au journaliste. Celui-ci sourit de son triste sourire pensif. « Voilà un vice que je n'ai pas.

– À la différence de la boisson, c'est un plaisir simple qui ne vous tuera pas, dit Pasquale, regrettant aussitôt le ton moralisateur de sa remarque. Depuis votre entretien avec Raphaël, vous paraissez contrarié.

– Le vin me permet de fuir le passé, d'oublier ce que j'ai souffert et que je crains de souffrir à nouveau, et de ne penser qu'au moment présent. Une énigme comme la nôtre, Pasquale, c'est presque aussi bien que du vin. On a besoin de se poser des questions, pour se tenir à l'écart du passé, et de l'ennui. Regarde ! Regarde là-bas, Pasquale ! »

Le jeune homme vit deux points lumineux côte à côte, un rouge et un vert, haut dans le ciel au-dessus du toit de tuiles du Palazzo. Les deux points s'éloignèrent l'un de l'autre, puis se rejoignirent.

« Le signaleur a été renvoyé, et il y a pourtant quelqu'un qui se sert du sémaphore, dit Machiavel avec une certaine satisfaction. Reste à se demander si le Signor Taddei est bien hors du coup.

– Vous savez lire les signaux ? Que disait le message ?

– Je comprends le langage abrégé, dans la mesure où il n'est pas transmis trop rapidement. En l'occurrence, ce n'était pas un message, mais un simple balancement des bras du sémaphore. Nous n'avons plus qu'à attendre pour voir ce qui a été demandé.

– Que vous a dit Raphaël ?

– Raphaël a beaucoup d'intérêts à sauvegarder, répondit Machiavel. C'est un homme important, l'ami des princes… et bien sûr des papes. Lorsqu'on a de telles fréquentations, mieux vaut apprendre la prudence si l'on tient à la vie. On ne peut pas se comporter comme notre Michel-Ange national.

– Il a parlé d'un complot. Il m'a congédié parce qu'il a eu peur que j'y sois mêlé. » Pasquale repensa au petit carreau de verre fumé dans sa besace, rangé à côté de l'objet volant. Il savait qu'il devait répéter à Machiavel ce que lui avait confié Baverio, mais ne savait comment s'y prendre.

« Il y a toujours des complots, dit Machiavel, dans les milieux où Raphaël s'est hissé par ambition. Ceux qui en font partie ne peuvent se fier à rien ni à personne. Raphaël n'a pas voulu te blesser, Pasquale. Il doit être prudent, c'est tout.

– Je sais, mais c'est gentil de le préciser. »

Ils échangèrent un sourire.

« Telle que je comprends la nature humaine, déclara Machiavel, les hommes sont foncièrement mauvais. Depuis le péché originel, ils doivent lutter contre leur nature pour faire le bien, car celle-ci les porte au mal. Songe à la seule vertu de bonté, et à l'armée de vices à laquelle elle est opposée : l'ambition et l'ingratitude, la cruauté et l'envie, la luxure et la paresse. Surtout la paresse. Nous sommes tous au fond de nous séduits par l'ivrognerie, et pourtant nous condamnons l'ivrogne ; non par aversion, mais par jalousie. Si nous avions plus de courage, nous nous joindrions à lui pour rouler dans le ruisseau.

– Vous parlez des hommes en général, ou de certains en particulier ?

– Oh, je me compte dans le nombre », répondit Machiavel, avant de boire une grande lampée de sa gourde.

Il y eut un silence. Il y avait moins de circulation à présent. Les gens passaient sans presque tourner la tête vers Machiavel et Pasquale : après tout, ils n'étaient rien de plus que des curieux qui flânaient tout en regardant le monde suivre son cours, activité coutumière des Florentins. Ils observèrent le garde qui allait et venait dans le cercle lumineux d'un réverbère, devant la gueule fermée de la porte qui trouait le mur imposant du Palazzo. À un moment donné, il s'arrêta et se pencha au-dessus d'une flamme vacillante, puis tira sur sa pipe incandescente et souffla un long trait de fumée, jetant d'une chiquenaude l'allumette dont il venait de se servir.

La regardant dessiner un arc de lumière, Machiavel commenta : « L'étoile de Lucifer.

– De plus en plus, je me surprends à penser à un ange…

– Lucifer était le prince des anges, le plus merveilleux de tous avant qu'il ne se rebelle. Je me suis toujours demandé ce qui avait fait le plus de mal à Dieu : la chute de l'homme, ou celle de son premier lieutenant.

– C'est tout de même nous qu'il a décidé de racheter en envoyant son fils sur la terre.

– Peut-être que notre rédemption n'est qu'une première étape vers celle de Lucifer. Mais ce ne sont pas des choses à dire, Pasquale. Même dans la Florence excommuniée, cela peut suffire à t'envoyer sur le bûcher pour hérésie, et tu n'es pas Savonarole pour espérer te voir sauver par un orage. Mais quel est cet ange auquel tu penses, Pasquale ?

– L'archange Michel, celui qui a chassé Adam et Ève du paradis.

– Un thème bien peu populaire, en effet. Tu sais, j'ai toujours trouvé curieux que le péché originel n'ait pas son jour de fête. Si c'était le cas, il y aurait peut-être une tradition dans laquelle tu pourrais t'inscrire. Enfin, il y a toujours la fresque de Masaccio. Tu l'as vue, n'est-ce pas ?

– Dans la Cappella Brancacci, oui. Je reconnais qu'il y a un certain désespoir qui se dégage de l'attitude des figures d'Adam et d'Ève, mais la manière dont ils sont rendus est assez maladroite : ce pauvre Adam a une jambe tordue vers l'intérieur qu'il aura bien du mal à redresser. J'ai vu aussi l'allégorie de Mantegna dans laquelle Pallas renvoie les vices du jardin de la vertu. Mais moi, c'est l'ange lui-même qui m'intéresse. C'est lui seul que j'ai l'intention de peindre, et néanmoins de telle manière qu'en le voyant, on comprenne aussitôt ce qui se passe.

– On le comprendra à son glaive enflammé.

– Sauf si je choisis de ne pas le représenter non plus. Je veux faire quelque chose de nouveau… » Pasquale se sentait gêné. D'ordinaire, il aimait discuter des travaux auxquels il était confronté, mais en l'occurrence, il ne s'agissait pas d'une commande dont on se vante à la taverne, mais d'une mission personnelle. « Je ne sais pas encore par où commencer, avoua-t-il.

– Je suppose que pour le peintre, comme pour l'écrivain, le commencement est toujours ce qu'il y a de plus difficile. Ah, voyons voir. Que nous arrive-t-il là ? »

Une voiture venait de se ranger devant la porte du Palazzo. C'était un nouveau modèle d'attelage : tirée par un seul cheval, sa carrosserie noire était plus haute que longue, sorte de gros cercueil posé debout entre deux grandes roues. Le cocher se pencha du haut de son banc pour discuter avec le garde, après quoi les panneaux de la porte arrondie s'ouvrirent, et un homme sortit du Palazzo.

C'était le gros joufflu, le peintre animalier, Giovanni Francesco.

Il grimpa dans la voiture, qui démarra aussitôt. Dès qu'elle fut passée devant l'allée où se tenaient Machiavel et Pasquale, le journaliste se précipita dans la rue pour arrêter un *vaporetto* dont la benne était vide. Il lança au chauffeur qu'il aurait une belle récompense s'il arrivait à suivre la voiture, et fit signe à Pasquale de venir.

« Montre ta bourse à ce brave homme.

– Niccolò…

– Dépêche-toi ! Nous allons le perdre. »

Le chauffeur, un butor noueux coiffé d'une capuche de charbonnier, parut convaincu par le florin qu'il vit briller parmi le petit tas de monnaie cisaillée, mais les avertit qu'ils devraient voyager à l'arrière et se mit à rouler alors même qu'ils se hissaient dans la benne.

Le petit *vaporetto* descendit pesamment la Via de Ginori avant de contourner l'église aux formes symétriques de la Piazza San Giovanni, d'un blanc étincelant sous les faisceaux croisés des lampes convergentes qui brûlaient à sa base. La chaudière du *vaporetto*, chargée de charbon gras de Prusse, gémissait une plainte monotone ; sa cheminée déployait comme une bannière un large panache de vapeur et d'escarbilles dans l'air nocturne. Machiavel et Pasquale étaient agrippés à la ridelle de la benne, secoués et ballottés tandis que les roues sans ressorts rebondissaient sur les briques et sur les dalles romaines. Ils descendirent la Via Romana en cahotant, se mêlant au flot des véhicules qui allaient et venaient par le Mercato Vecchio, où les voitures, les chariots et les *vaporetti* manœuvraient parmi le vacarme des cloches et des sifflets à vapeur, et les cris et les jurons des conducteurs.

Machiavel se pencha au dehors et cria au chauffeur d'aller le plus vite possible.

« C'est bien ce que je fais, signor, répondit l'autre d'un ton sec. N'allez pas croire que je ne connais pas mon affaire.

– Je n'ai jamais dit cela, mon bon ami.

– Si j'accélère davantage, la transmission va lâcher. Sur les nouveaux modèles, les pignons sont garnis de fer battu, vous comprenez, mais cet engin-là fait partie des premiers construits, et tout le train moteur est en bois. Et puis, sur une route pareille, les essieux ne sont pas à la fête.

– Avec un cheval, mon ami, nous irions plus vite. Je me demande d'ailleurs si nous ne ferions pas mieux d'en trouver un.

– C'est vous qui voyez, mais si vous avez besoin de quelqu'un pour vous emmener où vous voulez et sans délai, je suis votre homme. Je vois toujours votre voiture, ne vous en faites pas. On dirait qu'elle va vers le fleuve.

– Nous n'allons pas lui courir après, fit Pasquale.

– Votre maudite cheminée me bouche la vue, lança Machiavel au chauffeur. Je compte sur vous pour ne pas perdre de terrain.

– Je suis votre homme, répéta l'autre. Tiens, qu'est-ce que je disais ? La voilà qui descend la Via Calimara. Vous pouvez être tranquille, elle va traverser le fleuve au Ponte Vecchio.

– Je serais bien plus tranquille si je pouvais la voir », grommela Machiavel.

Pasquale se pencha au dehors et, au milieu des traînées de vapeur, distingua la haute silhouette de la voiture noire non loin devant eux. Le chauffeur avait vu juste ; ils se rangèrent dans une file de véhicules qui avançait lentement le long des petites boutiques qui bordaient les deux côtés du pont. Du haut des lampes suspendues au-dessus de la chaussée tombait une clarté froide, çà et là réchauffée par les motifs de lumière jaune que dessinaient les enseignes des boutiques, pour la plupart des boucheries et des maroquineries. Les fresques qui ornaient leurs façades de pierre étaient voilées par la crasse et la suie. Des gens se faufilaient entre les véhicules qui s'étiraient sur une seule voie, proposant de la nourriture, des boissons ou des bibelots manufacturés aux conducteurs et à leurs passagers. L'espace d'un instant, la file s'immobilisa complètement, et le chauffeur du *vaporetto* en profita pour alimenter la chaudière de sa machine. Sortant à nouveau la tête, Pasquale vit le toit de la voiture noire une demi-douzaine de véhicules plus loin et en informa Machiavel.

« Elle va tourner à gauche après le pont », cria ce dernier au chauffeur, qui confirma d'un signe de tête.

Les bâtiments étaient séparés par un espace vide au milieu du pont, et lorsque le *vaporetto* passa devant, Pasquale put voir le chenal central du cours cloisonné de l'Arno. Au loin, un grand deux-mâts, des lumières allumées sur chacune de ses vergues, remontait le courant vers le nouveau port situé en face de Sardinia. C'était le *Notre-Dame-des-Fleurs*, tiré par un remorqueur à vapeur propulsé par des roues à aubes, au terme de son long voyage depuis la nouvelle République florentine des îles Amies. Des piétons s'étaient arrêtés pour le regarder sortir de l'obscurité. Pasquale sentit une puissante émotion lui serrer la poitrine. Puis le *vaporetto* avança légèrement dans un sifflement de vapeur et Pasquale ne vit plus le voilier.

Au bout du pont, la voiture tourna à gauche, ainsi que Machiavel l'avait prédit. « Il y avait peu de chances pour qu'il aille au Palazzo Pitti, expliqua le journaliste, et il n'y a pas grand-chose en amont si ce n'est les misérables baraques des ouvriers d'usine et les usines elles-mêmes. Et si c'était là que devait aller notre homme, il se serait arrêté au pont et aurait poursuivi à pied, afin de ne pas se faire remarquer. »

La voiture tourna une nouvelle fois à gauche, pour s'engager sur un chemin de terre obscur qui, bordé de chaque côté par des cyprès, grimpait à flanc de colline en direction de la porte sud de la cité. Les grillons donnaient leur concert ; le disque de la pleine lune, rougi par les fumées des manufactures, bouchait le fond de la vallée. Le *vaporetto* suivait l'attelage à une distance respectueuse, chaudière haletante.

La voiture finit par se ranger devant un portail qui ouvrait sur le vaste terrain muré d'une grande villa. La grille du portail était surmontée d'un arc où trônait un écusson de lion rampant. Le chauffeur du *vaporetto* passa devant sans ralentir, et au dernier moment Pasquale réussit à faire s'accroupir

Machiavel. Le gros Giovanni Francesco était penché à la fenêtre de la voiture, en conversation avec un garde en uniforme.

« Pour l'amour de Dieu, nous devons rester cachés, dit Pasquale à Machiavel, tandis que celui-ci faisait mine de se relever. Si on nous repère, l'affaire est dans l'eau.

– Je veux voir ce qu'il fait.

– De toute évidence, il va à la villa. Restez caché !

– Il faut apprendre à ne jamais rien considérer comme établi », rétorqua Machiavel, qui cependant ne bougea pas.

Dès qu'ils furent à l'abri des regards, Pasquale dit au chauffeur du *vaporetto* de s'arrêter et de faire demi-tour. Machiavel sauta de la benne, et dit à Pasquale de donner toutes ses petites pièces au chauffeur. « Attendez-nous ici, lança-t-il à ce dernier, et vous pourrez échanger cette monnaie contre le florin que nous avons.

– Je suis votre homme, signor.

– Tâchez de le rester. Viens, Pasquale. »

Ils prirent le chemin en sens inverse dans la nuit claire et résonnante de grillons. D'un côté se trouvaient les jardins murés de la villa ; de l'autre, une plantation d'oliviers largement espacés, où les cloches de bois des chèvres qui broutaient au clair de lune faisaient une musique syncopée. Pasquale fit gentiment remarquer à Machiavel qu'il ne se gênait pas pour dépenser l'argent des autres.

« C'est grâce à moi que tu as décroché ce travail, ne l'oublie pas. Je sais que même si tu perds ce florin, il t'en restera un.

– Et dire que j'en avais encore deux ce matin ! » soupira Pasquale en repensant au moment où il avait généreusement donné les deux florins à Rosso, et à sa joie d'en recevoir un en retour. Il ne pouvait cependant pas prévoir la tournure des événements, et de toute façon, Rosso lui reverserait une petite partie de ce qu'il avait touché pour la fresque de l'artificier.

« Cette affaire n'a pas fini de te rapporter de l'argent, lui répondit Machiavel. Ce n'est que le début. Avec un sujet comme celui-ci, publié en feuilleton, il y a de quoi faire vendre la gazette pendant des jours. La populace préfère perdre son temps à lire des potins et des spéculations sans fondement plutôt que Platon ou l'Arioste, et je suis mal placé pour m'opposer à leurs désirs. Mais bon, sais-tu à qui appartient cette villa ?

– C'est celle d'un Vénitien, d'après l'écusson au-dessus du portail. » Pasquale se demandait si cette affaire avait autant à lui rapporter que le promettait Machiavel : ce n'était guère en s'introduisant la nuit dans une propriété privée, fût-ce au clair de lune, qu'il risquait d'avoir des visions spectaculaires, et même s'il en avait, serait-il en mesure de les rapporter ensuite ?

« Très bonne déduction, complimenta Machiavel. Pour être exact, il s'agit de la villa de Paolo Giustiniani, écrivain et mystique, gentilhomme de Venise, et disciple de Marsilio Ficino. As-tu déjà entendu parler de ce dernier ?

– Je sais qu'il était magicien.

– Il a d'abord été prêtre et philosophe, mais ses études l'ont conduit aux sciences occultes et à l'astrologie, et il s'est attiré les foudres de Rome. La magie est devenue chez lui très envahissante. »

Pasquale prit Machiavel par le bras, lui faisant faire halte. « Nous ne pouvons pas avancer ainsi jusqu'au portail, dit-il. Giovanni Francesco va tout de suite comprendre que nous l'avons suivi. Je ne suis pas certain qu'on ne nous ait pas remarqués lorsque nous sommes passés. Vous étiez aussi discret que le gonfalonier en procession.

– On nous aura pris pour d'honnêtes ouvriers rentrant chez eux après une dure journée de labeur.

– Les ouvriers ne se déplacent pas en *vaporetto*, Niccolò. Et je veux bien que vous puissiez passer pour l'un d'eux, mais aucun ouvrier ne s'est jamais habillé comme moi. Si nous voulons découvrir ce qui se passe ici, je crois que nous avons intérêt à raser le mur, et à l'escalader loin de toute lumière. »

Bien sûr, c'était plus facile à dire qu'à faire. Des buissons d'épine sauvage poussaient dans le fossé qui bordait le haut mur de pierre mal équarri. Le manteau de Machiavel ne cessait de s'accrocher dans leurs branches ou dans les touffes de mauvaises herbes, et à son grand déplaisir, Pasquale déchira ses plus belles chausses en deux endroits. Il grimpa en haut du mur sans trop de peine, mais dut faire ensuite un effort pour hisser Machiavel.

Ils sautèrent de l'autre côté, atterrissant au milieu des lauriers poussiéreux. Devant eux se trouvait un long parterre de gazon, sillonné par des chemins de gravier qui convergeaient vers une grande fontaine centrale en forme de coquillage. Une rangée de cèdres bordait l'un des côtés. Les branches des arbres, noires dans le clair de lune, semblaient flotter chacune à un niveau différent. Cette partie du jardin était située plus en hauteur que la villa, si bien que Pasquale apercevait, derrière son toit de tuiles, la cité nocturne qui s'étendait en bas dans la vallée. Les plus grands bâtiments renvoyaient la lumière de la lune ascendante : le dôme doré du Duomo, la Grande Tour et celle, plus petite, du Palazzo della Signoria voisin, les clochers des églises, les *palazzi* particuliers. De petites lumières brillaient çà et là dans les rues principales, tandis que les fanaux verts et rouges des sémaphores rayonnaient de la constellation de la Grande Tour.

« Nous devons rester sur nos gardes, chuchota Machiavel d'une voix rauque. J'ai entendu dire que Paolo Giustiniani possédait son art en maître.

– Qu'est-ce qu'un homme sensé peut avoir à craindre d'un magicien ?

– Les magiciens ont suivi les progrès des artificiers. Ils sont le reflet noir de la science, et il ne faut pas les sous-estimer. On peut même dire que la magie est l'ombre de la science, car toute source de lumière est aussi source d'ombre.

– Pas si la lumière frappe l'objet verticalement, ou si elle est répandue avec la même intensité dans toutes les directions.

– Je suppose qu'il vaut mieux m'abstenir de discuter d'optique avec un artiste, grommela Machiavel. Ce n'était là qu'une image. Allez, viens. Nous ne sommes pas là pour contrôler le travail des jardiniers.

– En tout cas, ils ne doivent pas aller souvent de l'autre côté du mur. Mes vêtements sont en lambeaux. Si j'avais su, je me serais habillé avec moins de recherche, et j'aurais pris mon épée.

– Je ne manque pas de ressource, assura Machiavel. Reste près de moi, et fais ce que je te dis. »

Ils prirent la direction de la maison, en restant à l'ombre des cèdres. Pasquale fouilla dans sa besace pour en sortir le carreau de verre fumé, et lâcha sur le ton de l'anecdote : « Pendant que vous discutiez avec Raphaël, on m'a donné ceci. »

Machiavel porta le carreau à la lumière de la lune, le renifla, puis gratta la surface friable avec son ongle, qu'il lécha : « Il se peut que ce soit important, comme il se peut que ce soit insignifiant.

– C'était en la possession de Giulio Romano », expliqua Pasquale, avant de parler de la boîte que Baverio, le jeune domestique de Raphaël, avait également trouvée.

« Alors il se peut bien que ce soit important. J'ai l'impression que tu en as appris plus que moi, Pasquale. Il faut conserver ça soigneusement, comme la maquette volante.

– Venise est bien l'alliée du pape, n'est-ce pas ?

– En effet, mais il est improbable qu'on ait confié à Paolo Giustiniani une mission diplomatique. Il a été renvoyé de Venise en disgrâce à la suite d'un incident concernant une vierge et, si je ne m'abuse, un jeune coq noir.

– Peut-être désire-t-il rentrer en grâce.

– C'est possible. À moins que Giovanni Francesco ne pratique lui aussi la magie noire, ou bien qu'ils ne soient tous les deux que des amis qui aiment à se retrouver. La spéculation est parfois utile, mais il est toujours préférable de s'informer. Avançons sans bruit, Pasquale, et ouvrons l'œil. Il se peut qu'il y ait des pièges, et il y a sûrement des gardes. »

C'était une villa de plain-pied qui avait des murs de pierre peints en blanc, un toit de tuiles rouges et galbées, et une tour carrée dans un angle. Des lumières étaient allumées à chacune de ses hautes fenêtres cintrées, et, passant subrepticement de l'une à l'autre, Machiavel et Pasquale finirent par tomber sur celle qui donnait sur la pièce où se trouvait le gros Giovanni Francesco. Le dos tourné à la fenêtre, il faisait face à un homme plus âgé que lui, négligemment affalé dans un fauteuil doré à grand dossier qui ressemblait à un trône. Vêtu d'une robe noire et coiffé d'une calotte noire carrée sur ses longs cheveux gris et raides, il écoutait parler Francesco, le poing appuyé sous le menton.

La fenêtre était fermée pour ne pas laisser entrer la fraîcheur de la nuit – un feu brûlait dans la cheminée de la pièce –, et les paroles de Francesco ne faisaient qu'un bourdonnement dans les oreilles de Pasquale, qui ne parvenait pas à en comprendre le sens. À côté de lui, Machiavel fit apparaître un petit bâton creux. L'objet se terminait par une sorte de pavillon, auquel il colla son oreille après avoir appuyé l'autre extrémité contre la vitre. « Une astuce que je tiens d'un médecin, expliqua-t-il à voix basse. Un bon citoyen se doit de tout connaître des arts et des sciences. Fais le guet, Pasquale. »

Ils restèrent tapis là durant plusieurs minutes, Machiavel écoutant à son petit bâton, Pasquale divisant son attention entre l'obscurité du jardin et la lumière de la pièce. Puis les deux hommes à l'intérieur élevèrent la voix, et Pasquale entendit Giovanni Francesco parler d'une histoire d'images. Il brandissait un petit cadre de bois qui en contenait une sur du verre.

L'homme aux cheveux gris, sans doute Paolo Giustiniani, se leva de son grand fauteuil et tenta d'un geste vif de saisir l'image. Francesco recula pour l'en empêcher, puis s'inclina et la lui remit.

Campé dans sa robe noire, le visage affichant un mépris glacial, Giustiniani écouta ce que Francesco avait à dire, puis jeta l'image au milieu des flammes. Francesco agita les bras et cria de sa voix aiguë et légèrement enrouée de gros homme qu'une autre ayant été faite en même temps, il était préférable de respecter leur accord ; à quoi Giustiniani rétorqua, d'une voix claire et puissante qui fit trembler la vitre de la fenêtre : « Notre accord ne me sert plus à rien ! » Il retira vivement le bonnet de sa tête pour s'en couvrir le visage, et jeta quelque chose sur le carrelage noir et blanc du sol.

Un nuage brun s'éleva, et Francesco recula en titubant, se tenant la gorge, tandis que l'autre disparaissait par une porte, la claquant derrière lui. La pièce se voila de vapeur brune. Francesco se mit à genoux, puis sur le ventre. Le feu vacilla, dégageant une fumée noire qui se mêla à la vapeur toxique.

Machiavel quitta brusquement sa cape, l'enroula autour de son bras gauche et brisa la vitre avec le coude. Des flots de vapeur en sortirent, chargés d'une odeur âcre et infecte, pire que tous les brouillards des artificiers. Pasquale tira Machiavel à l'écart. « Francesco est probablement mort, dit-il, craignant que le bruit de la vitre cassée n'eût alerté les gardes.

– Peut-être, fit Machiavel, mais la vapeur s'est dissipée. Regarde, le feu reprend. »

Il fit tomber le reste de la vitre et passa par-dessus le petit rebord de la fenêtre. Pasquale prit sa respiration et le suivit à l'intérieur.

Aussitôt, sa gorge se mit à le brûler, et ses yeux le piquèrent et se remplirent de larmes, le rendant presque aveugle. Machiavel et lui avancèrent à tâtons jusqu'au corps massif de Francesco et le retournèrent, mais comprirent à ses yeux exorbités et à l'écume de ses lèvres bleues qu'il était mort. Pasquale repensa à l'image et réussit à retirer le cadre carbonisé du feu qui se ravivait. Ce geste lui fut presque fatal. Sa poitrine tout entière fut envahie d'une douleur cuisante ; sa bouche et son nez s'inondèrent de mucus.

Alors Machiavel passa son épaule osseuse sous le bras du jeune homme et l'aida à regagner la fenêtre. Ils basculèrent ensemble de l'autre côté, et Pasquale se mit à vomir dès que l'air vif et piquant comme le vin nouveau lui eut frappé le visage.

Il avait toujours l'image au cadre carbonisé dans la main.

Machiavel l'aida à se relever, et ensemble ils coururent tant bien que mal vers l'ombre de la rangée de cèdres. Pasquale avait la gorge desséchée et le front comme pris dans un étau, mais à chacun de ses pas, il se sentait recouvrer ses forces tandis que ses poumons éliminaient la fumée toxique du magicien.

Au moment où ils arrivaient devant les arbres, ils entendirent le bruit confus de plusieurs voix alarmées. Pasquale se jeta à plat ventre, imité par Machiavel. L'herbe était mouillée de rosée fraîche. « Je suis trop vieux pour ce genre de sport », grogna le journaliste.

Pasquale montra du doigt les trois silhouettes qui se tenaient dans la lumière de la fenêtre à la vitre brisée. « Là, regardez ! s'exclama-t-il. Ils doivent penser que Francesco est venu avec des amis. »

Les trois gardes, tous munis d'une torche enflammée, partirent dans des directions différentes. Quelque part, un chien aboya.

Deux autres silhouettes sortirent de l'ombre au coin de la villa et s'élancèrent à travers le gazon en direction du mur d'enceinte. Le plus grand des deux hommes faisait voler sa cape en courant d'une belle foulée ; l'autre le suivait presque plié en deux, avec de petits bonds étranges. Les apercevant, les gardes crièrent et leur donnèrent la chasse, les étoiles chevelues de leurs torches déversant une pluie d'étincelles.

« Francesco avait donc bien des amis, s'étonna Pasquale.

– Allons vers le portail, fit Machiavel.

– Mais il est gardé !

– Le garde a peut-être quitté son poste pour aller aider les autres. » Des cris, puis un coup de feu. « Une chose est sûre, ajouta Machiavel. Nous ne pouvons pas nous attarder plus longtemps. »

Ils tournèrent le coin de la villa et s'élancèrent sur le large chemin de gravier qui descendait jusqu'au portail. Le chemin se divisait en deux pour contourner la statue d'un griffon assis, armé d'un bouclier. Alors que Pasquale passait devant, suivi de Machiavel, il sentit quelque chose le tirer par les chevilles. Il trébucha et se retrouva à quatre pattes.

Au-dessus de lui, la statue s'ébranla. Le griffon frémit de toutes ses articulations, puis se cabra sur les pattes de derrière. Pasquale s'écrasa par terre, frappé de terreur et de stupéfaction. Le bouclier s'abattit dans un lourd craquement de bois. Le griffon cracha de la vapeur, puis poussa un formidable cri grinçant en remuant la tête. Ses yeux étaient des lampes rouges. Tout au long du chemin jusqu'au portail s'enflammaient de grands brasiers, sifflants et gémissants, qui crachaient une épaisse fumée d'un blanc laiteux dans le clair de lune. Au loin retentissait inlassablement le son cuivré d'un gong.

Enfin Machiavel secoua Pasquale, lui criant que ce n'était qu'une machine, un appareil d'agrément. Pasquale se releva, tout penaud. Les mouvements du griffon ralentissaient déjà. Machiavel avait raison ; c'était une machine comme en construisaient les artistes et les artificiers pour animer ces grands spectacles publics qui plaisaient tant aux Florentins. Rien de magique, du moins pour l'instant.

Machiavel brandit un pistolet, une arme étrange dont la crosse était surmontée d'une sorte de roue à crans. « Hardi, petit ! » lança-t-il. Il avait le visage rayonnant ; Pasquale comprit que c'était là sa raison de vivre : des situations désespérées où le courage et la chance faisaient qu'on en sortait mort ou vivant.

Ils se remirent à courir, et à leur approche, le garde du portail tira dans leur direction. Machiavel riposta en courant, à plusieurs reprises, sans recharger son arme, la roue du pistolet tournant d'un cran à chaque coup de feu. Le garde s'enfuit par le portail ouvert et Machiavel et Pasquale gagnèrent le chemin de terre un instant plus tard pour voir le *vaporetto* qui fonçait vers eux à toute allure, aussi vite qu'un cheval au galop, enveloppé dans de grandes écharpes de vapeur.

Ils lui firent signe, et durent s'écarter d'un bond tandis qu'il s'arrêtait en dérapant, les roues glissant sur la chaussée boueuse et défoncée. Le chauffeur leur cria de grimper à bord et relâcha le frein au même moment, si bien que Pasquale dut sauter dans la benne et tirer Machiavel jusqu'à lui, manquant de se déboîter les bras sous l'effort.

Des coups de pistolet retentirent pendant que le *vaporetto* dévalait la pente. Il y eut une explosion dans le ciel, une boule de feu qui grandit pour devenir bientôt plus brillante que la lune. À la faveur de cette lumière magique en suspension, Pasquale s'avisa qu'une voiture, peut-être la même qui avait conduit le malheureux Francesco au repaire du magicien, les poursuivait à fond de train. La voyant lui aussi, Machiavel pria calmement le chauffeur d'aller plus vite. Comme celui-ci protestait, Pasquale sortit le florin de sa besace et le lui tendit par-dessus l'épaule. Sans se retourner, le chauffeur leva la main et cueillit la pièce comme un raisin. Le *vaporetto* accéléra d'un coup, faisant basculer Machiavel et Pasquale sur le rude plancher de la benne.

Machiavel roula sur le ventre et partit d'une espèce de rire étranglé. « As-tu vu comment le garde a détalé ? Je l'aurais tué si j'avais pu. J'ai tiré pour tuer, tu sais. J'avais la rage au ventre.

– Vous parlez comme si vous l'aviez toujours », remarqua Pasquale en tâtant ses membres endoloris. Il essaya de se relever, mais le *vaporetto* rencontra un monticule sur la chaussée inégale, et la violente secousse qui s'ensuivit le renversa de nouveau. Il lâcha un juron et dit : « Nous ne sommes pas encore tirés d'affaire.

– J'ai mon pistolet. La roue d'armement automatique fait perdre un peu de précision, mais le tir à répétition reste efficace pour décourager l'adversaire. Tu as vu le garde ? Il s'est enfui comme un Espagnol.

– Nous ne sommes pas à la guerre.

– Dans toute forme de combat, les hommes se transforment en bêtes. Ils retrouvent leurs instincts sauvages.

– Vous risquez d'avoir très bientôt une nouvelle occasion de montrer les vôtres », annonça Pasquale, s'efforçant de voir à travers les lambeaux de nuages d'échappement qui s'enfonçaient dans la nuit derrière eux. La voiture noire avait perdu beaucoup de terrain, son cheval ne pouvant soutenir la folle allure en descente du *vaporetto*, mais Pasquale était certain qu'elle n'abandonnerait pas la poursuite.

La pente du chemin s'affaiblissait, les maisons s'agglutinant alors de part et d'autre, et le *vaporetto* commençait à ralentir. Le chauffeur cria qu'il n'y avait plus assez d'eau dans la chaudière et qu'il devrait bientôt s'arrêter pour en remettre.

« Continuez de votre mieux, lui dit Machiavel.

– Si les tubes chauffent à vide au-dessus des brûleurs, répliqua l'autre, ils vont exploser. On n'y peut rien.

– Je crois que vous allez avoir besoin de votre pistolet, dit Pasquale à Machiavel. Ils nous rattrapent. »

À ces mots, des carreaux d'arbalète jaillirent de l'obscurité avec une soudaineté fulgurante. La plupart manquèrent le *vaporetto*, mais deux d'entre eux se plantèrent dans la benne et ne tardèrent pas à dégager une âcre fumée blanche. Pasquale en arracha un de la planche dans laquelle il s'était enfoncé. Sa hampe était d'une chaleur presque insoutenable, et son fer était creux et percé de fentes par lesquelles la fumée s'échappait. Pasquale jeta le carreau par-dessus la ridelle, mais se brûla la main en tentant d'extraire le deuxième. D'autres traits sifflèrent alors à ses oreilles, et il se baissa. L'un se planta au fond de la benne à une main de sa tête, s'enfonçant jusqu'à l'empenne ; un carreau ordinaire, mais tout aussi mortel. Les nouvelles arbalètes étaient si puissantes que même un tir oblique pouvait tuer un homme.

Machiavel empoigna l'un des montants de la ridelle, le pistolet brandi. La hampe du carreau fumant qui était resté planté dans la benne se mit soudain à brûler. En un instant, des flammes d'un bleu vif s'étendirent sur les planches goudronnées. Machiavel stabilisa son arme avec les deux mains et tira sur la voiture en riant si fort que Pasquale craignit qu'il n'eût perdu la raison.

Le *vaporetto* tourna brusquement à droite pour entrer dans le Borgo San Jacopo, se retrouvant aussitôt au milieu d'une foule d'ouvriers. Les hommes se jetaient sur les côtés pour éviter l'engin qui s'enfonçait dans leurs rangs. C'étaient les *ciompi*, les ouvriers postés des manufactures qui ne dormaient jamais. Ils étaient vêtus de vieilles tuniques rapiécées et ceinturées de corde, chaussés de sabots et coiffés d'informes chapeaux de feutre qui les protégeaient de la fraîcheur de la nuit. Beaucoup avaient la tête rasée, en application d'une mesure prise par les artificiers pour éliminer les poux. Ils poussaient des cris d'horreur et de protestation au passage du *vaporetto*. La voiture était maintenant tout près ; Pasquale voyait le cocher debout sur le banc, son bras montant et s'abattant tandis qu'il faisait avancer le cheval à coups de fouet.

Le chauffeur du *vaporetto* regarda par-dessus son épaule, le visage blême, les yeux illuminés par les flammes qui dévoraient la benne ; alors, avec un cri d'effroi, il sauta de son banc pour se jeter dans la foule. Laissé à la dérive, le *vaporetto* partit de travers et perdit de la vitesse, avant d'aller percuter le mur d'une des maisons qui donnaient sur le fleuve. Les tubes de la chaudière se fendirent et libérèrent de la vapeur vive ; le foyer s'ouvrit et répandit des charbons ardents qui mirent le feu au châssis.

Pasquale sauta aussitôt, tandis que Machiavel continuait d'occuper fièrement le véhicule embrasé. Il vida son pistolet sur la voiture qui avait fini par s'arrêter, son cheval terrifié se cabrant sans avancer. Voilà qui pouvait faire une bonne illustration pour la gazette : Machiavel en furie qui tirait au pistolet à travers les flammes, la foule qui reculait, la voiture noire et son cheval noir cabré. La scène se grava dans la mémoire de Pasquale.

Puis Machiavel jeta son arme, sauta dans les bras de Pasquale, et ils prirent tous deux la fuite. Les *ciompi* s'écartaient devant eux comme la mer Rouge devant les Hébreux. Des coups de feu partirent de la voiture. Pasquale vit s'écrouler un homme en justaucorps de chanvre, du sang giclant de sa bouche édentée par une balle de pistolet.

Machiavel se trouva vite hors d'haleine, et Pasquale dut le traîner de vive force. Car enfin c'était un vieil homme de cinquante ans qui, bien que sec et nerveux, n'était pas fait pour courir ainsi. Tout à coup, il vacilla et jura en se tenant la cuisse. Du sang coula sur sa main. « Je suis touché ! » s'écria-t-il, la voix teintée d'une jubilation étrange.

Pasquale passa le bras de Machiavel autour de ses épaules, trouvant le courage de se retourner pour voir la voiture bloquée parmi la foule en colère. Le Ponte Vecchio était devant, sa tour d'angle dressée au-dessus des têtes. Machiavel et Pasquale repartirent en boitant, se faufilant à travers le flot des *ciompi* qui regagnaient péniblement leurs tristes baraques après avoir terminé leur journée, ou qui partaient commencer leur nuit d'un pas résigné. En se plaçant en un point élevé de Florence, comme au sommet de la Grande Tour, on n'aurait pu distinguer personne au milieu de cette foule éclairée par les réverbères. Deux hommes qui fuyaient pour sauver leur vie faisaient moins d'agitation qu'un caillou jeté dans le fleuve. Dans le Borgo San Jacopo, on s'attroupait autour d'un *vaporetto* en feu, et une voiture était cernée par des ouvriers furieux, qui soudain s'écartaient en la voyant s'envelopper de flammes et de fumées colorées, bientôt envolées pour révéler un véhicule vide. Mais cette agitation n'était que passagère, comme toutes celles qui venaient troubler le déroulement tranquille de la vie de la cité, rien de plus qu'un imperceptible frisson, comme un grain de sable pris dans un engrenage et broyé par ses roues implacables.

DEUXIÈME PARTIE

Sur la terre comme au ciel

1

La caravane de voitures qui transportait Sa Sainteté le pape Léon X, autrefois Jean di Bicci de Médicis, ses conseillers et ses suivants, ses pages et ses cuisiniers, ses nains et ses bouffons, sans oublier son favori, le père Marioano, ses médecins et son garde et bourreau musulman, non plus que les cardinaux Sanseverino Farnese, Luigi de Rossi, Lorenzo Pucci, Lorenzo Cibò et Jules de Médicis, eux-mêmes accompagnés de leur modeste suite personnelle, passait pesamment devant les petits villages de Pozzalatico et de Galluzzo en soulevant un énorme nuage de poussière, visible à cent lieues à la ronde. Un escadron de cuirassiers suisses fermait la marche, faisant miroiter le fer bruni de ses plastrons, casques, piques et hallebardes comme les eaux d'une rivière sous le radieux soleil d'automne ; un orchestre d'au moins cinquante tambours et cornemuseurs en uniforme écarlate et blanc ouvrait la marche.

Les rumeurs filaient devant la procession comme des oiseaux fuyant un feu de forêt. La chaîne des tours aux signaux qui bordaient la route de Sienne faisait circuler les messages dans un battement continu de bras sémaphoriques. Au sommet de la dernière colline avant la vallée de l'Arno, la queue de la procession se mit à s'allonger de simples citoyens accourus à cheval, en voiture ou en *vaporetto*, ajoutant à l'escorte de la milice citadine qui flanquait le cortège papal tandis que celui-ci descendait le long chemin blanc de poussière, les bannières déployées et les tambours battant un rythme de marche endiablé, malgré leurs mains couvertes d'ampoules et de sang.

Il était midi lorsque la procession arriva enfin sur la grande esplanade de la Porte de Rome, devant le mur d'enceinte de la cité. Là, elle s'arrêta, et au milieu d'une nuée de domestiques, le pape descendit de voiture. Il portait un éblouissant rochet de soie blanche brodée de lourd fil d'or, des gants blancs de fin chevreau garni de perles, et des chaussons de soie blanche. C'était un homme corpulent qui avait des traits grossiers et de petits yeux globuleux, des bourrelets de graisse au cou et une panse généreuse. Une tiare incrustée de pierreries se trouvait épinglée sur sa vigoureuse chevelure brune. Si le débordement d'attention de ses domestiques semblait l'agacer, il le supportait avec stoïcisme, sans négliger de faire signe à la foule amassée à la porte.

On apporta un montoir, et on aida le pape à se hisser dessus. Il sortit une petite longue-vue de cuivre et regarda quelques instants la cité qui s'étalait dans la vallée sur les deux rives du fleuve, couverte de sa propre vapeur brune. Il se tourna de côté et d'autre, s'avisant des armes qui défendaient les murs reconstruits : le canon en tuyau d'orgue, les bouches lance-fusées, la baliste, le canon lourd et, attachés à chaque tour de guet, les losanges des cerfs-volants humains qui flottaient haut dans le vent cinglant. Il s'arrêta sur la Grande Tour qui montait d'une mer de tuiles rouges et dominait la tour carrée et crénelée du Palazzo della Signoria, devant le grand dôme doré du Duomo, surmonté de sa boule et de sa croix d'or étincelant. Les fumées des manufactures qui bordaient le fleuve, le dédale anguleux des bassins hérissés comme des pelotes d'épingles des mâts en bouquets des navires, la géométrie complexe des écluses, des chenaux et des vannes qui régissaient le cours de l'Arno : rien de tout cela n'échappa au pape.

Peut-être songeait-il au cruel assassinat de son père au Duomo, lors de la conjuration des Pazzi, ou bien au soulèvement contre la tyrannie de son oncle, depuis lequel tous les membres de sa famille avaient été bannis de la République jusqu'à ce jour. Quoi qu'il en fût, des larmes roulèrent sur ses joues rubicondes tandis qu'il rangeait sa longue-vue pour subir l'indignité d'être porté sur la selle de femme d'un magnifique étalon arabe de couleur blanche. Bien que passionné de chasse, il était mauvais cavalier, et ses fistules anales faisaient qu'il ne pouvait supporter de rester assis sur une dure et étroite selle d'homme plus de quelques minutes.

Toutefois, alors que la procession se remettait pesamment en marche, il souriait, et ce fut bientôt un cortège historique qui franchit lentement la grande porte pour s'engager sur la Via Maggio.

Une haie de spectateurs bordait la large rue sur une dizaine de rangs. Le pape ne cessait de les bénir de ses mains potelées et gantées de blanc. La moitié le regardaient en silence, se rappelant la sévérité des mesures de Julien de Médicis quand, voulant venger l'assassinat de son frère Laurent, il avait exterminé la plupart des familles marchandes de la cité et dépouillé les autres afin de payer ses dettes, ou se souvenant des mots du célèbre sermon de Savonarole qui avait déclenché la brève mais sanglante guerre civile durant laquelle les Médicis avaient été renversés. Des savonarolistes à la solde du roi d'Espagne s'étaient appliqués à défigurer les murs avec des slogans tirés des publications de leur chef en exil, slogans que des ouvriers s'appliquaient encore à faire disparaître au passage de la procession. L'autre moitié des spectateurs, enivrés par la foi ou par le vin, voire par les deux, poussaient des vivats d'approbation en agitant des fanions.

Palle ! Palle ! Papa Leone ! Palle ! Palle !

Le pape avançait lentement, deux pages menant son étalon blanc par une bride incrustée d'or. Huit citoyens florentins de sang noble tenaient au-dessus de sa tête des cerceaux tendus de soie moirée, astucieusement fixés les uns aux autres pour former un dais en forme d'ailes de papillon. Malgré cette ombre, la chaleur de la journée ne tarda pas à donner au lourd visage du pape un inquiétant teint violacé. De temps à autre, il s'arrêtait pour admirer les bannières et les fanions dont chaque façade était pavoisée, ou pour observer la mise en scène de petits tableaux vivants. Dans l'un d'eux, un enfant habillé en ange annonçait la naissance du Christ à une jeune femme habillée en Vierge, et des auréoles de feu se balançaient au-dessus de leur tête tandis qu'une colombe mécanique descendait du ciel en battant des ailes, lançant un rayon d'une lumière aveuglante qui venait frapper un miroir cousu sur le ventre de la femme. Dans un autre, un acteur avait revêtu l'armure d'argent bruni de saint Michel pour combattre un dragon mécanique à écailles de cuivre, lui transperçant la gueule de telle sorte que du sang jaillissait avec réalisme de chaque blessure. Une petite animation montrait Christophe Colomb qui descendait de bateau au milieu de vagues représentées par des rouleaux d'étoffe bleue, pour être accueilli par des acteurs seulement vêtus de pagnes, coiffés de plumes et la peau teinte en rouge avec du jus de tabac, les bons sauvages des îles Amies du Nouveau Monde. Plus loin, Amerigo Vespucci était reçu par l'empereur aztèque Moctezuma II, assis sur une petite pyramide blanche à côté d'une abondance de maïs, de prunes, de goyaves, d'ananas, d'avocats, de patates et de manioc servis sur des plateaux d'or et d'argent.

Le pape n'accorda qu'un bref regard à ce dernier tableau avant de talonner son cheval. Rome soutenait l'affirmation de l'Espagne que les sauvages du Nouveau Monde, des Indiens innocents des îles Amies aux fiers guerriers sanguinaires des empires aztèque et maya, devaient être conquis au nom du Christ, et que les Florentins compromettaient leur âme en frayant avec des sauvages et en les acceptant comme leurs égaux.

À chaque arrêt du pape, sa gigantesque escorte s'arrêtait avec lui ; elle était à présent tellement étirée le long de la rue que lorsque la queue faisait halte, la tête repartait déjà. À chaque arrêt, les tambours résonnaient et les cornemuses trillaient des sons stridents ; les camériers jetaient des pièces dans la foule en puisant dans des sacs pleins à craquer ; les cuirassiers marquaient le pas avec élégance, le visage luisant de sueur, et les cardinaux tendaient le cou aux fenêtres des voitures pour voir ce qui venait encore de retenir l'attention de Sa Sainteté, car ils auraient ensuite à faire des observations sur chaque événement de la procession. Les pétards et les fumées colorées mettaient les soldats mal à l'aise. Sur les toits, des tireurs d'élite armés des derniers fusils à canon long se découpaient sur le ciel, à l'affût du moindre incident.

Ainsi le pape descendit peu à peu la Via Maggio et franchit le pont de Santa Trinita, passant lentement sous un arc triomphal de toile et de bois qu'avait peint l'atelier de Raphaël et qui avait été élevé le jour même par plus de deux cents hommes. Cinq bonnes heures après s'être mis en selle à la grande porte, le pape Léon X finit par entrer sur la Piazza della Signoria, déclenchant un formidable vacarme de cloches et de coups de canon qui fit s'envoler tous les oiseaux de Florence.

Les cris de bienvenue étaient ici plus forts et plus nombreux, les plus privilégiés des citoyens ayant bu du vin blanc sucré tiré de fûts cerclés d'or, et, à l'abri de tentes plantées sur les bords de la place, il y avait des tables à tréteaux qui ployaient sous l'amoncellement des victuailles. Les spectateurs étaient penchés à chaque fenêtre de chaque bâtiment, et les confréries brandissaient leurs étendards et leurs bannières comme si une foule d'étranges images hiératiques de saints portait son attention sur le pape, tandis qu'on lui faisait lentement traverser la place à cheval. Des motifs de lumière colorée tournoyaient sur la fresque frontale de la Banque Centrale de la République, s'agitant confusément dans le jour déclinant.

Les membres de la Signoria étaient assis avec d'autres dignitaires sur une estrade couverte d'un dais, la statue miraculeuse de la Madone, venue d'Impruneta et parée de drap d'or, s'élevant derrière eux sur un piédestal. Les deux pages leur amenèrent le pape et des hommes se pressèrent autour de sa monture pour y assembler une sorte de marchepied, afin de permettre à Sa Sainteté de se lever de sa selle de femme et de descendre directement sur l'estrade. Le gonfalonier, nu-tête, en robe de soie noire à taillades écarlates, s'avança et s'agenouilla aux pieds du pape pour embrasser les franges de ses chaussons blancs, pendant que les prêtres faisaient tinter leurs clochettes et balançaient leurs encensoirs, d'où s'échappait une douce fumée de santal, tout en aspergeant d'eau bénite tous ceux qui se trouvaient à portée de goupillon.

Le pape releva le gonfalonier et lui donna un baiser solennel, lui tenant la tête entre ses mains comme si c'était le plus cher de ses fils. La foule applaudit à tout rompre.

Et au milieu de la place, dans un fracas d'engrenages tout juste couvert par une sonnerie de trompettes, l'énorme œuf cosmique s'ouvrit en deux devant un grand rideau blanc. Sur le bord de la moitié inférieure de l'œuf se trouvaient des vitraux éclairés de l'intérieur représentant les signes du zodiaque. Il y eut un brusque flot de lumière quand les lampes convergentes du soleil s'allumèrent au centre de la machine, et, sur une étrange et majestueuse musique jouée par tout un orchestre d'engins mécaniques, des acteurs, costumés selon les descriptions poétiques des planètes et perchés sur des disques d'or, se mirent à tourner avec lenteur et sans à-coups sur leurs orbites.

Le pape observa ce spectacle avec un regard myope et stupéfait. La foule applaudit le talent des ateliers du Grand Ingénieur.

Ce ne fut pas tout. Des lumières jaillirent de la Grande Tour elle-même. Plus vifs que le soleil couchant, les rayons obliques se braquèrent comme un faisceau de cordes tendues au-dessus de la foule. Sur l'écran blanc, derrière l'œuf cosmique, des images montèrent et retombèrent, se fondant brusquement en un ange qui esquissa quelques pas saccadés. Les uns poussèrent des cris, les autres des soupirs ébahis. Le pape, tout à coup délaissé au milieu de ce miracle, porta la main à sa croix pectorale.

L'ange s'inclina en souriant et referma brièvement ses grandes ailes blanches. Lorsqu'elles se déployèrent de nouveau, la vision détaillée d'un paysage apparut, une utopie d'artificier dans laquelle chaque cours d'eau était régularisé et canalisé, chaque ville avait un tracé symétrique, et où de grandes machines sillonnaient les airs.

Puis la vision s'évanouit. Une rumeur confuse parcourut la foule, et un feu d'artifice embrasa toute la circonférence de l'œuf cosmique, des gerbes d'étincelles montant comme des comètes pour retomber en pluie d'or et d'argent. Un lâcher de mille colombes blanches remplit le ciel d'un vaste bruissement d'ailes sous les acclamations de la foule, et de l'intérieur de l'œuf cosmique, des divinités stellaires parées d'argent, le visage et les mains enduits d'or, surgirent sur des colonnes et descendirent sur l'estrade pour saluer le pape.

2

Pasquale vit le feu d'artifice par la haute fenêtre à deux vantaux de la chambre de Machiavel. Assis à la table à écrire, il esquissait des anges dans diverses positions et attitudes, apportant un soin particulier à la relation entre les ailes, les bras et le corps. La fenêtre donnait sur une petite cour obscure, et Pasquale avait du mal à voir ce qu'il faisait. Le ciel, couleur d'ecchymose au-dessus du polypier de toits en terre cuite, semblait boire la dernière lueur du jour, mais Pasquale rechignait à allumer la grosse bougie posée sur la table.

Il courba la tête sur l'épaisse feuille de papier, l'envers de quelque document officiel du siècle dernier, et hachura avec assurance et minutie les plis de la manche d'un ange suspendu entre ciel et terre, les pieds joints et les bras largement écartés. Les noirs et les clairs du drapé devaient se mêler sans rupture de ton, la fine étoffe de la robe trancher sur les grandes plumes des ailes qui dépassaient la figure qu'elles encadraient. Pasquale distinguait nettement la silhouette de l'ange. Elle était placée devant une lumière fulgurante, derrière laquelle s'étendait une vaste prairie sillonnée de chemins blancs et peuplée de toutes sortes d'animaux, dont les grands dragons qui n'avaient pas survécu au Déluge, chacun d'eux fuyant la lumière, le feu de la colère divine.

Tout cela, oui ; mais il ne voyait toujours pas le visage de l'ange.

La table à écrire était jonchée de papiers, grossièrement empilés ou reliés par des rubans, auxquels s'ajoutaient une poignée de plumes d'oie, des encriers, un pot à sable et un plan incliné. À côté de la table se trouvait un rayonnage d'une bonne centaine de livres, pour certains des in-octavo à reliure de vélin, pour les autres de modestes éditions brochées comme en tiraient les nouvelles imprimeries. C'étaient des œuvres tant anciennes que modernes : le *Roland furieux* de l'Arioste en trois volumes, *L'Andrienne* de Térence, *La République* de Cicéron, Dante, Tite-Live, Platon, Plutarque, Tacite, puis le *De revolutionibus orbium cælestium* de Copernic, *Sur les chemins de la lumière* et *Microcosmonium* de Guichardin, le *Traité du mouvement perpétuel* du Grand Ingénieur, et enfin, deux par deux, les pièces de Machiavel lui-même, *Belphégor*, *L'Âne*, *La Mandragore*, *La Tentation de saint Antoine*, ainsi qu'une épaisse liasse d'écrits polémiques et de pamphlets. Plus de livres sans chaînes que Pasquale n'en avait jamais vu en un même endroit.

Quant au reste de la chambre, il y avait un poêle laqué noir avec un fauteuil en cuilleron de chaque côté, des tableaux aux cadres dorés partout sur les murs, parmi lesquels ressortaient de baveux portraits à l'huile de la femme et des enfants défunts de Machiavel, un coffre au panneau frontal éclaté, et un lit gigogne sur lequel le journaliste dormait au milieu de coussins poussiéreux, respirant bruyamment par la bouche. Le pansement serré au-dessus de son genou gauche était taché de sang séché. Le cadavre d'une bouteille de vin gisait par terre. Pour calmer la douleur de sa jambe blessée, Machiavel s'était abreuvé de vin et de trouble absinthe avec un désespoir grandissant, et il avait fini par s'endormir.

Pasquale avait lui aussi passé le plus clair de la journée dans les bras de Morphée, couché en chien de fusil sur l'un des vieux tapis mauresques qui recouvraient par endroits le plancher fendillé. Cela faisait presque deux jours qu'il n'avait pas dormi, et les aventures de la nuit l'avaient épuisé. Le temps qu'il eût nettoyé et pansé la blessure de Machiavel, une profonde et sanglante entaille au-dessus de la pliure du genou, et examiné le verre au cadre carbonisé qu'il avait sauvé des flammes, le ciel s'était éclairci et la canonnade automatique avait retenti pour annoncer l'ouverture des portes de la cité, tandis que les cloches des églises sonnaient la première messe.

Pasquale avait retiré son beau justaucorps de serge noire, taché de sueur et de suie qu'il était, l'avait étendu sur une chaise et s'était endormi, pour être réveillé au bout de quelques heures par la gardienne de l'immeuble, la Signora Ambrogini. Pas plus d'un mètre vingt de taille, le dos courbé par des années de labeur, c'était une vieille femme sévère qui, s'obstinant à porter le deuil d'un mari mort depuis dix ans, était toujours vêtue de couches de noir superposées. Elle s'occupait de toutes les chambres de l'immeuble labyrinthique où logeait Machiavel, auquel on accédait par une cour dont l'arrière donnait sur la Via del Corso, à mi-chemin entre la Piazza della Signoria et le Duomo. Cette femme était à la fois aimée et redoutée par les célibataires distraits qu'elle avait pour locataires, des chercheurs, des écrivains, des musiciens et des artificiers, qui surveillaient leur laisser-aller naturel en échange de son aveugle dévouement.

Elle fit irruption chez Machiavel en début d'après-midi, poussant un petit cri en voyant Pasquale qui dormait au pied de la table à écrire, puis un cri plus fort en voyant la jambe blessée de Machiavel, relevée par des coussins sur le lit gigogne.

La peur laissa la place à une sorte de colère maternelle. Allant et venant fiévreusement dans la chambre, la Signora Ambrogini demanda à Pasquale de faire bouillir de l'eau sur le poêle, et à Machiavel, qui était encore abruti par l'alcool, de baisser ses jambières. Elle se mit alors à laver la blessure et à refaire le pansement avec soin, en regardant Pasquale de travers comme pour lui reprocher les souffrances de son locataire.

Habitué aux manières de la Signora Ambrogini, Machiavel

affrontait l'épreuve avec calme et bonne humeur. « Nous avons eu une petite aventure, expliqua-t-il, sourire à l'appui, comme elle le tançait.

– Un homme de votre âge ! » s'indigna-t-elle. Puis, désignant Pasquale d'un regard mauvais : « Vous ne devriez pas vous acoquiner avec de jeunes voyous comme celui-là. » Ses yeux noirs luisaient sur son visage plissé de rides profondes. Des poils blancs, drus comme du fil de fer, pointaient à son menton.

« Je n'ai à m'en prendre qu'à moi-même », avoua Machiavel. Il lorgnait une bouteille de vin à demi pleine qui se trouvait sur la table à écrire, mais n'osait la demander, car la Signora Ambrogini n'aimait pas qu'il s'adonnât à la boisson. « Cependant, ajouta-t-il, je crois que le jeu en valait la chandelle.

– Faut-il que vous ayez le diable au corps ! s'écria-t-elle en roulant des yeux horrifiés. Le temps que je m'occupe de vous, nous allons tous les deux rater l'arrivée du pape. Ah ! On peut dire que vous me menez la vie dure, Signor Machiavel !

– Vous savez bien que vous n'irez jamais voir la procession, rétorqua gentiment Machiavel. À cause de la foule. Quant à moi, il doit y avoir de nombreux journalistes pour couvrir l'événement. Tous ceux de Florence, à n'en point douter. Ma contribution ne manquera à personne. »

La vieille femme se pencha pour nouer le bandage autour de la jambe de Machiavel. « Et je suppose que ce garnement fait partie de vos amis journalistes. Toi, mon garçon, tu ferais mieux d'aller travailler au lieu de traîner ici à ennuyer mes locataires. »

Pasquale protesta qu'il était peintre, mais la vieille femme refusa de le croire. Elle noua le bandage avec un nœud solide et soigné, après quoi Machiavel se renversa sur le lit avec un soupir, lui dit qu'elle faisait des miracles et qu'il se demandait si elle pouvait faire celui de leur apporter de la soupe.

« Ce jeune homme est assez fort pour aller s'en chercher tout seul, rétorqua-t-elle d'un ton sec.

– Il me donne un coup de main, expliqua Machiavel. Nous travaillons ensemble sur un projet très important. Et c'est bel et bien un peintre, et même un bon. C'est un apprenti de Giovanni Rosso.

– Connais pas », lâcha la vieille femme avec dédain, avant d'aller malgré tout chercher de la soupe.

« Elle n'est pas méchante, dit Machiavel en s'appuyant à nouveau sur ses oreillers. Pour l'amour de Dieu, Pasquale, passe-moi cette bouteille. Là, sur la table.

– Comment va votre jambe ? »

Machiavel but directement au goulot, se servant de sa manche pour essuyer le vin qui lui avait coulé sur le menton. « J'essaierai de marcher tout à l'heure, mais pour l'instant, j'ai besoin de me reposer. Et le morceau de verre, Pasquale, tu l'as toujours ?

– Bien sûr.

– Montre-le-moi encore une fois. »

Enchâssé dans un cadre de bois carbonisé, le verre s'était fendu sous la chaleur du feu, et l'image qui y était imprimée ou dessinée avait roussi à tel point qu'on ne pouvait en voir qu'un segment. D'une manière générale, elle semblait d'ailleurs plus foncée que lorsque Pasquale l'avait tirée des flammes, comme si la matière dont elle était constituée était en cours de transformation. Il était néanmoins possible de distinguer des silhouettes, drapées dans des robes à capuchon, pauvres de modelé mais représentées avec infiniment de finesse et de précision, qui se tenaient derrière une sorte d'autel sur lequel était étendue une femme nue, dessinée de telle manière qu'il était impossible de savoir si elle était censée être morte ou vivante. Giustiniani, le capuchon rejeté en arrière pour laisser voir son visage de faucon, brandissait une épée dont la lame était légèrement floue.

« Une messe noire, dit Pasquale.

– Du chantage, corrigea Machiavel.

– Qu'avez-vous entendu, à la fenêtre ?

– J'ai surpris le nom de Salai, et j'ai entendu Francesco proférer contre Giustiniani des menaces timides mais tout à fait désespérées. Selon moi, Francesco avait la preuve que Giustiniani célébrait des rites comme celui qui nous est montré ici, et il le faisait chanter pour obtenir un service.

– Quel genre de service ?

– C'est bien ce que je voudrais savoir, tiens ! s'enflamma Machiavel. Et pourquoi recourir au chantage ? Les magiciens comme Giustiniani ont toujours besoin d'argent, et je suppose que Francesco avait de quoi payer.

– À moins que ce ne soit une tâche si terrible que même Giustiniani hésiterait à l'accomplir.

– C'est en effet la première explication qui vienne à l'esprit, mais – pardonne-moi, Pasquale – je lui trouve un goût de mauvais mélodrame. Il est possible que Giustiniani ait déjà accompli la tâche en question, et que Francesco ait tenté de l'intimider pour le réduire au silence. Il y a peut-être un lien avec Salai, et avec le meurtre de Romano. Il faut que je réfléchisse à tout ça. » Il vida le reste de la bouteille de vin et ajouta : « Va me chercher ma petite gourde, et sers-moi un verre de ce broc d'eau.

– Vous allez vous rendre fou avec ce poison, Niccolò, et vous finirez par en mourir. Je sais ce que c'est. Il y a de l'armoise dedans.

– Il en faut sept volumes pour cent volumes d'eau. Je t'en prie, Pasquale, épargne-moi tes sermons ! J'ai besoin de réfléchir !

– Vous ne devriez pas vous agiter. Vous êtes blessé. »

Machiavel secoua la tête. « Il nous reste beaucoup à apprendre. Cette affaire est plus profonde et plus épineuse que je ne l'avais cru au départ. Nous sommes peut-être en présence du scandale du siècle !

– Je veux bien vous servir, se résigna Pasquale, mais rien qu'une fois.

– Sept volumes pour cent », répéta Machiavel, regardant avec attention Pasquale comme il versait goutte à goutte le liquide jaunâtre. Il lui prit le verre des mains et but d'un trait la trouble mixture, puis se laissa retomber sur son lit, les yeux fermés, le pouce et l'index pincés sur l'arête de son nez.

Pasquale s'assit et observa Machiavel. Il entendit bientôt des pas sur le palier et posa l'image de la messe noire à l'envers sur la table à écrire, au moment même où la Signoria Ambrogini réapparaissait dans la chambre. Elle portait un plateau chargé de deux bols de soupe et d'un morceau de pain sec.

« Ah ! soupira Machiavel sans ouvrir les yeux. Que ferais-je sans vous, Signora Ambrogini ?

– Vous soûler jusqu'au ruisseau, pardi », répondit la gardienne en se retirant après un dernier regard féroce à Pasquale.

Machiavel dit : « À propos… » et fourragea sous son lit pour en sortir une bouteille de vin. Il arracha le bouchon avec les dents, but une bonne gorgée. Croisant le regard de Pasquale, il précisa : « À des fins curatives uniquement. D'autre part, c'est la dernière. »

Pasquale en but un verre pour accompagner sa soupe, mais c'était un vin clair et amer, aussi ne fit-il pas d'histoires pour laisser finir le reste à Machiavel. Ce dernier se rendormit sans presque avoir touché à sa soupe, et alors que le jour commençait à tomber, Pasquale s'installa à la table pour étudier d'abord l'image roussie, puis le petit objet volant. Malgré tous ses efforts, il ne parvint pas à établir de lien entre les deux, alors il les laissa de côté et dessina, d'abord le journaliste endormi, puis la Signora Ambrogini, composant son portrait autour du regard qu'elle n'avait cessé de lui lancer, à moitié retournée, les yeux vifs et furieux. C'était ainsi qu'il s'était entraîné à se rappeler les visages, négligeant les détails individuels au profit d'une attitude ou d'une expression qui mettait la mémoire en branle. Il dessina les moments spectaculaires qui avaient suivi l'accident de *vaporetto*, faisant largement appel à son imagination, et finit par esquisser des anges, s'absorbant dans son travail jusqu'à ce que le feu d'artifice illuminât le ciel assombri et réveillât Machiavel.

La jambe blessée du journaliste s'était ankylosée. Il fit le tour de la pièce en clopinant, jurant entre ses dents, puis s'écroula sur le lit. Pasquale lui conseilla de se reposer, mais Machiavel était bien décidé à sortir. Il y avait des questions à poser, déclara-t-il. Il y avait eu deux meurtres, et cela ne s'arrêterait pas là.

« Tu n'es pas obligé de venir avec moi, Pasquale. Tu en as assez fait, tu as pris assez de risques. Nous avons plongé là dans des eaux profondes et périlleuses, et je me dois de m'y enfoncer plus avant. Je sais à peu près à quoi m'attendre, car ce sont des eaux que j'ai déjà explorées par le passé, mais toi, tu es un artiste. Ton monde à toi, c'est la lumière, la surface des choses. Rentre chez toi.

– Je viens avec vous, fit Pasquale, de la passion dans la voix. Je ne suis pas un innocent. »

Il avait surpris Machiavel au moins autant qu'il s'était surpris lui-même. Le journaliste racla du pouce la barbe neuve qui lui noircissait le menton. « Je reconnais que je suis fatigué, dit-il enfin. Je ne m'opposerais pas à ce qu'on m'aide, si on avait une bonne raison pour cela.

– Eh bien, si c'est une raison qu'il vous faut, vous me devez toujours l'argent que j'ai laissé hier soir au chauffeur. »

Machiavel s'esclaffa. « Le pauvre homme… Sa course ne l'a guère dédommagé de la peine qu'elle lui a donnée, n'est-ce pas ?

– Je veux savoir le fin mot de l'histoire. Je ne m'étais encore jamais trouvé mêlé à un complot. C'est bien plus intéressant que de graver des portraits du pape à l'eau-forte, ce que nous allons devoir faire la semaine prochaine pour gagner notre pain. »

Il pensait aux pièces froides et nues qu'il partageait avec Rosso, au poids de la misère. S'il parvenait à recouvrer le florin qu'il avait perdu, il pourrait au moins s'acheter la plupart des matériaux dont il avait besoin pour peindre son ange. Et une fois son projet réalisé, il n'aurait plus besoin de courir après l'argent. Il s'en voulait d'avoir la folie d'y croire avec tant de ferveur, car il est fou d'espérer quand on sait combien la vie est dure, mais c'était plus fort que lui.

« J'oublie parfois ton jeune âge, dit Machiavel, appuyant sur Pasquale un regard scrutateur. Aide-moi à faire deux ou trois fois le tour de la pièce, que je perde cette raideur dans la jambe. Il va falloir beaucoup marcher avant de voir le bout de cette affaire. »

Cependant, avant que Pasquale ne se fût levé pour aider Machiavel, on frappa à la porte, et la Signora Ambrogini entra brusquement pour annoncer qu'il y avait une dame qui désirait voir le journaliste.

Celui-ci se redressa, soudain aux aguets. « Une femme ? Qui est-ce ?

– Pas une femme, dit-elle d'un ton ferme, mais une dame. Elle n'a pas voulu donner son nom.

– Eh bien, faites-la monter, que diable ! Si elle veut un entretien, il m'est difficile de le lui refuser.

– Dans l'état où est votre chambre ! Allons, Signor Machiavel, vous ne pouvez pas recevoir une dame ici. Ce ne serait pas convenable.

– Si elle a tant besoin de me rencontrer, elle ne fera pas attention à ce genre de considérations. S'il vous plaît, Signora Ambrogini, ne la faites pas attendre.

– C'est que je pense à ma réputation, dit-elle, pleine de dignité.

– Rien ne saurait la ternir, signora. Maintenant, si vous voulez bien laisser monter ma visiteuse… »

C'était une dame, en effet. Pasquale la reconnut immédiatement : Mona Lisa Giocondo, l'épouse du secrétaire des Dix de la guerre. Il aurait sifflé volontiers, si Machiavel ne l'en avait dissuadé d'un regard sévère.

Le journaliste installa sa visiteuse dans le meilleur fauteuil de la pièce, la débarrassant de son lourd manteau de velours pour le donner à Pasquale. Dans la dernière lueur du jour qui entrait par la fenêtre, sa robe indigo, d'une belle soie garnie de dentelle flamande, faisait ressortir ses pâles épaules et sa chevelure brune, épaissie par des rubans de soie noire. Elle portait un voile de tulle, retenu par un serre-tête en or, qui adoucissait les contours de son visage. Tandis qu'il allumait les bougies, Pasquale observait ce visage du coin de l'œil : Mona Lisa n'avait pas la beauté d'un ange – son nez était peut-être un peu trop long, et l'un de ses yeux sombres était légèrement plus haut que l'autre, sans compter que c'était une femme d'âge mûr, marquée de petites rides au coin des yeux, alors que la beauté des anges était celle de la jeunesse –, mais elle avait une grâce rayonnante et solennelle qui semblait éclairer son visage ovale et blême de l'intérieur. Son parfum, légèrement musqué, emplit la pièce.

Elle engagea la conversation d'une manière aussi directe que son regard. Joignant les mains, elle expliqua qu'elle ne serait pas là si un certain événement malheureux n'avait eu lieu au Palazzo Taddei, et qu'elle ne pouvait rester longtemps car son mari l'attendait pour assister à la messe que devait célébrer le pape au Duomo. Elle espérait que le Signor Machiavel lui pardonnerait sa franchise, mais il lui fallait parler pour blanchir le nom de son époux.

« J'espère à mon tour que vous me pardonnerez ma franchise, dit Machiavel, tirant manifestement plaisir de la situation, mais si je n'ai pas encore d'avis sur l'éventuelle implication de votre époux dans cette affaire, je suis certain qu'il est en son pouvoir de demander la mort d'un homme s'il le désire.

– Il est très puissant, c'est vrai.

– Ça, fit Machiavel, je ne suis pas près de l'oublier. »

Mona Lisa prit un ton résolu. « Écoutez, Signor Machiavel, je sais que nous ne pourrons jamais être amis, car mon époux jouit de la fonction qui fut autrefois la vôtre, mais peut-être pourrions-nous au moins ne pas être ennemis. Je suis prête à vous aider dans vos investigations, en espérant qu'il y a dans votre cœur une part de charité chrétienne qui sera sensible à ma situation.

– Je vous prie de croire, signora, que je ne cherche pas à me venger, mais à établir la vérité. C'est là mon seul souci.

– Voilà un point sur lequel nous pouvons nous entendre.

– Dans ce cas, permettez-moi de vous poser quelques questions. »

Mona Lisa leva les yeux vers Pasquale, qui, à cet instant et avec une vive émotion, comprit qu'elle était la maîtresse de Raphaël. Elle était là pour donner à Machiavel l'assurance que son époux n'avait pas fait tuer Romano par vengeance, ou en guise d'avertissement.

Machiavel, qui était penché en avant sur le bord de son lit avec un regard avide, ajouta : « Vous pouvez comptez sur sa discrétion comme sur la mienne, signora.

– Si vos questions peuvent aider à découvrir la vérité, alors j'y répondrai avec autant de sincérité qu'il m'est possible.

– Votre époux est-il au courant de votre amitié avec Raphaël ?

– Sans l'approuver, disons qu'il la tolère. C'est un vieil homme, vous savez, dévoué aux affaires d'État, et je suis sa troisième épouse. Certes, notre mariage n'a jamais été un mariage d'amour, mais croyez-moi, l'amour y est présent. D'ailleurs, depuis la mort de notre seul enfant, nous avons passé trop peu de temps ensemble à mon goût.

– Et son honneur, signora. Y attache-t-il de l'importance ?

– Il en attache à sa situation politique, mais il n'a rien à craindre de ce côté-là. Comme vous le savez, un homme de son rang doit faire face à de nombreuses attaques, dont certaines rumeurs, disons, sur la conduite de son épouse. Il sait les prendre sans se blesser.

– Mais ces rumeurs-là ne sont pas sans fondement, sinon vous ne seriez pas ici.

– Mon sort est entre vos mains, Signor Machiavel. »

Machiavel se pinça l'arête du nez entre le pouce et l'index, comme il le faisait toujours pour réfléchir. Au bout d'un moment, il dit : « Votre époux a joué un rôle important dans l'organisation de la visite du pape. Il a d'ailleurs beaucoup de relations à Rome.

– Il ne laisserait pas ses intérêts personnels empiéter sur ceux de la République.

– Pas directement, bien sûr. Mais est-ce lui qui a invité Raphaël ?

– Pourquoi aurait-il fait une chose pareille ?

– Pour se donner l'occasion de l'humilier, peut-être.

– C'est intéressant, Signor Machiavel, mais je crois plutôt que c'est le pape qui a envoyé Raphaël en tant qu'ambassadeur.

– Le pape lui-même, et non Jules de Médicis ? »

Pour la première fois, Mona Lisa parut troublée. « Raphaël m'a dit qu'il avait été envoyé par le pape, dit-elle. Je lui fais confiance, Signor Machiavel.

– Et c'est votre droit, signora. Je crois que je vous ai assez posé de questions pour le moment. Je vois que vous regardez par la fenêtre, et que vous vous inquiétez du temps qui passe. Il est vrai que vous devez aller retrouver votre époux. Je m'en voudrais qu'il vous attende à cause de moi. »

Mona Lisa se leva. Elle était grande, de la même taille que Pasquale. Posant une petite bourse sur la table à écrire, elle dit : « Vos investigations vont sans doute vous occasionner des dépenses, Signor Machiavel. Je ne voudrais pas que vous en soyez de votre poche. »

Machiavel se mit debout avec l'aide de Pasquale, s'excusant pour la blessure qu'il avait reçue au cours de son enquête, sans gravité mais tout de même incommodante. « Je ne pensais pas que je serais appelé à servir la République à nouveau, signora. Pardonnez-moi cette question, mais si mes recherches devaient me mener à votre époux…

– Moi aussi, j'ai le souci de la vérité. Je compte sur vous pour me tenir au courant. »

Lorsqu'elle fut partie, Pasquale put enfin siffler. « Je n'avais pas mesuré la profondeur de votre haine, Niccolò.

– Francesco del Giocondo est un bon marchand de soie, un secrétaire capable, et un mauvais poète qui a une idée exagérée de sa valeur.

– On dirait Michel-Ange qui parle de Raphaël.

– Ce sont là des faits, et non une opinion personnelle. Mais toi, qu'as-tu pensé de la Signora Giocondo ?

– Derrière la douceur féminine se cache un esprit sage et courageux.

– En effet. Et très déterminé, aussi.

– Et généreux », ajouta Pasquale en faisant tomber une demi-douzaine de florins de la petite bourse, imprégnée du parfum musqué de Mona Lisa.

« Nous allons être confrontés à un milieu hostile, et cet argent pourra peut-être faciliter notre progression. Sais-tu comment notre cliente est devenue la maîtresse de Raphaël ?

– Jusqu'à présent, je ne savais même pas qu'ils étaient amants. Je ne suis qu'un peintre, après tout. »

Machiavel eut un sourire. « Raphaël a fait son portrait, mais pas pour le compte de son époux. C'est son amant de l'époque, Jules de Médicis, qui a passé la commande à Raphaël, profitant de ce que notre secrétaire florentin et son épouse étaient en voyage à Rome.

– Ainsi, vous croyez que Jules de Médicis aurait pu envoyer Raphaël ici, sachant qu'il y serait en danger ?

– C'est en tout cas ce que pense la Signora Giocondo, qui envisage également que son mari ait pu prendre part au meurtre de Romano, même si elle espère le contraire.

– Pourtant, ce que nous avons vu à la villa de Giustiniani

laisserait entendre que Romano s'est fait prendre à son propre jeu.

– À moins qu'on ne lui ait tendu un piège, dit Machiavel avec entrain. Mais ce serait une façon bien compliquée de faire quelque chose de simple.

– Vous ne lui avez pas parlé de Giustiniani.

– Elle n'a pas payé pour cela. Laissons-la dans le doute et l'angoisse. Peut-être qu'ainsi, elle éprouvera le besoin de nous en dire davantage, bien que j'en doute. Elle est d'une trempe d'acier. Et maintenant, donne-moi cet argent, mon jeune ami. Nous en aurons besoin avant la fin de la nuit. Nous avons des questions à poser, et ceci nous permettra peut-être d'acheter quelques réponses. »

3

Lorsque Machiavel et Pasquale quittèrent l'immeuble, la nuit venait de tomber, laissant trois étoiles pour émailler le tapis de ciel bleu-noir entre les toits qui surplombaient la cour. Pasquale accrocha son portrait de la Signora Ambrogini à la porte de cette dernière, expliquant qu'elle aurait ainsi la preuve qu'il était peintre, à quoi Machiavel rétorqua sèchement qu'il ne fallait pas dépendre de l'opinion d'autrui.

La cité, d'ordinaire désertée au crépuscule par la plupart des honnêtes citoyens, vivait cette nuit-là au rythme du carnaval qui avait commencé à l'arrivée du pape. Les Florentins adoraient les carnavals et les festivals, et le moindre anniversaire ou événement officiel était prétexte à chômer et à faire la fête. Dans les rues, les rares lampadaires à acétylène faisaient autant de lumière que les lampions et les flambeaux que portaient les groupes d'hommes costumés qui couraient d'un endroit à l'autre. Quelques jeunes gens donnaient une sérénade sous les fenêtres éclairées de leur bien-aimée. Une troupe, dont les hommes étaient montés sur des échasses qui doublaient leur taille, avançait à grands pas. Alors que la musique, les chants et les cris venaient de tous côtés, Machiavel éloigna Pasquale des manifestations, l'entraînant dans le dédale de venelles et de cours exiguës que cachaient les imposantes façades des immeubles bordant les rues principales. C'était toujours dans ces lieux retranchés que s'ourdissaient les intrigues et les noirs desseins de Florence, à l'abri des regards indiscrets, derrière de hauts murs et d'étroites fenêtres grillées.

Machiavel boitait encore fortement, s'appuyant sur une canne en bois de frêne ferrée des deux côtés, et la route était difficile, composée de dalles glissantes ou de terre creusée d'ornières, uniquement éclairée par les quelques rayons de lumière qui tombaient de hautes fenêtres aux volets clos. Pasquale n'était pas rassuré, et gardait la main sur son couteau. C'était tout à fait le genre d'endroit où l'on s'imaginait que les brigands et les escarpes guettaient leurs victimes, même si, ne fût-ce que pour ménager leur effet de surprise, ceux-ci préféraient sans doute aller les guetter ailleurs.

Au bout de quelque temps, Pasquale demanda : « Qui cherchons-nous ?

– Un certain médecin de sombre réputation. Un homme qui se fait appeler le docteur Pretorius. Ce n'est pas son vrai nom, bien sûr, et pour autant que je sache, son titre de docteur n'a jamais été soumis à examen, même s'il s'est fait renvoyer d'une bonne douzaine d'universités dans cinq pays différents. Il faut savoir que ceux de son espèce n'exercent jamais sous leur véritable identité, afin de ne pas être reconnus par les démons. Il a été mis en prison à Venise pour avoir fait du trafic de cadavres, mais grâce à ses relations, il a pu éviter la question pour être condamné aux galères. Le bruit courait qu'il essayait de construire une femme, une nouvelle forme de Vénus ou de Vierge des Mers, avec des morceaux de cadavres, et qu'il comptait donner vie à cet assemblage en substituant au sang une liqueur mystérieuse.

– Encore un adepte de la magie noire, alors ? À croire qu'ils sont tous vénitiens.

– Vois-tu, Pasquale, je ne sais pas exactement où est né Pretorius, mais je sais que ce n'est pas à Venise. Quant à la magie noire, lui refuse le terme. Il se prétend médecin, et il faut reconnaître qu'il a fait du bien dans les quartiers *ciompi*, où il tient un cabinet dans lequel il reçoit tous ceux qui peuvent payer ses soins. Ses patients ne jurent que par lui. Il y a quelques années, on l'a accusé d'être mêlé à certaines disparitions d'enfants, mais à sa décharge, les *ciompi* n'y ont jamais cru.

– Et vous pensez que c'est un complice de cet autre magicien, ce Giustiniani.

– Il est vrai que tous deux ont fui Venise, et pour la même raison. Enfin, tout ce que je puis dire pour l'instant, c'est que Pretorius est peut-être à même d'apporter quelques éclaircissements sur les activités de Paolo Giustiniani, car bien que les cercles qu'ils fréquentent soient différents, ils s'entrecoupent. De plus, le docteur Pretorius a le don de rassembler les informations. Il les met en réserve jusqu'à ce que le bon acheteur se présente. En attendant, Pasquale, nous devons être rigoureux dans l'examen des informations que nous avons nous-mêmes rassemblées, et dans la conclusion que nous en tirons.

– Aussi rigoureux que des artificiers ?

– Tout juste, dit Machiavel en souriant. Par ici. »

La taverne où ils allaient se trouvait dans une sombre cour fermée sur trois côtés par de hautes maisons, et sur le quatrième par un ruisseau puant qui faisait des gargouillis gutturaux dans l'obscurité. Pasquale dut à la fois tirer et lever Machiavel pour lui faire gravir l'arche escarpée du pont qui enjambait ces eaux noires comme le Styx.

Au moment même où ils arrivaient sur l'autre rive, un feu d'artifice éclata au-dessus de leurs têtes, et la cour se mit à résonner du tintement solennel des cloches de la cathédrale. La messe pontificale était terminée, et Sa Sainteté se mettait en chemin pour le banquet qui l'attendait au Palazzo della Signoria. La lumière fugitive des fusées découvrit l'autre côté de la cour à Pasquale, qui vit une masse de bois de fagot plus ou moins de guingois au-dessus d'une entrée fermée par de la toile à sacs, et des tables éparpillées où des silhouettes étaient penchées sur des bols ou des pots. De petites lampes, des mèches baignant dans des soucoupes d'huile, jetaient de faibles lueurs rougeâtres. Quelqu'un jouait de la cornemuse, d'une horrible manière.

Se rappelant le bouge où il avait bu du vin avec Machiavel après avoir vu le corps de Romano, Pasquale remarqua : « Vous connaissez de bonnes adresses, dites-moi.

– Toutes les affaires ne se traitent pas en haut lieu, et de plus, les nouvelles circulent toujours du haut vers le bas, de la même manière que l'eau ne cesse de chercher à descendre.

– Votre docteur Pretorius aura du mal à tomber plus bas.

– Lui n'est pas de cet avis, protesta Machiavel. Écoute bien, Pasquale. Pretorius est aussi fin et venimeux qu'un serpent. Tiens-toi sur tes gardes. Surtout, fais très attention à ce que tu lui dis. Il profitera de la première remarque inconsidérée pour pénétrer ton âme.

– Vous parlez de lui comme d'une créature du diable.

– C'en est une », confirma Machiavel, avant d'écarter le rideau d'entrée de la taverne.

Le docteur Pretorius était assis à une table dans un coin de la salle, plongé dans une partie de tarot solitaire. Grand, les cheveux blancs, c'était un vieil homme d'une maigreur extrême, délicatement vêtu d'une tunique brune aux manches bouffantes et d'une chemise blanche garnie de dentelle flamande, et il ne semblait guère incommodé par la saleté de la paille qui recouvrait le sol, ou par les souris qui s'y promenaient dans tous les sens. Dégageant un charme incisif, il se leva pour saluer Machiavel et Pasquale, puis demanda au tavernier de leur apporter son tout meilleur vin. Son valet, un gros sauvage affligé d'un large visage balafré et d'un casque de cheveux bruns drus et brillants, était assis près de lui, un couteau grand comme l'épée d'un homme ordinaire posé en travers des cuisses.

Le vin qui fut servi était l'un des plus mauvais que Pasquale eût jamais goûtés, mais Machiavel l'avala sans rechigner, tandis que le docteur Pretorius semblait s'en délecter. « Voilà longtemps que je ne vous avais vu, Niccolò, dit-il. J'avoue cependant que j'espérais devoir attendre davantage.

– Vous avez été discret, ou tout du moins prudent.

– J'avais du travail », trancha le docteur Pretorius. Ses yeux noirs brillaient dans la lumière vacillante des lampes à mèche de jonc, comme de profondes cavernes sous le surplomb de son front carré. Il ajouta : « J'ai obtenu d'excellents résultats, d'ailleurs.

– Je ne suis pas ici pour discuter de votre travail, ni de rien de ce que vous faites. Pour tout vous dire, je préférerais ne pas en entendre parler.

– Oh, rassurez-vous ! Il s'agit là, pourrait-on dire, de l'antithèse de ma démarche habituelle. Au lieu de manipuler la mort, je me suis donné pour but de subvertir la vie, de contourner la Grande Chaîne de l'Être. J'ai fabriqué des mannequins, petits comme des souris, et je leur ai insufflé l'étincelle de la vie. Si vous les voyiez, ces enfants, comme ils dansent et comme ils chantent ! » Il marqua un silence mesuré. La façon diabolique dont il avait prononcé le mot « enfants » glaça le sang de Pasquale. Le docteur Pretorius reprit : « Enfin, tôt ou tard, vous saurez tout. Le monde entier saura.

– Je viens au sujet de ce qui s'est passé à la villa de Paolo Giustiniani », dit Machiavel.

Le docteur Pretorius se mit à rassembler ses tarots. Il avait de longs doigts blancs, avec des ongles jaunes coupés court et carrés. Il humecta ses lèvres exsangues d'une langue aussi pointue que celle d'un lézard. « Alors vous y étiez. C'est bien ce que j'avais entendu dire.

– Par les hommes de Giustiniani ?

– C'est possible », répondit négligemment le docteur Pretorius, avant de tasser ses cartes pour les envelopper dans un carré de soie noire.

« Ça m'étonnerait. Si Giustiniani savait que je l'avais vu, il serait venu directement chez moi. »

Le docteur Pretorius haussa les épaules. « Peut-être que je

tiens l'information de quelqu'un d'autre, alors. Nous vivons des temps très agités, et les gens parlent beaucoup. Comme vous le savez, mes sources sont aussi variées que celles du Nil.

– Vous n'êtes pas allé accueillir le pape.

– Je n'ai pas de raison de me réjouir de sa visite. Après tout, ce n'est jamais qu'un pape, vous savez. Et pas celui que nous espérions. » Puis, se tournant pour la première fois vers Pasquale : « Je vois que vous avez amené un artiste. »

Pasquale ressentit un étrange besoin de dire quelque chose, tandis qu'une vague lueur dansait au fond des yeux sombres du docteur Pretorius. « Quel autre pape espériez-vous ? demanda-t-il.

– Nous sommes entrés dans la dernière phase avant la fin des temps. La grande année des équinoxes est écoulée, et bientôt le pape des ténèbres, l'antipape, se fera connaître. Alors commencera le millénium, mais il ne sera rien de ce que croient tous les idiots, jeune homme. Dis-moi, as-tu vu l'arrivée du pape dans cette triste cité ? L'as-tu vu s'avancer sur la place, à l'ombre de la trop haute tour du prétendu Grand Ingénieur ?

– J'étais... occupé ailleurs.

– Dans ce cas, j'ai peut-être quelque chose qui pourrait t'intéresser. Je me demande, en fait, ce que cela peut valoir. »

Machiavel intervint d'une voix sèche. « N'oublie pas que nous sommes ici pour des raisons sérieuses, Pasquale. »

Le docteur Pretorius sourit à Machiavel, perfide comme l'onde. « Naturellement, il ne saurait s'agir d'une visite de courtoisie. Ce serait bien la première fois. Voilà sans doute pourquoi vous n'avez pas jugé bon de me présenter votre giton ici présent. Un campagnard, à en juger par l'accent qu'il s'efforce en vain de dissimuler. Je le dirais de Fiesole, une bourgade bien connue pour ses mœurs rustres et singulières. Je crois savoir qu'on y préfère les chèvres aux femmes.

– Reste assis ! » fit Machiavel en retenant Pasquale par l'épaule, alors que celui-ci faisait mine de se lever.

Pasquale se résigna, la colère lui laissant un goût amer dans la bouche. Le sauvage lui adressa un large sourire : il n'avait plus d'incisives, et ses canines avaient été taillées en pointe et couronnées d'or. Pasquale rendit au gros lourdaud son regard glauque, mais il dut se bloquer les mains entre les cuisses pour s'empêcher de trembler.

« Il est là pour m'aider, expliqua Machiavel, au cas où j'en aurais besoin.

– Les temps doivent être difficiles pour vous, dit le docteur Pretorius avec un sourire radieux. Et naturellement, ils le seront bientôt plus encore pour tous les artistes, si la nouvelle invention du Grand Ingénieur remporte le succès qu'elle mérite. Je compatis.

– J'ai besoin de votre aide, annonça Machiavel. Les temps sont suffisamment difficiles pour cela, en tout cas.

– Tiens, tiens. Je me demandais quand viendrait le moment de régler nos comptes. Que disons-nous… trois questions ? Il faudra tout de même me payer, cela va sans dire. Je ne vous suis pas redevable d'autant. »

Machiavel vida son verre, et le docteur Pretorius s'empressa de le lui remplir. Le journaliste le vida de nouveau. « En plus du plaisir que ce jeu vous apporte, voici qui suffira pour votre paiement », dit-il en posant la petite bourse de Mona Lisa sur la table.

Le docteur Pretorius ouvrit largement les narines pour mieux humer l'air. « Il y a une femme, là-dessous ; une femme riche. Voyons. Il semblerait qu'il y ait des règles qui vous échappent, mon ami. Peut-être que pour vous, ce que je fais n'est qu'un jeu, mais vous vous trompez. Enfin, allez-y, posez vos questions. Vous avez mon attention.

– En quoi Paolo Giustiniani s'intéresse-t-il au peintre Raphaël ?

– Vous êtes donc bel et bien mêlé à cette petite affaire sordide. C'est fascinant.

– Je vous ai posé ma question.

– Oh, il ne s'intéresse à lui en rien, en ce moment.

– Si je puis me permettre, votre réponse n'est guère complète.

– C'est la vérité. N'êtes-vous pas satisfait ?

– Peut-être le serai-je davantage quand vous aurez répondu à ma deuxième question.

– Pressons, mon ami, dit le docteur Pretorius avec un sourire perfide.

– De quelle mission suprême Giustiniani est-il chargé ?

– Je ne puis vous dire que le peu que je sais, et ma réponse ne saurait donc être complète.

– Vous êtes un homme d'honneur.

– Je prends ceci plus au sérieux que vous parce que je connais les conséquences de l'erreur, cher Niccolò.

– Alors dites-moi ce que vous savez. La réponse la plus complète que vous puissiez me donner.

– D'après mes informations, il serait occupé à s'assurer le concours d'un grand prince et de son armée de démons secondaires, ou à invoquer l'un de ceux qui servent le trône céleste.

– Ce n'est pas rien », souffla Machiavel. Pasquale remarqua qu'il transpirait ; quelques gouttes de sueur perlaient sur son front dégarni.

« Tout dépend de la manière dont on s'y prend, précisa le docteur Pretorius avec détachement. Giustiniani pratique la nécromancie sous sa pire forme, celle que même les apprentis sorciers ont abandonnée depuis longtemps. Je doute fort qu'il réussisse. C'est un amateur, vous savez. Il va jusqu'à utiliser son vrai nom. Il finira probablement par tomber aux mains de l'enfer, comme tout ceux de son espèce.

– Parce que vous, vous espérez y échapper ?

– Oh, bien sûr », fit le docteur Pretorius. Son visage s'épanouit brusquement en un sourire franc et généreux, et ce fut alors que Pasquale comprit que cet homme était complètement fou. Un frisson parcourut la salle, comme si, près de là, une porte s'était ouverte sur les régions hyperboréennes, diffusant de l'antichaleur.

« Il y a toujours moyen de détourner l'attention de l'enfer, quand on sait ce qu'on fait, reprit le docteur Pretorius. Certes, mon ami, je sais que pour vous, l'enfer n'est pas un si mauvais endroit. J'ai lu la pièce que vous lui avez consacrée, celle où un démon s'aperçoit que le mariage est en fait un véritable enfer, et où l'enfer lui-même est un coin de paradis régi non pas par l'Ange Déchu, mais par le riche Pluton – qui tire sa richesse, bien sûr, du fait qu'à la fin la mort reprend tout, et qui règne non pas sur le siège de la souffrance éternelle mais sur un jardin où ceux dont les faits ou les pensées leur interdisent le paradis, les héros et les philosophes, se font la conversation. Un endroit auquel, dans votre folie, vous aspirez peut-être. Je ne saurais trop vous conseiller de surveiller votre âme, mon ami. De telles faiblesses sont autant de prises pour les griffes des démons. »

Pasquale était presque hypnotisé par la voix melliflue du docteur Pretorius. Le brouhaha des autres clients de la misérable taverne s'était calmé, comme si le docteur avait créé un monde intérieur, tissant de ses mots des liens étroits entre les hommes. Puis Machiavel s'esclaffa, et le charme fut rompu.

« Vous donnez à mes œuvres une dimension qu'elles n'ont pas, dit-il. Bien que j'en sois flatté, je ne voudrais pas que vous vous trompiez sur mes intentions. Si l'on veut trouver le chemin du paradis, il faut d'abord apprendre à connaître celui de l'enfer, de manière à pouvoir l'éviter. Sans tentation, il ne peut y avoir de chute, ni donc de rédemption.

– Nous sommes tous les deux en quête de pouvoir, dit avec douceur le docteur Pretorius. C'est ce qui nous rend si semblables, vous et moi.

– Pas du tout, s'insurgea Machiavel. Certes, nous recherchons tous les deux le pouvoir, mais pas de la même façon, ni pour les mêmes raisons. Vous, vous ne voulez que servir vos propres intérêts, et ceux de nul autre, et éviter ainsi d'aller en enfer car auprès de vous, les damnés auront l'air de saints.

– Épargnez-moi vos analyses. Vous avez posé deux questions. Posez-moi la troisième, qu'on en finisse.

– Non. Non, je ne crois pas que ce soit nécessaire. J'en ai suffisamment appris pour le moment. » Machiavel se leva, et l'espace d'un instant le docteur Pretorius le regarda d'un air stupéfait. « Viens, Pasquale. Nous avons beaucoup de travail à faire, cette nuit.

– Non ! s'écria le docteur Pretorius. Attendez ! Vous avez encore une question à me poser.

– Peut-être une autre fois. »

Le docteur Pretorius fit violemment tomber les gobelets de la table et se leva d'un bond. Derrière lui, le sauvage se mit lui aussi debout, sa tête frôlant le plafond. « Non ! cria le docteur. Il est hors de question que vous gardiez une emprise sur moi, je vous préviens ! Après, ce sera fini !

– Je n'ai plus de questions pour le moment, dit calmement Machiavel avant de ramasser sa canne. Viens, Pasquale. »

Celui-ci n'osa se retourner qu'après qu'ils eurent franchi le pont qui traversait le petit ruisseau. Apparemment, ils n'étaient pas suivis.

« Ne t'en fais pas, lui dit Machiavel. À sa façon, le docteur Pretorius est un homme de parole, et tant qu'il me devra la faveur d'une réponse, il ne fera rien contre nous.

– Quel service avez-vous bien pu rendre à un homme pareil ?

– J'ai un jour apporté la preuve qu'il n'avait pas pu commettre le crime dont on l'avait accusé. J'ai voulu agir pour le bien de la justice, car si on avait pendu un innocent, le véritable criminel se serait senti libre de continuer sa terrible besogne. C'était une époque difficile, et j'ai dû agir sans réfléchir. Si j'avais su que l'assassin réussirait au bout du compte à échapper à la justice, peut-être n'aurais-je pas apporté mon aide à Pretorius. Il a fait beaucoup de choses pour lesquelles il mérite la mort, mais bon, on prend parfois dans le feu de l'action des décisions que l'on regrette après coup. Ce que je dis n'a pas l'air de te rassurer, Pasquale.

– Je me demandais de quelle nouvelle invention d'artificier il voulait parler, celle dont il a dit qu'elle allait nuire aux artistes.

– Ne perds pas de vue que le docteur Pretorius cherche à acquérir de l'ascendant sur tous ceux qu'il rencontre, Pasquale. Ce n'était sans doute rien de plus qu'un leurre pour attirer ton attention. N'y pense plus. »

Machiavel semblait préoccupé et épuisé, et ils marchèrent quelques instants, à travers les cours et les ruelles sombres et étroites, la canne du journaliste claquant dans l'obscurité, avant que Pasquale ne lui demandât ce qu'il avait appris.

« Que notre affaire est moins importante qu'elle ne pourrait l'être. Si Raphaël n'est pas dans le coup, c'est que, selon toute vraisemblance, Giulio Romano et Giovanni Francesco n'agissaient pas pour lui, ou pour le protéger, mais pour leur propre compte. Quant au petit objet volant sur lequel tu veilles, et à l'image que tu as sauvée du feu, ils ont sans doute un rôle à jouer, mais je ne pense pas que celui-ci soit déterminant. »

Pasquale se rappela, foudroyé par le remords, qu'il avait laissé les deux objets sur la table à écrire de Machiavel, mais jugea préférable de ne rien dire de cet oubli. « Giustiniani est-il vraiment magicien ? demanda-t-il. Le docteur Pretorius semble penser que personne ne l'est, sauf lui-même.

– Il est vrai que les hommes de son espèce s'abusent au point de croire qu'ils sont les seuls à détenir de vrais pouvoirs, et c'est bien là leur problème. Selon le docteur Pretorius, nul n'est mieux placé que lui pour déjouer les supercheries, car il se croit un vrai mage, le seul vrai mage. Au bout du compte, les hommes comme lui ne trompent qu'eux-mêmes.

– Les artificiers croient qu'ils savent tout, eux aussi.

– Ce n'est pas la même chose, Pasquale. S'il est vrai qu'ils s'estiment capables de résoudre les profonds mystères de l'univers, ils échangent leurs connaissances car elles sont le fruit d'une démarche commune. Ceux de l'espèce du docteur

Pretorius gardent tout pour eux-mêmes, et chacun d'eux est persuadé qu'il est le seul à comprendre les mécanismes qui permettent d'accéder au pouvoir. Là est la différence. »

Pasquale ne put s'empêcher de montrer sa déception. Les florins de Mona Lisa si vite perdus. Ses plus beaux habits mis en lambeaux. « Alors nous nous sommes donné tout ce mal pour rien, dit-il.

– Nous partons du bas pour aller vers le haut. Qui sait jusqu'où nous allons monter ? Ne t'inquiète pas, Pasquale. Tu auras ton argent. »

Ainsi Machiavel lisait également dans les pensées de Pasquale. Il semblait lire dans celles de tout le monde, même (contrairement au docteur Pretorius) les siennes.

Ils arrivèrent dans la rue principale, et comme ils passaient sous la lumière du premier lampadaire à acétylène, Pasquale retira enfin sa main de son couteau. Quelques instants plus tard, entre le premier et le deuxième lampadaire, ils se firent attaquer.

4

Quatre hommes surgirent d'une allée de l'autre côté de la rue, et les voyant courir droit sur eux, Machiavel et Pasquale comprirent que ceux-ci ne faisaient pas partie du carnaval. En un instant, Pasquale fut arraché à Machiavel. Son agresseur, l'haleine courte et chargée de mauvaise bière, ferma un bras autour de son cou, mais se jetant en arrière, Pasquale réussit à le déséquilibrer et lui fit percuter le mur. Le souffle coupé, l'homme relâcha momentanément son étreinte, et Pasquale en profita pour lui écraser le pied et se libérer.

Ce fut alors un combat à l'arme blanche. L'homme, un grand et solide gaillard, grimaça un sourire en voyant Pasquale sortir son couteau. Il fit passer le sien d'une main à l'autre avec la facilité de l'expérience et se mit à provoquer Pasquale d'une voix bredouillante, l'encourageant à approcher, lui promettant qu'il allait s'occuper de lui, qu'il allait lui faire la peau. Ils s'observèrent quelques instants en se tournant autour, puis l'homme bondit en avant. Pasquale évita un coup violent qui aurait pu lui ouvrir le ventre, et toucha le bras armé de l'homme en giflant l'air au hasard. L'homme poussa un cri de cochon qu'on égorge et laissa tomber son arme, que Pasquale écarta d'un coup de pied. Dans sa folie d'ivrogne, l'autre sourit et lui fonça dessus, pour venir s'embrocher sur son couteau jusqu'au manche. Il soupira et s'affaissa, une main agrippée à l'épaule de Pasquale, l'autre plaquée sur sa blessure. Pasquale lâcha son couteau, et l'homme tomba à genoux, lui jurant qu'il l'avait tué.

Machiavel avait déjà mis l'un des brigands hors de combat d'un coup de canne ; roulé en boule sur la chaussée, l'homme gémissait en se tenant le genou. Machiavel lança sa canne sur le deuxième et trouva le temps de sortir son pistolet, mais le troisième s'avança dans son dos et lui bloqua le bras. Le deuxième homme s'empara du pistolet et se tourna vers Pasquale.

Alors que tout semblait perdu, quelqu'un surgit de l'obscurité en grognant, poussant Pasquale sur le côté. C'était le gigantesque sauvage, le valet du docteur Pretorius. Il se rua sur le brigand qui tenait le pistolet de Machiavel, le saisit par la taille et par le cou, et le jeta sur son acolyte.

L'espace d'un instant, tout le monde se figea, comme des acteurs à la fin d'un tableau. Puis les deux hommes à terre se relevèrent tant bien que mal et prirent la fuite en hurlant. Celui qui était blessé au genou jeta un regard horrifié au valet du docteur Pretorius, puis se releva à son tour et partit à la suite des deux autres en clopinant et en geignant de douleur.

« Merci », dit Machiavel, essoufflé, tout comme Pasquale dont le cœur tapait contre les côtes.

Le sauvage fixa Machiavel du regard et déclara d'une voix grave : « Mon maître a dit que la dette devait être effacée. » Sur ce, il partit en courant et disparut dans le noir, se déplaçant avec une souplesse incroyable pour un homme de sa taille.

« Il n'a pas montré la moindre peur, souffla Pasquale, admiratif.

– Il se croit mort, expliqua Machiavel. Le docteur Pretorius m'a un jour raconté que lorsque les mages de son île perdue veulent asservir un homme, ils lui donnent une potion extraite du foie d'un certain poisson, qui le plonge dans un tel état d'inconscience que, le croyant mort, sa famille l'enterre comme de juste. Le mage exhume alors le prétendu cadavre et le ramène à la vie, obtenant ainsi un valet obéissant qui ne connaît pas la peur. Une potion enfermée dans une bourse est accrochée au cou du malheureux, pour l'identifier comme étant la propriété du mage. C'est ainsi que le docteur Pretorius a procédé avec son valet, mais quant à la manière dont il l'a rencontré, il ne m'en a rien dit. »

Le brigand blessé par le couteau de Pasquale se mit à geindre. Il était recroquevillé par terre, les deux mains sur le ventre. Machiavel l'empoigna par les cheveux pour lui relever la tête et lui demanda qui l'avait payé, mais l'homme se contenta de dire dans un sanglot qu'on l'avait tué.

« Qu'allons-nous faire de cet idiot ? » s'enquit Pasquale. Il avait déjà blessé quelqu'un, mais de façon très superficielle, lors d'une soudaine et brève querelle d'ivrognes, et pour un motif que son adversaire et lui avaient oublié au moment de verser le sang. Il savait désormais qu'il pouvait, s'il le voulait, se battre jusqu'à la mort. C'était quelque chose qu'il avait en lui, quelque chose de grisant et d'inquiétant à la fois. Il en eut la chair de poule.

« Il faut prévenir la milice, répondit Machiavel.

– Nous devrions plutôt le laisser mourir.

– Voilà qui n'est guère chrétien. » Il ajouta en souriant : « D'autre part, il a peut-être envie de nous parler de lui. Ou de la personne qui l'envoie… »

Pasquale se baissa et prit le brigand par les oreilles, lui secouant la tête de droite à gauche. L'homme fit entendre un râle.

« Qui t'envoie ? C'est Giustiniani ?

– Tu m'as tué, espèce d'enfant de putain », bredouilla l'autre.

Pasquale reposa la question, mais n'obtint pour toute réponse que des gémissements et des sanglots.

« Tôt ou tard, il parlera », promit Machiavel. Puis, dressant la tête : « Chut ! Voilà quelqu'un. »

Ils arrivèrent par là où les premiers assaillants s'étaient enfuis, une demi-douzaine d'hommes en costume de carnaval, déguisés en griffons, en dragons et en licornes. Ils avaient à leur tête un géant – non, c'était un homme monté sur des échasses, qui avançait avec adresse et rapidité. Il portait un masque blanc qui lui couvrait entièrement le visage, percé de deux trous pour les yeux, triangulaires et bordés de noir. Il désigna Machiavel et Pasquale du doigt, puis se mit à faire tournoyer une fronde au-dessus de sa tête. Ses troupes chargèrent en criant. Machiavel et Pasquale prirent la fuite alors même que la fronde faisait siffler à leurs oreilles son premier projectile.

Il s'agissait d'une boule de verre qui se brisa sur les pavés, déversant du liquide. Un épais nuage de fumée orangée s'éleva en tourbillonnant, et Machiavel et Pasquale s'y enfoncèrent, aussitôt pris à la gorge par une abominable odeur de géranium pourri. Les brigands les prirent en chasse, en poussant de grands cris. L'un d'eux soufflait dans une petite trompette de carnaval. Machiavel avait du mal à avancer et s'appuyait lourdement sur sa canne, tandis que Pasquale le tirait de vive force.

Il leur fallut arriver sur la Piazza del Duomo pour trouver du monde. Il y avait là les fidèles qui avaient assisté à la messe papale, les partisans des Médicis, et les gens du carnaval qui s'étaient joints au nombre pour s'amuser. Pasquale entraîna Machiavel au milieu de cette foule bruyante, et, jetant un coup d'œil derrière lui, il aperçut l'homme aux échasses dressé au-dessus de la marée humaine, son visage masqué de blanc se tournant de tous côtés. Pour le moment, ils étaient à l'abri, mais Pasquale se sentait tout à coup plus exposé que lorsqu'il courait, et il guettait partout l'assassin masqué qui sortirait de la foule en liesse pour les attaquer.

La cathédrale s'élevait au-dessus des têtes, son grand dôme à la peau d'or brillant dans la lumière des lampes convergentes, ses murs de marbre blanc tendus d'étoffes sur lesquelles, par un tour d'artificier, des images transparentes tremblaient et prenaient vie. La tour blanche du campanile était elle aussi illuminée, et sa cloche, l'Apostolique, sonnait gravement dix heures.

Machiavel s'appuyait sur Pasquale, et les deux hommes avançaient lentement au milieu de la foule bruyante.

« Que nous veulent-ils ? demanda Pasquale, s'apercevant qu'il était presque aussi essoufflé que Machiavel.

– Je présume que ce sont des hommes de Giustiniani. Si le docteur Pretorius est au courant de notre visite à la villa, il est probable que Giustiniani le soit aussi. Le bougre est à nos trousses pour ce que nous savons, ou pour ce qu'il nous soupçonne de savoir.

– Nous avons tout de même son image.

– Qu'il pense avoir détruite. Non. Il doit simplement se douter que nous avons été témoins du meurtre de Giovanni Francesco.

– À moins qu'il ne nous prenne pour ses complices.

– Très bien, Pasquale !

– En tout cas, à l'heure qu'il est, nos agresseurs savent certainement qui nous sommes, car j'ai laissé mon couteau sur place, et mon nom est gravé sur la lame. La bonne nouvelle, c'est que je ne vois plus l'homme aux échasses.

– Il nous reste encore beaucoup de chemin à faire, ce soir. Et puis qu'ils aillent au diable, tous ces idiots ! Ils devraient tous êtres couchés.

– Voilà qui est dur pour ceux qui nous ont protégés sans le savoir. Je voudrais que tous les citoyens de Florence passent la nuit dehors, jusqu'à ce que nous soyons sauvés.

– Je crains qu'une nuit n'y suffise pas, soupira tristement Machiavel.

– Dans ce cas, je vais rester avec vous. De toute façon, maintenant je suis repéré. J'avoue cependant que j'aimerais bien savoir où nous allons.

– Quelle qu'en soit la raison, je suis ravi de ton soutien, Pasquale. Cette foule me rendra fou ! Quant à notre destination, si toutefois nous l'atteignons, il s'agit du Palazzo della

Signoria, car c'est là que Raphaël doit dîner ce soir, en compagnie du pape et des premiers citoyens de Florence. Nous devons l'avertir de ce qui s'est passé. »

La foule n'était guère moins nombreuse sur la Piazza della Signoria. Les gens avaient envahi la grande estrade, en face du Palazzo, sur laquelle le pape avait été reçu, et ils y buvaient comme des pirates maures fêtant la capture d'un gros vaisseau de marchandises. Des bandes d'étudiants de l'université parcouraient la place, se cassant la voix sur les chansons de leurs pays. Il y avait un conflit entre les Prussiens et les Français autour de l'œuf cosmique du Grand Ingénieur : les Français semblaient vouloir s'attaquer à la machine qui commémorait la grande découverte du chanoine Copernic, alors que les Prussiens défendaient l'honneur de leur héros national. « N'empêche qu'elle tourne », criaient-ils en se moquant des Français. Plus loin, des danseurs dansaient en rond autour du David de Michel-Ange, tout en jonglant avec des torches qui faisaient scintiller les cheveux dorés de la statue.

Les artificiers étaient de la fête, eux aussi. De grandes formes de lumière tournaient sur le mur que Rosso et Pasquale avaient préparé avec tant de soin – était-ce seulement la veille ? L'artificier, Benozzo Berni, salua joyeusement Pasquale depuis son canon à lumière. Les grosses lampes à acétylène de sa machine sifflaient et rugissaient, la lumière passant à travers des fentes qui la concentraient sur des roues de corne peinte en rotation, lesquelles renvoyaient les différents motifs sur la fresque du mur, énormément grossis par d'épaisses lentilles de verre soufflé. Les rayons lumineux réfractés par les bords des lentilles repoussèrent l'ombre de Berni sur les pavés tandis que celui-ci venait vers Machiavel et Pasquale. L'artificier avait retiré sa tunique aux nombreuses poches et suait dans le chanvre de son tricot de corps sous la chaleur des lampes. Souriant comme un possédé, il donna à Pasquale une tape dans le dos et lui montra le spectacle de lumière d'un geste large et démonstratif.

« Alors, tu vois ! cria-t-il triomphalement. De la lumière animée qui crée son propre tableau. Que dis-tu de ça, le peintre ?

– Peut-être que je ne suis pas assez sophistiqué, signor, mais plutôt qu'un tableau, je ne vois là que le genre de motifs que projette une bougie sur un mur.

– C'est tout l'intérêt ! Les motifs lumineux agissent directement sur l'œil, et lui donnent l'impression de créer des images. C'est une nouvelle façon de penser, vois-tu ! Le plus merveilleux, c'est que la machine se sert du spectateur.

– C'est sans doute merveilleux, mais peut-être que la science des machines est trop compliquée pour que je puisse la comprendre. » Peut-être que Piero di Cosimo saurait apprécier cette illumination, songea Pasquale, mais cela semblait une façon bien coûteuse de reproduire les formes aléatoires que l'on trouvait partout dans la nature.

« Fais comme tu l'entends pour le moment, glousssa Berni, mais tu finiras par y venir. Nous nous trouvons au seuil d'un nouvel âge. Le rideau commence tout juste à se lever, et nous n'apercevons que les premières lueurs de ce qui est derrière, et celles-ci sont si vives que nous avons du mal à en croire nos yeux. Mais bientôt, il nous faudra faire face à ces visions. La machine impose de nouvelles façons de produire, d'agir, et à présent de regarder. On ne peut pas lutter contre le progrès.

– Et que devient l'artiste dans tout ça ? » grinça Pasquale. Dans son état de fatigue, Berni lui apparaissait comme un démon débordant d'énergie, qui voulait tout changer pour le plaisir de changer.

Essuyant furtivement la sueur de son front avec un chiffon rouge légèrement brûlé, l'artificier déclara : « L'âge de l'art représentatif est révolu. Il y aura de nouvelles sortes d'artistes ; ils peindront directement avec de la lumière, produiront des images fugitives qui s'attarderont sur la toile de l'œil. C'est ainsi que mon kinétoscope fait des dessins que l'œil cherche à interpréter, de la même façon que le merveilleux ipseorama du Grand Ingénieur met les images en mouvement ! Et ce soir, il va faire le vrai portrait du pape en capturant la lumière elle-même. Reconnais-le, l'âge de l'interprétation et du symbolisme laborieux est révolu !

– Pour tout vous dire, commença Pasquale, je ne connais rien de ces images animées… »

Il fut coupé par Machiavel, qui se releva péniblement de la caisse retournée sur laquelle il se reposait pour l'instant. « Je ne vous connais pas, signor, mais permettez que je vous pose une question.

– Moi, je vous connais, Signor Machiavel ! s'exclama Berni en esquissant un salut. Peut-être que votre gazette souhaiterait rapporter les nouveaux miracles qui ont été montrés ici pour la première fois.

– Peut-être. Ce n'est pas à moi d'en juger. Ce que j'aimerais savoir, Signor…

– Benozzo Berni, pour vous servir !

– Signor Berni, j'aimerais savoir si des soldats sont entrés dans le Palazzo dernièrement.

– Ma foi, non. Aucun depuis que la grande procession est arrivée du Duomo pour le banquet. Ils sont encore à table, et je dois faire tourner ma machine jusqu'à leur départ – ce qui va m'entraîner bien au-delà de minuit, car j'ai entendu dire qu'on allait servir plus de vingt plats.

– Alors il n'est peut-être pas trop tard, Pasquale. » Puis, adressant un vague sourire à Berni : « Veuillez m'excuser, signor. J'espère que nous pourrons discuter de votre merveille une autre fois.

– Vous assistez à l'aube d'un nouvel âge, Signor Machiavel ! Tenez-vous-le pour dit ! »

Tandis qu'ils traversaient la place, faisant un détour pour éviter les étudiants agités, Pasquale demanda : « Que va-t-il arriver, à votre avis ?

– Quoi, je ne sais pas, mais quelque chose. Tiens, regarde ! Peut-être bien qu'il est trop tard ! » Machiavel tendit le doigt vers le Palazzo, qui surgissait du coin est de la place comme un navire. Chacune des fenêtres de sa façade étincelait de lumière, même celles de sa haute tour carrée, et des drapeaux portant les douze boules d'or de l'emblème des Médicis flottaient parmi les bannières de la République, où figurait la fleur de lis florentine. Quelqu'un avait ouvert une fenêtre en grand sous la corniche crénelée du dernier étage et s'adressait en criant à un groupe de soldats qui se trouvait en bas.

D'autres silhouettes apparurent à la fenêtre : deux hommes aux prises avec un troisième, qui bascula brusquement par-dessus le rebord. Des cris retentirent sur la place. L'homme tomba comme une pierre, se bloqua d'un coup, puis se balança au bout d'une corde, donnant des coups de pied frénétiques.

Les soldats trottaient avec élégance autour du Palazzo pour en gagner l'entrée principale. Une cloche fit entendre un tintement vif et insistant. Machiavel et Pasquale suivirent les soldats du mieux qu'ils purent. Des miliciens casqués en culottes rouge et blanc, des plastrons brunis sur des tuniques blanches, s'efforçaient de barrer la haute et étroite porte du Palazzo avec leurs piques, mais sans grand succès ; Machiavel et Pasquale n'étaient pas les seuls qui voulaient savoir ce qui se passait. Poussant avec des dizaines d'autres, ils finirent par entrer dans la cour froide et sonore.

D'autres soldats, les gardes suisses du pape, dégageaient un chemin à travers la foule, écartant les gêneurs à toute volée. Un officier cria un ordre et les soldats armèrent leurs piques dans un crépitement de cliquets, puis les pointèrent devant eux, le doigt sur la détente. Les gens reculèrent précipitamment, tombant les uns sur les autres ; tiré de près, le fer d'une pique pouvait transpercer sans mal le corps d'un homme.

Pasquale entraîna Machiavel derrière un pilier au moment même où le pape apparaissait. Il était nu-tête, vêtu d'une chape blanche qui tombait avec des plis généreux sur son corps massif. Des valets en livrée de velours noir le soutenaient de chaque côté. Une troupe de cardinaux en robe écarlate et coiffés de calottes rouges traînait derrière, au milieu d'une nuée de domestiques. Des cris perçants et secs, un formidable claquement de bottes, puis les soldats entrechoquèrent leurs piques pour se mettre au garde-à-vous. Le pape défila majestueusement, passant si près de Pasquale que ce dernier pu voir les gouttes de sueur qui perlaient sur ses joues violacées, puis il franchit la porte étroite et disparut dans la nuit.

Machiavel s'empara d'un conseiller à la queue du cortège ; affolé, l'homme se débattit avant de se calmer en reconnaissant le journaliste. « Je ne peux pas vous parler ici ! » s'écria-t-il.

Machiavel s'adressa à lui en le regardant droit dans les yeux d'un air calme et résolu. « Vous pouvez au moins me dire ce qui s'est passé, mon ami.

– Un meurtre ! explosa le conseiller. Un meurtre, Niccolò !

– Ce n'est guère la première fois que le Palazzo voit couler le sang.

– Le sang ? Non, non, c'était du poison. Sous les yeux du pape lui-même. C'est un miracle si je suis encore là pour vous parler. Ma propre coupe était presque à mes lèvres quand il est tombé…

– Mais qui ?

– Nous aurions tous pu être assassinés ! Chacun de nous ! Il n'y a plus aucun espoir d'alliance. Quant à ce qui va se passer maintenant… »

Machiavel empoigna le conseiller par les revers de sa lourde robe fourrée. L'homme le regarda en roulant des yeux ronds, le chapeau de guingois, le visage blanc au-dessus de sa grosse barbe noire.

« Qui est mort ? » demanda Machiavel avec une froide insistance.

Le conseiller se ressaisit, se dégagea de l'étreinte du journaliste et rajusta sa robe et son chapeau avec un air de surprise et d'indignation. « Niccolò, mon vieil ami, je vous en prie. Pour l'amour de Dieu, restez en dehors de tout cela. C'est une bien sombre histoire, sombre et terrible.

– Je veux simplement savoir qui a été assassiné.

– Le peintre. Le peintre du pape, Raphaël. Il a bu après avoir porté un toast à Sa Sainteté, et nous étions sur le point de l'accompagner quand il s'est serré la gorge avant de s'écrouler. Horrible, horrible ! Voilà, j'en ai déjà trop dit, et je n'en dirai pas plus. Prenez garde, mon ami. Ne vous avisez pas de tremper même un doigt dans ces eaux-là. Si vous voulez un conseil, rentrez chez vous sans plus attendre. Cette nuit va être le théâtre d'un terrible règlement de comptes. Si nous avons de la chance, tout sera terminé demain. Sinon… » Le conseiller, qui n'avait cessé de regarder autour de lui en parlant, appela soudain un officier de la milice, repoussa la main de Machiavel et s'éloigna rapidement, suivi de deux soldats.

« Il faut que nous montions, dit Machiavel.

– Ainsi, Raphaël était donc bien dans le coup !

– Peut-être, peut-être, soupira le journaliste, dont les traits tirés faisaient ressortir chacun de ses cinquante ans. Reste près de moi, Pasquale. Je vais avoir besoin de ton aide. Je me suis toujours efforcé de me fier aux faits plutôt qu'aux apparences, et Dieu sait qu'il va falloir que je sois particulièrement vigilant cette fois-ci. Si ce que je crois est vrai, la petite conspiration dans laquelle nous sommes tombés s'est étendue plus loin qu'elle n'aurait dû. Depuis les hautes sphères, on n'en voit qu'une petite partie, et il se peut qu'on exagère sa gravité. »

Les soldats interdisaient l'accès de l'escalier principal, le visage sévère sous leur visière baissée. Machiavel salua un employé de bureau, qui lui serra la main et se mit à répéter l'histoire de l'empoisonnement.

« J'ai besoin d'examiner les lieux, coupa Machiavel. Je crois que c'est moins grave qu'il n'y paraît.

– On a déjà pendu l'assassin, Niccolò, dit l'employé. Il ne servirait à rien de soumettre son corps à la question, et quand bien même, ce ne serait pas à vous de le faire. Rentrez chez vous.

– Vous êtes le deuxième à me donner ce conseil. Cela ne fait que renforcer ma détermination.

– Personne ne peut aller là-haut, Niccolò. Je ne le peux pas moi-même, alors je vous en prie, ne me demandez pas de vous aider. »

Les soldats s'écartèrent pour laisser monter deux ou trois personnes. Pasquale reconnut l'une d'elles et l'appela. Le jeune garçon, Baverio, se retourna en écarquillant les yeux. Il portait la même tunique et les mêmes culottes vert foncé que la dernière fois. Son visage était très blanc, comme frotté à la craie, et il avait les yeux cerclés de rouge et mouillés.

Pasquale s'empressa de lui expliquer ce que voulait Machiavel, mais Baverio secoua la tête et dit : « Celui qui a tué mon maître est mort, et mon maître n'a plus rien à craindre à présent.

– Le nom de Raphaël doit tout de même être défendu. S'il te plaît, Baverio. Pour le nom de ton maître. Je me souviens que tu m'as déjà aidé, et je t'en suis reconnaissant. Aide-moi encore une fois. »

Le garçon se mordit la lèvre. « N'empêche que tu n'as pas trouvé pourquoi ce pauvre Giulio a été tué. Et à présent, mon maître est mort, et Giovanni Francesco a disparu. »

Pasquale se garda de lui dire que Francesco était mort lui aussi. « Tout est lié, Baverio. Nous ne voyons pour l'instant que quelques parties du tableau. Nous devons voir les autres pour comprendre de quoi il s'agit.

– Si c'est nécessaire, alors d'accord. »

Après avoir parlé avec ses compagnons, Baverio permit à Machiavel et à Pasquale de franchir le barrage de soldats et de gravir l'escalier. Il leur expliqua que Raphaël avait eu comme une crise d'apoplexie après avoir porté un toast alors qu'on servait le cinquième plat du banquet. Le médecin personnel du pape s'était précipité à son secours mais en vain, si ce n'était pour dire qu'il avait bu du vin empoisonné.

« Deux de mes amis ont aussitôt quitté la salle, dit Baverio d'une voix ferme. Ils se sont emparés du sommelier, lui ont passé une corde autour du cou et l'ont jeté par la fenêtre. Un soldat qui était accouru en entendant crier au meurtre leur a prêté main-forte. Je n'étais pas présent, Pasquale, et je m'en veux. Si j'avais goûté le vin d'abord, mon maître ne serait pas mort. » Des larmes se formèrent dans ses yeux, et il renversa la tête en arrière pour ne pas les laisser couler sur ses joues poudrées.

« Il ne sert à rien de se torturer avec des si, dit Pasquale au garçon. Ce qui est important, c'est ce qui s'est vraiment passé. »

Le banquet avait eu lieu dans la salle des victoires de la République, la vaste salle à haut plafond qui se trouvait au cœur du Palazzo della Signoria. Deux grandes tables en occupaient la longueur, et une troisième était placée en largeur à leur tête, sous l'escalier en colimaçon qui montait au chemin de ronde couvert. Les tables étaient jonchées d'assiettes et de plats de nourriture, de fins verres cannelés, de cuillers et de couteaux d'argent. Des forêts de bougies enflammées chauffaient la salle et la remplissaient d'une lumière stable. Pasquale resta bouche bée devant la splendeur extravagante des gigantesques frises de Michel-Ange qui montraient la guerre contre Rome et ses alliés, la bataille de Cascina sur un mur, la victoire florentine d'Anghiari en face, où les tortues cuirassées du Grand Ingénieur avaient traversé les lignes ennemies, les survivants ayant été décimés par les canons à tubes multiples. Puis il se ressaisit et se hâta de suivre Machiavel et Baverio en direction du groupe de gens rassemblés à la table du fond, où se tenait le trône papal, recouvert d'un dais.

Le corps de Raphaël était étendu sous une lourde tapisserie qu'on avait arrachée du mur. Machiavel se baissa et lui découvrit le visage avec douceur. Ses lèvres étaient bleues et chargées d'écume ; ses yeux étaient fermés par des florins d'argent. Machiavel releva la tête vers ceux qui l'entouraient et demanda lequel était le médecin. Lorsqu'un bel homme aux cheveux gris s'avança, inclina la tête et dit qu'il avait cet honneur, Machiavel lui demanda : « C'est arrivé rapidement ?

– Très rapidement, Dieu merci, sinon il y aurait beaucoup d'autres victimes. Le poison l'a touché aux poumons, comme le confirment l'écume et la cyanose de ses lèvres, et lui a bloqué la respiration. Il s'est tenu la gorge, puis il a été frappé d'apoplexie. Il n'aura que peu souffert avant de mourir.

– C'était donc un poison violent.

– Naturellement, signor.

– Il était dilué dans le vin ?

– Voici le verre de Raphaël. Il est vide, car il l'a renversé en tombant, mais j'ai analysé le vin répandu sur la nappe et j'y ai trouvé du poison. Un miracle, vous dis-je, que Raphaël ait bu avant tout le monde.

– Il a porté un toast, dit Baverio. C'était un ami fidèle de Sa Sainteté, et c'est ce qui l'a tué. »

Le capitaine de la garde du Palazzo prit la parole. « Le sommelier avait pour mission de vérifier qu'il n'y avait pas de poison dans le vin. Au lieu de cela, il a dû en ajouter.

– Ce n'est pas l'amitié qui a tué Raphaël, déclara Machiavel, pas plus que le vin, à mon avis. » Il examina la tache noire du poison révélé par l'analyse de la lourde nappe de lin, puis ramassa le verre renversé en le prenant par le pied, le renifla et ajouta : « C'est plus subtil. Vous n'avez pas analysé le verre, n'est-ce pas ?

– Pour quelle raison ? Le vin…

– Si vous voulez bien le faire, signor. Uniquement le bord du verre, mais avec soin. Pendant ce temps, j'aimerais qu'on aille chercher le vin qui a été servi.

– Le sommelier a été exécuté, rétorqua le capitaine de la garde.

– Je sais, dit sèchement Machiavel, mais on ne l'a tout de même pas passé par la fenêtre avec son vin. Apportez-moi ce qui a été servi ici, à la table d'honneur. »

Le médecin poussa une exclamation, et brandit le verre. Le colorant révélateur de poison avait laissé son dépôt noir sous la bande d'or qui bordait le verre.

« Bon, fit Machiavel, apparemment satisfait. Voilà une chose établie. Il y a longtemps que je n'ai pas eu le privilège d'assister à un banquet comme celui-ci, mais je crois me souvenir qu'on y change de verre à chaque nouveau vin. Je crains que l'homme qui a été accusé, jugé et exécuté ne l'ait été à tort. Ce n'est pas le vin qui était empoisonné, mais le verre.

– Le poison du verre vient sans doute du vin, objecta le médecin.

– On ne trouverait pas une trace pareille, docteur. Si le verre avait été contaminé par le vin qu'il contenait, la trace s'étalerait de manière égale sur la paroi. Ici, en revanche, nous trouvons une trace en forme d'anneau, un anneau très fin à l'intérieur du verre. Ce poison, c'est un poison de contact, ou faut-il l'ingérer ?

– Il ne pourrait pas traverser la peau à moins qu'il n'y ait une coupure ou une plaie, si c'est ce que vous voulez dire.

– C'est exactement ce que je veux dire, confirma Machiavel, les yeux luisants de fièvre, passionné qu'il était par son enquête. Voici ce qui s'est passé. L'assassin devait savoir que le vin et la nourriture seraient contrôlés dans la cuisine, et par les maîtres d'hôtel, avant d'être servis. Alors il s'est enduit le doigt de poison et l'a passé sur le bord d'un verre qu'il a placé devant le malheureux Raphaël. Notez que la trace circulaire est brisée là où Raphaël a bu, le poison s'étant déposé sur ses lèvres. Il faut remonter le corps du sommelier, afin d'analyser ses doigts. Je suis certain que le résultat sera négatif. Ah, voilà le vin. Avons-nous un verre propre ? »

Machiavel se versa une dose généreuse, puis la sécha d'un trait. Un murmure parcourut l'assemblée.

« Vous voyez, reprit-il en souriant. Je suis sain et sauf. Le vin n'était pas empoisonné, et c'est heureux, car ce serait un péché mortel que de corrompre un tel nectar. Non, c'est sur le verre de Raphaël que se trouvait le poison, et il a été mis là tout à fait délibérément. Il ne s'agit pas d'un vaste complot contre le pape et les bons conseillers de la Signoria. Une seule personne était visée : Raphaël. »

Le capitaine de la garde appela quatre de ses hommes. Sous

les huées de la foule amassée en bas sur la place, ils remontèrent le corps inanimé du sommelier et l'étendirent par terre, sous la fenêtre par laquelle on l'avait jeté. Le médecin appliqua son colorant sur les doigts du mort tandis que Machiavel chantonnait machinalement.

« Il n'a pas de trace, avoua enfin le médecin en se relevant avec un soupir.

– Cela prouve simplement qu'il ne s'est pas contaminé, dit quelqu'un.

– Vous croyez qu'il se serait servi de gants ? grogna Machiavel. Où sont-ils ? Qui devait placer les verres, capitaine ? »

L'homme réfléchit d'un air grave avant de répondre : « Personne en particulier, je dirais. N'importe lequel des domestiques qui servaient à la table d'honneur.

– Eh bien nous n'avons qu'à les rassembler pour leur faire subir l'analyse ! Pasquale, tu seras plus utile ici à réconforter ce pauvre Baverio. » Il prit Pasquale par l'épaule et ajouta à voix basse : « Reste avec lui, vois ce que tu peux apprendre de plus. Peut-être que Raphaël a été tué parce qu'il était au courant de quelque chose. » Puis, élevant la voix : « Capitaine, ce n'est pas en traînant ici que nous allons mettre la main sur l'assassin. »

Lorsqu'ils furent partis, et après que les soldats eurent enlevé le corps du malheureux sommelier, Pasquale prit Baverio par la main et l'emmena s'asseoir au bout de la dernière table. Pasquale avait faim, mais il ne put se résoudre à toucher les fruits et les morceaux de pain amoncelés dans des paniers d'or tressé au milieu des tables, pas avec le corps de Raphaël qui gisait toujours là, sur le parquet, tout au bout de l'immense salle éclairée par les bougies.

Comme s'il avait lu dans les pensées de Pasquale, Baverio dit tout à coup : « Nous sommes là pour veiller sur le corps de mon maître.

– Les soldats vont revenir. Je peux aller les chercher tout de suite, si tu veux. »

Baverio secoua la tête. « Le Signor Machiavel va découvrir qui l'a tué ?

– Nous pouvons t'aider, si tu nous en donnes les moyens.

– Y a-t-il un rapport avec le morceau de verre que j'ai trouvé ?

– Oui, oui, je crois. » Puis, ne pouvant plus repousser l'échéance : « Baverio, nous avons vu Giovanni Francesco se faire assassiner. Lui aussi a été empoisonné, par un gaz asphyxiant. »

Bien que pâle comme un linge, Baverio garda une voix posée. « Je savais qu'il était mort. Quand il n'est pas rentré ce matin, j'ai compris, et mon maître également. C'est pour cette raison qu'il avait décidé de prendre la parole.

– S'il y a quelque chose que ton maître savait, peux-tu me dire ce que c'est ?

– Tout ce qu'il a dit, c'est qu'il s'agissait d'un secret de votre Grand Ingénieur. Il pensait qu'on faisait chanter Giulio Romano d'une manière ou d'une autre, ce qui aurait poussé le malheureux à voler ce que nous avons trouvé, le petit objet volant et la boîte avec sa plaque de verre, même si ce dernier secret n'en est plus vraiment un, bien sûr, depuis ce soir. Mais il ignorait que Giovanni Francesco était également concerné. » Baverio se tourna vers le fond de la salle, là où le corps de Raphaël gisait dans son linceul de tapisserie, puis revint sur Pasquale, les yeux remplis de larmes. « Mon pauvre maître, Pasquale ! Il avait tant d'affection pour ses disciples !

– Sais-tu pourquoi on faisait chanter Romano ? Était-ce une affaire passionnelle ?

– Passionnelle ?

– Eh bien, dit Pasquale, songeant à Mona Lisa, je veux parler d'une relation avec une femme mariée.

– Oh, non ! Rien de la sorte. Mon maître… mais je ne veux pas en parler. »

Il y eut un silence. Pasquale revint à la charge. « Et Romano ?

– D'après mon maître, il travaillait sur un projet destiné à produire… des œuvres d'un certain genre artistique. Le genre que tu sais.

– Des raidisseuses, tu veux dire. J'aurais cru qu'on lui confiait des tâches plus prestigieuses. » Pasquale repensa alors à l'image qu'il avait tirée de la cheminée de Giustiniani, et supposa qu'il s'agissait d'une sorte de raidisseuse pour qui aurait des penchants blasphématoires.

« Je n'ai jamais vu ce que c'était, précisa Baverio, mais je sais que c'était quelque chose de particulier, quelque chose de plus réaliste que les estampes ou les gravures habituelles. Mon maître a vu l'une de ces œuvres, et il a dit que c'était un parfait travestissement de l'art. J'ai l'impression que le morceau de verre que je t'ai donné en faisait partie.

– De quelle manière ?

– C'est le grand secret que le Grand Ingénieur a révélé ce soir. Une façon d'enregistrer la lumière et les ombres. Ses assistants ont apporté dans cette salle de fortes lampes et la même boîte que celle que j'ai trouvée dans les affaires de Giulio, en plus gros. Tous ceux qui se trouvaient à la table d'honneur, le pape, mon maître et les membres de la Signoria, ont dû poser devant sans bouger. Le Grand Ingénieur a appelé cela "prendre une image". »

Pasquale songea à la plaque de verre noircie par quelque procédé chimique, puis à l'image qu'il avait sauvée des flammes, l'étrange image assombrie. L'art de l'ombre, l'art des ombres… Le docteur Pretorius avait bien dit que les artificiers allaient mettre les artistes au chômage, mais cette invention qui se contentait de capturer l'image d'une scène ne pouvait pas tout expliquer. Même si cette invention existait, elle ne ferait que rendre compte de la réalité. Elle ne comporterait aucun récit, aucune grâce, rien du symbolisme évocateur et profond au moyen duquel la peinture apportait contentement, plaisir et gloire à Dieu.

Il entreprit d'interroger Baverio à ce sujet, mais alors même qu'il commençait à parler, un tremblement étrange et sourd ébranla le parquet. Les couteaux et les verres tintèrent sur les tables ; la flamme des bougies vacilla. Tandis que Pasquale et Baverio s'interrogeaient d'un regard affolé, une immense clameur monta de quelque part à l'extérieur de la salle. Un instant plus tard, le capitaine de la garde entra en courant, suivi de près par ses soldats, et cria aux deux jeunes gens qu'il fallait partir.

Baverio se mit à parler du corps de son maître, qu'il était là pour le mettre à l'abri. L'affolement lui faisait élever la voix ; le capitaine le gifla et lui dit avec une émotion guère mieux contenue : « Ce n'est pas le moment de s'occuper de ça, pauvre idiot. Nous sommes attaqués. Ton maître est très bien là où il est, il ne risque pas de s'envoler. »

Pasquale fut soulevé de sa chaise par deux soldats, Baverio par deux autres. Tandis qu'on les emmenait vers la porte qui donnait sur l'escalier principal, un coup de tonnerre éclata depuis le chemin de ronde couvert qui surplombait l'autre côté de la salle. Là-haut, les fenêtres volèrent en éclats dans un grand bruit de verre brisé, à la suite de quoi des flots de fumée se déversèrent à l'intérieur.

Le capitaine se mit à crier au feu, mais à cet instant, Pasquale fut frappé par l'âcre puanteur de géranium pourri. Ses yeux et son nez le piquèrent et coulèrent, et il comprit aussitôt qui était la cause de ce qui se passait.

Les soldats qui tenaient Pasquale commencèrent à suffoquer. Il en profita pour se dégager de leur étreinte, se couvrit le nez et la bouche d'une main, et de l'autre empoigna Baverio par la manche pour l'entraîner hors de la salle.

Au pied de l'escalier, la cour se remplissait de l'étouffante vapeur orangée, et une foule affolée de soldats, d'employés et de curieux se pressaient et se bousculaient en essayant de sortir tous en même temps. Sans lâcher la manche de Baverio, Pasquale se laissa porter par la cohue et tous deux se retrouvèrent dehors, dans la nuit noire et froide éclairée par la lumière des flambeaux.

Pasquale, entraînant Baverio avec lui, trouva refuge sous la plate-forme de cérémonie qui sortait du Palazzo. La moitié de son esprit, gagnée par la peur de la foule, lui disait que tout pouvait arriver, à n'importe quel moment ; l'autre moitié, la moitié rationnelle, lui faisait froidement observer, avec une fascination cynique, comment la magie pouvait porter à se défier soudain de l'image même de ce que l'on tenait jusque-là pour solide et inébranlable. Il se demanda où était Machiavel.

Au-dessus des deux jeunes gens, la fumée orangée sortait à flots par les fenêtres du deuxième étage du Palazzo. La machine cosmique du Grand Ingénieur était en morceaux, la moitié inférieure de l'œuf dévorée par le feu, les lampes centrales du soleil ayant perdu leur huile en se brisant. Des corps gisaient tout autour, réduits à des chiffons carbonisés. Certains criaient encore, s'agitant faiblement dans la mare de leur propre sang. Des gens couraient çà et là, parmi lesquels des soldats, aussi perdus que les autres. Jaillissant du toit crénelé du Palazzo, des fusées enflammées s'abattaient sur la place avec des sifflements stridents, traînant derrière elles de grandes chevelures d'étincelles, explosant sèchement sur les pavés ou partant en ricochets au milieu de la foule. Et çà et là filaient des hommes masqués, montés sur des échasses, lançant des boules de verre qui dégageaient en se brisant des nuages de fumée orangée. L'air tout entier était actif et délétère, piquant la peau du visage, faisant couler les yeux et le nez. C'était une scène comme on en voyait sur les toiles de cette école de peintres flamands qui se délectaient à représenter le grotesque de l'enfer.

Un soldat fit partir le fer de sa pique sur l'un des hommes aux échasses ; le projectile manqua sa cible et traversa directement la place pour atteindre le canon à lumière de Berni, brisant l'armature qui en soutenait les lentilles. Les motifs de la façade de la banque se figèrent autour d'une tache blanche veinée de lignes noires et floues. Un deuxième soldat fit tournoyer son fléau d'armes au-dessus de sa tête, le jeta et emmêla les jambes de l'un des hommes aux échasses, qui s'effondra sur les pavés, le corps secoué par de violents jets de fumée : une réserve de bombes asphyxiantes, qui explosaient toutes en même temps. La foule reflua devant cette nouvelle horreur.

Baverio fila entre les doigts de Pasquale et s'élança sur la place en direction de la tour du Grand Ingénieur, qui s'élevait au-dessus de cette agitation, ses lumières aussi lointaines que des étoiles. Pasquale rappela Baverio et partit à sa poursuite, zigzaguant entre les gens qui couraient dans tous les sens.

L'un des hommes aux échasses s'élança pour l'arrêter, soufflant à pleins poumons dans une trompette de carnaval. Sans masque, il laissait voir un visage fin et blanc et d'épais cheveux roux. Pasquale changea de direction, renonçant à poursuivre Baverio pour se protéger lui-même, et courut à toutes jambes vers l'étroite ruelle qui longeait la Loggia. Le roux aux échasses lui lança une bombe asphyxiante par-dessus la tête qui lui barra le chemin. Il riait aux éclats, séduit par ce petit jeu. Pasquale tourna une nouvelle fois, et vit, dressés au-dessus de la foule, deux autres des hommes aux échasses qui arrivaient à vive allure dans un sens, et une voiture à deux chevaux qui lui fonçait dessus dans l'autre. La voiture portait l'écusson de la maison des Taddei.

Sans avoir eu le temps de s'élancer vers l'attelage, Pasquale fut englouti par l'ombre des deux hommes aux échasses. Il poussa un cri de défi. Alors que le plus proche se penchait vers lui, des flèches surgirent de sa poitrine et il recula en vacillant, se cognant contre son compagnon. L'attelage vira pour l'éviter, ses deux chevaux blancs secouant la tête. La porte de la voiture s'ouvrit en claquant et un homme se pencha au dehors, prit Pasquale par la taille et le tira à l'intérieur au moment où l'homme aux échasses, mortellement blessé, tombait pour exploser.

5

Il y avait beaucoup de va-et-vient au Palazzo Taddei malgré l'heure tardive, au-delà de minuit, quand Pasquale et Baverio y arrivèrent. On les attendait à leur descente de voiture ; Baverio fut emmené dans une direction, et Pasquale dans une autre. Ce dernier, fiévreux, intrigué, et en tout cas peu disposé à dormir après son échauffourée avec les hommes aux échasses, suivit le mouvement sans se faire prier. Un page le fit entrer pour le conduire devant Taddei lui-même, qui tenait une audience dans la grande salle du premier étage, où un sergent de la milice était en train de faire son rapport.

Taddei était assis dans un fauteuil à grand dossier près de la monumentale cheminée, son visage mafflu et agressif éclairé d'un côté par la couronne de lampes à acétylène qui sifflaient au plafond, de l'autre par la lumière frémissante de la flambée. Il portait une lourde robe de brocart et un turban brodé de fil d'or. Les yeux mi-clos, il écoutait le sergent livrer le récit bredouillant d'une émeute dans le quartier des ouvriers, sur la rive opposée du fleuve. Assis à une table auprès de lui, son secrétaire notait ce que disait le sergent. De l'autre côté de la cheminée se tenaient un jeune homme fluet vêtu de noir et un cardinal en robe écarlate, coiffé d'une calotte rouge, tous deux écoutant avec attention.

Les manufactures qui produisaient nuit et jour avaient cessé leur activité, semblait-il, parce que les ouvriers, les *ciompi*, avaient abandonné leur poste de travail pour aller piller le secteur commerçant qui alimentait leur quartier défavorisé. Pasquale comprit que le rapport du sergent portait sur la défense assurée par un détachement de la milice d'un entrepôt qui appartenait à Taddei.

« Ces pouilleux-là sont fichus de brûler leurs propres maisons sous la colère, conclut le sergent, mais avec un peu de chance ils ne penseront pas à s'attaquer aux fabriques et aux entrepôts, ou à traverser les ponts. Ils savent que s'ils le font, ils devront affronter les troupes des mercenaires en plus des nôtres, et je ne crois pas qu'ils aient très envie de se battre vraiment. »

Le cardinal se pencha en avant. C'était un bel homme plein d'allant d'une quarantaine d'années, qui avait des cheveux bruns et raides coupés en frange sur le front, un nez long et droit, et des yeux aux paupières lourdes, qu'il fixait sur le milicien. Une grosse croix incrustée de pierreries était suspendue à son cou par une lourde chaîne en or. « Vous pouvez être sûr qu'ils essaieront les ponts, dit-il. Cette émeute est dirigée par les savonarolistes, cela ne fait aucun doute.

– Je vous demande pardon, Votre Éminence, répliqua nerveusement le sergent, mais même les savonarolistes, dont je dois dire que je n'ai pas vu la moindre trace, auraient grand mal à diriger cette foule capricieuse. Les *ciompi* n'ont personne à leur tête, pas cette fois-ci. Ils ne défendent aucune cause, ils se soulèvent pour le simple plaisir de se soulever. C'est chacun pour soi, on prend ce qu'on peut et on brûle le reste. Ils vivent comme des animaux et se comportent de même. »

Le cardinal portait des bagues à chaque doigt. Il les fit aller et venir sur les bras sculptés de son fauteuil en attendant avec une impatience contenue que le sergent eût terminé de parler, puis déclara : « Les savonarolistes finiront par se montrer tôt ou tard. Ils ont été très actifs, ces derniers temps, parmi les ouvriers des manufactures.

– Voilà qui est vrai, confirma Taddei. On en a trouvé un dans mes ateliers de tissage il n'y a pas plus d'un mois. Il se faisait passer pour un machiniste, et il encourageait ses collègues à la révolte. Je l'ai fait fouetter devant le mur de la ville et jeter en prison, et j'ai renvoyé tous les ouvriers qui faisaient partie de son équipe. Mais là où il y en a un, il y en a d'autres, sinon dans mes propres bâtiments, du moins dans ceux de mes associés moins vigilants que moi.

– Quelles sont vos instructions, Signor Taddei ? demanda le sergent.

– Je veux des gardes devant toutes mes manufactures et tous mes entrepôts. Vous connaissez les conditions de paiement, et je sais qu'elles vous conviendront. Partez maintenant, sergent, vous avez une longue nuit devant vous.

– Signor, dit le sergent avec gravité, si les savonarolistes sont dans le coup, il se peut qu'on m'appelle en renfort pour défendre les ponts. »

Le jeune homme en noir lança d'un ton sarcastique : « Si vous devez défendre les ponts, c'est qu'ils n'attaqueront pas les manufactures, n'est-ce pas ? » C'était un garçon guère plus âgé que Pasquale, avec une tignasse blonde ébouriffée et un visage en lame de couteau, dont les joues creuses étaient couvertes de boutons. Il avait la main gauche rentrée sous la pliure du genou et s'y massait le ligament à l'aide du pouce et de l'index.

« Vous n'avez qu'à vous débrouiller pour que cet appel en renfort n'arrive jamais jusqu'à vous, dit Taddei au sergent. Quand on est rémunéré comme vous l'êtes, on doit pouvoir régler un petit détail comme celui-là.

– Dans le pire des cas, bredouilla le sergent, nous pourrons toujours nous occuper des messagers, et faire croire à une attaque des émeutiers…

– Je ne veux pas savoir comment vous comptez vous y prendre », dit Taddei avec dégoût. Puis, se tournant vers son secrétaire : « Marchetto, veuillez ne pas noter cela. Je ne veux pas être mêlé à cette insurrection.

– Pas de manière apparente, corrigea le jeune homme avec un sourire sans humour.

– D'aucune manière du tout, insista fermement Taddei. Allez faire votre devoir, sergent. Nous prierons pour vous. »

Le sergent fit un salut puis se retira d'un pas vif, et Taddei sourit à Pasquale comme s'il venait de s'apercevoir de sa présence. « Viens ici, mon garçon. Approche. Peut-être sais-tu des choses sur la situation qui pourraient éclairer mon ami ici présent. » Se tournant vers le cardinal, il ajouta : « C'est le garçon dont je vous ai parlé. »

Le cardinal porta à ses yeux un face-à-main en forme de ciseaux, derrière lequel il dévisagea longuement Pasquale. « Ah, dit-il enfin, l'apprenti de Giovanni Rosso. Je possède un petit tableau du maître de Rosso, Andrea del Sarto. Une œuvre à la vieille mode, mais qui me procure toujours du plaisir.

– J'ai beaucoup appris de mon maître, dit fièrement Pasquale, ainsi que de Piero di Cosimo. Peut-être avez-vous vu les gravures du cadavre de Giulio Romano… Eh bien, j'en suis l'auteur. Je connais toutes les techniques de gravure, dont celle à la pointe d'argent, tous les secrets de la peinture à fresque, et de toute forme de peinture dont pourrait avoir besoin Votre Éminence. En ce moment même, je travaille sur la représentation d'un ange comme on n'en a encore jamais vu…

– Hélas, coupa le cardinal, je ne suis pas ici pour parler de peinture.

– S'il plaît à Votre Éminence, peut-être accepterait-elle au moins cet échantillon de mon talent. » Pasquale retira la fleur de lis florentine qu'il avait épinglée à son justaucorps de serge noire – il en avait légèrement froissé les boucles de feuille d'or au cours de ses aventures, mais elle brillait toujours d'un bel éclat moelleux – et la lui tendit. Il se demanda s'il devait baiser la bague du cardinal. À la vérité, il n'avait encore jamais rencontré de cardinal ; tout juste s'il savait qu'on devait baiser les pieds du pape – on en avait un peu parlé quelque temps plus tôt, après avoir découvert que Léon X, lorsqu'il partait en chasse, se chaussait de légères cuissardes de cuir qui empêchaient de lui baiser les pieds. Certaines gazettes avaient observé que les Médicis pervertissaient le Saint-Siège pour leur confort personnel, tout comme ils avaient autrefois perverti le gouvernement de Florence.

Le cardinal prit la petite broche et la fit tourner entre ses longs doigts blancs. « Si seulement je pouvais porter cet objet publiquement, dit-il, je serais le plus heureux des hommes. »

Taddei fit un signe, et le page apporta un tabouret. S'y asseyant, Pasquale s'aperçut qu'il devait lever la tête pour regarder les autres.

« Ce jeune homme participe à l'enquête de Niccolò Machiavel sur le meurtre de Giulio Romano, expliqua Taddei. On l'a secouru au Palazzo della Signoria tout à l'heure, et on l'a aussitôt fait venir ici. » Il se tourna vers Pasquale. « Je suppose que tu étais en compagnie du Signor Machiavel, pour enquêter sur le meurtre de Raphaël.

– Oui, c'est exact. » Pasquale ne savait trop ce qu'il pouvait se permettre de dire, mais cet aveu-là ne semblait guère tirer à conséquence.

« Je croyais Machiavel réduit en journaliste de gazette, dit le cardinal, bien piètre emploi pour un homme de son talent. Voilà qui nous réjouit. Les membres de la Signoria sont-ils heureux de le voir revenir aux affaires ?

– Je ne pense pas qu'ils en aient bien conscience, répondit Taddei. C'est moi-même qui ai engagé Machiavel, pour qu'il enquête à titre privé sur la mort du malheureux Giulio Romano. Le meurtre de ce dernier…

– Oui, oui, coupa le cardinal. J'ai tout appris de cette sombre histoire par Raphaël, une heure à peine avant qu'il ne soit lui-même assassiné. Je n'aurais pas cru que Florence était si dangereuse. Cependant, j'ignorais que Machiavel menait une enquête à ce sujet. Un choix hardi, mais qui nous fait grand plaisir. Nous avons toujours considéré Machiavel comme un ami de notre famille. »

Le cœur de Pasquale se serra lorsqu'il comprit qui était le cardinal : Jules de Médicis, le cousin du pape. Il se demanda dans quel guêpier il s'était fourré. Bien sûr, le Signor Taddei était un bon ami de Raphaël, et le pape ne pouvait l'ignorer, mais Pasquale commençait à comprendre que dans ces milieux-là, rien n'était simple. Comme dans un tableau, où chaque objet n'existe pas sans un sens allégorique, chaque action s'accompagnait ici d'une ombre menaçante.

« Je vois que tu as reconnu mon illustre invité, dit Taddei à Pasquale. Sois certain que c'est un ami de Florence.

– Je ne doute pas que tous vos amis soient des amis de Florence, signor, assura Pasquale.

– Il faut aussi que je te présente Girolamo Cardano. C'est un mathématicien et, plus en rapport avec l'affaire qui nous intéresse, un spécialiste de la magie naturelle et mon astrologue personnel. »

Le jeune homme en noir, Cardano, remua dans son fauteuil en faisant la grimace. « En ce qui me concerne, je considère que Machiavel est un stratège de pacotille, un dramaturge compétent, un poète tout ce qu'il y a de plus ordinaire, et un homme d'État raté. On ne peut pas lui faire confiance. Ses amis eux-mêmes reconnaissent que, par amour pour cette ville, il a craché dans bien des soupes. Mais bon, vous ne tenez jamais compte de mon avis pour agir.

– Au contraire, mon bon Girolamo, dit Taddei, il y a toujours une grande part de vérité dans ce que vous dites. En revanche, pour ce qui est de Machiavel, il faut savoir qu'il éprouve une véritable fascination pour les problèmes et les énigmes. S'il est suffisamment complexe, un problème est capable de le posséder jusqu'à dévorer son attention tout entière, et j'ai le sentiment que c'est le cas de cette affaire. Je n'ai plus besoin de lui demander de la résoudre, à présent. Il ne vit plus que pour elle. » Il posa son lourd regard sur

Pasquale. « Parle-nous de son enquête, mon garçon. Et avant tout, dis-nous où il est en ce moment. Mes hommes n'ont pas réussi à le trouver, sinon il serait ici avec toi.

– À vrai dire, signor, je préférerais qu'il soit ici parmi nous, car je ne sais pas où il est, et j'ai très peur pour lui. Je l'ai vu pour la dernière fois au Palazzo della Signoria. Il est parti avec le capitaine de la garde pour aller interroger les domestiques qui étaient de service à la mort de Raphaël, après avoir découvert que l'assassin n'était pas le sommelier. »

Pasquale raconta ce qui s'était passé au Palazzo della Signoria, en s'adressant principalement à Taddei, tout en surveillant le cardinal du coin de l'œil. Lorsqu'il en eut terminé, il s'aperçut que le page venait d'apparaître à ses côtés, chargé d'un plateau en or sur lequel se trouvait une timbale de vin ornée de pierreries. Il but de bon cœur, et aussitôt les fortes vapeurs du vin lui envahirent la tête, comme entraînées par la chaleur du feu.

Cardano remua dans son fauteuil, grimaçant brusquement comme s'il venait de recevoir un coup. Pasquale remarqua que son pouce et son index s'étaient refermés, à la manière d'une pince, sur le muscle mou qui pendait sous son genou, et que cet autochâtiment lui avait fait venir les larmes aux yeux. Le jeune astrologue surprit son regard et dit en ricanant : « Comme Machiavel, j'ai besoin que me soit rappelée la faiblesse de mon corps.

– Le Signor Machiavel s'adonne à la boisson, dit Taddei, amusé. Girolamo, lui, s'inflige de la douleur. Il prétend que s'il ne le fait pas, il est envahi par une sorte d'angoisse intellectuelle. Il ne croit pas qu'il existe, vois-tu, à moins d'être soumis à une légère souffrance. »

Cardano fit comme s'il n'avait pas entendu et dit à Pasquale : « Tu ne nous as toujours pas dit pourquoi les hommes aux échasses te poursuivaient.

– C'est que, signor, je n'en sais rien. Il m'a semblé qu'ils s'attaquaient à n'importe quel passant qui retenait leur attention.

– Il déguise sa pensée », déclara Cardano. D'un petit geste alangui du poignet, il fit apparaître un masque blanc comme par magie et le brandit, si bien que la lumière du feu en souligna les angles. Il le jeta à Pasquale, qui le rattrapa par réflexe. Ce masque avait des trous pour les yeux, triangulaires et bordés de noir, et des rubans noirs pour l'attacher derrière la tête. Les rubans étaient raides de sang séché.

« Un masque vénitien de carnaval, dit l'astrologue, pris à l'un des hommes aux échasses. Qu'as-tu à nous dire sur les Vénitiens, le peintre ?

– Rien de plus que ce que vous semblez déjà savoir. »

D'un nouveau geste alangui, Cardano fit apparaître une petite boîte recouverte de cuir noir. Il ouvrit un couvercle coulissant qui bouchait un orifice en trou d'épingle sur l'un des côtés. Pasquale comprit aussitôt de quoi il s'agissait : Baverio lui en avait donné une description fidèle.

« Nous avons trouvé cet objet dans les affaires du malheureux Giulio Romano, expliqua le Signor Taddei sans agressivité.

– Il en manque une partie, dit Cardano. C'est toi qui l'as, je crois. »

Pasquale s'aperçut qu'il suait à grosses gouttes, malgré sa sensation de se trouver plongé dans un bain de glace. « Ce n'était qu'un bout de verre, enduit d'une substance noire. »

Il le voyait de manière très claire : il était posé au sommet d'une pile de papiers sur la table à écrire de Machiavel, à côté du petit objet volant.

« Ah, fit Cardano, il était donc exposé. Enfin, s'il faut te croire.

– Nous n'avez qu'à demander au page de Raphaël. C'est lui qui me l'a confié, avec les meilleures des intentions. Il pensait qu'il pourrait m'être utile pour découvrir le meurtrier de Romano.

– Difficilement, dit Cardano. Qu'en as-tu fait ?

– Je ne l'ai plus », répondit Pasquale. Devant le sourcil levé du Signor Taddei, il se sentit obligé d'ajouter : « Je l'ai donné à Niccolò, au Signor Machiavel. Cet objet aurait-il de l'importance ?

– Il peut en avoir ou pas, répondit Cardano. Tout dépend de l'image qu'il a capturée.

– C'est donc une sorte de miroir magique, dit Pasquale.

– La magie n'a rien à voir là-dedans, rétorqua l'astrologue. La boîte projette une image sur une plaque de verre traitée, qui la fixe en noircissant plus ou moins selon l'intensité lumineuse qu'elle reçoit. La plaque que tu avais a pu ou non contenir une image, mais elle n'était pas traitée pour être insensible à la lumière. Voilà pourquoi elle a viré au noir quand elle a été exposée. Ne me dis pas que tu ignores ce procédé, le peintre. Tu ne devrais pas : il va marquer la fin de ta profession.

– Ce sont des choses dont j'ai entendu parler, dit Pasquale.

– Le Grand Ingénieur a décidé de révéler son invention après avoir découvert qu'un espion s'en était emparé, dit Taddei. Très judicieusement, il s'y est pris en faisant un portrait du pape et de son entourage immédiat.

– C'est une opération très longue, précisa le cardinal. Combien Léon s'est plaint ! Nous avons dû rester assis pendant deux bonnes minutes, et Léon a dû garder la tête appuyée contre un support conçu par le Grand Ingénieur, car le moindre mouvement aurait brouillé l'image. »

Pasquale comprit soudain la véritable nature de l'image carbonisée qu'il avait dans sa besace. Ce n'était pas un dessin, mais une image réelle, les vestiges d'une scène qui avait vraiment eu lieu. Giustiniani avait posé pour y figurer, par vice ou par vanité, et Francesco avait tenté de s'en servir pour le soudoyer. Mais si c'était un appareil inventé par le Grand Ingénieur, comment les aides de Raphaël se l'étaient-ils procuré ? Salai le leur avait-il donné ? Et si oui, dans quel but ?

En réponse à ces questions, qui s'ajoutaient les unes aux autres dans la tête de Pasquale, Taddei expliqua : « L'un de ces appareils a disparu des ateliers du Grand Ingénieur. Il semble que Romano était un espion.

– Mais pas au service de Rome, en dépit de son nom, dit le cardinal. On aurait promis à Giulio Romano une meilleure situation en échange de menus services. Ce n'était pas un homme déloyal, mais il commençait à se dire qu'il avait travaillé trop longtemps dans l'ombre de Raphaël. La cour d'Espagne lui aurait donc proposé du travail, en lui demandant d'exécuter certaines tâches. Mais le pauvre Romano était un innocent, et il a été tué dès qu'il a appris ce que ses maîtres voulaient savoir, du moins c'est ce que nous croyons. »

L'espace d'un moment, Pasquale eut la sensation d'être happé par le silence qui se fit soudain dans la longue pièce éclairée par le feu. Puis il dit à Taddei : « Et sachant cela, vous nous avez confié la tâche de trouver son meurtrier ?

– Je n'en savais rien jusqu'à ce soir, protesta Taddei. J'ai été informé par un message que je n'ai reçu que quelques instants avant ton arrivée. Il semblerait que celui qui a enlevé le corps de Raphaël souhaite l'échanger contre toi, jeune homme.

– Ce message a-t-il été envoyé par Giustiniani ?

– Son auteur est resté anonyme. Il dénonce la trahison de Romano, et demande qu'on te conduise sur la rive sud du Ponte Vecchio à une heure déterminée. Pourquoi soupçonnes-tu Giustiniani ?

– J'ai vu quelqu'un se faire tuer dans sa villa », répondit Pasquale.

Cardano se pencha en avant. « C'est peut-être l'homme qui a disparu, Giovanni Francesco. Voilà qui expliquerait tout. Si Francesco était le complice de Romano, il se peut qu'il l'ait tué pour être doublement récompensé. Puis il se serait fait tuer à son tour, n'ayant pu remplir sa mission. »

Pasquale décida de ne pas leur parler de l'image de la messe noire, ni de l'objet volant, ni de la tentative de chantage de Francesco. Il se pouvait fort bien que Francesco fût l'assassin de Romano – Romano n'aurait sans doute pas hésité à lui ouvrir la porte de la tour aux signaux –, mais il n'aurait guère eu le temps de se laver du sang de sa victime entre le cri d'agonie de Romano et les recherches qui avaient aussitôt commencé. Et même si Francesco était l'assassin de Romano, pourquoi serait-il allé traiter avec Giustiniani ? Sans doute aurait-il d'abord tenté de récupérer la boîte – elle était en possession de Taddei, et donc à sa portée –, et il aurait également pris l'objet volant à Romano. Pour l'heure, épuisé et plus qu'un peu éméché par le vin capiteux qu'on lui avait servi, Pasquale ne trouvait pas d'explication. Il regretta de ne pouvoir bénéficier du jugement clair et vif de Machiavel… puis songea avec angoisse qu'il risquait de ne jamais le revoir. Les hommes de Giustiniani l'avaient peut-être tué durant l'attaque du Palazzo della Signoria.

« Tu ferais bien de nous raconter, Pasquale, dit Taddei, ce qui s'est exactement passé à la villa de Giustiniani. »

Lorsque Pasquale en eut terminé, se gardant de parler de chantage, il y eut un silence, que finit par rompre le cardinal. « Nous regrettons que la situation ait pris une si mauvaise tournure, d'autant plus que mon cousin songeait à proposer à Raphaël de terminer la chapelle que Michel-Ange a abandonnée depuis si longtemps.

– Sans doute que Giustiniani a été l'agent de l'accord entre Romano et l'Espagne, dit Taddei, et qu'il continuerait à tirer les ficelles s'il le pouvait encore. Voilà pourquoi ses hommes ont tenté de capturer ce garçon. Quant à l'assassinat de Raphaël, c'est une ignominie qui pourrait aider les savonarolistes dans leur guerre clandestine. Tout à coup, il apparaît que nous jouons ici à un jeu à trois mains.

– Le corps de Raphaël doit être restitué, dit le cardinal. Malgré tout l'amour que porte ma famille à Florence, mon cousin ne pourra éviter la guerre s'il ne le ramène pas à Rome avec lui.

– Raphaël était l'hôte de notre cité, dit Taddei à Pasquale. Qu'on l'ait assassiné, passe encore : on peut toujours donner l'excuse d'un complot savonaroliste. Mais qu'on ait enlevé son corps et que Florence ne puisse le restituer… Si tel est le cas, il y aura bel et bien la guerre entre Florence et Rome. Et une fois l'alliance rompue, plus rien n'arrêtera l'Espagne. Chacun sait qu'elle ne se contentera pas du sud de l'Italie. Elle veut tout conquérir, y compris nos colonies dans le Nouveau Monde. Sa flotte rôde dans les parages depuis la semaine dernière, et sans doute va-t-elle débarquer dès le début de la guerre. Depuis le temps que les Espagnols soutiennent les savonarolistes, les troubles qu'ils recherchaient sont enfin arrivés.

– Cela m'étonnerait que Florence soit attaquée, rétorqua Pasquale. Nous sommes défendus par le génie du Grand Ingénieur, dont les inventions ont vaincu les armées de Rome et de Venise après l'assassinat de Laurent.

– Quelle ironie du sort que le fils de Laurent puisse faire la guerre contre Florence à cause de cette triste affaire, soupira le cardinal.

– Aujourd'hui, dit Taddei à Pasquale, tous les États disposent des mêmes armes, qu'ils ont copiées sur celles dont Florence a eu la primeur en y apportant bien souvent des améliorations. Tous les gouvernements ont leurs canons lance-fusées, leurs boucliers cuirassés mobiles, leur feu grégeois et tout ce qui s'ensuit. Si le Grand Ingénieur a inventé de nouvelles armes, il n'en a informé personne, pas même la Signoria.

– C'est un vieil homme, dit Cardano. On raconte qu'il est fou, qu'il ne pense qu'à échapper au déluge qui anéantira le monde. J'ignore ce que l'Espagne espérait découvrir, mais en fin de compte, deux hommes sont morts pour une invention qui n'a aucune utilité guerrière, et qui en tout cas est désormais connue du monde entier.

– Comme vous le savez, dit le cardinal, j'ai vu votre Grand Ingénieur aujourd'hui. Je dirais qu'il semblait totalement replié sur lui-même. Il n'a pas dit un mot, et n'a pas une seule fois regardé sa merveilleuse machine cosmique. Il a laissé ses assistants faire le portrait de mon cousin sans leur donner la moindre instruction.

– Cela fait longtemps qu'il n'a rien inventé, dit Cardano. Depuis le développement de son université, sa propre imagination n'a cessé de décliner.

– Toujours est-il que cette situation met en péril l'existence même de la République, souligna Taddei, ainsi que le renouvellement de son alliance avec Rome. »

Le cardinal opina, subitement grave. Cardano appuyait sur Pasquale un regard sombre et profond, la lèvre inférieure coincée entre les dents.

« Comprends bien que nous agissons ainsi parce que nous y sommes contraints, dit Taddei à Pasquale.

– Nous n'avons rien contre toi », ajouta Cardano.

Il y eut un fracas d'armures ; une dizaine de soldats passèrent sous l'arcade de la porte à l'autre bout de la salle, entrant d'un pas rapide. Cardano dégaina une fine et courte épée. Pasquale se leva d'un bond et brandit son tabouret pour parer l'assaut, puis, d'un coup, fit partir l'épée de la main de l'astrologue. L'arme retomba à l'autre bout du tapis de Perse, et Pasquale courut la ramasser pour la retourner contre les soldats, l'agitant de tous côtés afin de les tenir à distance.

Pendant un moment, on n'entendit que le doux crépitement du feu.

Puis d'un geste circulaire, un caporal fit jaillir des pinces de combat, dont les mâchoires dentées saisirent le sommet du crâne et l'épaule gauche de Pasquale. La douleur se fit sentir entre ces deux points, vive comme la lumière.

Le caporal tordit son arme. La pierre frappa la hanche de Pasquale, puis son dos. L'épée tomba de sa main, tintant contre les dalles. Son corps était paralysé. Il avait les yeux levés vers les voûtes blanches du plafond, dont chacun des bossages montrait un putto doré, les joues rondes et la bouche en cerise, qui souriait. Une ombre s'allongea sur Pasquale. Cardano se pencha et lui couvrit délicatement le nez et la bouche d'un chiffon malodorant.

6

Le liquide vaporeux dont était imprégné le chiffon n'endormit pas complètement Pasquale. C'était comme s'il flottait à la frontière du rêve et de l'éveil, comme s'il était dans le lit gigogne de la petite pièce exiguë de l'atelier qu'il partageait avec Rosso et son macaque, se laissant lentement réveiller par la douleur sourde d'une gueule de bois. Il se sentait bouger, et dans son rêve, ou ce qu'il prenait pour tel, il se voyait filer comme une flèche sur le dos d'un aigle diabolique, tel le magicien Gerbert qui avait chevauché un démon pour échapper à l'Inquisition, avant de devenir pape sous le nom de Sylvestre II. L'aigle tourna son horrible face cornue vers lui et, d'un coup d'aile, le fit tomber de son dos. Pasquale essaya de crier, mais aucun son ne sortit de sa bouche. Une énorme gueule fondit sur lui, l'avala en grinçant des dents, puis le recracha dans la nuit.

Lorsque Pasquale s'éveilla, ce fut pour ressentir les secousses d'une voiture. Il avait la tête comme prise dans un étau, et la bouche empâtée d'un mauvais goût sucré. Il était allongé à plat ventre sur le plancher de la voiture, jeté dans le sens de la longueur entre deux bancs sur chacun desquels se tenait un soldat. Il avait les mains liées par une corde fine et solide, et bien qu'il eût les pieds libres, il n'avait pas encore l'énergie ou la volonté d'essayer de se redresser, encore moins de se lever.

Les soldats, aussi massifs depuis le sol que des statues d'empereurs romains, portaient des plastrons de fer et des casques pourvus d'un bec allongé et d'une aigrette relevée qui formait des cornes, le genre d'étrangeté dont raffolaient les mercenaires albanais qu'employaient les marchands pour protéger leurs convois de chariots. Ainsi, Taddei avait tenu parole : on emmenait Pasquale pour l'échanger contre le corps de Raphaël.

La voiture s'arrêta dans un bruit de ferraille, et l'un des mercenaires se pencha à la fenêtre – Pasquale entendit le volet claquer au bout de sa glissière, puis sentit un courant d'air froid – pour crier quelque chose au cocher. Avec l'air froid, qui aidait Pasquale à recouvrer ses forces, entrait un son diffus comme le grondement de la mer, ainsi qu'une odeur de brûlé.

La voiture repartit, et le grondement se fit plus fort : des hommes qui donnaient de la voix ; un crépitement chaotique de coups de feu ; des cris. La voiture s'arrêta de nouveau. L'un des mercenaires parlait à quelqu'un, lui demandant de regarder, qu'il avait un laissez-passer, qu'on y voyait le sceau des Dix. La porte de la voiture s'ouvrit brusquement, faisant redoubler le grondement de la foule. Le faisceau d'une lanterne plongea à l'intérieur. De fortes mains traînèrent Pasquale pour le hisser en position assise ; au dernier moment, celui-ci pensa à fermer les yeux, pour faire croire qu'il était sans connaissance.

« Voici la raclure que nous devons conduire de l'autre côté du fleuve, dit le premier mercenaire.

– Et avant la nuit, ajouta le second.

– Vous pouvez toujours essayer, dit un troisième homme à l'accent florentin, mais vous ne pourrez pas traverser sur ce pont, ni sur aucun autre.

– Nous devons absolument traverser ici, capitaine, insista le premier mercenaire. Nous avons un travail important à faire de l'autre côté. Tenez, ce papier dit que nous pouvons compter sur votre aide.

– Je vous donne mon avis, dit le capitaine, c'est tout ce que j'ai.

– Eh bien gardez-le, rétorqua le second mercenaire, et donnez-nous plutôt quelques hommes.

– Mais c'est toute une armée qu'il vous faudrait pour passer au travers de cette maudite foule, dit le capitaine, et j'ai besoin de chacun de mes hommes.

– Ce papier dit…

– Je sais lire, coupa sèchement le capitaine, contrairement à vous. Amenez-moi celui qui l'a écrit, et peut-être que je vous écouterai. Sinon, voilà ce que je vous propose : faites demi-tour et essayez de traverser le fleuve en bac du côté de Sardinia. Le sceau de votre bout de papier réussira peut-être à impressionner quelque malheureux passeur.

– À notre retour, nous ferons un rapport sur vous, promit le second mercenaire. Je n'oublierai pas votre tête.

– C'est ça. En attendant, faites demi-tour et dégagez du pont. Quiconque essaierait de passer en force à travers la foule ne ferait que l'échauffer davantage. Essayez en bac. Si vous n'avez pas de succès avec votre bout de papier, vous pourrez toujours voler une embarcation. C'est bien la spécialité de vous autres mercenaires, n'est-ce pas ? »

Les deux hommes jurèrent contre le capitaine, avec aisance et inventivité, et l'homme s'esclaffa. Puis un fracas métallique se fit entendre au loin, suivi d'un grand cri, et le capitaine s'exclama : « Alors, vous voyez pourquoi vous devez faire demi-tour ! Partez tout de suite ! »

Un canon tonna tout près, et l'attelage eut un sursaut qui fit avancer légèrement la voiture. La porte claqua, si fort qu'elle ébranla le véhicule. Pasquale se laissa étendre sur le plancher et profita de ce que les deux mercenaires se disputaient dans leur langue gutturale pour se risquer à ouvrir un œil : des reflets de flammes qui dansaient sur le plafond de la voiture, la vision fugitive de têtes qui passaient devant la fenêtre. Puis le casque à cornes de l'un des mercenaires boucha la vue, l'homme s'étant penché à la fenêtre pour crier au cocher d'avancer. Ce dernier y trouva sans doute à redire, car le mercenaire jura et cria qu'il leur fallait rejoindre l'autre côté du pont, qu'il fallait y aller, tout de suite, tout de suite et au galop !

La voiture s'élança si brusquement que Pasquale roula contre les bottes des mercenaires, qui le remirent en place à coups de pied comme on retourne une bûche, le couvrant de meurtrissures. Des chocs résonnèrent sur les côtés de la voiture ; un volet se brisa dans un violent fracas. La voiture oscilla, les chocs devenant de plus en plus violents ; puis elle s'arrêta.

Des coups de feu, étourdissants dans l'espace resserré. Les deux mercenaires s'étaient accroupis chacun à une fenêtre, d'où ils tiraient au pistolet à une cadence élevée. Alors que, gagné par la panique ambiante, Pasquale tentait de se redresser, l'un des hommes poussa un cri et tomba en arrière, s'écroulant sur lui.

Pasquale sentit le sang chaud du mercenaire mouiller sa tunique. Il se tortilla sous le corps inerte de l'homme et lui tâtonna la ceinture avec ses mains liées, mais ne trouva pas de couteau. Puis le corps se déplaça, le premier mercenaire souleva Pasquale par les cheveux pour le traîner hors de la voiture, et c'est en criant que celui-ci sortit dans la nuit remplie de bruit et de feu.

Ils se trouvaient sur le Ponte Vecchio. On eût dit les portes de l'enfer. Les boutiques brûlaient à l'unisson de part et d'autre, le toit effondré, des flammes s'élevant dans le ciel où tourbillonnaient plus haut des étincelles. Les lampes à acétylène brisées crachaient des gerbes sifflantes de flammes jaunes. À l'autre bout du pont se tenait une foule d'hommes, le visage rougi par la lueur du feu, les yeux comme de fulgurants coups d'épingle. Certains gambadaient sur le parapet, ou sur le toit des rares boutiques qui n'avaient pas encore brûlé. Une immense clameur houleuse arrivait de leurs rangs, ainsi qu'une pluie de petits projectiles, ceux-ci n'apparaissant que lorsqu'ils tombaient en arc dans la lueur du feu. La plupart passaient pardessus la voiture, mais certains s'abattaient autour sur la chaussée, des pierres qui crépitaient, des bouteilles qui volaient en éclats. Un corps gisait quelques *braccia* plus loin, et d'autres étaient éparpillés des deux côtés du pont, petits tas indistincts sous la lumière des flammes.

Des coups de feu déchirèrent le ciel : les soldats qui défendaient le barrage que la voiture avait forcé ripostaient. Pasquale vit un homme vaciller sur le parapet avant de basculer dans le fleuve, le cri qu'il aurait pu pousser dans sa chute s'étant perdu dans ceux de la foule.

Aux deux extrémités du pont en feu, sur les deux rives du fleuve, il y avait aussi des immeubles qui flambaient, assis sur leurs reflets inversés.

Le mercenaire enroula ses doigts dans les cheveux de Pasquale et lui tira sèchement la tête en arrière. « Ces salauds de miliciens ont eu le cocher et Luigi. Essaie de filer, et je te brûle la cervelle. Je n'hésiterai pas. »

Pasquale avait la bouche sèche. Il se passa la langue sur le palais pour faire couler de la salive et dit : « Il me semble que ton maître me veut vivant.

– On m'a demandé de te conduire de l'autre côté de ce pont, c'est tout. Mort ou vif, pour moi, c'est égal. Mais je crois bien que les soldats là-bas, eux, te veulent vivant, sinon ils nous tireraient dessus au canon, comme ils l'ont fait sur les émeutiers pour les repousser.

– Qu'attends-tu de moi ? »

Le mercenaire empoigna de nouveau Pasquale par les cheveux, puis lui fit rebrousser chemin. « Nous allons retourner là-bas, dit-il, et tu vas leur demander de nous escorter de l'autre côté du fleuve. Peut-être qu'ils t'écouteront, toi, le jeune homme de bonne famille. »

Pasquale n'en crut pas ses oreilles. Il rit au nez du mercenaire, qui perdit son sang-froid et l'envoya mordre la poussière. Pasquale ne demanda pas son reste : il roula sous la voiture, se releva tant bien que mal de l'autre côté, puis, ne voyant de meilleure solution, partit en courant vers le barrage de la milice, agitant ses mains liées au-dessus de sa tête et criant qu'on l'avait enlevé. Derrière lui, le grondement de la foule redoubla : elle chargeait. De petites lumières clignotèrent et vacillèrent dans les rangs de la milice ; puis, autour de Pasquale, les premières balles se mirent à claquer sur les pavés. L'une d'elles ricocha sur le parapet et s'enfonça en sifflant dans l'obscurité qui enveloppait lc fleuve.

Pasquale se jeta à terre et s'efforça de se faire le plus petit possible. Il pleuvait aussi des carreaux incendiaires, dont certains se plantèrent dans la voiture et prirent feu. Le mercenaire tomba brusquement sur les fesses, s'agrippant à son plastron transpercé. Il y avait des carreaux enflammés partout sur les pavés ; comble de l'horreur, l'un d'eux avait mis le feu à un cadavre, qui, avec une effroyable illusion de vie, se tortillait lentement au milieu d'un halo de flammes orangées et de fumée grasse, ses muscles se rétractant sous la chaleur.

Un canon tonna. Son boulet siffla dans le ciel, emporta le toit d'une boutique en feu et s'évanouit dans l'obscurité. La foule battit en retraite, les hommes piétinant les blessés dans l'affolement. Les deux chevaux attelés à la voiture piaffaient, les yeux exorbités, laissant couler de l'écume en tirant sur le frein.

Pasquale regagna la voiture en courant, car c'était le seul abri qu'il y eût sur le pont. Les mains liées en croix, il ne put saisir la poignée d'appui, mais réussit à se hisser sur le banc du cocher en sautant sur le marchepied. L'homme était mort, couché sur le côté ; Pasquale se mit du sang sur les mains en lui arrachant les rênes. D'un coup de pied, il libéra alors le frein et fit claquer les rênes sur le dos transpirant des chevaux, qui s'élancèrent aussitôt vers la foule. L'espace d'un instant d'allégresse, il sembla que Pasquale allait peut-être réussir, mais la voiture percuta alors un vélocipède retourné, qui se prit dans les rayons des roues avant. La voiture dérapa sur les pavés, ses roues ferrées faisant jaillir des gerbes d'étincelles.

Les chevaux trébuchèrent, affolés de se trouver pris dans cet étroit couloir bordé de flammes. Pasquale tenta bien de tirer sur les rênes, mais il n'avait plus de force. La voiture se mit à déraper vers une boucherie en feu, et Pasquale sauta, roulant plusieurs fois sur la chaussée.

Tandis qu'il se relevait en titubant, deux hommes sortirent de la foule pour courir vers lui. Non, l'un d'eux était un singe. C'était Ferdinand, le macaque de Rosso. Il s'accroupit à côté de Pasquale, le dévisageant de ses yeux bruns et vifs. L'homme qui empoigna le collier de fer du singe et qui baissa vers Pasquale un regard souriant n'était autre que Giovanni Rosso.

7

Tandis que la foule se lançait en avant, faisant à nouveau monter sa clameur protestataire, Rosso s'assit sur ses talons et coupa la corde qui liait les poignets de Pasquale. La douleur envahit les doigts du jeune homme. La peau y manquait à chaque articulation, et ce fut plus douloureux encore lorsqu'il plia les mains, de peur d'avoir des phalanges brisées.

Ce n'était pas le cas.

Rosso l'aida à traverser la foule dense et houleuse. Pasquale avait autrefois passé une journée à regarder les fous de Sardinia tituber parmi les rochers et les carcasses écorchées de chevaux et de mulets, afin de prendre des notes et de faire des croquis. C'étaient les mêmes expressions qu'il voyait à présent autour de lui, depuis la rage irraisonnée jusqu'à l'hébétude aux lèvres pendantes. La chaleur montait des boucheries qui brûlaient de chaque côté du pont. L'odeur de viande rôtie était écœurante. La lumière qui tremblait au-dessus des corps pressés de la foule était vermillon, cinabre et or. La sueur, l'âcre odeur de fumée qui s'installait au fond de la gorge, le crépitement des flammes. Lorsque le canon tonna, tout le monde ou presque tomba à genoux, puis se releva lentement pour s'élancer de nouveau.

« Ils pourraient nous tuer tous avec un seul boulet ! cria Pasquale à son maître.

– Et détruire le pont du même coup, sans doute, rétorqua

Rosso. Non, ils tirent pour nous montrer qu'ils le peuvent, en visant le chenal central au plus profond du fleuve. L'heure de la mise à mort n'est pas venue, pas encore. Il leur faut des ordres pour cela. »

Pasquale avait la tête qui lui tournait, et ne s'étonna pas le moins du monde que son maître fût là pour l'aider. « Où allons-nous ? demanda-t-il.

– Loin d'ici, avant qu'ils ne finissent par recevoir l'ordre de tourner les canons vers la foule et de dégager le pont aux boulets à chaîne. Tu en as déjà vu ? Ce sont deux petits boulets de fer reliés par une chaîne longue de près d'un empan. Ils peuvent couper un homme en deux. On les appelle les couilles du Grand Ingénieur, car comme elles, ils n'engendreront jamais d'enfants. »

Lorsque Rosso et Pasquale furent arrivés de l'autre côté du pont, se frayant un chemin à travers les colporteurs opportunistes et leurs clients, ils descendirent les marches escarpées qui rejoignaient le Chemin Neuf qui avait été construit en encorbellement au-dessus du fleuve moins de cinq ans plus tôt. C'était une promenade très appréciée des artificiers, d'où ils pouvaient admirer le système de chenaux dans lequel ils avaient enfermé l'Arno, la Grande Tour où vivait leur maître à tous, et les manufactures qui les avaient rendus riches et puissants.

Rosso s'arrêta, et désigna d'un de ses gestes spectaculaires le pont qui brûlait un peu plus en aval. « N'est-ce pas merveilleux, Pasqualino ? Je vais peindre une toile comme on n'en a encore jamais vu ! Le feu, les eaux noires, des hommes qui s'entretuent dans un bain de sang ! On connaît ma maîtrise des clairs et des ombres, mais là, je vais montrer de quoi je suis vraiment capable ! Si je trouve le bon client, j'en tirerai au moins quatre cents florins ! »

Pasquale ne put s'empêcher de sourire. « Il n'y a que vous pour penser à l'argent dans un moment pareil, maître. Devons-nous marcher encore longtemps ?

– Qu'est-ce qui ne va pas ? Tu as mal à la jambe ? Il faut

dire que tu as fait une sacrée chute, bien que tu t'en sois sorti comme un acrobate. Ah, Pasqualino, je n'ai jamais compris pourquoi tu trouvais si mal d'essayer d'améliorer sa condition. Il faut être à l'affût des bonnes occasions. Notre problème à nous, les Toscans, c'est que nous sommes trop enclins à des frivolités de ce genre, ce qui explique pourquoi nous sommes accablés par le malheur et la misère. »

Pasquale se mit à rire, d'un rire qui monta du plus profond de lui-même pour devenir incontrôlable, tant et si bien qu'il dut se tenir au garde-fou de la promenade afin de rester debout. Sous ses mains, la barre de fer était brûlante.

« Oui, poursuivit Rosso, je sais combien le travail t'amuse. Mais si tu travaillais un peu plus et rêvais un peu moins, Pasqualino, tu serais un homme riche. Regarde en amont ! Ce doit être la manufacture d'étoffe du marchand Taddei qui brûle. Vois les couleurs que les teintures donnent aux flammes !

– Je me trouvais avec le Signor Taddei il y a moins d'une heure.

– Je sais.

– Comment ça ? Maître, comment le savez-vous ?

– J'ai vu l'écusson sur le côté de la voiture, c'est tout », répondit Rosso d'un ton détaché.

Il appela le singe, Ferdinand, qui se balançait paresseusement au garde-fou. L'animal sauta à terre et le rejoignit sans se presser, avec la démarche insouciante et chaloupée d'un marin. Il posa une main sur la cuisse de son maître et leva vers lui des yeux suppliants ; Rosso laissa tomber un raisin que Ferdinand saisit entre ses solides dents jaunes.

« Sale bête, lui dit affectueusement Rosso, frottant du poing son front osseux. Je devrais te donner autre chose à manger que des raisins. Tu les aimes comme Ève aimait les pommes, et ton sourire montre bien que tu le sais. Sale bête, sale bête, créature faible et corrompue. Tu n'aurais pas dû lui apprendre à voler, Pasquale. C'est ce qui a causé sa perte.

– Vous êtes dans le coup, maître. Dites-moi que c'est vrai, ou je vais devenir fou ! »

Rosso prit un air amusé. « De quoi veux-tu parler, Pasqualino ?

– Vous connaissiez les aides de Raphaël. Je me rappelle à présent que vous m'avez beaucoup parlé d'eux à la messe de la Saint-Luc, mais sur le moment, j'ai cru que c'étaient des potins que vous aviez entendus.

– Et tu sais combien j'aime les potins, n'est-ce pas ? Ah, Pasqualino, tu as passé tellement de temps en compagnie du célèbre journaliste Niccolò Machiavel que tu vois des conspirations partout, et sans doute l'Espagne derrière chacune d'elles. »

Pasquale frissonna. « Auriez-vous une cigarette, maître ? »

Rosso lui en donna une, en planta une deuxième entre ses lèvres et alluma les deux à l'aide de sa corde à feu. Pasquale avala goulûment une longue bouffée de fumée fraîche. Ses mains tremblaient si fort qu'il avait du mal à garder sa cigarette pincée entre le pouce et les autres doigts, dont l'air froid de la nuit piquait les jointures écorchées. « J'étais en compagnie de Niccolò Machiavel quand je vous ai vu, dit-il, mais sur le moment, je ne vous ai pas reconnu. C'était dans les jardins de la villa du magicien vénitien, Giustiniani. Je suppose que vous y étiez pour accompagner l'aide de Raphaël qui avait le même prénom que vous, Giovanni Francesco. L'assassinat de Giulio Romano a contrarié vos plans. Peut-être était-ce lui le chef ? Ou alors on lui a volé quelque chose que vous comptiez échanger avec le Vénitien contre la promesse d'une nouvelle situation.

– Peut-être lui a-t-on volé quelque chose, en effet. Ou, disons, pris par erreur. »

Cet aveu fit battre le cœur de Pasquale. « Si vous parlez de la boîte qui capture et fixe la lumière, dit-il, ce n'est plus moi qui l'ai.

– Oh, non. Elle a toujours été à nous. C'est un appareil

expérimental, mais qui sera bientôt connu de tous. Raphaël en avait reçu un pour l'essayer, mais il s'en est bien vite lassé, et Giulio a réussi à lui trouver un meilleur usage. Un usage plus lucratif, dirons-nous pour l'instant. Et il n'a pas été assassiné, Pasqualino, à moins de considérer un accident ridicule comme un meurtre. Nous dirons pour l'instant qu'il n'a pas été tué par les mains d'un autre homme. »

Rosso, dont le visage était éclairé d'un côté par le pont en feu, avait un air amusé, cruel et détaché. Il cracha un filet de fumée entre ses lèvres pincées. Voilà à quoi devait ressembler Lucifer, en écoutant les vantardises d'un pauvre pécheur, car son crime à lui était si grand qu'il dépassait la mesure du péché humain, quelque noir que fût le cœur du pécheur – en attendant le jour où les artificiers pourraient défier les cieux.

« J'en déduis donc que vous savez comment Giulio Romano est mort, fit Pasquale, mais que vous ne voulez pas me le dire.

– Je suis certain que tu peux comprendre si tu t'en donnes la peine. Mais à vrai dire, ça n'a pas d'importance. Pas que le malheureux Giulio soit mort, bien sûr, mais la manière dont c'est arrivé. »

Rosso s'écarta du garde-fou et prit Pasquale par les épaules, le poussant en avant. « Il nous reste un peu de chemin à faire, annonça-t-il. Fais-moi la conversation en marchant.

– Bon, fit Pasquale avec obstination. Après la mort de Giulio, il a fallu que vous changiez de tactique, et sans doute avez-vous décidé de menacer le magicien vénitien. Par réaction, celui-ci a tué Francesco, et vous avez pris la fuite avec Ferdinand. Je vous ai vus tous les deux traverser la pelouse au clair de lune. J'ai pris Ferdinand pour un nain.

– Tu fréquentes des milieux étranges, Pasqualino.

– Plus que vous ne pensez, peut-être.

– Taddei et son magicien de service ne sont guère étranges, souligna Rosso. Collet monté, peut-être, mais pas étranges. Le pape lui-même fait appel à un astrologue : il semblerait que les pouvoirs du Saint-Siège ne s'étendent pas à la divination.

Continue, Pasquale, tu n'en es pas encore à la moitié. Toutefois, je suis impressionné que tu en saches autant. »

Pasquale avoua qu'il n'en savait guère plus, et que pour le reste il en était réduit aux conjectures. « Je suppose, dit-il, que le Vénitien a fait assassiner Raphaël parce qu'il le croyait mêlé à votre complot, même si d'après moi, il n'en était rien. Et à présent, quelqu'un détient le corps de Raphaël, et il me veut moi également. Voilà pourquoi je me suis échappé, maître. Taddei comptait m'échanger contre le corps de Raphaël.

– Cela n'a rien à voir. Pendant quelque temps, Giustiniani nous a servi d'intermédiaire, et après le stupide accident qui a tué Romano, il s'est mis à faire pression sur nous pour que nous lui remettions ce que nous lui avions promis. Croyant qu'il avait lui aussi de quoi faire pression, Francesco est allé parlementer avec Giustiniani. J'y étais opposé, je dois dire. Je savais que ce serpent de Giustiniani se rirait de toute tentative de chantage. Il se complaît dans l'avilissement – après tout, c'est pour lui une manière d'afficher sa force. J'ai tout fait pour dissuader Francesco d'y aller, mais ce pauvre idiot a refusé de m'écouter, alors je l'ai suivi. Tout comme toi, et tu sais donc ce qui s'est passé là-bas – que je n'ai rien pu faire pour le malheureux Francesco et que j'ai dû m'enfuir pour sauver ma propre vie. À présent, cependant, je n'ai plus besoin de passer par un intermédiaire : je peux traiter directement avec ceux qui peuvent me donner ce que je veux en échange de mon aide. »

Ils se détournèrent de la promenade pour gravir le bruyant escalier de fer, puis traversèrent la grande artère.

« Où allons-nous, maître ? s'enquit Pasquale.

– Voir des amis à moi. Tu peux peut-être les aider. Et en échange… nous verrons bien, n'est-ce pas, Pasqualino ? »

Rosso conduisit Pasquale le long d'une rue étroite et sinueuse qui grimpait à flanc de colline, s'éloignant des hautes et belles maisons qui donnaient sur l'Arno. Les baraques des *ciompi* s'étalaient sur la colline, un essaim grouillant de formes noires qui se dessinaient sur la terre noire. Peu de lumières brillaient. Les pavés de la rue laissèrent la place à la boue. Une vive odeur de brûlé flottait dans l'air froid de la nuit, se détachant de l'âcre relent du ruisseau d'évacuation qui gargouillait au milieu de la chaussée.

Pasquale s'arrêta et dit : « Vos amis seraient-ils espagnols, maître ? Parce que si c'est le cas, je préférerais ne pas aller plus loin.

– En voilà une façon de me remercier de mon aide.

– Merci mille fois pour votre aide, maître, mais je ne veux pas être mêlé à tout cela.

– Tu y es déjà mêlé, Pasqualino, gloussa Rosso. De plus, je sais des choses qui t'intéressent. Par exemple, je sais où se trouve ton ami Niccolò Machiavel. Ne veux-tu pas le revoir ? »

Lorsque Pasquale tenta de s'enfuir, Rosso le prit par le bras et réussit à le jeter sur le chemin boueux. Surpris, Pasquale s'étala de tout son long. Il était plus fort que son maître, mais il n'avait plus l'énergie de se battre. Le singe babilla, tirant Pasquale avec inquiétude par son justaucorps déchiré, lui touchant le visage de ses gros doigts calleux. Le jeune homme calma l'animal et se releva lentement. « Ce n'était pas nécessaire, dit-il.

– Je sais ce que tu vas me dire, Pasqualino. Que je suis un traître, que je complote avec les ennemis de l'État. Mais je t'assure que tu te trompes. À propos, on nous surveille depuis le moment où nous avons quitté le pont. Je t'ai sauvé la vie, car si tu t'étais enfui, tu te serais sans doute fait tuer.

– Si vous êtes pris, vous serez pendu pour trahison. Y avez-vous pensé, au moins ?

– Tu sais, les temps sont durs pour les artistes. Nous devons trouver des mécènes où nous le pouvons. Peu importe qui ils sont. Tout ce qui compte, c'est l'art que leur soutien nous permet de produire. Et je suis las, Pasqualino, las de vivoter en peignant des pots de fleurs et des masques de carnaval, et des tableaux cochons pour des marchands lubriques et leurs femmes insipides. Je sais que j'ai le talent d'un grand peintre, et j'ai besoin d'une situation confortable pour l'exploiter. Nombre d'entre nous sont partis chercher du travail en France, et même là-bas, les artificiers gagnent du terrain, en remplaçant l'art par de mauvaises reproductions. L'Espagne, en revanche, est toujours notre amie. Ils sont si nombreux dans la famille royale, il y a tant de ducs et de princes qui veulent se montrer meilleurs mécènes et meilleurs connaisseurs que leur voisin, qui veulent se glorifier en finançant de grandes œuvres. Oh, mais j'oublie que tu penses que tu peux travailler sans aucune forme de soutien, et vivre de l'air du temps, je suppose.

– Je vous en prie, maître. Je vous interdis de vous moquer de moi. »

Rosso parut ne pas avoir entendu Pasquale. « Regarde en bas, dit-il doucement, regarde un peu le spectacle qu'ils nous donnent. Quelle merveilleuse lumière de catastrophe ! La toile que je vais peindre… »

Ils se trouvaient loin au-dessus de l'Arno, à présent. Les toits amassés des habitations grossières des *ciompi* dégringolaient au bas de la colline en direction du fleuve. Le Ponte Vecchio brûlait toujours, un trait de feu étroit et vif. De chaque côté du pont, le fleuve était un ruban de cuivre, de bronze en fusion, la lumière des flammes dansant sur ses eaux paresseuses. Derrière s'étendait la ville hérissée, le dôme illuminé du Duomo, les tours et les flèches des *palazzi* et des églises, et la tour du Grand Ingénieur, avec ses guirlandes de fenêtres éclairées et sa couronne de fanaux rouges et verts. Les bruits étaient légers et étouffés, un grondement lointain ponctué de coups de canon.

« Il y a des gens qui meurent, là-bas », dit Pasquale. Et pourtant c'était beau, en effet, d'une manière étrange, puissante et enivrante. Il voyait monter des gerbes d'étincelles des immeubles en feu sur le pont, s'estompant avec la hauteur, comme un renversement de la longue chute de l'ange rebelle.

Remarquant l'hésitation de son élève, Rosso dit : « Oh, nous sommes dans une position élevée par rapport à eux. C'est toujours de loin qu'on mesure la catastrophe, n'est-ce pas, Pasqualino ? Les batailles sont les meilleurs sujets de peinture, cette seule heure désespérée pendant laquelle se règle tout conflit. La vie et la mort, qui s'opposent dans une lutte infiniment concentrée.

– Je n'oublierai jamais les nombreuses grandes discussions que nous avons eues sur la théorie de l'art, maître. C'est encore loin ?

– Nous y sommes, tiens. C'est pourquoi nous nous sommes arrêtés. » Puis, s'avançant vers l'huis de planches d'une masure : « Je suis désolé, Pasqualino. »

Il ouvrit la porte à la volée et poussa le jeune peintre à l'intérieur.

8

Un homme sauta sur Pasquale dès son entrée dans la masure. Il le plaqua au sol en l'écrasant de tout son poids, et lui plongea la tête dans un sac qui puait la terre moisie. Pasquale se débattit pour se mettre debout, mais l'homme s'agenouilla au creux de ses reins et lui lia les mains derrière le dos avant de le relever. Il lui retira alors le sac de la tête, le laissant face à Niccolò Machiavel.

Le journaliste se tortillait dans les airs, les pieds à un empan du sol de terre, suspendu par les bras à une corde qui passait par-dessus la poutre maîtresse de la charpente. C'était une version grossière de l'estrapade, la torture employée par la police secrète. Un homme bestial tira sur l'autre bout de la corde et hissa Machiavel un peu plus haut.

Celui-ci gémit, et Pasquale poussa un cri. Puis une main lui ferma la bouche et on lui fit traverser la pièce en le poussant.

Cette seule pièce constituait l'essentiel de la masure, sous un plafond chargé de touffes d'ajoncs pour arrêter les gouttes de pluie qui pouvaient filtrer entre les ardoises disjointes du toit. Deux hommes étaient assis sur des bancs placés près d'un triste feu de tourbe et de morceaux de bois, d'où montait un filet de fumée douceâtre. L'un portait la robe de drap sombre, ceinturée d'une corde, d'un moine dominicain. Jeune, grassouillet, le crâne rasé, il avait un visage de pleine lune aux traits délicats. L'autre sourit à Pasquale, qui frissonna de peur en le reconnaissant : c'était l'ancien giton du Grand Ingénieur, Salai.

« Attention, Pasquale ! » lança Machiavel en se balançant au bout de sa corde.

Rosso se baissa pour franchir la porte de la masure, traînant le singe derrière lui. Pasquale s'arracha à l'étreinte du brigand qui lui avait lié les mains, et somma son maître de mettre fin à cette comédie sur-le-champ. Rosso tendit la chaîne du singe en se l'enroulant autour de la main, donna un raisin à l'animal et dit sans lever les yeux : « Je ne peux rien faire pour toi, Pasquale. »

Salai esquissa un petit applaudissement moqueur.

Machiavel gémit de nouveau tandis qu'on le soulevait encore d'un empan au-dessus du sol crasseux. La brute qui tenait la corde était l'homme le plus imposant que Pasquale eût jamais vu. Il avait une barbe fournie, un bandeau sur l'œil et un couteau à lame recourbée et dentée rentré dans sa ceinture.

« Allons, dit le moine. Ce n'est pas encore le moment de crier, Signor Machiavel. Nous n'avons pas commencé.

– Le toit n'est pas assez haut pour une bonne estrapade, observa Salai, alors estime-toi heureux, le journaliste. » Lançant un clin d'œil à Pasquale, il ajouta : « Tu sais comment on fait ? »

Pasquale ne le savait que trop bien. Il avait un jour fait des dessins de l'interrogatoire d'un savonaroliste, pour le bulletin qui faisait connaître les directives de la Signoria. Il se rappelait également le jeu auquel il avait si souvent joué lorsqu'il était enfant : suspendu à la branche d'un arbre dans l'oliveraie de son père, serrant les dents pour endurer les picotements de ses bras et de ses épaules, les courbatures de ses poignets et le feu de ses doigts, jusqu'à ne plus pouvoir supporter la charge de son corps, il finissait par lâcher prise, envahi par un formidable sentiment de délivrance, pour se rouler avec délice, libre, dans l'herbe sèche et parfumée de l'été. Imaginant comment ce serait sans délivrance, il se détourna pour ne pas voir le supplice de Machiavel, rouge de honte et de colère.

« Je vais te dire comment on m'a fait ça un jour, poursuivit Salai. On te hisse en l'air, puis on lâche la corde d'un coup. Tu tombes, mais tu ne tombes pas jusqu'en bas, et l'arrêt manque de te déboîter les bras. Puis on te hisse à nouveau. On te le fait quatre fois avant de t'interroger, si bien qu'à ce moment-là, tu es prêt à dire n'importe quoi. »

Rosso s'avança timidement de deux pas dans la pièce, tenant le singe en laisse, et dit : « Vous avez parlé, je suppose.

– Bien sûr qu'il a parlé », cracha Machiavel en relevant la tête, son visage blême luisant de sueur.

Salai s'esclaffa. Il se montrait très à l'aise à l'intérieur de la masure, dont l'air était humide et enfumé et la terre jonchée de joncs crasseux, grouillants de cafards gros comme des souris. Il était aussi élégant que d'ordinaire, vêtu d'une grande cape de drap noir de Hollande, fermée par une cordelette écarlate sur une tunique de soie rouge qui devait valoir le salaire annuel de dix *ciompi* moyens et réussissait presque à cacher sa panse. Il portait également des culottes rouges, garnies d'une braguette matelassée à la mode flamande, et des bas noirs qui épousaient ses jambes charnues.

« Bien sûr que j'ai parlé, confirma-t-il. Je criais comme un cochon qu'on égorge. Pourquoi se taire ? J'ai dit quelque chose qui ressemblait à la vérité, et même si j'ai dénoncé des innocents, on a arrêté le bon nombre de gens – ils ont proclamé leur innocence même sous la torture, ce qui a rendu leur culpabilité d'autant plus convaincante. » Il plongea la main dans une boîte d'argent ouverte à côté de lui, pour en sortir une pâte de fruits mauresque, saupoudrée de sucre fin. Il fourra la friandise dans sa bouche et fit claquer ses lèvres en cerise. « La plaisanterie a assez duré, Perlata, dit-il au moine. Plus tôt je serai sorti de cette pouillerie, et mieux ce sera.

– Je suis d'accord, lança Machiavel. Pour l'amour de Dieu, détachez-moi. Pourquoi faites-vous cela ? »

Le jeune moine, Fra Perlata, répondit : « Mais pour l'amour de Dieu, justement. Et c'est un travail qui ne s'expédie pas.

– Pour l'amour de Dieu ! souffla Rosso.

– Regardez dans le sac de votre élève, lui dit calmement Fra Perlata. Voyez s'il l'a.

– J'ai fait tout ce que vous m'avez demandé, protesta Rosso. J'en ai même fait davantage.

– Vous en ferez bien encore un peu, insista Fra Perlata.

– Pardonne-moi, Pasquale », dit Rosso. Il déboucla le rabat de la besace de Pasquale et en explora le contenu, puis : « Ce n'est pas là.

– Bien sûr que non, pesta Salai. Vous croyez qu'il le porterait sur lui comme un souvenir ?

– Maître, dit Pasquale à Rosso, je me demande comment vous pouvez rester là sans rien faire. Il faut que votre besoin de mécénat soit vraiment grand. Je n'en reviens pas. » Il comprenait maintenant pourquoi il s'était montré si frivole tout au long du chemin ; c'était ainsi que Rosso, qui était foncièrement honnête, se conduisait toujours pour cacher un mensonge, un méfait ou une trahison.

« Tu t'es mêlé à cette affaire de ton plein gré, Pasqualino, rétorqua Rosso. Dis-leur ce qu'ils veulent savoir, et ils vous laisseront partir, toi et Machiavel. Je m'y engage.

– Attention à ce que tu dis ! » cria Machiavel, avant de gémir tandis que la brute le hissait encore d'un cran.

Impatient, Salai fit un bruit de pet avec ses lèvres. « Assez de sentiment. Demandons à ces idiots ce qu'ils en ont fait, et nous pourrons vaquer à nos affaires. Je vais chauffer mon couteau dans le feu que voilà pour m'occuper personnellement de ce journaliste, au lieu de le regarder gigoter comme une araignée. Il me donne le vertige !

– Allons, Signor Caprotti, dit Fra Perlata. Un peu de patience. Quand nous aurons ce qui nous manque, vous aurez votre récompense. »

C'était lui qui commandait dans la pièce, ce jeune moine

rebondi dont le fanatisme se cachait mal derrière un faux air bonasse, comme une épée dans un fourreau de chevreau. Il n'y avait guère de doute quant à ce qu'il était, Savonarole étant lui-même dominicain, alors en train de mourir lentement, disait-on, dans un couvent de Séville. On racontait qu'un cancer avait emporté sa voix, cet instrument qui jadis avait fait résonner l'âme collective de Florence, et pourtant, même sur son lit de mort, il écrivait un nombre incalculable de tracts, lettres, sermons et pamphlets sur la grande heure à venir, quand ceux dont le cœur était pur verraient leur corps monter au ciel, tandis que les pécheurs resteraient pour affronter l'Antéchrist. Fra Perlata était l'un des fantassins de cette guerre sainte.

Quant à la brute qui maintenait Machiavel dans les airs, et au brigand qui s'était occupé de Pasquale, peu importait ce qu'ils étaient, de loyaux savonarolistes ou de simples hommes de main. Cette dernière hypothèse restait cependant la plus probable : tous deux avaient un air plus prussien qu'espagnol. Peut-être étaient-ils des lansquenets – il y en avait beaucoup qui cherchaient du travail depuis que Luther avait été arrêté, jugé et pendu par les forces de Rome –, mais quoi qu'ils fussent, ils n'étaient là que pour torturer Machiavel et Pasquale jusqu'à les faire parler. C'était leur travail.

« Il nous suffit de chatouiller un peu ces deux-là, dit Salai. Pourquoi tant de simagrées ?

– L'important est la libération de la Ville sainte, répondit Fra Perlata. L'heure est proche. Nous devons employer la manière qui convient.

– Il ne faut pas prendre quelques *ciompi* pour la grande armée de Dieu, dit Salai d'un ton méprisant.

– Ce n'est pas à nous de juger comment Dieu doit manifester sa volonté, rétorqua le moine.

– Sa démarche paraît tout de même bien mystérieuse, dit Salai en enfournant une nouvelle pâte de fruits pour la mastiquer bruyamment. En tout cas, je m'étonne qu'il ait choisi cet idiot de peintre comme véhicule pour nous rendre ce qui nous revient de droit, et un singe comme agent de notre infortune. Qu'en dites-vous, Rosso ? Dois-je tuer votre ignoble sac à puces ? Je parle du singe, bien sûr, et non de votre élève.

– Pardonnez-lui, signor, dit Rosso, retrouvant un peu d'assurance. Il ne sait pas ce qu'il a fait. »

Le singe était assis sur son postérieur à côté de lui, les bras croisés sur la tête, regardant Pasquale par-dessus l'angle de son coude à la manière d'un enfant. Pasquale lui fit un sourire, se rappelant comment il lui avait appris à voler des raisins dans les jardins des moines de Santa Croce. Ferdinand était un animal intelligent, il n'avait certainement pas oublié. Cependant, les mains liées derrière le dos, Pasquale ne pouvait lui faire de signes.

« En Prusse on brûle les chiens, dit Salai, car leurs aboiements sont considérés comme des causes d'orages.

– Heureusement que nous ne sommes pas en Prusse, répliqua Rosso.

– Tu sais ce que nous voulons, dit Fra Perlata à Pasquale. Qu'en as-tu fait ?

– C'est le Signor Taddei qui l'a.

– Voilà qui ne serait pas dans ton intérêt, dit Salai.

– Taisez-vous, ordonna Fra Perlata. Laissez-moi faire. » Il se leva, épousseta la jupe de sa robe et demanda à la brute de hisser Machiavel un peu plus haut. Ce dernier émit un son horrible en montant : c'était un son qui n'avait rien d'humain. Pasquale poussa lui-même un cri, puis frémit lorsque la main de Fra Perlata se posa sur son épaule.

« Ton ami est resté pendu là assez longtemps, tu ne crois pas ? dit le moine. Encore un peu, et il restera infirme à vie. Il ne pourra plus jamais écrire. Aide-le. Dis-nous la vérité, et prends garde : nous avons quelqu'un dans la maison de Taddei. Si tu mens, ton ami en souffrira.

– Si c'est du signaleur que vous parlez, il a été arrêté.

– Je sais ce qui lui est arrivé, mais il n'a jamais travaillé pour nous. Comment saurions-nous où on devait t'échanger, Pasquale, si quelqu'un ne nous en avait informé ? Alors prends garde, et dis la vérité.

– Le Signor Taddei a pris la boîte, s'empressa d'avouer Pasquale. C'est lui qui l'a. Je suis désolé, Niccolò, je n'avais pas le choix. Pardonnez-moi. »

Machiavel secoua la tête de droite à gauche. « Assez, dit-il.

– La boîte ? gloussa Salai. Tu crois que nous nous mettrions en peine pour une bêtise pareille ? C'est bon pour faire des images cochonnes, pas la guerre.

– Halte-là, signor ! cria Fra Perlata. Il faut lui faire faire le saut avant de l'interroger.

– Je vous dis qu'il n'y a pas assez de hauteur pour cela, insista Salai. Ces culs-terreux ne sont même pas fichus de construire des tanières qui permettent de les torturer. Je suis d'ailleurs surpris que la poutre ne se soit pas encore cassée en deux. Cependant, pour augmenter la douleur, il suffit de se suspendre aux jambes. C'est une question de poids, voyez-vous. Au moment où l'on cesse de tomber, on s'alourdit, comme me l'a expliqué un jour le vieux fou. Ou mieux, tiens, je vais leur découper quelques tranches de chair, d'accord ? On pourrait raccourcir les doigts de ce garçon phalange par phalange. Les peintres tiennent à leurs mains autant que les musiciens.

– Rangez votre couteau, ordonna Fra Perlata. Nous sommes ici sous les ordres de Dieu.

– Cette petite lame ? s'étonna Salai. Allons, ce n'est pas vraiment ce qu'on peut appeler une arme.

– Vous feriez mieux de me tuer tout de suite, dit Pasquale, parce que si ce n'est pas la boîte que vous voulez, je n'ai rien.

– Oh que si, rétorqua Salai. L'objet volant. Tu l'as pris sur le corps de Romano, dans la tour aux signaux. »

Machiavel ricana.

« Taisez-vous ! » gronda Fra Perlata, sa voix résonnant dans la pièce au plafond bas.

Ferdinand le regarda un instant avec intérêt, puis bâilla, montrant une gorge ridée couleur de foie derrière de solides dents jaunes.

« Ne vous en prenez pas à moi, mon frère, dit négligemment Salai. Nous sommes du même côté, et je veux vous aider. Croyez-moi, je sais de quoi je parle, et l'estrapade ne donnera rien ici. De plus, même si elle les faisait parler, il se pourrait qu'ils mentent. C'est bien ce que j'ai fait, après tout.

– C'est la maquette que vous voulez ? s'écria Pasquale. Mais je peux vous emmener tout de suite où je l'ai laissée ! » Il la revit, l'espace d'un instant, dans le désordre de la table à écrire de Machiavel, posée au sommet d'une pile de feuilles manuscrites, légèrement lumineuse dans la chambre enténébrée.

« Assez, Pasquale, soupira Machiavel. Ils vont nous tuer de toute façon. »

Salai sourit et dit : « Très bien, le peintre. Mais personne ne te croira tant que tu n'auras pas été mis à l'épreuve. Il faut bien que nous nous amusions, malgré tout.

– Laissez-le, intervint Rosso. Laissez-le ! Je sais quand il ment, et je vous assure qu'en ce moment, il dit la vérité. »

Salai se tourna vers lui rageusement. « Vous n'en savez rien du tout. Et si votre singe n'avait pas perdu cet objet de malheur, nous n'en serions pas là. »

Tout à coup, Pasquale comprit ce qui avait tué Giulio Romano, comment son corps s'était retrouvé en haut d'une tour fermée à clef, que nul ne pouvait escalader. Machiavel et lui s'étaient creusé la tête pour trouver la réponse à ce mystère, et à présent qu'on la lui avait remise entre les mains, il ne pouvait rien en faire. Il ne put s'empêcher de rire en y pensant.

« Regardez comme il se moque de nous ! s'exclama Salai. Un peu de sang fera sortir la vérité. Avez-vous peur du sang, mon frère ?

– Vous savez bien que je suis formé à la médecine. Mais j'entends mener cet interrogatoire comme il convient.

– Peut-être comptez-vous employer la manière scientifique.

Même la torture a ses artificiers. Mais rien ne vaut le supplice du couteau. C'est lent, raffiné. À la différence de l'estrapade, la douleur ne s'arrête jamais. Elle monte progressivement, coupure après coupure. Il est assez joli garçon ; peut-être devrais-je lui couper une oreille, morceau par morceau, non ?

– Tais-toi, Salai », dit Machiavel. Il avait les lèvres retroussées pour parler, et respirait d'un souffle haletant qui entrecoupait ses phrases. « Je suis sûr que tu n'es qu'un... qu'un vantard sans audace. Tu ne me fais pas peur. Si tu veux me faire souffrir, ce n'est pas avec ce canif que tu y parviendras.

– Faites-le descendre, dit froidement Salai, et nous verrons. Je vous en prie, mon frère. Essayons d'abord à ma manière.

– Tu n'oseras jamais, Salai », le défia Machiavel, qui se raidit pourtant lorsque Salai posa la lame de son couteau à plat sur le pansement de sa cuisse, là où il avait été blessé par une balle de pistolet.

« Dis-leur ce qu'ils veulent savoir, Pasquale, demanda Rosso d'une voix légèrement tremblante. Tu ne risques rien, et tu peux sauver ton ami. »

Pasquale, devenant soudain le centre d'attention, éprouva un étrange sentiment de pouvoir. Il regarda Salai droit dans les yeux. « Comme je vous l'ai dit, je sais où est la maquette. Je l'ai mise en lieu sûr. Mais si vous portez la main sur lui, je ne vous en dirai pas plus.

– Tu paries ? lança Salai, avant d'enfoncer la pointe du couteau dans le muscle tendu de la cuisse de Machiavel. Dis-moi la vérité, le peintre.

– Pour l'amour de Dieu, Salai ! cria Rosso. Laissez parler Pasquale. »

Celui-ci se mordit l'intérieur des lèvres pour s'empêcher de crier lui aussi, et le goût de son sang chaud et salé lui envahit la bouche. Il cracha par terre, et le brigand lui donna une claque sur la tête.

Machiavel baissa les yeux vers Salai avec un sourire de tête de mort. « C'est tout ce que tu peux faire ?

– Oh non, regarde, dit Salai, avant de frapper à nouveau en ricanant.

– Laissez-le !

– Arrêtez ! »

D'abord Rosso, puis Fra Perlata venaient de crier. Rosso avait sorti son couteau. Le singe tirait sur sa chaîne, le regard fixé sur Pasquale.

Salai ricana de nouveau, reculant pour être vu de tous ceux qui se trouvaient dans la pièce. Il montra son couteau sanglant et en lécha la lame avec un large sourire.

Machiavel gémit, puis : « Tue-moi si tu veux. Tu sais que ce garçon ne ment pas. »

Salai haussa les épaules et brandit son couteau. Rosso poussa un cri ; le singe lui arracha la chaîne des mains et, d'un étrange bond de côté, se jeta sur le brigand qui tenait Pasquale. L'homme et le singe roulèrent par terre, et Machiavel tomba, la brute mercenaire ayant lâché la corde pour aller porter secours à son compatriote. Saisissant le singe par un bras et par une jambe, il le lança à travers la pièce avant que celui-ci n'eût refermé ses dents sur lui. Le singe sautilla sur place, hurlant de rage et battant la paille de ses mains et de ses pieds en forme de mains. Fra Perlata pria Rosso de le calmer, puis s'agenouilla près de Machiavel pour examiner rapidement ses blessures.

Salai couvrait Rosso d'injures. Ses cheveux frisés s'agitaient autour de son visage joufflu au teint brouillé. Lorsqu'il finit par s'essouffler, Fra Perlata lui dit : « Vous avez fait assez de mal comme ça. Nous ne sommes pas ici pour vous regarder vous distraire.

– Rien de tout cela n'est nécessaire, protesta Rosso. Rien.

– Je vous tuerai, Rosso, dit Salai en souriant. Je vous le jure. »

Fra Perlata se releva et déclara d'un ton calme : « Nous sommes sous les ordres de Dieu. Il faut que vous compreniez tous quelle est notre mission. Voici venue la fin des temps, et avec elle une souffrance aussi âpre qu'un bol de bourrache, et une évolution aussi implacable qu'un moulin broyant le grain de la sagesse. Florence est au centre de l'Italie selon les desseins de Dieu, tels qu'ils seront révélés d'ici peu. Elle doit respecter les lois de l'Évangile, sinon un glaive s'abattra sur elle. Elle doit se repentir tant qu'il est encore temps. Elle doit revêtir les blancs habits de la purification, et sans attendre, car l'heure ne sera bientôt plus au repentir. Comprenez-vous tous ?

– Vous avez tout de même besoin de moi, dit Salai. Ne l'oubliez pas.

– Je n'oublie rien », dit le moine. Il demanda à la brute de s'occuper de Machiavel et traversa la pièce pour pencher son visage rond près de celui de Pasquale. Son haleine puait l'oignon. « Je n'oublie rien, répéta-t-il, et grâce à Dieu je vois ce que j'ai besoin de voir. Regarde-moi en face, mon garçon, et parle, si tu ne veux pas que nous poursuivions ce que nous avons commencé. »

Pasquale vit le sang de Machiavel qui s'étalait sous sa jambe blessée et coulait sur les doigts de ses mains liées, tordues derrière son dos. Fra Perlata pinça les joues du jeune homme entre ses doigts aux ongles acérés, le forçant à le regarder.

« J'ai ce que vous voulez, dit Pasquale. Je peux vous y mener tout de suite. »

La brute lava les plaies de Machiavel à l'eau salée et les pansa avec des bandes de tissu taillées dans sa chemise. Fra Perlata vérifia le résultat et dit à Machiavel que sa vie était désormais entre les mains de Dieu, puis ordonna à Rosso de calmer son singe. Salai déclara qu'il connaissait pour ce faire un moyen rapide, et se vit demander de se calmer à son tour. Le moine savonaroliste s'efforçait de cacher sa colère, comme le remarqua Pasquale, en s'affairant et en donnant des ordres autour de lui. On ligota Machiavel avec la corde qui avait servi à le suspendre, enroulée quatre fois autour du buste et solidement nouée, on coupa les liens de ses chevilles, puis on le conduisit à l'extérieur avec Pasquale, jusque dans une ruelle infâme où les attendait une voiture à cheval.

Ils ne devaient pas aller très loin, mais la douleur de Machiavel se réveillait au moindre cahot et lui arrachait des cris étouffés. Il était allongé sur l'un des bancs de la voiture, Pasquale étant assis sur l'autre entre Fra Perlata et Salai, qui curait ses ongles impeccables avec la pointe de son couteau, sans se soucier du chemin cahoteux. Quant aux deux mercenaires, à Rosso et au singe, ils voyageaient sur le banc du cocher. Les rideaux des fenêtres de la voiture étant tirés, Pasquale ne pouvait se prononcer sur la direction suivie, mais à un moment donné montèrent des bruits de foule qui passèrent à côté d'eux avant de s'évanouir, et il comprit qu'on s'apprêtait à traverser l'Arno.

Il ne tarda pas à en avoir la preuve. La voiture s'arrêta, et Machiavel et lui furent poussés dehors par les mercenaires. Ils se trouvaient devant le nouveau port. La brute jeta Machiavel sur ses épaules comme un sac de farine, et Fra Perlata, empoignant Pasquale par le coude, lui fit descendre un embarcadère de pierre jusqu'au bac qui se balançait en bas sur les eaux noires du fleuve.

Les savonarolistes s'en étaient emparés. Il y avait un cadavre sur le pont, étendu dans une mare de sang, et les hommes d'équipage avaient le visage masqué par des écharpes.

Le bac largua aussitôt les amarres. Des volutes de fumée montèrent de la bouche de la cheminée, tandis qu'avec un fléchissement laborieux de ses palettes de bois, la roue à aubes fouettait l'eau en une écume crémeuse. L'embarcation se mit à remonter le courant de biais, en direction de l'autre côté du dédale inextricable de barrages et d'écluses qui régissait le cours cloisonné du fleuve.

Il faisait un froid de loup. En aval, au-delà du nouveau port, où le long-courrier *maona* se dressait majestueusement au-dessus des navires de moindre importance, le fleuve se déroulait à travers la plaine obscure, sous un ciel émaillé d'astres nets et brillants. En amont, Florence était recouverte d'un manteau de fumée ; non pas celle des manufactures, mais des nombreux incendies. Le feu illuminait toujours l'arche du Ponte Vecchio, et des brasiers jalonnaient la rive que le bac venait de quitter. Par ailleurs, la ville était sombre et calme, à l'exception du clignotement des fanaux des sémaphores. Pasquale entendit l'horloge du beffroi de Santa Trinita sonner quatre heures.

Il était assis à côté de Machiavel, auquel il massait les bras. « Je ne m'étais pas préparé à revivre le supplice de la corde un jour, dit le journaliste avec ironie, mais je suis ravi d'y avoir survécu sans trop de mal. Merci mille fois, Pasquale. Je retrouve des sensations dans les mains, là où tu fais circuler le sang. Il semblerait que le sang soit le véhicule de la douleur, car on souffre quand on le verse, et on souffre également quand il revient à son lieu naturel.

– J'aimerais pouvoir guérir la blessure que Salai vous a faite.

– Il ne l'a pas rendue plus douloureuse que la balle de pistolet qui l'a causée.

– Comment êtes-vous arrivé là, Niccolò ? Les savonarolistes vous ont-ils enlevé au Palazzo ?

– Non, pas du tout. C'est l'œuvre des hommes de Giustiniani. Je les ai reconnus à leurs masques blancs, et aux vapeurs dont ils se sont servis. Ils m'ont mis dans une voiture, mais nous avons été attaqués en voulant traverser un pont, et ils ont été écrasés sous le nombre. J'ai cru que j'étais sauvé, mais on m'a mis dans une autre voiture, avant de m'abandonner aux bons soins de Perlata et de Salai.

– C'est donc que Giustiniani et les savonarolistes se font concurrence, alors qu'ils travaillent pour le même maître.

– Giustiniani ne travaille pas pour l'Espagne, Pasquale, mais pour l'argent qu'il pourra gagner en vendant l'objet volant. Les savonarolistes veulent quant à eux renverser le gouvernement de Florence et nous sauver tous pour l'amour de Dieu. Et toi, Pasquale ?

– Il m'est arrivé exactement le contraire. J'ai été trahi par le

Signor Taddei, qui a reçu un message anonyme demandant que je sois livré en échange du corps de Raphaël.

– Le corps de Raphaël a été enlevé ? Je me demande à quelle fin.

– Si le corps n'est pas restitué, il y aura la guerre entre Florence et Rome.

– Ah, je vois. Et la victoire reviendrait à l'Espagne.

– C'est ce qu'a dit le Signor Taddei.

– C'est un bon patriote.

– C'est avant tout un homme d'affaires, dit Pasquale d'un ton amer.

– L'un n'empêche pas l'autre. Quant à ce qui a disparu – je ne veux pas en parler ici –, cela intéresse à la fois Giustiniani et les savonarolistes. L'un le vendrait à l'Espagne, et les autres le lui donneraient. »

Pasquale expliqua ce que Rosso lui avait raconté sur le rôle intermédiaire de Giustiniani auprès des artistes dissidents, et Machiavel dit en riant qu'il comprenait maintenant pourquoi ce qui était recherché l'était si ardemment par tous.

« Mais il y a aussi la boîte à images, dont Giulio Romano s'est servi pour copier les notes du Grand Ingénieur sur son objet volant. C'est un appareil qui capture la lumière, Niccolò, et qui la fixe avec précision. Le bout de verre noirci que m'a donné Baverio en faisait partie, de même que l'image que j'ai sortie de la cheminée de Giustiniani.

– Ne te souviens-tu pas de la tour aux signaux, Pasquale ? Réfléchis. Qu'y avait-il à côté du corps ?

– Une fenêtre ouverte.

– En effet. Mais encore ?

– Du verre, au-dessous de la fenêtre.

– Exactement. Pourtant, la fenêtre était intacte, et de plus, le verre était noir. »

Pasquale repensa à la plaque de verre que Baverio lui avait donnée, noircie d'avoir été exposée à la lumière, et il comprit : les morceaux de verre de la tour étaient ce qui restait des images des notes du Grand Ingénieur. Seule la maquette avait été épargnée. « Que va-t-il nous arriver, Niccolò ?

– Les savonarolistes n'ont pas la réputation de tuer sans raison. Si nous leur donnons ce qu'ils veulent, peut-être nous laisseront-ils partir. Après tout, ils pensent qu'ils accomplissent la volonté de Dieu. S'ils l'emportent, nous revivrons ce que nous avons vécu sous le bref règne de Savonarole. Nous verrons des brigades d'enfants bénis qui parcourront les rues de Florence en chantant des cantiques, afin de débusquer la vanité de chacun dans le moindre de ses objets, du rouge à joues à la peinture, du jeu d'échecs à toute forme de machine d'artificier, et qui jetteront des pierres à ceux qu'ils ne jugeront pas assez vertueux. Nous revivrons le jeûne, les processions religieuses et les bûchers des vanités. Les savonarolistes rêvent d'un monde simple et pur, Pasquale, dans lequel tous les hommes seraient entièrement dévoués à Dieu, qu'ils le veuillent ou non. Cependant, leur action repose sur la certitude que Dieu s'adresse directement à Savonarole, ce dont je ne suis pas persuadé, bien que nombre de Florentins l'aient cru un jour.

– D'accord, mais je n'ai pas confiance en Salai. Je le tuerais si j'en avais l'occasion.

– Beaucoup ont essayé, mais il est toujours en vie. Ne le sous-estime pas, Pasquale. »

Fra Perlata parlait avec l'un des savonarolistes qui avaient capturé le bac. Pasquale saisissait quelques mots, rabattus vers lui par le vent glacial qui soufflait sur l'embarcation poussive. Il était question de feu, de fin des temps, et de justice. Sans doute était-ce là ce que les savonarolistes promettaient aux *ciompi*, la justice du ciel dès maintenant sur la terre, alors que même au ciel, Pasquale doutait fort qu'il y eût une justice, et il en fit part à Machiavel.

« Il est vrai que nous sommes enveloppés dans les draps du péché, mais nous ne devons jamais cesser de croire, Pasquale. Ne plus croire conduit au désespoir, et le désespoir mène au mal. Si nous devons avoir Dieu pour ami, il nous faut croire à notre rédemption. Les savonarolistes nous la promettent, mais ils ne peuvent nous donner quelque chose qui ne leur appartient pas. Ah, nous approchons du rivage. »

Le son que la machine d'Héron faisait sortir de la cheminée du bac monta dans les aigus, un sifflement plaintif à la limite de l'audible. La roue à aubes tourna plus vite, aspergeant le pont de gouttelettes d'eau froide. Le bac virait pour piquer sur le courant plus faible qui longeait le bord du fleuve, en vue d'accoster au pied du mur d'enceinte, près de la sortie de la ville. La trépidation du pont secouait la tête du passeur mort, dont les yeux miroitaient dans le clair de lune, vides et l'air idiot. La mort nous tourne tous en ridicule, songea Pasquale.

La plupart de l'équipage de savonarolistes s'était aligné sur le bord du bac qui faisait face au rivage, formant une herse de mousquets et de fusils pointée vers le désert de pierres. Pasquale appela la brute mercenaire et lui demanda s'il allait y avoir de la bagarre, à quoi l'homme répondit par un rictus en passant l'ongle de son pouce en travers de sa gorge.

Rosso s'écarta du bastingage, auquel il était appuyé depuis le début pour regarder brûler Florence. « Nous voici devenus des ennemis pour notre propre ville », soupira-t-il. Près de lui, le singe s'agitait en faisant cliqueter sa chaîne. Il avait horreur de l'eau, et le fait de se trouver prisonnier de ce frêle esquif le rendait mal à l'aise.

« Vous saviez où vous mettiez les pieds, rétorqua Pasquale. J'espère que je verrai vos toiles, maître, quand on vous les commandera.

– Je ne sais pas si je pourrai peindre à nouveau, dit Rosso. C'est une triste affaire, Pasqualino. Tu dois me détester, et je ne t'en veux pas. Je me suis conduit comme un idiot.

– On peut toujours se racheter, dit Machiavel.

– Silence ! ordonna l'un des savonarolistes masqués. Faites ce qu'on vous dit, tous les trois. »

La rive apparut tout à coup, l'ombre du mur d'enceinte se dressant en retrait. Des fanaux rouges et verts clignotaient au sommet de la tour aux signaux la plus proche. Luttant contre le courant, le bac se dirigeait vers un petit goulet qui s'enfonçait dans le rivage parallèlement au mur. Alors qu'il arrivait à l'entrée du goulet, des lumières s'élevèrent : des fusées.

Tout d'abord, Pasquale crut que c'étaient des signaux donnés par des savonarolistes qui les attendaient sur le rivage. Mais il y en avait de plus en plus, qui grimpaient rapidement dans la nuit pour éclater au sommet de leur arc chancelant, avant de retomber en pluies d'étincelles blanches. Pasquale se souvenait des fusées que les hommes de Giustiniani avaient lancées dans la foule affolée de la Piazza della Signoria. La fumée s'étalait sur les eaux noires du fleuve, atténuant la lumière éblouissante libérée par l'explosion des fusées. Les savonarolistes se mirent à tirer au milieu de la fumée, et des lueurs rouges de coups de feu leur répondirent.

Le singe, Ferdinand, était terrorisé par le bruit, et allait et venait avec frénésie dans le petit périmètre que lui laissait sa chaîne. Rosso fit un geste, un bras levé au ciel, et le singe en profita pour s'enfuir ; ou plutôt, c'était Rosso qui l'avait libéré. Il partit en bondissant vers le pont avant, pour aller chercher les raisins que Rosso y avait lancés. La brute et Salai, ce dernier ayant dégainé son épée, s'approchèrent de lui par des chemins différents ; le singe évita les deux hommes en escaladant l'un des haubans de la cheminée du bac.

Rosso posa une main sur chacune des épaules de Pasquale, puis le poussa par-dessus bord.

Le contact de l'eau froide fit passer la surprise de Pasquale. Pendant un moment, il crut qu'il allait se noyer dans les profondeurs ; il donna des coups de pied désespérés, faisant tous ses efforts pour dégager ses mains, toujours liées derrière son dos. Puis Rosso apparut à côté de lui et lui passa un bras sous le menton. Le courant les éloignait déjà du bac, qui avait renversé la marche de sa roue à aubes pour tenter de s'écarter du rivage. Des balles perdues criblaient l'eau tout autour des deux hommes ; Pasquale en entendit une passer près de sa tête, et la sentit tirer sur les basques trempées de son justaucorps en s'enfonçant dans l'eau. La roue à aubes du bac s'arrêta, et l'embarcation se mit à dériver en travers du courant, silhouettée sur l'écran de lumière et de fumée qui s'élevait du rivage ; puis, crachant des étincelles, quelque chose s'élança au-dessus de l'eau et s'écrasa contre la poupe.

Rosso battit des pieds comme un forcené, traînant Pasquale avec lui, et ils ne tardèrent pas à se hisser sur la berge de galets d'un petit bras mort du fleuve, où une poignée de corps frais flottaient sur le ventre à la surface de l'eau : des hommes qui avaient péri en se battant sur les ponts, et que les courants avaient amenés jusque-là.

TROISIÈME PARTIE

La mesure interrompue

1

Quand Pasquale et Rosso se furent frayé un chemin au milieu des gros galets erratiques et des souches d'arbres pourries qui encombraient le bord du fleuve, l'échange de coups de feu entre les savonarolistes et les troupes de la rive avait cessé. Le bac s'était échoué et brûlait de la poupe à la proue, et les savonarolistes qui n'en avaient pas sauté pour s'en remettre à l'improbable pitié de leurs ennemis n'étaient sans doute plus de ce monde.

Pasquale se serait précipité à la recherche de Machiavel si Rosso ne l'avait retenu. « Nous devons penser d'abord à nous ! » cria celui-ci avec insistance.

Rempli de haine et de désespoir, Pasquale s'arracha à son étreinte. « C'est mon ami ! » Puis il se jeta sur Rosso et lui lança un coup de poing qui le renversa dans la boue rocailleuse, et sans doute aurait-il essayé de le tuer si des voix n'avaient retenti dans les environs.

C'était un contingent de la milice citadine, à la recherche de rescapés du naufrage du bac. Rosso et Pasquale se cachèrent dans une fosse pleine de carcasses de chevaux et de mulets fraîchement écorchés. À présent, les deux hommes étaient agités de violents frissons, glacés par leurs vêtements trempés, qui avaient peu de chances de sécher dans l'air froid de la nuit. Claquant des dents, ils se serrèrent l'un contre l'autre pour se tenir chaud, mais tous deux savaient que leur amitié était morte au milieu de l'odeur du sang et des sourires jaunes des cadavres d'animaux.

La milice ne semblait guère décidée à faire aboutir ses recherches. Le clair de lune transformait la rive accidentée en un dédale de ténèbres dans lequel mille homme n'auraient pas suffi à en débusquer cent autres, la nuit était froide, et les miliciens savaient mieux que personne que Sardinia était hantée par les ombres de ceux qui avaient disparu pour le confort de la Signoria et pour la sécurité de la cité. D'autre part, les munitions étaient retenues sur leur maigre solde, et il ne leur servait à rien de les gaspiller sur d'éventuels survivants parmi ceux qui avaient, pensaient-ils, volé le bac. Ils rentrèrent donc se mettre au chaud dans leur corps de garde après avoir vaguement fouillé les lieux, et sans doute ne prendraient-ils même pas la peine de signaler l'incident : la nuit était déjà bien assez agitée.

Rosso et Pasquale ressortirent de leur tombe et s'engagèrent sur un chemin qui serpentait entre de gros galets blancs, pour franchir une petite colline parsemée de souches d'arbres pourries et de squelettes brisés de chevaux et de mulets. Les côtes de ces derniers luisaient comme des bâtons d'ivoire dans le clair de lune enfumé. À mi-chemin, une ombre bondissante s'avança vers eux, faisant entendre un léger tintement. C'était le singe, Ferdinand, dont les poils trempés rebiquaient par endroits.

Rosso soupira, et grommela doucement qu'il était condamné à porter ce fardeau jusqu'à sa mort. Le singe poussa de petits couinements plaintifs lorsque Pasquale le gratta derrière les oreilles, et sembla presque heureux de voir Rosso lui reprendre sa chaîne. Celui-ci en enroula grossièrement la longueur autour de son bras et tira fortement dessus, bien que le singe trottinât tout à fait docilement entre les deux hommes, comme s'ils se rendaient simplement à leur taverne préférée après une journée de travail.

Mais ce temps-là était passé.

Ils arrivèrent bientôt devant une petite porte au bas d'une tour de guet carrée, au bord d'un cours d'eau aménagé qui disparaissait sous le mur d'enceinte de la cité. Un moulin se dressait de l'autre côté de ce quasi-torrent ; des rais de lumière jaune filtraient entre les gros volets de bois des fenêtres du premier étage. Mais la porte était fermée, bien sûr, et Rosso et Pasquale n'osèrent pas frapper pour demander le droit de passage. Il était très clair que la milice était sur les nerfs cette nuit-là, et qu'il ne lui en faudrait pas beaucoup pour abattre deux vagabonds grelottants, aussi ne pouvaient-ils faire autrement que de longer prudemment le mur jusqu'à la route la plus proche, en attendant l'aube et l'ouverture de la porte de Prato. Le fait de marcher avait au moins l'intérêt de faire circuler le sang.

Rosso dit à Pasquale qu'il savait que ce sauvetage ne suffisait pas à réparer ses torts, mais que c'était tout ce qu'il pouvait faire. « Peut-être que tu pourras vendre la maquette, proposa-t-il en tirant sur la chaîne du singe, si les savonarolistes ne la trouvent pas.

– Peut-être. » Pasquale n'était pas convaincu que l'aide de Rosso procédât seulement d'un désir de rédemption : quiconque était à même de proposer l'objet volant à ceux qui le voulaient pouvait en fixer le prix, quoique n'ayant aucune garantie de survivre à la transaction. La conduite de son ancien maître n'inspirait à Pasquale qu'un vain apitoiement, moins d'ailleurs sur Rosso que sur son propre sort. Il se retrouvait tout à coup livré à lui-même, à la dérive, sans gouvernail.

« Ce n'est pas seulement que je ne supporte pas la torture », dit Rosso. Il marchait en se tapant sur la poitrine, les bras croisés, comme un oiseau aux ailes coupées s'efforçant de prendre son envol.

« Niccolò a failli ne pas la supporter non plus, lâcha Pasquale, qui se sentait d'humeur rancunière.

– Je sais, je sais. Mais sans doute qu'en fin de compte, je ne peux pas trahir mes amis, ni ma cité. S'il est facile de considérer ces choses dans l'abstrait, c'est très différent dans la pratique. J'ai peut-être l'air de ne pas avoir de principes, mais ils sont pourtant bien là, enfouis au fond de moi.

– J'en déduis donc que vous n'aviez pas l'intention d'assassiner Giulio Romano.

– Oh non, non ! C'était un accident stupide. De plus, je n'étais même pas dans la tour avec lui.

– Je pensais bien que d'une manière ou d'une autre, vous aviez mis le singe à contribution », observa Pasquale. Malgré le clair de lune pâlissant, il vit qu'il avait touché juste, car Rosso trébucha, jura et fit quelques pas avant de reparler.

« Eh bien, en fait, tu n'es pas très loin de la vérité. Mais personne ne l'a poussé au meurtre. Il a escaladé la tour aux signaux, c'est vrai, et c'est moi qui le lui ai demandé, mais pas dans le but de tuer ce pauvre Giulio. Non, cette idée ne m'a jamais effleuré l'esprit. Je croyais que Ferdinand était prêt, car je l'avais entraîné à aller chercher des raisins dans des endroits de plus en plus élevés, si bien qu'il pouvait grimper où je le lui demandais. Comment crois-tu qu'il a si facilement appris à voler les raisins de cette idiot de moine ?

« Il était convenu que Giulio allumerait les fanaux du sémaphore du Signor Taddei à un moment déterminé. Je devais montrer que j'avais reçu le signal en agitant brièvement une lanterne, avant d'envoyer Ferdinand chercher la marchandise. S'il nous fallait prendre de telles précautions, c'est que tous les disciples de Raphaël étaient sous haute surveillance, comme tu peux l'imaginer. Voilà d'ailleurs pourquoi j'étais là-bas ce soir-là, parce que, craignant de perdre ce qu'il avait pris, Giulio préférait me le confier en attendant de le remettre à son destinataire.

– C'est donc Romano qui a volé la maquette, et non Salai comme je le croyais.

– Je vois que tu ne sais pas tout, Pasqualino. En effet, Salai s'est contenté d'expliquer à Giulio comment mettre la main sur la maquette, car nous savions que les soupçons tomberaient sur lui, et c'est ce qui est arrivé une fois la disparition de la maquette remarquée. Giulio a pu s'en emparer sans difficulté, quand lui et son maître, Raphaël, sont allés rendre visite au Grand Ingénieur. Il en a profité pour prendre des images des notes de ce dernier, car elles étaient trop compliquées pour être facilement recopiées, bien que n'étant pas écrites en miroir. Le mal que s'est donné Giulio pour ces longues prises de vue ! Le singe portait un harnais, équipé d'une poche rembourrée pour accueillir les plaques de verre.

– Et je suppose que Salai a profité de la messe de notre confrérie pour donner ses instructions à Romano. Mais pour quelle raison Romano vous a-t-il confié la maquette et les images ?

– C'est très simple. Nous étions sur le point de nous faire repérer. Il s'est inquiété quand la police secrète s'est mise à enquêter discrètement autour de Raphaël. Il avait peur que les chambres du Palazzo Taddei soient fouillées. Après tout, on s'est aperçu de la disparition de la maquette après la visite du groupe de Raphaël à la tour. C'était un risque que nous avions envisagé, bien sûr, et nous avions mis au point une façon de faire passer la maquette et les images d'une main à l'autre sans qu'il soit besoin de se rencontrer.

– Voilà donc pourquoi vous vous trouviez devant le Palazzo Taddei avec votre singe. »

Rosso poussa un soupir. Il semblait las des circonvolutions de son récit, qu'il reprit tout de même, comme un bœuf s'obstinant à faire tourner le bras d'un puits. « En effet. En sortant de la taverne, je suis passé chercher le singe pour aller au Palazzo Taddei, et là, j'ai attendu, l'œil vissé à une longue-vue pointée vers la tour aux signaux, Ferdinand guettant à mes côtés avec autant d'impatience que moi. Il avait le diable au corps, ce soir-là, tu peux me croire. Quand il a vu bouger les bras du sémaphore, il a aussitôt escaladé le mur d'enceinte du Palazzo avant de grimper le long de la tour, sans attendre mon ordre. Tu imagines mon inquiétude en le voyant monter, alors que tous nos projets reposaient sur les actes de ce seul animal. Il est monté vite et avec force jusqu'en haut de la tour, avant de disparaître à l'intérieur par la fenêtre ouverte. Quant à ce qui s'est passé ensuite, je n'en sais rien, si ce n'est que j'ai entendu Giulio pousser un cri horrible, ce qui me porte à croire que le singe s'est cru attaqué quand Giulio a essayé de lui enlever le harnais. Ou peut-être que Giulio a fait un geste que, dans son énervement, le singe a pris pour une menace. Quoi qu'il en soit, ils se sont battus, et c'est ainsi que Giulio a trouvé la mort, et que le singe est redescendu les mains vides. Entre-temps, les domestiques de Taddei avaient été alertés par le cri de Giulio, et j'ai dû prendre la fuite. Et c'est ainsi que tu as trouvé la petite maquette sur le corps de Giulio, et que tu l'as emportée en la prenant pour un jouet. Et voilà où nous en sommes, dans le froid et dans la nuit.

– Plus pour longtemps », dit Pasquale.

Ils tournèrent le coin du mur d'enceinte, laissant le sol rocailleux de Sardinia pour s'enfoncer dans une étendue de lande sauvage qui ondulait dans le clair de lune. Il y avait là un petit bois, auprès duquel étaient dispersés quelques feux de camp, comme une constellation tombée sur Terre du froid ciel étoilé, des ombres noires de chariots se dessinant tout autour.

C'était un campement de voyageurs qui étaient arrivés trop tard la veille pour entrer dans la cité. Il y avait des mendiants et des ouvriers agricoles qui avaient fui les fermes en espérant trouver du travail dans les manufactures de la cité, ainsi qu'un convoi de chariots, un chevalier accompagné de sa suite, et le groupe d'un marchand. Des colporteurs et des putains de la cité circulaient parmi eux, les uns pour vendre de la nourriture et du vin, les autres pour monnayer leurs charmes. Nul ne dormait sauf les plus jeunes enfants, car le campement résonnait de rumeurs sur ce qui se passait dans la cité. Rosso et Pasquale s'abstinrent de les alimenter, de peur qu'il n'y eût des espions et des indicateurs parmi la bonne centaine de personnes qui campaient là ; ils se contentèrent de dire qu'ils avaient été attaqués par des brigands qui les avaient jetés dans le fleuve. Ils n'avaient pas d'argent pour acheter de la nourriture, et on ne semblait guère pressé de leur en donner, aussi Pasquale encouragea-t-il le singe à faire quelques sauts périlleux et à marcher sur les mains, en lançant des pierres avec les pieds.

Ce numéro ne rapporta pas d'argent mais des bols de soupe et du pain de seigle sec, ainsi que des cigarettes et une fiasque de vin rouge moelleux de la part du marchand, un homme élégant dans une tunique de brocart à pèlerine, des bagues à chaque doigt de ses mains blanches. Guère plus âgé que Pasquale, il se prit d'affection pour lui, d'autant plus lorsqu'il découvrit qu'il était peintre, et d'où il venait. Pendant une heure ils parlèrent de Fiesole, que le marchand connaissait bien, de l'essieu brisé qui avait retardé son voyage, des tableaux qu'il avait hérités de son père et du meurtre de Raphaël, qu'il avait appris par un signaleur qui avait transmis la nouvelle.

Le ciel se fit laiteux à l'approche de l'aube. Pasquale s'endormit, puis s'éveilla pour se retrouver sous une couverture empesée de givre. Il n'avait dormi qu'une heure, mais il faisait assez jour à présent pour voir s'allonger le mur de la cité, hérissé d'armements, devant les toits et les tours d'où montaient déjà de nombreuses volutes de fumée.

Le campement s'activait autour de Pasquale. On attelait les chevaux aux chariots, on versait des seaux d'eau sur les feux, on ramassait les ballots d'effets pour les charger sur les charrettes et les civières, et on s'en allait sur la route boueuse en direction de la porte de Prato. Les colporteurs et les prostituées se pressaient déjà devant la voûte d'entrée, où ils bâillaient et discutaient du travail de la nuit.

Pasquale parcourut le campement qui se disloquait, à la recherche de Rosso, et finit par apercevoir le singe tapi dans l'ombre du petit bois. Celui-ci courut vers lui comme il approchait. Il avait perdu sa chaîne, et on voyait qu'il était affolé, car il ne cessait de dépasser Pasquale avant de revenir lui agripper la jambe.

Le singe entraîna ainsi Pasquale à l'intérieur du petit bois. D'abord amusé, le jeune homme se mit à s'impatienter, puis fut frappé d'horreur. Au cœur du bois se trouvait un vieux chêne qui déployait ses longues branches tortueuses dans toutes les directions au-dessus du sol bosselé et moussu. Le singe s'assit sur son postérieur, se cacha la tête dans les bras et se balança d'avant en arrière.

Pasquale le laissa pour contourner lentement le chêne jusqu'où Rosso était pendu. Celui-ci avait enroulé une extrémité de la chaîne autour d'une des lourdes branches du bas, et l'autre autour de son cou. Le bout de ses chaussons de cuir effleurait des brins d'herbe racornis par le givre, alors que son corps se balançait au gré du vent cinglant qui s'était levé avec le soleil. Les corbeaux l'avaient déjà trouvé et lui avaient crevé les yeux à coups de bec, et du sang plus rouge que ses cheveux sillonnait ses joues comme les larmes des damnés.

2

Alors que Pasquale sortait du bois en courant, rempli d'horreur et de dégoût, le singe galopant derrière lui, des trompettes sonnèrent au loin : les portes de la cité s'ouvraient.

Pourtant, lorsqu'il arriva sur la route, Pasquale vit que quelque chose n'allait pas. Ceux qui attendaient de passer au poste de douane se faisaient refouler par des pelotons de la milice citadine. Les colporteurs lâchaient leurs éventaires et s'enfuyaient ; les prostituées relevaient leurs jupes et détalaient, proférant des imprécations. Ceux qui ne pouvaient pas courir, ou qui avaient le courage ou la bêtise de résister, se faisaient écarter à coups de bâton. Le bras des miliciens ne cessait de monter et de s'abattre, tandis que scintillaient quelques épées.

Un peloton de cavalerie jaillit de l'ombre épaisse de la voûte d'entrée, lancé au grand galop, dispersant badauds et miliciens sans distinction. Pasquale vit le chariot du marchand se renverser en quittant la chaussée, alors que ses chevaux poussaient d'horribles cris en tombant dans le fossé.

De nouveaux cavaliers sortirent de la porte en trombe, caracolant de chaque côté d'une file de voitures dont les cochers frappaient leur attelage avec de longs fouets. Des tireurs d'élite équipés de plastrons garnis de liège et de casques souples qui leur serraient le crâne étaient allongés sur le toit des voitures, et d'autres cavaliers fermaient la marche. Ce cortège passait dans un tonnerre de roues et de sabots, avec des cris d'hommes comme des beuglements de bêtes, et un grand nuage de poussière.

Pasquale remarqua que la voiture du milieu était tirée par un attelage de chevaux blancs et qu'elle arborait la bannière bleu de cobalt du Vatican. Il entraperçut le visage d'un homme qui regardait par l'épaisse vitre de sa fenêtre, un lourd visage aux traits grossiers, avec des bajoues barbues et de petits yeux globuleux. L'homme avait l'air en colère et néanmoins résolu, et son regard féroce resta présent dans l'esprit de Pasquale même après le passage de la voiture.

Tout autour de Pasquale, les gens avaient cessé leurs activités pour se découvrir ; certains se jetaient même à genoux, sans se préoccuper des roues des voitures qui passaient lourdement à moins d'un bras devant eux. Ce fut alors que Pasquale comprit : le pape s'en allait, fuyant les émeutes qui menaçaient de déchirer Florence.

Les voitures et les soldats finirent alors par disparaître, ne laissant dans leur sillage qu'un tourbillon de poussière, et un grondement lointain. Les gens reprirent lentement leurs activités, se comportant comme s'ils sortaient d'un rêve. Alors qu'ils commençaient à défiler au poste de douane, Pasquale vit qu'ils étaient tous arrêtés pour être interrogés par des miliciens armés.

Plutôt que de s'exposer d'emblée à un interrogatoire, Pasquale alla donner un coup de main au marchand et à sa demi-douzaine d'hommes. Ils dételèrent les chevaux et déchargèrent le chariot, qu'ils tirèrent du fossé de vive force. S'ils avaient eu très peur, les chevaux n'étaient pas blessés, et les hommes du marchand se montrèrent efficaces. En moins d'une heure, ils avaient réparé les dégâts, attelé les chevaux et rechargé le chariot.

La route était alors ouverte à la circulation, et les premiers véhicules de la journée se croisaient en faisant un crochet autour du chariot. Le marchand remercia Pasquale, puis lui demanda où était passé son ami.

« Il a dû partir. Une affaire d'honneur.

– Je vois pourtant que tu as son singe. »

Pasquale se retourna et poussa un soupir en voyant Ferdinand, assis un peu plus loin. Il avait oublié le singe, qui était pourtant bien là, et quand l'animal s'aperçut que Pasquale le regardait, il vint timidement jusqu'à lui et jeta ses bras autour de ses cuisses, l'étreignant maladroitement.

« Je n'ai rien pour toi », lui dit Pasquale, qui eut un pincement au cœur en songeant à la mort de son maître.

Le marchand dévisagea Pasquale d'un regard scrutateur. « Je ne te demande aucune explication, mais je vois que tu as des ennuis.

– Sans vouloir vous déranger davantage, signor, j'aurais un petit service à vous demander. »

Le marchand, qui était un homme perspicace et aimable, répondit en riant que Pasquale n'avait pas l'air d'un dangereux criminel, si criminel il était, et que s'il voulait simplement passer le barrage de la milice, il n'y voyait pas d'inconvénient. Ce fut ainsi que Pasquale franchit la porte de la cité en chariot, assis près du marchand et de son cocher. La petite place sur laquelle on débouchait, d'ordinaire encombrée de chariots, de chevaux et de *vaporetti*, et quadrillée d'étals, était alors presque déserte. En traversant, Pasquale vit qu'on avait dressé un gibet de bois à l'angle des trois rues qui partaient de l'autre côté de la place. Une demi-douzaine d'hommes, nus à l'exception de cagoules de toile à sacs, y étaient pendus ; chacun d'eux portait une pancarte autour du cou : *J'ai pillé. Regardez-moi et prenez garde.*

Pasquale se mit à trembler, revoyant aussitôt la trop nette image de Rosso qui regardait dans le vide, balancé par le vent. Croyant comprendre, le marchand lui expliqua que ces choses-là n'arrivaient que la nuit, avant de pousser un cri en le voyant sauter du chariot pour détaler, le singe galopant sur ses talons.

Pasquale se retrouva bien vite au cœur du dédale de ruelles et de cours qui s'étendait entre Santa Maria Novella et le

Duomo. Reconnaissant une fresque défraîchie de la Madone sur le mur d'une boutique aux volets clos, il poursuivit sa route en direction de l'immeuble où logeait Machiavel. Le singe trottinait derrière lui d'une manière qui suggérait à Pasquale l'idée morbide que l'âme du malheureux Rosso avait fini par s'incarner dans cet animal, de la même manière que les chiens sont censés ressembler peu à peu à leur maître. Ainsi, avec sa démarche insolente aux jambes arquées et sa façon de regarder autour de lui d'un œil perçant, le singe rappelait l'attitude à la fois arrogante et inquiète de Rosso.

La Signora Ambrogini ne fut guère ravie de voir Pasquale ; encore moins de voir Ferdinand. « Je suppose que le Signor Machiavel n'est pas avec toi », dit-elle en regardant par l'entrebâillement de la porte qu'elle avait ouverte d'un doigt, au bout du long moment que Pasquale avait passé à frapper.

« Je préférerais qu'il soit là. S'il vous plaît, signora, j'ai laissé quelque chose dans sa chambre qu'il faut que je récupère.

– Il n'est pas rentré de la nuit, dit-elle. Je veux bien qu'il ne soit pas aussi vieux que moi, mais il n'a rien non plus du jeune et solide gaillard que tu es.

– Vous n'avez qu'à m'accompagner, proposa Pasquale. Je n'en ai que pour une minute.

– Il est venu quelqu'un d'autre qui voulait monter dans sa chambre. Je l'ai flanqué à la porte, et je lui ai promis de lui envoyer la milice.

– Quand est-ce arrivé ?

– Il n'y a pas très longtemps. C'était un étranger. Il faut que j'aille à la messe, jeune homme. J'espère que les églises sont encore ouvertes.

– Oh, j'en suis sûr. » Puis, tombant à genoux d'une façon théâtrale : « S'il vous plaît, signora, je vous en conjure. Je vous rapporterai la clef dans un instant.

– Le Signor Machiavel a de drôles d'amis, grommela la vieille. Mais c'est un bon portrait que tu as fait de moi, jeune homme, bien que tu m'aies rajeunie de nombreuses années.

– Ce n'était qu'un dessin. Pour vous remercier cette fois-ci, je vous ferai un portrait à l'huile !

– La peinture doit montrer de belles choses. À mon âge, on n'a plus besoin d'être flatté.

– Ce n'est pas ce que j'ai voulu faire, signora.

– Tu n'auras qu'à glisser la clef sous ma porte quand tu en auras terminé, dit la Signora Ambrogini. Cela fait dix ans que je n'ai pas manqué la première messe, depuis le jour où mon mari est mort. Et ne t'avise pas de laisser entrer cet animal dans la chambre. »

Pasquale prit la longue clef de fer, bredouilla des remerciements, puis monta l'escalier en courant, giflant la rampe à chaque palier. La chambre était telle que Machiavel et lui l'avaient laissée, et la maquette volante trônait comme un petit bateau sur la mer de papiers qui recouvrait la table à écrire près de la haute fenêtre.

Alors qu'il venait de fabriquer une boîte pour la maquette en pliant une feuille de papier rigide, et qu'il rangeait le tout dans sa besace, quelqu'un apparut en haut de la fenêtre. Il avait la tête à l'envers, et sa tignasse rousse oscillait de droite à gauche. C'était l'homme aux échasses qui avait mené la poursuite jusqu'à la Piazza della Signoria. Il grimaça un sourire à Pasquale, puis sa main s'abattit violemment. Une vitre explosa, et de la fumée orange se déversa à l'intérieur.

Pasquale s'enfuit, tandis que le reste de la fenêtre se brisait en éclats derrière lui. Il sauta une volée entière de marches, se redressa et continua de dévaler l'escalier, suivi de près par Ferdinand, sans s'arrêter pour rendre la clef (qu'il avait de toute façon laissée dans la serrure), ne s'accordant une halte que bien des rues plus loin, et seulement pour reprendre sa respiration avant de se remettre à courir jusqu'à l'unique endroit de toute la ville où il était certain d'être en sécurité.

3

Pasquale dut frapper à la porte de Piero di Cosimo pendant cinq bonnes minutes avant de la voir enfin s'entrouvrir. Pelashil le regarda d'un air endormi.

« Il faut que je le voie, lui dit Pasquale. S'il te plaît, laisse-moi entrer. »

La femme ouvrit plus largement la porte, s'appuyant contre le mur de sorte que Pasquale dut la frôler en entrant. Ses cheveux bruns soyeux lui tombaient sur le visage, et comme elle levait la main pour les ramener en arrière, Pasquale entrevit ses petits seins pointus à l'intérieur de sa chemise flottante. Ferdinand franchit la porte d'un bond et s'enfonça allégrement dans le couloir. Pelashil referma la porte et dit : « Le vieil homme est en train de dormir. Alors ne fais pas de bruit, Pasquale, et surveille ton singe.

– Tu sais bien que Piero a un faible pour Ferdinand. S'il te plaît, j'ai besoin de lui parler. Et à toi aussi, bien sûr. »

Pelashil esquissa un sourire. Sans être d'une beauté classique, elle avait le don, lorsqu'elle souriait, de se transformer complètement, si bien que les hommes étaient prêts à tout pour revoir ce sourire. Pasquale ne put s'empêcher de sourire à son tour. Elle l'embrassa brièvement, puis se recula en fronçant son nez retroussé, dont l'arête était saupoudrée de taches de rousseur chocolat. « Mais tu sens l'eau croupie ! s'écria-t-elle. Et tu as de la boue plein les cheveux. Je vais te laver. À quand remonte ton dernier bain ? Tu te prives d'eau, alors qu'il y en a tant ici. Dans le désert, nous nous lavons avec du sable.

– Je suis tombé dans le fleuve, et pour ce qui est de l'eau, j'ai été servi. Je vais te raconter mes aventures, mais d'abord, il faut que je parle à Piero. C'est très important.

– Tu es trop jeune pour savoir quoi que ce soit d'important. Enfin s'il le faut, vas-y. »

Toute la maison appartenait à Piero di Cosimo, mais celui-ci vivait et travaillait dans la grande pièce envahie de courants d'air qui occupait la majeure partie du rez-de-chaussée. À cette heure matinale, avec pour seul éclairage un système de miroirs orientables qui réfléchissaient partout les rayons du soleil, la pièce était gorgée de tons de sépia, ce pigment extrait du corps flasque de la seiche. De grandes toiles étaient appuyées contre un mur, le côté peint retourné pour éviter la lumière ; l'une reposait sur des tréteaux, grossièrement recouverte d'un drap taché de peinture. À son retour du Nouveau Monde, Piero avait gagné sa vie en peignant de petits panneaux décoratifs, des *spallieri*, que lui commandaient ses clients. Ses représentations de la vie des sauvages des hauts plateaux lui avaient valu un succès d'autant plus grand qu'à l'époque, on s'arrachait tout ce qui touchait au Nouveau Monde. Mais à présent, il ne peignait plus que pour lui-même, et ne se séparait de rien.

Outre les tableaux, l'atelier était encombré de vieux meubles : des tables dont un ou plusieurs pieds étaient cassés et rafistolés, un canapé au dossier défoncé, dans lequel Pasquale savait que les souris nichaient, des tabourets branlants, un coffre ancien au panneau frontal éclaté et dont le couvercle avait disparu. Il y avait également des pièces de mécanique un peu partout, car Piero, qui était fasciné par les inventions des artificiers, récupérait les machines qui ne fonctionnaient plus pour essayer de les réparer ou d'en fabriquer d'autres. On pouvait voir un piano mécanique en forme de coquillage, dont la carcasse en fer ne contenait que des cordes effilochées ou brisées, les marteaux étant tordus ou manquants. Un vase de Tantale. Un fusil colonial muni d'un canon octogonal d'au moins deux *braccia* de long. Une sorte de marionnette en peluche à remontoir affalée sur un banc, les jambes tournées en dehors devant elle, la tête baissée. Une machine divinatoire entraînée par un mouvement d'horlogerie, aux ressorts cassés et dont les indicateurs étaient restés bloqués sur « La Patience ». Un appareil qui, en un tour de manivelle, était censé moudre et mélanger les pigments, mais dont Pasquale savait, pour en avoir fait l'expérience, qu'il se contentait de pulvériser des nuages de fine poussière colorée sur son utilisateur ; un abaque automatique à double entrée ; un métier à tisser automatique démonté puis remonté dans l'intention d'en utiliser les cartes perforées pour produire des tableaux ; une horloge munie d'un système complexe d'engrenages destiné à compenser la perte progressive d'énergie de son ressort. Le tic-tac du cliquet de sa roue d'échappement resta pendant un moment le seul bruit dans la pièce, jusqu'au moment où, voyant le singe, le corbeau apprivoisé de Piero fit grincer ses griffes sur son perchoir et croassa : « Danger. »

Piero dormait sur un lit gigogne dans un coin de la pièce, derrière un paravent sur lequel étaient peints des paysages des îles paradisiaques du Nouveau Monde. Pelashil alla réveiller le vieil homme en le secouant par l'épaule, et celui-ci tenta faiblement de la repousser. Haussant les épaules, elle jeta un regard de reproche à Pasquale avant de se retirer.

Piero se blottit dans sa couverture crasseuse. Sa vigoureuse chevelure blanche s'étalait tout autour de son visage ridé à la peau brune, et il resta pendant plus d'une minute à la pétrir et à la fourrager avant de se lever ; puis il traversa précipitamment la pièce pour aller uriner dans une cuvette posée sur un tabouret. S'appliquant à tourner le dos à Pasquale, il ouvrit alors la fenêtre et vida la cuvette dans le jardin sauvage à l'extérieur, où la vigne grimpait librement sur des arbres qui n'étaient pas taillés, au milieu de haies devenues monstrueusement broussailleuses.

« Vous ai-je offensé, maître ? s'inquiéta Pasquale.

– Tu t'es mal conduit », répondit Piero, le dos toujours tourné tandis qu'il regagnait son lit pour s'y asseoir avec précaution. Il s'allongea lentement, puis ramena le haut de la couverture sous son menton de ses mains noueuses et arthritiques. Il finit par regarder Pasquale droit dans les yeux et dit : « Je dors. Tu n'es qu'un rêve. » Sur quoi sa tête s'effondra sur le chiffon graisseux qui lui servait d'oreiller, et il se mit à respirer bruyamment par la bouche d'un souffle lent et saccadé.

« Vous avez encore pris de votre poison », dit Pasquale. N'obtenant pas de réponse, il ajouta : « Vous devriez manger. Il n'y a pas que les rêves, dans la vie. »

Il y avait une casserole d'œufs durs sur la plaque du fourneau – par économie, Piero en préparait en quantité quand il faisait bouillir sa colle ou son apprêt –, mais lorsque Pasquale en ouvrit un, une écœurante odeur de soufre s'en échappa, et il vit que le blanc avait une coloration vert-de-gris.

« Pelashil devrait vous faire la cuisine », reprit Pasquale.

C'était un sujet qui lançait généralement Piero dans un discours sur l'oppression, Pasquale lui faisant remarquer qu'il n'aurait pas dû la ramener du Nouveau Monde s'il ne voulait pas qu'elle fût opprimée, et Piero lui rétorquant que c'était tout le contraire, s'appuyant sur quelque improbable théorie selon laquelle l'esclavage était la liberté, et la liberté l'esclavage. Mais cette fois, Piero continua de dormir avec obstination, ou du moins s'efforça d'en garder l'apparence. Pasquale s'assit sur un tabouret cassé et regarda le vieil homme pendant un moment. Il dut s'assoupir, car c'était maintenant lui que Pelashil secouait par l'épaule, tandis que Piero, qui avait fini par s'endormir pour de bon, ronflait la bouche ouverte, laissant voir des dents noires et pourries qui sortaient de gencives pulpeuses.

Pelashil se plaqua un doigt sur la bouche et emmena Pasquale dans l'arrière-cuisine, chauffée par un fourneau ventru, avec des étoffes tissées de motifs géométriques bariolés pour recouvrir les murs dont le plâtre s'effritait, ce qui donnait l'impression de se trouver sous une tente dans une terre maure lointaine, où le soleil chauffe si fort à midi que les sables du désert se transforment en verre.

Hébété de fatigue, oubliant pourquoi il était venu là, Pasquale laissa Pelashil le déshabiller. La boue avait séché sur ses vêtements, les rendant raides. La femme lui lava le corps avec un linge humide, puis lui mit un bol de soupe entre les mains. Elle y avait ajouté des morceaux croustillants de pain grillé, assez petits pour être mangés sans cuiller. Il voulut savoir où se trouvait le singe ; elle haussa les épaules et montra le jardin du doigt : elle l'avait laissé sortir. Lorsqu'il fit mine de se lever pour voir ce qu'était devenu l'animal, elle l'en empêcha, et avec un étrange sourire intérieur, elle baissa la tête, lui balaya le torse de ses cheveux bruns et raides, puis descendit plus bas. Il sentit bientôt sa virilité s'éveiller sous ses coups de langue, poussa un soupir et l'amena à lui.

Lorsque Pasquale s'éveilla, la tranche de ciel qu'on apercevait par la fenêtre s'était obscurcie, comme un petit bout de tissu violet pris dans les branches enchevêtrées des arbres sauvages du jardin de Piero. Pelashil s'habillait avec une langueur insouciante, tirant une robe d'un blanc terni sur sa peau basanée. Pasquale la regarda, étourdi par la fatigue et l'émotion, et lui demanda où elle allait.

« Travailler, répondit Pelashil. Il ne gagne rien, il faut bien que je ramène un peu d'argent.

– Demande-lui de vendre l'un de ses tableaux », proposa Pasquale, avant de se lever pour donner des coups de poing dans l'air si chaud qu'on eût dit une matière solide. « S'il n'en vendait qu'un seul, il pourrait vivre comme ça le restant de ses jours. »

Pelashil secoua la tête. « Non ! Il en a besoin. C'est là qu'il vit.

– Dans ses tableaux ?

– Dans un endroit qu'il trouve en les peignant, répondit-elle. C'est le premier *mara'akame* de ton peuple, mais peut-être pas le dernier. Tu peux beaucoup apprendre de lui, Pasquale. Je l'ai suivi parce que c'était un grand *mara'akame*. Il a voyagé loin sur les branches de l'arbre de la vie.

– Je croyais que Piero avait fait de toi son esclave pour t'obliger à le suivre et à partager son lit. »

Pelashil éclata d'un rire exaspéré. Elle se mit à boutonner sa robe sur sa poitrine. « Quand je l'ai rencontré, il était plus jeune et plus viril, mais ses connaissances étaient moins avancées qu'aujourd'hui. La sagesse demande du temps.

– Tu as quitté les tiens de ton plein gré ? J'ai toujours cru…

– Que j'étais sa servante ? Pas plus que tu n'es le serviteur de Rosso. Tiens, pourquoi le nom de ton maître te fait-il sursauter ? Qu'y a-t-il ?

– C'est une longue histoire, Pelashil, mais je ne sais pas si c'est bien le moment de te la raconter. »

Pelashil acheva de boutonner sa robe, puis drapa un châle avec soin sur ses épaules, s'en enroulant un coin autour de la tête. « J'ai quelque chose à te dire, Pasquale, mais je te demande de le garder pour toi.

– Bien sûr.

– Tu es un beau garçon, tu es plein de vie. Tu ne devrais pas rester ici dans cette ville. Quand tu as pris Piero pour maître secret, j'ai su qu'au fond de toi, tu étais un voyageur comme lui.

– Je risque de partir bientôt, Pelashil. Veux-tu venir avec moi ?

– Si je suis devenue la servante d'un mage étranger, c'est parce que c'était le seul moyen pour une femme de mon peuple d'acquérir de vraies facultés. Les *mara'akame* de chez nous ne parlent qu'aux hommes, même s'il y a eu par le passé des *mara'akame* femmes. Mais s'ils refusaient de me parler à moi, ils parlaient à Piero, et c'est ce qui l'a mis sur la voie de la sagesse. Il n'a cessé d'avancer dans cette voie depuis, et je l'y ai suivi.

– La plante qu'il mange… tu en manges aussi ?

– N'est-ce pas moi qui t'en ai donné ? Tous ceux de mon peuple en mangent. Il n'y a que nous qui savons où trouver le vrai peyotl, le *híkuri*, et comment le ramasser durant nos pèlerinages sur la terre sacrée.

– Je pensais que ça m'aiderait à peindre, tu comprends. C'est pour ça que j'en ai pris.

– Tu es encore comme ceux de ton peuple. Tu n'as pas trouvé ton équilibre. Tu vis sous l'emprise des fabricants d'objets, de machines, qui ne voient que la moitié du monde. Le *híkuri* dévoile la vérité qui se cache derrière ce que nous croyons voir. »

Pasquale songea aux expériences que faisait Piero avec les machines dont les artificiers ne voulaient plus. « J'en déduis que Piero veut comprendre les deux.

– Il se place au milieu. C'est le premier *mara'akame* qui adopte cette démarche. Ses disciples n'auront qu'à suivre ses traces, et ils pourront aller plus loin. Et maintenant, écoute-moi. Tu ne dois pas rester ici. Tu es source d'ennuis.

– Je ne vois pas de quoi tu parles.

– Des hommes sont venus. Des soldats de la milice. Ils étaient à ta recherche. Ça lui a fait peur. Tu dois partir, pour sa sécurité. Et réfléchis à ce que je t'ai dit. Je vais veiller sur toi, parce que tu es sur le point de faire ton premier pas. »

Puis elle disparut, laissant Pasquale rassembler ses vêtements, tels qu'ils avaient été éparpillés dans la petite chambre. Ainsi, il était poursuivi non seulement par les savonarolistes, mais aussi par les miliciens de la cité, sans doute à la demande du marchand Taddei. S'ils mettaient la main sur lui, ils l'échangeraient aussitôt contre le corps de Raphaël. Quant aux hommes de Giustiniani, ils avaient dû fouiller la chambre de

Machiavel et se lancer à sa recherche, pour lui reprendre l'objet qu'il avait acquis par accident. Il savait ce qui lui restait à faire. Il n'avait pas d'autre solution. Il devait le rendre à son propriétaire.

Piero se tenait devant une table à l'intérieur de la grande pièce, où des bougies faisaient des îlots de lumière instable. Les mains écartées pour soutenir son poids, il était penché sur des dessins qui étaient étalés comme du feuillage à la surface de la table. Il s'était drapé dans sa couverture à la manière d'un sénateur de la Rome antique, laissant une maigre épaule nue, et avec sa barbe blanche hirsute et ses cheveux emmêlés, il ressemblait à saint Jérôme dans sa cellule, si ce n'était qu'il lui manquait ses attributs traditionnels, le lion et la calotte de cardinal.

Tandis que Pasquale entrait dans la pièce, le corbeau remua sur son perchoir et hérissa ses plumes. « Ce sont de nouvelles esquisses ? »

Piero ne leva pas les yeux, mais secoua lentement la tête.

« Pelashil vous a laissé de la soupe, maître. Vous devriez en prendre un peu.

– Les cuisiniers grossissent horriblement rien qu'en respirant l'odeur de leur cuisine, et c'est très bien ainsi, car la nourriture finit par les répugner, tout comme le charbon fait horreur au mineur de Westphalie, qui préfère brûler du bois dans sa cheminée. »

Il ne servait à rien d'essayer de raisonner Piero pour ce qui touchait à la nourriture. « Si vous n'avez pas faim, lui dit Pasquale, je comprends tout à fait. »

Piero secoua de nouveau la tête. « Les ténèbres sont en train de me prendre ma pièce. Pas de lumière, mon garçon, pas de lumière. Comment ce pauvre Piero peut-il peindre sans lumière ? »

Pasquale alluma de grosses chandelles, qu'il posa devant les miroirs réflecteurs éparpillés, si bien que leur lumière scintilla dans la grande pièce froide.

« La lumière n'arrête pas de bouger, grommela Piero, quand Pasquale en eut enfin terminé.

– C'est là sa nature, maître. » Pris d'un vague regret, Pasquale songea à son ange : il n'avait guère eu le loisir de méditer, ces derniers temps. Il fit remonter son esprit à la vision qu'il avait eue de la gloire de l'ange, reflet de la gloire du maître qui, comme le soleil, ne pouvait être approchée ou regardée directement. Or, si le soleil dansait à la surface des eaux et multipliait sa gloire de sorte que sa beauté brute devenait supportable pour l'œil humain, il devait bien en aller de même pour un ange, porté qu'il serait par la gloire de son service, le souffle coupé par son voyage depuis le ciel jusqu'à la terre. Il bougeait, il devait bouger sans cesse : il devait être aussi vif que la lumière sur l'eau. Oh, comment peindre une telle chose ! Comment peindre son visage !

« Apporte de la lumière ici », dit Piero.

Pasquale se saisit d'une chandelle et s'approcha de la table. Il vit que les dessins de Piero étaient de fines études au crayon d'animaux fantastiques qui gambadaient ou dormaient parmi d'étranges formations rocheuses, et ainsi feuille après feuille, sans qu'aucun de ces monstres ne ressemblât à l'autre ni à rien de ce qu'avait jamais vu Pasquale, même sur les croquis dessinés par les voyageurs des diables qui peuplaient les étranges tableaux flamands du paradis et de l'enfer.

« Ce sont des créatures du Nouveau Monde, maître ? »

Piero se tapota le front. À la lueur de sa chandelle, Pasquale vit le crâne qui pointait sous la peau du visage de son maître secret, et il sut que Piero n'avait plus longtemps à vivre. Son voyage l'avait entraîné loin de l'humanité et l'avait épuisé avant l'âge.

« Elles appartiennent au monde de l'esprit, répondit Piero. Christophe Colomb a eu tort de vouloir explorer les confins de la planète. Il existe des contrées inconnues bien plus vastes, sauvages et surprenantes que pourra jamais en apercevoir un marin scorbutique perché sur la grande hune de son navire, à l'affût de la terre derrière sa longue-vue. Le monde de l'esprit réside en chacun de nous, mais rares sont ceux qui le connaissent. Toi, tu ne le connais pas, et tant que tu n'auras pas comblé cette lacune, tu resteras incapable de peindre ton ange. Pelashil a-t-elle commencé à t'initier ?

– Elle m'a fait manger une de vos plantes, maître.

– Ne me dis pas ce que tu as vu, ce n'est sans doute rien d'important. Seuls les vrais mages voient la vérité. Tu vas bientôt partir. J'avais espéré que Pelashil aurait eu le temps de t'initier, mais c'est peut-être mieux ainsi. De toute façon, les plantes qu'il me reste ont perdu de leur pouvoir après toutes ces années. Je t'envie, Pasquale. Tu vas goûter le *híkuri* frais, et je n'aurai plus jamais ce plaisir. T'ai-je déjà raconté l'histoire du peuple de Pelashil, les Wixarikas ?

– Plusieurs fois, maître.

– Tu veux l'entendre encore une fois ?

– Bien sûr. »

Et Piero de raconter de nouveau à Pasquale comment on ramassait le *híkuri*, en employant les mêmes mots que la toute première fois. Il expliqua comment on attendait la saison sèche avant l'hiver, et comment, alors que le maïs était encore vert mais que la courge avait mûri, un groupe de Wixarikas partait pour un pèlerinage qui durait vingt jours. Après avoir passé deux jours à préparer leurs costumes, à prier et à se purifier par la confession, ils prenaient des noms de dieux et, guidés par un *mara'akame* qui avait pris celui du dieu du feu, ils traversaient la plaine aride qui s'étendait entre les deux montagnes sacrées, à la recherche de sentiers battus par les daims, car sans daims il ne pouvait y avoir de peyotl, celui-ci étant apparu sous les sabots du premier daim de la création. On transperçait toujours d'une flèche la première des petites plantes gris-vert et on l'entourait d'offrandes ; quant aux suivantes, on les examinait scrupuleusement, avant de les envelopper avec soin. Piero avait goûté son premier peyotl lors de la première nuit de son premier pèlerinage : guidé par un chat tigré, il avait traversé une série d'images disposées comme des tentes de carnaval, si bien qu'à son réveil, il avait su qu'il deviendrait *mara'akame.*

Pasquale avait déjà entendu cette histoire, racontée exactement de la même manière, mais il comprenait à présent que tout ce que lui avait dit Piero, et tout ce qu'avait fait Pelashil, c'était pour l'initier à cette vérité : que le monde des visions était aussi réel que celui des artificiers.

« Maître, dit-il, je vous demande pardon. J'ai douté de votre bonté. J'ai eu tort, et maintenant, j'ai grand besoin de vos conseils.

– Je sais, je sais. On me croit stupide, on me prend pour un idiot ou pour un fou, mais c'est faux. Je sais pourquoi les soldats sont venus. Puis-je voir ce qu'ils cherchaient ? »

Pasquale lui tendit la petite maquette. Piero l'examina sous tous les angles, puis demanda : « Et cet objet vole-t-il ?

– Vous m'étonnerez toujours, maître. Comment le savez-vous ?

– Parce que Giovanni Rosso est venu le réclamer, avant les soldats.

– Il faut que je le rende à son propriétaire. Maître, vous connaissez le Grand Ingénieur. Comment puis-je le rencontrer ? Pourriez-vous me mener à lui ?

– Il me comprend mieux que la plupart, mais nous ne nous sommes parlé que deux fois. Je ne le connais pas. Pas assez bien pour ce que tu me demandes.

– Mais maître, ma vie est en danger. Je suis au milieu d'une lutte acharnée où l'on se dispute un butin que j'abandonnerais volontiers, si je le pouvais.

– On dit que le pape est parti, qu'il a fui les émeutes.

– C'est vrai. Je l'ai vu de mes yeux vu. » Alors que Pasquale décrivait la scène qui avait eu lieu à la porte de la cité ce matin-là, il vit le visage de son maître s'adoucir d'un air songeur. Piero était un grand défenseur des Médicis : lorsque ceux-ci s'étaient fait renverser, il avait lui aussi quitté Florence, pour se rendre au Nouveau Monde. Puis, quand le pape Léon X avait accédé au trône de saint Pierre, il avait organisé avec Andrea del Sarto un défilé triomphal dont le thème était la mort. Au milieu du cortège se trouvait le char de la Mort elle-même, tiré par des buffles noirs marqués d'os humains et de croix de peinture blanche, et sur lequel se dressait la gigantesque silhouette de la Mort armée de sa faux, triomphante au-dessus de tombes qui s'ouvraient pour laisser sortir des personnages drapés d'étoffe noire sur laquelle étaient peints les os de squelettes entiers, si bien qu'à la lueur des flambeaux, ils ressemblaient à des squelettes qui dansaient en l'honneur de leur sinistre maîtresse. S'appuyant sur l'idée que la mort était un exil hors de la vie, le défilé symbolisait le long exil d'où les Médicis allaient revenir pour reprendre leur place légitime, et de nouveau gouverner Florence. Cependant, ils n'étaient pas revenus. Florence au sommet de sa gloire restait plus forte que Rome. C'était le dernier spectacle que Piero avait mis en scène avant de se retirer du monde.

Lorsque Pasquale eut terminé de décrire la retraite du pape, il y eut un silence. Enfin, Piero poussa un profond soupir et dit : « Je vais mourir le cœur en peine, Pasquale. Combien j'étais heureux, il y a seulement deux jours. Combien j'étais heureux. Et voici à présent que Florence est à nouveau livrée à elle-même.

– Je n'aime pas que vous parliez de la mort.

– Je t'envie, Pasquale. Imagine que tu sois arrêté, jugé et condamné à mort ; au moins, tu iras mourir en pleine santé, devant des milliers de gens qui te regarderont passer avec l'attention que l'on n'accorde qu'aux plus privilégiés. Tu iras mourir au son déchirant du tambour, un jour de fête, alors que chacun de tes besoins aura été satisfait au préalable, et que l'avis de ton exécution figurera en bonne place dans toutes les gazettes. Quelle meilleure mort que la plupart des autres, ces petits combats tristes et solitaires. La mort ne me fait pas peur, Pasquale, mais je redoute l'indignité de l'agonie. »

Pasquale ne put s'empêcher de rire devant cette évocation

fantasque. Piero avait l'art de renverser les idées reçues, si bien que dans sa bouche les situations les plus banales devenaient aussi exotiques que les cérémonies aztèques, ou que les coutumes des autres peuples de sauvages.

« Tu ris de la mort, dit Piero. C'est déjà mieux. Bon, je m'occuperai du singe en ton absence. Je veux bien le faire, même si tu peux être sûr que Pelashil ne me le pardonnera pas, et que je finirai par me retrouver tout seul. Pauvre Piero, dira-t-on, qui n'a qu'un singe pour raccommoder ses vêtements, pour lui faire la cuisine et pour chauffer son lit. »

Pasquale, qui avait oublié le singe, demanda où il se trouvait.

« Dans le jardin, à manger les figues de mes arbres. Il y est bien, tu sais. Laisse-le tranquille. Remets ton glaive au fourreau, tu veux ? Ne le chasse pas. Il ne connaît pas le péché. »

Pasquale se dit que c'était sans doute vrai. Cet animal avait tué, mais pas par malice et sans aucune intention de nuire ni la moindre conscience du mal, et ne pouvait donc être coupable. Heureuse ignorance de ceux qui n'avaient pas de faute à racheter. Comme il l'enviait, rattrapé qu'il était par son propre fardeau.

« Je ne te reverrai peut-être plus jamais, dit Piero. Je n'y avais pas songé avant.

– Je reviendrai, maître. Je vous le promets.

– Peu importe, s'empressa de rétorquer Piero. Je préfère écouter la pluie que les discours oiseux. J'aimerais pouvoir t'en apprendre davantage, mais peut-être en sais-tu déjà suffisamment. Que ton voyage soit celui de la connaissance. »

Pasquale tenait délicatement la maquette entre ses mains, faisant tourner l'hélice de droite et de gauche avec son index. Un objet si fragile, sur lequel reposait le sort d'empires. « Lorsque je reviendrai, maître, je ne ferai pas plus de bruit qu'une souris dans une église. Et j'attendrai que le temps soit clair, qu'il ne pleuve pas. Mais je vous en prie, dites-moi comment obtenir une audience auprès du Grand Ingénieur, que je puisse m'en aller sans délai et vous laisser à vos méditations. »

Piero passa le doigt dans les plumes du corbeau, qui baissa la tête de plaisir, regardant son maître par en dessous d'un œil rond et noir, brillant comme une baie. « Il aime les oiseaux. C'est principalement ce dont nous avons discuté, quand nous nous sommes rencontrés. Je lui ai parlé du condor, qui peut voler pendant des heures sans battre des ailes.

– Mais que dois-je faire pour obtenir une audience, maître ? Il faut à tout prix que je lui remette sa maquette en mains propres. Je saurai lui faire la conversation, si nécessaire.

– C'est l'un des hommes les plus tristes que je connaisse. Et l'un des plus seuls.

– Me suffit-il d'entrer dans sa tour ? Est-ce aussi simple que cela ?

– Bien sûr que non, répondit sèchement Piero, sans cesser de caresser son oiseau. Ne dis pas de bêtises. Il est plus étroitement gardé que le pape, car le collège de Rome peut toujours élire un autre pape, mais il n'y aura jamais qu'un seul Grand Ingénieur. Cependant, s'il est le plus souvent reclus dans sa tour, ses assistants, eux, circulent un peu partout dans la ville. Il y en a un qui fréquente les tavernes mal famées que tu aimes, Pasquale. Tu devrais peut-être essayer de le trouver. Il aime frayer avec la canaille, et il a un penchant pour les tableaux cochons. Il répond au nom de Nicolas Copernic. C'est un affreux personnage de piètre allure, doublé d'un grigou notoire. Tu le connais ? »

Pasquale repensa à la machine cosmique, enflammée sur la place. Copernic avait démontré que la Terre tournait autour du Soleil, qui était le centre de l'univers. Ou peut-être était-ce le contraire ; c'était du pareil au même pour Pasquale, du moment que le sol restait sous ses pieds. « Ce Copernic, dit-il, où puis-je le trouver ?

– Oh, fit Piero d'un ton vague, dans l'une des tavernes fréquentées par les étudiants prussiens, je présume. Mais avant tout, tâche de te changer, Pasquale. Tu t'es baigné dans le fleuve en cette saison ? »

4

L'atelier de Rosso était un vrai champ de bataille. On avait tout mis sens dessus dessous et tout cassé. Les vêtements de Pasquale, pour lesquels il avait pris le risque de rentrer, avaient tous été lacérés ou méthodiquement déchirés le long des coutures : la belle chemise de soie qui lui avait coûté dix florins, la chemise blanche garnie de dentelles, de la meilleure étoffe d'Angleterre, et son pourpoint blanc assorti, dont les profondes taillades étaient galonnées d'or, les chemises et les chausses de toile ordinaire, la grande cape qu'il avait achetée à un mercenaire albanais et dont il avait soigneusement refait la doublure ; même son tablier de travail était en lambeaux. Les talons d'une de ses deux paires de bottes préférées étaient arrachés. Une large ceinture de cuir, qu'il avait ciselée de dessins intriqués dans le style mauresque, était bizarrement coupée en deux, sa boucle de cuivre tordue. Son lit gigogne était à présent défoncé pour de bon, le matelas lacéré.

Pasquale arracha ce qu'il restait de la doublure de la cape et se la jeta sur les épaules. Pour le reste, tous les vêtements qu'il s'était donné tant de mal à rassembler, à repriser ou à confectionner lui-même, il n'y avait plus rien à faire.

La pièce principale de l'atelier n'était guère en meilleur état que les quelques affaires de Pasquale. L'établi était renversé, la meule cassée en deux, la porte du petit four arrachée. Il y avait des pigments partout, étalés sur le sol en flaques et en traînées criardes, et chaque toile était déchirée, chaque cadre brisé. Dans la pénombre du crépuscule, Pasquale fouilla au fond du four et y trouva le petit sac de toile dans lequel Rosso conservait habituellement les recettes de l'atelier. Il contenait plus qu'il n'avait espéré mais moins qu'il n'aurait dû, si l'on comptait l'argent de la raidisseuse et des gravures de la gazette. Rosso, s'il n'était pas mort, aurait eu bien du mal à payer le loyer.

En se retournant pour partir, Pasquale trébucha sur le petit panneau qu'il avait préparé avec tant d'amour. On y avait fait un trou à coups de pied. Il le ramassa sans rien éprouver, malgré tous les efforts et tout le temps qu'il y avait consacrés. Il était fait de peuplier bien sec, encollé puis marouflé, et entouré d'un cadre ouvragé que Pasquale avait doré lui-même. Il avait poncé le bois et en avait bouché les nœuds et les éclats avec de la sciure et de la colle, puis il avait enduit le panneau de couches d'apprêt liquide, une mince et trois épaisses, qu'il avait recouvertes de bandes de toile. Les couches suivantes de *gesso grosso*, un mélange de colle et de craie, lui avaient demandé deux semaines de préparation ; il les avait laissées sécher plusieurs jours chacune, n'appliquant la nouvelle qu'après avoir gratté et poncé la précédente. Enfin, il avait passé des couches de *gesso sottile*, la première à la main, les autres successivement au pinceau sans attendre leur séchage, huit au total. Et après avoir laissé sécher le tout au soleil, Pasquale l'avait frotté et affiné à la spatule et au *raffietto* jusqu'à obtenir une surface aussi lisse et lustrée qu'un vieil ivoire.

Tout cela pour qu'une brute y enfonçât sa botte, en un instant.

Planté devant son panneau, Pasquale entendit quelqu'un qui montait l'escalier d'un pas tranquille. Peu après, des coups violents s'abattirent sur la porte. Il trouva un petit couteau dont il détordit la lame entre deux lattes du plancher, puis s'avança sans un bruit vers la porte, qu'il avait laissée ouverte.

Le moine qui s'occupait des jardins de Santa Croce était

occupé à fixer une affiche officielle avec un marteau et des clous. Pasquale lui bloqua la main à la montée, lui appuya la pointe de son couteau sur le cou, où la graisse faisait un pli à l'encolure de son habit, et s'empara du marteau.

« Je n'ai pas de temps à perdre, dit Pasquale, alors répondez-moi. Avez-vous vu qui a fait ça ? »

Le moine secoua la tête avec précaution, d'une largeur de pouce de chaque côté. Il avait les yeux rivés sur l'affiche qu'il avait clouée à la porte.

« Il a dû y avoir un bruit considérable. Vous n'êtes pas venu vous plaindre ?

– J'étais… ailleurs.

– Ils devaient porter des uniformes de la milice, ou des masques. Alors ?

– Je n'étais pas là ! »

Le marteau fit un bruit très satisfaisant en rebondissant lourdement sur le plancher de l'atelier. « Bien sûr, s'écria Pasquale. Vous étiez à l'Administration du Gîte et des Monastères, à en juger par ce bout de papier. Qu'est-ce que c'est que cette histoire de harnais plombé ?

– C'est pour l'empêcher de grimper. J'entends simplement préserver mon jardin. C'est mon devoir, et ton singe… »

Le moine roula des yeux ronds en voyant Pasquale lacérer l'affiche à coups de couteau.

« Priez pour moi, mon frère, lui lança Pasquale. J'aimerais continuer cette conversation, mais j'ai un rendez-vous important avec un savant. »

Alors qu'il se hâtait de descendre l'escalier tournant, pour la dernière fois, il entendit le moine crier qu'il allait demander qu'on mît un harnais au maître comme au singe. Tu peux battre le tambour tant qu'il te plaira, l'ami, songea Pasquale. Il y a deux jours, tu aurais pu me faire peur, mais plus maintenant.

5

Le docteur Nicolas Copernic avait une prédilection pour les tavernes fréquentées par les étudiants de nationalité prussienne, où il improvisait des cours contre lesquels il se faisait offrir son vin, étant trop parcimonieux pour le payer lui-même. Il aimait à s'encanailler avec modération, dans la mesure où c'était gratuit, et préférait la compagnie des étudiants à celle de ses collègues artificiers, à l'égard desquels il éprouvait à la fois de la jalousie et de la méfiance.

Un orchestre de musiciens ambulants jouait de la musique de danse sur la place où se trouvait la taverne dans l'espoir de séduire suffisamment de clients pour se faire offrir un repas. Une perte de temps, selon Pasquale, qui avait une piètre opinion des étudiants en général, et des étudiants prussiens en particulier. Ce n'étaient que des vagabonds intellectuels, qui erraient d'université en université jusqu'à en trouver une qui fût disposée à leur vendre un doctorat ; ils n'avaient aucune discipline, aucun savoir-faire, et vivaient dans le monde illusoire des idées. Quant aux Prussiens, même les idées leur faisaient défaut, et ils n'avaient pas d'oreille pour les finesses de la musique, n'aimant que les chansons à boire et les marches militaires.

La taverne était bruyante et enfumée, remplie d'étudiants qui criaient autour des tables, le visage bestial dans la lumière vacillante des chandelles à mèche de jonc. Un groupe martelait sa table avec des gobelets en chantant un air monotone en mauvais latin :

Les Anglais mangent de la merde parce que c'est tout ce qu'ils ont,

Les Italiens mangent de la merde parce qu'ils sont idiots,

Les Français mangent de la merde parce que les Italiens le font,

Mais nous, nous mangeons de la merde parce que nous sommes de bons et loyaux Prussiens,

Ha ! Ha ! Ha !

Le docteur Copernic était assis au fin fond de la salle en compagnie de trois étudiants noirauds qui foudroyèrent Pasquale de leur regard idiot lorsque celui-ci s'inclina et se présenta. Avec un mouvement de surprise, Copernic écarquilla d'un coup ses yeux vitreux. C'était un homme émacié d'une cinquantaine d'années, les joues de son visage osseux couvertes de rougeurs, les yeux rapprochés sous des sourcils qui se rejoignaient pour ne former qu'un trait qui se fronça devant Pasquale. Il portait une toque de fourrure posée de guingois sur ses longs cheveux gras et gris, ainsi qu'une longue tunique d'une étoffe que l'on devinait rouille à l'origine, mais qui avait foncé depuis pour devenir d'un noir trouble.

Pasquale s'assit en face de Copernic et commanda du vin d'une voix forte, avant d'informer le savant qu'il désirait faire partie de ses élèves.

Le regard méfiant de Copernic s'avança vers le visage de Pasquale, puis recula brusquement d'un air inquiet. « À quoi joues-tu ? »

Pasquale alluma une cigarette et en tira une longue bouffée. « Mais à rien du tout, signor. J'ai besoin d'aide, et Piero di Cosimo m'a adressé à vous.

– Je n'ai pas besoin qu'on s'occupe de mes affaires, ni d'ailleurs qu'on m'envoie des élèves. Je suis un philosophe, jeune homme, et non un simple enseignant.

– Pourtant vous enseignez », souligna poliment Pasquale en

souriant aux trois étudiants, qui lui répondirent par de nouveaux regards mauvais. Il montra une pièce, et demanda combien il devrait payer pour une leçon particulière. Copernic répondit avec circonspection, lorgnant la pièce d'un air avide, qu'il fallait compter trois fois plus.

« Marché conclu », déclara Pasquale, avant de verser le complément lorsque Copernic eut chassé ses idiots d'élèves comme une vieille femme dispersant ses volailles.

« Très bien, fit Copernic. Tu peux me demander ce que tu voudras, mais je dois t'avertir que je suis connu pour la rareté de mes réponses.

– Je suis navré, signor, de vous priver de vos élèves pour ce soir. À bien des égards, cependant, je ne vous suis pas inconnu. Ah ! Peut-être que ce vin saura me faire pardonner. » Pasquale offrit un large sourire à la souillon repoussante qui venait de faire claquer un pichet de vin sur la table, et lui donna une pièce d'argent rognée avec une désinvolture qui lui fut pénible de feindre. « J'insiste pour que vous buviez avec moi, mon bon chanoine, et pour que vous écoutiez ma requête. »

Copernic versa du vin dans son gobelet avec un soin parcimonieux. « Je suis chanoine de la cathédrale de Frauenburg, c'est vrai, mais je n'y suis pas retourné depuis mon installation. Ma mission est temporelle, et non spirituelle. Appelle-moi docteur, si tu veux bien, docteur Copernicus. Mon latin n'est pas plus mauvais que celui d'un autre, et c'est sous ce nom qu'on me connaît dans tous les pays du monde.

– C'est justement votre renommée qui m'amène devant vous, signor », lui assura Pasquale.

Copernic redevint subitement méfiant. « Qui t'envoie ? Pourquoi viens-tu me trouver ? Je n'étale pas ma marchandise comme un colporteur, cela ne se fait pas quand on aspire à la grandeur des arts scientifiques. En tout état de cause, on a trop souvent tiré profit de mes idées. »

Piero l'avait bien dit ; n'ayant pu garder pour lui les découvertes qu'il avait faites sur le monde, le docteur Copernic en avait perdu le contrôle, et son amour-propre en avait souffert. Sa méfiance était celle d'un ladre à qui l'on eût demandé de se défaire d'une part insignifiante de sa fortune. Il préférait épargner ses découvertes, dans la mesure du possible, plutôt que de voir ses rivaux en tirer profit à ses dépens. Ayant percé le mystère de l'architecture de l'univers, il n'avait pas su exploiter sa découverte, ni même la défendre autrement qu'en élaborant des épicycles compliqués destinés à expliquer le mouvement des planètes autour du Soleil. Sa théorie selon laquelle la Terre et les autres planètes tournaient autour du Soleil avait révolutionné la notion de la place de l'homme dans l'univers, et pourtant, avec ses épicycles, ses équations et ses épicycles d'épicycles, il n'avait pas cherché à renverser l'ordre établi, mais à le conformer à ses résultats par le moyen d'une infinité d'ajustements rétrogrades. Il savait fort bien que sa démarche impliquait des mécanismes qu'il ne pouvait pas démontrer, ceux-ci n'ayant en effet de réalité que dans l'esprit des hommes, mais bien qu'il eût déplacé le centre de l'univers, il restait prêt à tout pour ne pas se faire prendre sa découverte. Il se méfiait de chacun, y compris de lui-même.

Pasquale répéta qu'il n'était là que par le fait de la réputation du bon chanoine, ainsi que sur le conseil de Piero di Cosimo. Copernic le foudroya du regard. « Tu dis que nous nous connaissons déjà ? Il ne me semble pas. Est-ce que tu m'as suivi ?

– Oh non, pas du tout.

– Je ne tolère pas qu'on me suive dans les rues de la ville.

– Vous avez raison. Je comprends tout à fait.

– J'ai fait arrêter un homme par la milice pas plus tard que l'année dernière. Il a nié qu'il me suivait, bien sûr, et les miliciens n'ont pas voulu me croire, mais c'était pourtant vrai. Les charlatans donneraient cher pour utiliser mon nom afin de satisfaire leurs ambitions. Les astrologues et leurs semblables. Je suis persécuté… » Il vida son gobelet. « … par les astrologues et par ces soi-disant naturalistes, déguisement sous lequel exercent tant de magiciens de nos jours. Alors si tu es de ceux-là, tu ferais mieux de partir sur-le-champ, ou j'appelle la milice.

– Je suis peintre, docteur, et non astrologue. J'ai appris par Piero di Cosimo que vous aviez apprécié certaines de mes œuvres érotiques. Mais je vous en prie, reprenez du vin. Il suffira d'en redemander quand il n'y en aura plus. » Pasquale ne trouva pas le vin mauvais, du moins pas autant qu'il ne s'y était attendu, et s'il laissait un goût de cuivre dans la bouche, la chaleur qu'il engendrait avait le mérite d'un certain naturel. Il en versa franchement dans les deux gobelets, avant de boire une grande lampée pour faire bonne figure.

Copernic but rapidement et à petites gorgées, ses mains veinées crispées sur son gobelet comme s'il craignait de se le faire prendre. « Si tu es peintre, dit-il, je suppose que tu n'es pas venu pour que je t'explique ma théorie sur l'éther et la propagation de la lumière. Permets-moi de te demander une nouvelle fois pourquoi tu es ici, jeune homme. Sache que je ne suis pas libre de mon temps. Tu dis que j'ai apprécié tes œuvres ? Comment t'appelles-tu, déjà ? Firenze ? Tu portes le nom de la cité ?

– Non, docteur. Je m'appelle Pasquale de Cione Fiesole. Une petite ville, à moins d'une heure de cheval d'ici. Vous connaissez ?

– Bien sûr que je connais Fiesole. Je m'y suis rendu plusieurs fois pour faire des observations. Ici, vois-tu, la fumée voile les astres, et je ne parle pas des lampes à acétylène… Veux-tu me redonner de ton vin ? Il ne vaut pas le vin de Prusse, mais il est bon, pour du vin de Toscane. Il faut tout de même que je fasse attention. Il risque de me tourner la tête.

– Pas du tout, signor. Le vin fortifie le sang, et nourrit par là même le siège de l'intelligence. » À l'idée que ce savant veule et maussade fût sa seule chance d'avoir accès à la cour du Grand Ingénieur, Pasquale se sentit esquisser un sourire qu'il s'efforça de réprimer. Son visage lui donnait à la fois une impression de chaleur et d'engourdissement, comme s'il venait de le plonger dans un fourneau.

« Vous, les artistes, êtes dans l'erreur, déclara Copernic d'une voix grave et détachée. Vous ne pouvez pas représenter le monde en étalant des pigments sur une surface plane. Ce qui vous sauve, c'est la crédulité de l'œil, mais vous ne rendez pas compte de la réalité. Pour y parvenir, il n'y a que la lumière elle-même, et le mouvement de la lumière, bien sûr, comme l'a très récemment démontré le Grand Ingénieur. As-tu vu son tableau de lumière vivante ? »

Pasquale alluma une nouvelle cigarette à l'aide du mégot mâchonné de la première. « Malheureusement, j'étais retenu ailleurs. Cependant, vous venez d'aborder le sujet même dont je voulais vous parler. Il y a quelque chose que j'aimerais comprendre, docteur. »

Copernic sembla soudain prendre peur, comme s'il venait de franchir une frontière que lui seul pouvait voir, s'exposant à des dangers dont lui seul était conscient. « Je ne suis qu'un étudiant dans ce domaine-là. Je ne peux que répéter ce qu'on dit partout, c'est tout. Je n'ai pas d'expérience personnelle, non, pas la moindre. »

Pasquale fouilla dans sa besace pour en sortir l'image qu'il avait trouvée dans la cheminée de Giustiniani. Des éclats de matière argentée étaient pris dans l'étoffe noire dont il avait enveloppé la plaque de verre, qui s'était encore assombrie, une bordure de noir s'étendant partout sauf au centre. Il la posa sur la table et demanda à Copernic ce qu'il en pensait.

Appuyant ses coudes sur la table et son menton pointu dans la paume de ses mains, Copernic regarda l'image en fronçant les sourcils, plissant les yeux à la manière des myopes. Puis il comprit ce qu'elle montrait et recula brusquement, jetant des regards affolés dans la salle tumultueuse, où les étudiants chahutaient ou chantaient des chansons paillardes de leur pays. Ils étaient soûls ; toute la taverne était soûle. Copernic bredouilla qu'il ne connaissait vraiment rien à ce genre de choses, non, rien du tout.

« Je parle du procédé. C'est la technique que j'aimerais comprendre. L'image est grossière, j'en conviens.

– C'est une ignoble parodie du saint sacrifice ! » s'écria Copernic, avec une indignation qui semblait sincère.

Butant sur les mots, Pasquale s'empressa d'expliquer qu'un artiste de valeur aurait fait beaucoup mieux, qu'il s'agissait moins du sujet que de la présentation. Sans s'interrompre, il sortit un papier et un crayon et dessina rapidement de mémoire les lignes principales de l'une de ses anciennes estampes. Sa main tremblait, alors qu'elle lui semblait aussi lourde que le plomb ; il esquissa maladroitement les cheveux de la femme et dut redoubler d'attention pour ne pas lui rater les mains. Elle était allongée sur des oreillers, seulement vêtue d'une chemise diaphane qui lui moulait le corps, le visage alangui tandis que, les doigts recourbés, elle se caressait d'une main, soupesant de l'autre le globe de son sein. Cette estampe avait rapporté à Pasquale moins d'un florin, alors que le *stationarius* qui la lui avait commandée en avait imprimé un nombre incalculable d'exemplaires.

Copernic le regarda de travers, comme s'il flairait un piège. « Ma foi oui, bien sûr, je reconnais ce dessin. On peut dire, je crois, qu'en son genre, c'est une œuvre intéressante.

– C'est moi qui en suis l'auteur, docteur. Mais vous savez ce que c'est, les imprimeurs me donnent peu d'argent pour en gagner beaucoup plus. Voilà pourquoi je m'intéresse à ce nouveau procédé, à cette peinture qui se sert de la lumière. Si vous pouviez me l'enseigner, nous pourrions gagner tous les deux beaucoup d'argent. Je vous paierai grassement pour le temps que vous m'accorderez… à commencer par le florin que voici.

– N'importe qui peut copier une estampe, grommela Copernic, sans compter que celle-ci est particulièrement célèbre.

– Dans le métier, nous les appelons les raidisseuses, précisa

Pasquale. Je vais vous emmener voir le modèle. Ainsi, vous me croirez.

– Peut-être bien, peut-être bien. Oh, il n'y a plus de vin. »

Pasquale commanda un autre pichet. Ils trinquèrent, à l'éther, quoi que cela pût être, à Florence, au Grand Ingénieur. Puis, sans s'apercevoir de rien, Pasquale se retrouva dans une rue en compagnie de Copernic, tous deux titubant bras dessus bras dessous dans le noir, en direction d'un lampadaire qui brillait au loin comme une étoile dans la nuit épaisse. L'air froid mordait le visage de Pasquale. Le vin, il avait bu trop de vin. Il souriait comme un idiot. Il était en danger de mort, mais il pouvait au moins se donner un peu de bon temps.

Copernic ne cessait de parler, la prononciation déformée par l'alcool. Il parlait de l'éther, ou du concept de l'éther, lequel était aussi vaporeux que les épicycles dont il disait qu'ils gardaient la Terre en mouvement autour du Soleil. Ce n'était en rien un véhicule, selon toute vraisemblance, mais une forme supérieure de matière, de vibration.

« La lumière n'est rien de plus que de la matière, sous une forme supérieure. Il est bien connu que sa vitesse est plus grande que celle du son, et ma théorie en montre la raison. Et au-delà de la lumière, il y a Dieu lui-même. Jésus Marie ! »

Il glissa sur une plaque de boue, et si Pasquale ne l'avait pas rattrapé, il serait allé atterrir dans l'égout à ciel ouvert qui coulait au milieu de la rue avec une odeur peu engageante. Copernic hoqueta et dit à voix basse : « Je n'en dirai pas plus car nous sommes entourés d'ennemis qui veulent me prendre mes idées pour les détourner. La science demande du temps. Ceux qui veulent aller trop vite y laisseront leur santé, tu peux me croire. Écoute. Tu n'entends rien ? »

C'était un bruit de roues de chariot, assourdi d'une manière ou d'une autre, qui venait vers eux par derrière.

Pasquale poussa Copernic dans un passage profond au porche arrondi. La grille de fer était fermée, vu l'heure tardive, devant une cour obscure. Copernic tenta faiblement de se libérer, mais Pasquale le tint fermement, lui plaquant une main sur la bouche lorsqu'il se mit à se récrier. Le bruit sourd du chariot se rapprocha, se rapprocha encore. Pasquale se surprit à retenir sa respiration. Il comprit ce qu'était ce chariot avant même de le voir passer : c'était celui des ramasseurs de corps, qui sillonnaient la ville avec le droit d'emporter tous les corps qu'ils jugeaient propres à l'usage des disséqueurs et des expérimentateurs de la Nouvelle Université. Beaucoup disaient qu'en raison de l'importance de la demande en ces temps de progrès, les ramasseurs de corps avaient pris l'habitude d'en voler aux veillées mortuaires, quand ils ne tuaient pas les citoyens égarés qu'ils trouvaient seuls durant la nuit.

C'était un chariot noir long et bas, tiré par un seul cheval. Le cocher et son collègue étaient recroquevillés sur leur banc, emmitouflés dans des manteaux noirs au col relevé, le visage couvert de masques de cuir noir. Le cheval qui tirait le chariot était chaussé de bottes de cuir, les roues enveloppées de chiffons. Une odeur caractéristique se distinguait de celle de la viande pourrie, un puissant parfum de violette.

Puis il disparut. Copernic tenta à nouveau de se libérer, cognant sur la grille de fer qui se mit à claquer. Pasquale lui aurait volontiers donné un coup de poing, mais voilà qui eût mis fin à ses chances de pénétrer dans la Grande Tour. Lorsqu'il finit par lâcher l'artificier, ce dernier dit d'un ton indigné : « Je connais ces hommes.

– Je n'en doute pas, gloussa Pasquale.

– J'ai étudié l'anatomie, entre autres sciences, lorsque j'étais étudiant. Leur profession est honorable, ils ne font rien d'illégal. Sans eux, nous ne pourrions pas apprendre à traiter la maladie. Il n'y a rien à craindre, jeune homme. Alors, où est donc cet affreux endroit que tu prétends connaître ? Je ne te croirai que lorsque j'aurai vu la femme.

– Moi aussi, j'ai étudié l'anatomie, mais je ne tiens pas à rencontrer ces messieurs en de telles circonstances. Il faut que vous m'aidiez, docteur. Je me permets d'insister.

– Il est inutile de me menacer, rétorqua Copernic avec une dignité d'ivrogne qui laissait deviner de l'appréhension. Les menaces ne me font pas peur. »

Lorsqu'ils arrivèrent au lampadaire du coin de la rue, Pasquale sut où il était, et se rappela où ils allaient. Il avait promis d'emmener Copernic voir son modèle, Maddalena, pour lui prouver qu'il était bien celui qu'il prétendait. Le vin, cet abîme de vérité et d'ennuis, ceux-là mêmes auxquels conduit la vérité.

Peu après, ils frappaient à la porte de l'établissement de la mère Lucia. Un chien se mit à japper quelque part, puis la porte s'ouvrit et ils entrèrent en titubant, manquant de tomber dans les gros bras satinés de la maquerelle, la mère Lucia elle-même. Elle avait le visage tartiné de blanc de céruse et de rouge à joues, et, à la pâle lueur de sa chandelle, elle ressemblait, sinon à une petite fille, du moins plus à une poupée qu'à la vieille femme qu'elle était. Sans savoir comment, Pasquale se retrouva assis, une coupe de vin dans les mains, aveuglé par la lumière vive de la lampe du salon. Un trio de filles, vêtues de robes de velours qui dénudaient leurs épaules, les seins remontés comme de jolis encorbellements ventrus, échangeaient de petits rires sots à l'autre bout de la pièce, qui semblait s'enfoncer lentement dans le sol.

« Et mon ami… ?

– Voyons, il est avec Maddalena, bien sûr, répondit la mère Lucia. Oh, Pasquale, Pasqualino, mais tu es soûl.

– Vous êtes une brave femme dans votre genre, mère Lucia, balbutia bêtement Pasquale. Je vous l'ai déjà dit ?

– Les affaires sont les affaires, mon mignon, alors pense à me faire un autre joli tableau, et nous en resterons là. Ça fait venir les clients, ces tableaux-là. La preuve.

– Je ne peux pas vous payer maintenant. Je n'ai plus rien. »

Certes, il lui restait son florin, mais il l'avait promis au docteur Copernic.

« C'est ton ami qui paie. Ne t'inquiète donc pas. Mais d'où sors-tu, Pasquale ? Tes vêtements sont couverts de boue.

– J'ai de gros ennuis, mère Lucia, répondit Pasquale, que le vin et la fatigue portaient à la sensiblerie. C'est très chrétien de votre part de me tendre la main. Dorénavant, je n'irai plus jamais ailleurs que chez vous.

– Voilà une attention qui me va droit au cœur, dit la mère Lucia, d'un ton qui laissait entendre qu'elle connaissait la chanson.

– Non, non. Je suis sincère ! Nous vivons un tournant de l'histoire, de grands et terribles instants. En m'apportant votre aide, en me l'apportant maintenant…

– Souviens-toi donc de ma charité, mon mignon, la prochaine fois que tu prendras ton pinceau. » Les filles du coin gloussèrent, et la mère Lucia leur décocha un regard sévère. Puis, revenant sur Pasquale : « C'est tout ce que je te demande. En attendant, ne bois plus de vin. Je ne supporte pas de voir un homme pleurer.

– Si seulement je pouvais me mettre à peindre dès maintenant… vous êtes un ange, Lucia. Et mon ami, il a terminé ?

– Avec les vieux, c'est toujours long, lâcha l'une des putains d'un air dégoûté.

– Un drôle d'oiseau, souligna la mère Lucia en débarrassant de sa coupe une autre de ses putains d'un geste imposant. Il m'a demandé si j'avais fait opérer mes filles, tu sais, pour qu'on leur enlève un morceau de crâne et qu'elles deviennent dociles. On fait un petit trou, et on y met un fil de fer pour faire sortir le malin. Je lui ai répondu qu'ici, c'était un établissement correct, et il m'a rétorqué que pas du tout, que je n'étais pas en règle. Mais c'est moi qui commande, ici, n'est-ce pas, Pasqualino ? Je les connais, ceux de son espèce, ils voudraient faire de nous toutes des machines confinées dans un emploi ou dans un autre, selon leurs désirs. »

Pasquale dut s'assoupir, car il fut réveillé par un cri qui résonna dans la maison. Il se leva d'un bond et se fraya un chemin au milieu des putains, qui s'accrochèrent à lui en lui disant de se rasseoir, de laisser faire, puis se surprit à courir dans un couloir éclairé par des bougies. Il avait les oreilles qui bourdonnaient. Il ne cessait de se cogner contre l'un ou l'autre des deux murs. Une porte s'enfonça brusquement, et il fut entraîné à l'intérieur.

Maddalena était agenouillée sur un lit défoncé, les poings serrés sur un drap remonté sous son menton. Ses cheveux flottants lui tombaient jusqu'au creux des reins. « Il est parti sans payer, couina-t-elle. Il s'est enfui par la fenêtre. »

Le valet maure qui avait suivi Pasquale hocha gravement la tête et ressortit en courant.

« Tu ferais mieux de partir, conseilla la mère Lucia, hors d'haleine à la porte. Nous allons nous occuper de lui. »

Pasquale poussa violemment les volets de la fenêtre, mais ne trouva en bas qu'une ruelle vide. Il se pencha dans l'air froid et obscur, étourdi par un mélange d'alcool et de vive émotion. « Ne lui faites pas de mal, dit-il. J'ai besoin de son aide.

– Il t'aide en prenant ses jambes à son cou ? s'indigna la mère Lucia. Voilà un homme secourable ! » Le haut de ses bras nus, chargé de bourrelets adipeux, frémissait. « Il n'est pas prêt de remettre les pieds dans mon établissement. Tu as de drôles d'amis, Pasquale. Je ne t'en tiens pas quitte.

– Deux tableaux. Trois. De la taille que vous voudrez. Où est-il allé ?

– J'ai entendu passer les ramasseurs de corps, dit Maddalena. Peut-être qu'ils lui ont fait peur. »

Pasquale alla chercher le broc de toilette et se le renversa sur la tête. Soufflant et clignant des yeux, trempé et presque dessoûlé, il dit : « Il vaut peut-être mieux que je sorte par derrière. »

Ce fut alors qu'on frappa à la porte d'entrée.

Maddalena poussa un couinement de peur, laissant tomber son drap qui découvrit ses seins.

« Inutile de te montrer la porte de derrière, je pense, grinça la mère Lucia. Et surtout, ne sois pas trop pressé de revenir.

– À quoi bon, rétorqua Pasquale. Ils sauront que je suis parti par là, de toute façon. »

Il passa les jambes par-dessus le rebord de la fenêtre et se laissa descendre jusqu'à ne plus tenir que par le bout des doigts, puis lâcha prise et alla rouler dans la fange à moitié gelée qui recouvrait le sol. Il se releva, courut jusqu'au coin de la ruelle et risqua un œil de l'autre côté.

Le chariot des ramasseurs de corps était rangé sur le côté de la rue, tout près de la porte de chez la mère Lucia. Les deux hommes au manteau noir luttaient corps à corps avec le grand valet maure de la maquerelle ; devant les yeux de Pasquale, l'un d'eux sortit un gourdin et l'abattit sur le Maure, qui s'effondra. Les deux hommes disparurent alors à l'intérieur de la maison, et Pasquale entendit la voix forte et indignée de la mère Lucia.

Une voix d'homme, sans doute celle de l'un des ramasseurs de corps, la couvrit. « Où est le voleur ?

– Il s'est enfui, répondit la mère Lucia. C'était l'un de vos artificiers. Il a profité d'une de mes filles, et il est parti sans payer. C'est à vous de payer, puisque vous travaillez aussi pour la Nouvelle Université. Et il faudra me dédommager de ce que vous avez fait à mon valet !

– L'artificier nous a dit que celui qui l'avait amené jusqu'ici avait essayé de le dévaliser. Où est votre rabatteur ? C'est lui, le voleur qui nous intéresse. »

Pasquale poussa un soupir. Manifestement, l'alcool et les plaisirs de la chair avaient enflammé l'imagination soupçonneuse de Copernic.

« Je n'ai pas besoin de rabatteurs », rétorqua la mère Lucia. Avec un orgueil exacerbé, elle ajouta : « J'ai ma réputation. Attendez ! Où allez-vous ? »

Un instant plus tard se firent entendre des bruits de meubles qu'on renverse, puis une fenêtre s'écroula en une cascade de verre et des coups de sifflet retentirent, signal d'alerte à l'attention de la milice citadine.

Pasquale pouvait s'enfuir, bien sûr, mais il se demandait s'il irait bien loin. Si Copernic avait prévenu ces deux-là, sans doute en préviendrait-il d'autres. D'autre part, il lui restait encore à rencontrer le Grand Ingénieur. Il n'existait qu'un seul moyen pour y parvenir, pour s'introduire dans la Nouvelle Université sans être vu. Il sauta à l'arrière du chariot, souleva la lourde bâche goudronnée et se glissa dessous.

Il eut tout juste le temps de s'installer avant d'entendre revenir les ramasseurs de corps, poursuivis par la voix rageuse de la mère Lucia. Pasquale resta sans bouger dans le noir, allongé contre un corps lourd et froid. Le rude plancher était baigné d'un liquide qui s'infiltrait dans ses chausses. Le chariot grinça lorsque les deux hommes grimpèrent sur leur siège, puis s'ébranla brusquement. Sous la bâche, dans l'obscurité fortement odorante, la main froide d'un cadavre tomba sur le visage de Pasquale. Il n'osa pas la bouger ; et si l'un des ramasseurs se retournait pour regarder son chargement ? Un deuxième cadavre, gonflé de gaz, faisait des bruits de pets liquides à chaque secousse. L'odeur n'était pas aussi forte que celle de la salle d'anatomie en plein été, au troisième jour de dissection, quand il ne reste plus qu'une enveloppe de muscles pourrissants et de graisse sur des os jaunis, mais Pasquale n'avait pas de petit sac de camphre à porter à ses narines, et bien que le puissant parfum artificiel de violette lui brûlât la gorge et les yeux, celui-ci ne masquait pas la puanteur mais se contentait de trancher sur elle. Tournant la tête, il réussit à approcher son nez d'un des œillets de fixation de la bâche, et ainsi à respirer un peu d'air frais. Il pria le ciel que ces cadavres fussent tous morts de mort violente ou naturelle, et qu'il n'attrapât point la dysenterie ou la vérole espagnole en respirant leurs miasmes putrides.

La voix des ramasseurs de corps couvrait le grondement des roues assourdies du chariot et les grincements de son châssis de bois. L'un d'eux, qui parlait lentement et d'une voix grave, se plaignait de l'arrogance des artificiers. « Comme si nous n'avions pas assez de travail comme ça, il nous faut protéger ces idiots par-dessus le marché.

– Cet artificier est une vieille tête de mule qui croit que tout le monde veut le dévaliser. Sans doute qu'un rabatteur aura été trop gourmand pour l'avoir présenté à une gentille putain pleine d'affection.

– Toujours est-il qu'il n'a pas demandé son reste, le rabatteur. À se demander s'il a jamais existé.

– Peu importe. Rabatteur ou pas, l'artificier a intérêt à nous donner la pièce qu'il nous a promise. Tu as vu un peu les tétons de la fille ? Moi, j'y serais bien resté baver quelques instants. »

Celui à la voix basse s'esclaffa. « Au train où vont les choses, tu pourras profiter de son corps encore chaud d'ici un jour ou deux.

– Au train où vont les choses, d'ici là nous serons au chômage. La guerre, c'est bon pour la médecine, mais c'est mauvais pour nous autres. N'importe qui peut se mettre au ramassage, en temps de guerre.

– Ne t'inquiète donc pas, reprit le premier. Tant qu'ils n'auront pas trouvé un moyen de conserver les corps en été, nous aurons du travail. Avec ce chargement, les salles de cours ne tiendront pas jusqu'au nouvel an. Il faut voir le bon côté des choses : au moins, nous n'avons pas besoin d'aller à la chasse.

– Nous allons peut-être devoir y aller quand même, dit le second. Il y a trop de jeunes gens impétueux qui s'entre-tuent, et pas assez de femmes.

– Ils ne veulent que du cerveau, de nos jours. Ils ne sont pas trop regardants sur l'origine. Les cerveaux sont tous les mêmes.

– Le cerveau est le siège de la raison, voilà peut-être pourquoi tu ne t'y intéresses pas. Remarque, le cœur, c'est autre chose. Moi, j'ai toujours eu un faible pour le cœur.

– Le cœur ou les abats, c'est toujours de l'argent, en fin de compte.

– Tu manques de poésie, Agostino. Le cœur, voyons, avec ses quatre compartiments et ses valvules, c'est un miracle. Songe à la façon dont le sang y circule, grâce aux valvules qui sont d'une telle ingéniosité qu'elles s'ouvrent dans un sens ou dans l'autre suivant les besoins. Comme je le dis toujours, c'est une discipline dans laquelle il faut s'instruire. »

Le second ramasseur, Agostino, souligna : « Il faudrait penser aux étudiants en médecine. Pourquoi pas la jeune putain qui te plaisait tant, celle aux tétons ? Je pourrais tourner la tête si tu voulais profiter d'elle avant de la mettre au frais.

– Mon père était dans le métier, et son père avant lui. Ils n'ont jamais eu besoin d'utiliser le couteau.

– J'en ai assez entendu sur ton père, merci bien. Arrête-toi là-bas. Nous n'avons qu'à faire ce dernier ramassage avant de rentrer. »

La main du cadavre s'écarta du visage de Pasquale tandis que le chariot tournait, retombant lorsqu'il s'arrêta. Il y eut un moment de silence, puis on souleva l'extrémité de la bâche pour jeter un corps dans la benne. Le ramasseur à la voix grave parla d'argent avec quelqu'un. Le chariot se remit en route, pour avancer lourdement dans les rues silencieuses, les ramasseurs discutant à voix basse jusqu'au moment où le chariot finit par s'arrêter de nouveau, et où des portes grincèrent bruyamment.

Les ramasseurs échangèrent quelques mots aimables avec un garde. Le chariot roula encore un peu avant de faire une nouvelle halte. Puis une secousse, et la sensation de tomber au milieu d'un grondement de machines à vapeur et d'un cliquetis de chaînes. Le chariot se trouvait à l'intérieur de la Nouvelle Université.

6

La chute s'arrêta avec un bruit sourd. Tout à coup, la lumière filtra à travers les œillets de la bâche goudronnée. Le chariot avança lentement. Des échos étouffés, le bruit d'une machine qui cognait encore et encore, imperturbable. Pasquale mit la main sur son petit couteau et s'apprêtait à tenter de couper la bâche lorsque l'extrémité de celle-ci se souleva pour se rabattre.

Pasquale resta immobile, regardant à travers les doigts raides de la main du cadavre, toujours posée sur son visage. Des lumières vives brûlaient au-dessus de sa tête, une couronne de lampes à acétylène suspendue au plafond voûté d'un blanc cru. Il faisait un froid glacial, celui d'une cave profondément enfouie sous terre. Les ramasseurs commencèrent à décharger le chariot, se servant d'un crochet de fer pour tirer un corps jusqu'au bout de la benne, avant de le jeter par les cheveux et par les pieds.

Se redressant légèrement, Pasquale s'aperçut que derrière le chariot se trouvaient des rangées de tables, pour la plupart recouvertes de cadavres nus. Les deux ramasseurs s'affairaient autour du corps qu'ils venaient de décharger. L'un griffonnait des notes sur un bout de papier pendant que l'autre prenait des mesures.

Pasquale se releva tant bien que mal et sauta par-dessus la

ridelle du chariot, retombant en faisant claquer la froide ardoise du sol. Les chevaux s'ébrouèrent et piaffèrent, tirant sur le frein du chariot. Les deux ramasseurs se retournèrent, crièrent et donnèrent la chasse. Pasquale se faufila entre les corps étendus sur les tables d'ardoise et courut jusqu'à la première porte, qu'il claqua au nez des ramasseurs.

Il se trouvait dans un petit placard circulaire, entouré d'une cage de fer treillissé dont les parois étaient en retrait des gros murs de pierre d'une largeur de main. Les ramasseurs donnaient de grands coups dans la porte, et le plancher tremblait et oscillait sous les pieds de Pasquale. Ce dernier s'accrocha à une corde et poussa un cri de surprise tandis que le placard s'élevait dans les airs, l'emportant avec lui.

Le placard s'éleva ainsi un long moment, avec un léger mouvement oscillatoire, croisant à un moment donné un bouclier de plomb qui le frôla dans un fracas de chaînes. Lorsqu'il finit par s'arrêter d'un coup, Pasquale n'osa pas lâcher immédiatement la corde, à peu près convaincu que s'il le faisait, le placard redescendrait aussitôt jusqu'à son point de départ. La porte, lorsqu'il la poussa, s'ouvrit sur la nuit battue par le vent.

La morgue devait être située dans les froids et profonds sous-sols de la Grande Tour, car le placard mécanique avait conduit Pasquale jusqu'à son sommet. Il dominait les toits et les terrasses de la Nouvelle Université orientés vers le fleuve, dont les chenaux étaient délimités par les lumières des moulins flottants. Les collines obscures se dessinaient au-delà, seulement piquées de quelques rares lumières ; des armées qui s'y rassemblaient, menace invisible qui pesait dans l'air, comme des nuages d'orage.

Le vent acheva de chasser les vapeurs du vin qu'avait bu Pasquale ; il frissonna dans le froid tourbillon. Ses chausses lui collaient aux jambes, imprégnées du sang gélatineux des cadavres, voire pire. Il se trouvait sur une sorte de plate-forme qui occupait la moitié du toit. Une forêt de petites tours surmontées de sémaphores se hérissait derrière lui. Comme il se retournait, les bras du sémaphore le plus élevé montèrent et claquèrent avant de se lancer dans leur habituel ballet tournoyant, pour envoyer un message à l'autre bout du monde. Leurs fanaux semblaient laisser dans l'air des traits de lumière rouge et verte.

Un treuil s'avançait au-dessus du parapet, formé de deux groupes de trois tambours d'enroulement inclinés de chaque côté d'une machine d'Héron, munie d'une haute et étroite cheminée. Celle-ci était coiffée d'une sorte de chapeau qui tournait et claquait dans le vent continuel. Des câbles, qui serpentaient entre des poulies, montaient dans l'obscurité de l'autre côté du parapet. Pasquale parvint tout juste à distinguer les formes géométriques dont la silhouette virevoltante se découpait sur les nuages de la nuit : des cerfs-volants, retenus par de fins mais solides câbles de cuivre, portés par le vent qui soufflait sans répit sur la tour.

Pasquale posa une main sur l'un des câbles, en tâta le tressage. S'y agrippant, il regarda en bas et poussa un cri émerveillé. La masse de la tour diminuait en s'enfonçant dans les ténèbres, s'amincissant jusqu'à sa base. Pasquale y aperçut des lumières écrasées qui devaient être des fenêtres et, çà et là, des balcons et des plates-formes accrochés à sa paroi comme des nids de martinets sous les toits des maisons. Des lumières dessinaient les contours de la Piazza della Signoria ; et enfin, le dédale de rues qui se croisaient entre le Palazzo, le Duomo illuminé et mille autres bâtiments plus petits, toute la cité nocturne qui s'étendait entre le fleuve et les murs d'enceinte.

Des chaînes cliquetèrent derrière Pasquale, tandis que se déroulaient les tambours posés sur la cahute qui abritait le placard mécanique. Celui-ci descendait à toute vitesse. À la lumière rouge et verte des sémaphores, Pasquale voyait les chaînes s'enfoncer dans le puits vertigineux, jusqu'au disque plat du plafond du placard, réduit par la perspective à la taille d'une pièce de monnaie. Sous les yeux de Pasquale, le disque traversa l'anneau du contrepoids de plomb et s'arrêta quelques instants, avant de se mettre à remonter dans un fracas de chaînes.

Pasquale chercha quelque chose à coincer dans les chaînes, ou dans les tambours d'enroulement, ou encore dans le train d'engrenages qui les faisait tourner, commandé d'en bas par quelque machine, mais il n'y avait que de gros rouleaux de câble qu'il ne pouvait pas même bouger d'un doigt. Il aurait pu se cacher au milieu des sémaphores, mais tôt ou tard, on aurait fini par l'y débusquer ; alors même qu'il s'en avisait, il entendit claquer une trappe qui s'ouvrait à l'autre bout du toit, et vit un homme s'en extirper pour promener le faisceau d'une lanterne de côté et d'autre.

Pasquale se mit à couvert, s'accroupissant derrière la base du treuil. Le placard mécanique s'arrêta d'un coup. Sa porte s'ouvrit et deux hommes en sortirent précipitamment, l'un d'eux tenant un gros chien de chasse en laisse, et l'autre une lanterne dont la lumière balaya la plate-forme. Ce dernier alla inspecter les sémaphores, et comme il se retournait vers son compagnon, le faisceau de sa lanterne passa sur Pasquale. Le chien aboya, tirant son maître en avant, et Pasquale sauta dans le vide pour saisir un câble de cerf-volant et se balancer dans le vent.

Dès que Pasquale eut pesé de son poids sur le câble, le cerf-volant que retenait ce dernier descendit, et Pasquale se retrouva aussitôt plongé au-dessous du niveau de la plate-forme. Donnant des coups de pied tandis que la pierre lisse de la tour défilait près de lui, il réussit à passer une jambe autour de l'un des trois câbles du cerf-volant. Suspendu la tête en bas par les mains et par la pliure du genou, il voyait les ténèbres nuageuses du ciel et la silhouette inquiétante de la tour. Il sentait le vide dans son dos. Un fort vent froid soufflait et lui sifflait aux oreilles, rabattant ses cheveux sur son visage, engourdissant ses mains, mais il était plus grisé qu'effrayé, songeant qu'il avait dû sembler se précipiter dans le noir et s'y volatiliser comme un spectre.

Puis les gardes se penchèrent par-dessus le parapet, et trois faisceaux lumineux de jaillir, pour se croiser et s'entrecroiser.

Pasquale se mit à grimper le long du câble, et, à mesure, le cerf-volant reprit de la hauteur, l'entraînant avec lui. Les gardes tirèrent sur le câble auquel était accroché Pasquale, mais leurs efforts restèrent vains face à l'aisance du vent, et ils ne purent transmettre que de faibles secousses. L'un d'eux s'adressa à Pasquale, l'invitant à ne pas faire l'idiot, lui promettant qu'il ne lui serait fait aucun mal s'il acceptait de redescendre, mais la plupart de ses mots furent emportés par le vent. Les autres étaient penchés sur la machine d'Héron du treuil, s'efforçant d'en allumer la chaudière à l'aide d'une pierre à feu.

Les genoux serrés sur le câble, Pasquale se hissa à la force des bras jusqu'au-dessous du grand cerf-volant. La voilure, une toile tendue sur une armature de frêne, vibrait et claquait sourdement. À la lueur fugace des lanternes des gardes, Pasquale vit un harnais ouvert ou un berceau d'osier, comme une courte tunique sans manches, fixée à la barre transversale de l'armature. Un arceau de pilotage se trouvait à sa tête. Il se remit à grimper jusqu'à ce qu'il eût légèrement dépassé le harnais, s'arrêtant là où le câble entrait dans un manchon de cuir pour se séparer en une douzaine de brins qui s'attachaient au nez tronqué du cerf-volant.

Une vibration pressante parcourut le câble. Pasquale regarda en bas et s'aperçut que la cheminée de la machine d'Héron crachait des étincelles. Encore quelques minutes, et le treuil serait assez chaud pour commencer à enrouler les trois câbles, chose impossible à réaliser de vive force, à moins, comme Pasquale l'avait vu faire avec les cerfs-volants de carnaval qu'on faisait voler des murs de la cité, de s'y mettre à vingt.

Il assura sa prise sur le câble, en décrocha ses jambes et se retourna lentement. Ce n'était pas plus difficile que les acrobaties auxquelles il se livrait avec le singe devant les grandes fenêtres de l'atelier, et si c'était cent fois plus haut, il ne fallait pas y penser. Il ne sentait presque plus ses mains, et ses doigts semblaient avoir doublé d'épaisseur. Il ramena les genoux sur la poitrine, puis s'élança en arrière. L'espace d'un instant, ses pieds restèrent coincés dans le harnais, et il fut pris d'une terreur extrême ; écartelé comme il l'était, les mouvements du cerf-volant risquaient de lui faire lâcher prise. Se débattant comme un beau diable, il recula peu à peu, toujours à la force des bras, jusqu'au moment où il sentit le harnais lui enserrer les hanches et la poitrine.

De nouveau, les gardes lui lançaient des cris, les faisceaux de leurs lanternes balayant la surface inférieure du cerf-volant. D'une seule main, Pasquale serra les sangles du harnais, opération plus aisée qu'il ne l'avait pensé, les boucles de cuivre étant munies de petites dents qui ne laissaient glisser les sangles de cuir que dans un sens. Ses pieds trouvèrent des étriers crochus, et il finit par lâcher la main qui tenait le câble. Le harnais craqua en recevant son poids, mais tint bon. Il saisit des deux mains l'arceau qui se trouvait devant lui et le poussa à fond sur le côté, comme il avait vu les pilotes des cerfs-volants de carnaval le faire si souvent cet été-là, lorsqu'il avait commencé à rechercher l'ombre de la réalité de son ange.

Le cerf-volant s'inclina aussitôt, plongeant à une vitesse inquiétante. Le bord droit claquait, l'air s'engouffrant dans l'espace créé par le souffle du vent sur la voilure. Pasquale savait, pour en avoir discuté avec ceux qui les faisaient évoluer pour le carnaval, que les cerfs-volants volaient parce que l'air circulait plus vite au-dessus de leur ingénieuse surface portante qu'au-dessous. Ils s'élevaient en cherchant à combler le vide ainsi créé, Dieu ayant un tel amour pour sa création qu'il ne pouvait supporter quelque espace incomplet, si petit fût-il, et bourrait le monde de détails.

Ainsi, l'air s'engouffrant sous son bord droit, le cerf-volant plongea sur le côté. Au même moment, quelqu'un libéra les tambours du treuil, qui déroulèrent aussitôt deux bonnes centaines de *braccia* de câble, avant de commencer à les reprendre.

Pasquale, qui visait un encorbellement situé au-dessous du

dernier étage de la tour, avait mal calculé sa trajectoire ; il passa rapidement devant le balcon et se retrouva plus bas, tout en s'écartant de la tour. Il tenta de repiquer à gauche, mais l'air s'engouffrant sous les deux bords du cerf-volant, celui-ci perdit toute portance.

Pendant un moment d'horreur, Pasquale tomba comme une pierre, les lumières de la place tournant d'une manière vertigineuse. Le treuil tendit alors les câbles, et le cerf-volant s'arrêta brusquement, avec une secousse d'une telle violence que Pasquale eut les mains arrachées de l'arceau de pilotage et le souffle coupé par le harnais, qui lui écrasa les côtes. Les câbles s'accrochèrent à la balustrade du balcon, et le cerf-volant se dirigea vers l'intérieur, se balançant autour de cet axe de rotation. Pasquale vit un grand vitrail se précipiter sur lui : un ange, un ange blanc qui brandissait triomphalement un glaive enflammé au-dessus d'un diable au corps de serpent, qui gisait à sa merci. L'ange se brisa devant Pasquale en fragments blancs, rouges et or.

7

Heureusement pour Pasquale, les gardes avaient l'esprit vif, et ils bloquèrent les freins du treuil dès qu'ils comprirent ce qui s'était passé ; sinon, hissé avec les restes du cerf-volant, il se serait écrasé contre la base du balcon. Au lieu de cela, il se retrouva pris parmi les plombs brisés et tordus du vitrail, dont les pièces de verre multicolores tombaient autour de lui en tintant sur le sol d'une grande salle voûtée. Son armature de bois fracassée, la voilure du cerf-volant s'était repliée sur Pasquale comme des ailes brisées. Il avait l'air d'un ange crucifié.

Si les traverses du cerf-volant et le harnais d'osier avaient absorbé le plus gros du choc, Pasquale n'en avait pas moins le souffle coupé. De l'air froid mugissait, faisant frémir les lambeaux de toile du cerf-volant. Alors même que, se souvenant des sangles qui le retenaient, il entreprenait de les desserrer, des gardes déboulèrent par une porte et coururent vers lui entre de longues tables jonchées de papiers et de pièces de mécanique. Tous portaient des armures d'acier au bruni réfléchissant. Le vent fit s'envoler les papiers dans les airs comme des oiseaux effrayés.

Un vieil homme, dont les longs cheveux blancs et la longue barbe blanche tombaient en cascade sur les épaules et la poitrine, soutenu par un garde, leva les yeux vers Pasquale en battant des paupières. Un autre homme entra d'un air important, resplendissant de velours rouge.

C'était Salai. Tel un acteur dans un tableau vivant, il tendit le bras pour désigner Pasquale. « Le voici, maître ! Regardez ! Voici le traître ! »

Bien qu'étourdi, Pasquale comprit tout de suite qui devait être le vieil homme. Il tira sur les liens de son harnais, réveillant des douleurs dans ses bras et dans son dos. S'agitant bruyamment, les gardes firent apparaître une échelle, avant d'écarter une table encombrée de pièces de mécanique et de bouts de verre du vitrail auquel était accroché Pasquale.

« Ne l'écoutez pas ! cria-t-il. C'est le prince du mensonge. Je vous en prie... »

Salai regarda Pasquale avec un sourire narquois. Il avait vraiment l'air d'un petit diable dodu, avec sa tunique et son pourpoint rouges, et ses chausses bariolées rouge et noir.

« Je vais vous fournir la preuve de ce que j'avance, maître, dit-il au vieil homme, et je vais tout vous dire. »

Le vieil homme marmonna quelque chose à Salai, posant sa main sur son bras grassouillet. Cependant, Pasquale ne put entendre de quoi il s'agissait, l'échelle se mettant bruyamment en place près de sa tête et deux gardes commençant à y monter, tandis que d'autres sautaient sur la table pour tenter d'arracher la résille de baguettes de plomb tordue dans laquelle le cerf-volant s'était empêtré.

Salai s'adressa longuement au vieil homme, chuchotant à son oreille, tout en regardant de temps en temps Pasquale du coin de l'œil avec une malveillance espiègle. Lorsque Salai en eut terminé, le vieil homme alla pour parler, mais l'autre lui prit le bras et dit quelque chose à son garde, qui emmena le vieil homme en le soutenant.

Un garde trancha les sangles du harnais de Pasquale ; puis d'autres lui prirent les jambes, les bras, et en une minute, ils l'eurent fait descendre. Il tenta de se débattre lorsque Salai fouilla dans sa besace, mais les gardes étaient tous de grands

Suisses bien nourris, forts comme des bœufs, et il dut assister, impuissant, à la scène. Salai jeta le couteau de Pasquale, ainsi que ses bouts de papier et de fusain, avec un mépris maniéré ; puis il sortit la boîte de papier qui contenait la maquette volante.

Salai déballa la maquette et la leva devant lui, la tournant de côté et d'autre de sorte qu'un jeu d'ombre et de lumière souligna les spires de papier imbriquées et le remontoir du mécanisme. « Vous voyez, dit-il à l'un des gardes. Vous pourrez en témoigner. Ce garçon l'avait sur lui. »

Puis, rangeant la maquette dans sa tunique de velours rouge, il dit aux autres : « Prenez-le et suivez-moi. »

Les gardes soulevèrent Pasquale, le tenant qui par un bras, qui par une jambe, et lui firent descendre un escalier en colimaçon pour l'emmener dans une petite pièce en forme de demi-cercle, avec un mur de pierre incurvé d'un côté, et un mur d'armoires de l'autre. Lorsque les gardes l'eurent jeté par terre, Pasquale se releva le plus vite possible et fit face à Salai, qui se tenait sur le seuil de la porte, flanqué de deux robustes gardes.

« Bravo pour ton entrée, lui dit Salai en battant doucement des mains d'un air moqueur. Si tu savais combien tu me facilites la tâche. J'ai presque envie de t'embrasser. Tu remontes dans mon estime pour ce qui est de tes ressources, mais il semble que je ne me sois pas trop trompé quant à ton intelligence. Je ne te demande pas pourquoi tu es venu, ni même comment tu t'es introduit dans la tour, du moins pas encore. Ce plaisir-là viendra plus tard.

– Vous savez très bien pourquoi je suis ici, Salai, rétorqua Pasquale, s'adressant aux gardes autant qu'à Salai lui-même. C'est vous qui avez volé la maquette, et quand elle m'est tombée entre les mains et que j'ai compris son importance, j'ai essayé de la ramener ici. Je voulais la rendre au Grand Ingénieur. C'est la vérité !

– Oh, tu peux crier tant que tu voudras, le peintre. Ces

hommes sont les miens, tu sais. » Salai renifla. « Tu sens une drôle d'odeur. As-tu fait dans tes culottes en traversant le vitrail ? Parle : il n'y a aucune honte à cela.

– Ce n'est que du sang pourri, une odeur que vous devriez reconnaître entre toutes. Comment avez-vous échappé à l'embuscade de Giustiniani, Salai ? Je sais que c'était lui : j'ai reconnu ses fusées, et l'un de ses hommes m'est tombé dessus chez Niccolò Machiavel.

– Qui a dit que j'étais visé ?

– Vous avez trahi mon maître, et vous avez trahi les savonarolistes en les livrant à Giustiniani. Qui d'autre ?

– Ah, quelle verve ! J'aurai plaisir à t'infliger la question, le peintre. Bien entendu, je n'ai pas oublié notre dernière séance. Nous reprendrons directement où nous en étions restés, et dans de bien meilleures conditions d'équipement. Tu vas avoir toute la nuit pour y réfléchir, le peintre, avant qu'on ne te transfère au Bargello pour que je m'occupe de toi.

– Et Niccolò Machiavel, Salai ! Est-il toujours en vie ? Est-il entre les mains de Giustiniani ?

– Pour l'instant », dit Salai. Et la porte se referma, le pêne de sa serrure de bois claquant dans la gâche.

Il ne fallut pas longtemps à Pasquale pour explorer la pièce, à la faveur du peu de lumière que laissait passer la grille de l'imposte. Il s'avéra que les armoires contenaient des crânes, ainsi que les empreintes de cire des cerveaux qui s'y trouvaient autrefois. Il y en avait des étagères entières, toutes soigneusement classées. La calotte de chaque crâne était quadrillée de fines lignes noires, et à chaque œil droit, maintenue par un fil de fer, se trouvait une étiquette qui portait une inscription en pattes de mouches que Pasquale prit tout d'abord pour un code, avant de s'apercevoir que ce n'était que de l'écriture en miroir. *Femme, 44 ans, paralytique. Homme, 22 ans, aveugle, idiot congénital. Homme, 56 ans, normal. Homme, 35 ans, pendu pour vol.* De la poussière sur les étagères semblait indiquer que la pièce n'avait pas été fréquentée depuis quelque temps.

Il n'y avait rien qui pût servir d'arme, et Pasquale ne se sentait pas capable d'escalader l'étroite fenêtre au milieu du mur incurvé, si haut perchée qu'il ne pouvait en toucher que le rebord en se mettant sur la pointe des pieds. De toute façon, même s'il avait réussi à la franchir, il se serait retrouvé sur le mur de la tour, loin au-dessus du sol, et sans cerf-volant pour le porter.

Il s'assit en face de la porte, dans le recoin formé par les armoires et le mur incurvé, les jambes tendues devant lui. Les bleus et les éraflures qu'il s'était faits l'élançaient. Chaque fois qu'il fermait les yeux, il revivait l'émotion de son envol et de sa chute, et du moment stupéfiant où il était passé à travers le vitrail. Peut-être était-il devenu l'ange qu'il avait détruit : il imaginait Salai en serpent se tordant sous son glaive enflammé. À moins qu'en traversant l'image de l'ange, il ne fût devenu son inverse : un ange noir déchu de la grâce de Dieu et condamné à ne connaître que le tourment. En tout cas, la folie qui s'était emparée de lui semblait l'avoir quitté. Elle l'habitait depuis le moment où il avait plongé dans le fleuve pour échapper aux savonarolistes, une courbe ascendante d'action pressante et de plus en plus effrénée qui l'avait laissé planté là, dans cette petite cellule en haut de la Grande Tour. À moins qu'il n'eût été contaminé bien plus tôt, lorsqu'il avait rencontré Machiavel. Peut-être s'était-il trop laissé influencer par les obsessions de manœuvre et de contre-manœuvre du vieil homme, voyant des conspirations espagnoles là où il n'y avait que des coïncidences. Il s'attrapa les chevilles et frissonna, se sentant gagné par une lassitude qui n'était pas du désespoir mais la simple acceptation de son sort.

8

Il fut réveillé par les claquements de la lourde serrure à crémaillère de la porte. La lumière laiteuse de l'aube s'infiltrait par la haute fenêtre, enveloppant Pasquale comme dans une couverture, sans le réchauffer pour autant.

Tandis qu'il sortait du sommeil en battant des paupières, la porte s'ouvrit pour laisser entrer un garde. L'armure d'acier bruni de ce dernier scintillait à la lueur de la lanterne qu'il tenait à la main, réfléchissant des images fragmentées de la pièce avec un tel éclat que son visage prognathe et glabre (il n'était guère plus âgé que Pasquale) semblait flotter librement au-dessus d'un miroir déformant. Derrière le garde se tenait le vieil homme qu'avait vu Pasquale dans la grande salle.

C'était le Grand Ingénieur.

Pasquale se releva tant bien que mal. Sa colonne vertébrale lui faisait l'impression d'une barre de fer battu, et il avait tous les muscles du dos endoloris. Le Grand Ingénieur le regarda d'un air doux, caressant d'une main sa soyeuse barbe blanche. Il portait un binocle aux verres bleus qui reposait sur le bout de son nez comme un papillon.

« Il vaudrait mieux l'emmener », dit-il enfin, comme s'il se parlait à lui-même, avant de tourner les talons.

Le garde empoigna le bras de Pasquale au-dessus du coude, le pouce et l'index de son gantelet de mailles lui pinçant les muscles avec autant de force et de férocité que des tenailles. Le guidant et le traînant à la fois, il lui fit gravir l'escalier en colimaçon, traverser la grande salle où le cerf-volant était toujours accroché au vitrail éclaté, les lambeaux de sa toile voletant tristement, et franchir une petite porte qui donnait sur une pièce ronde où résonnaient des bruits d'horloges.

Des horloges de toutes sortes s'alignaient sur les murs : des horloges à sablier, des horloges à roue d'échappement hydraulique, et toutes sortes d'horloges mécaniques, aux cadrans d'or et d'argent brunis, ou de bois peint sculpté, ou même de verre, derrière lesquels des bougies luisaient à travers des trous qui représentaient les constellations. Il y avait aussi des horloges à quantièmes qui indiquaient la fête des saints, et même un vieil astrolabe à poids, dont l'échappement se faisait par un cylindre qui libérait du mercure en tournant. Et au centre de la pièce, de deux fois la taille d'un homme, se dressait une grande horloge astronomique dont le mécanisme à poids était enfermé dans une cage de cuivre surmontée d'un barillet à sept faces. Sur chaque face se trouvait un cadran qui montrait le mouvement de l'un des sept corps célestes, le Primum Mobile, la lune et les planètes, et au-dessous du barillet, à l'intérieur de la cage de cuivre, se trouvaient des cadrans circulaires qui indiquaient l'heure du jour et les fêtes fixes et mobiles de l'Église, l'un étant réservé aux points nodaux. Cet appareil faisait entendre un martèlement sonore et régulier, comme un battement de cœur amplifié, noble et mesuré par rapport au tic-tac alerte des mécanismes plus petits.

Le Grand Ingénieur se tenait à l'autre bout de la pièce, où il regardait par une fenêtre en forme de bulle, ou de lentille, qui s'étendait du sol au plafond. Le garde fit traverser la pièce à Pasquale et, lorsque ce dernier alla pour demander pourquoi on l'avait amené là, le pria de ne pas prendre la parole sans qu'on la lui eût donnée.

« Mais la maquette… »

Le garde, un blond aux cheveux coupés ras sur un crâne couvert de bosses, le visage lisse et enfantin, les yeux d'un bleu profond, dit d'un ton calme : « Mon maître parle peu, mais il pèse chacun de ses mots. Il va falloir que tu t'habitues à ses petites manies. »

Pasquale dut s'asseoir à une petite table qui rentrait dans l'arrondi de la fenêtre. En regardant la ville qui s'éveillait tout en bas, il éprouva la sensation vertigineuse de se trouver dans l'œil d'un géant. Il était à une telle hauteur, la Grande Tour faisant quatre fois la taille de la tour carrée du Palazzo della Signoria, qu'il pouvait voir le cercle des murs de la cité de chaque côté du fleuve. Il voyait les manufactures échelonnées le long de la rive, avec des trous noircis là où elles avaient brûlé, les ponts jetés sur les chenaux, et, juste au-dessous de la tour, le siège du gouvernement. La Piazza della Signoria, plongée dans la nuit, était encore jonchée des débris des machines des artificiers. De là où se trouvait Pasquale, la grande statue de David avait l'air d'un gravillon.

Le Grand Ingénieur lança comme à la cantonade : « Le garde est à Salai, bien sûr, et il s'empressera de tout répéter à son maître, où qu'il se cache.

– Qu'allez-vous penser là, maître ! s'indigna le garde, avant de faire un clin d'œil à Pasquale. Vous savez bien que je n'en ferai rien. Ne voulez-vous pas partager votre petit déjeuner avec ce jeune héros ?

– En a-t-il le temps ? Ne dois-tu pas l'emmener ?

– C'est le moins que nous puissions faire pour lui, répondit le garde, lançant un nouveau clin d'œil à Pasquale. Les hommes de Salai ne feront rien sans ordres. » Il tira alors sur un cordon rouge logé dans un renfoncement du mur, apparemment sans résultat.

Le Grand Ingénieur se retourna et s'éloigna de la fenêtre sans regarder Pasquale, puis se mit à remonter le poids de la grande horloge astronomique à l'aide d'une clef dentée longue comme le bras. Il se servait de sa main gauche.

« Tu voulais nous parler de la maquette qui a disparu, n'est-ce pas ? fit le garde à la manière d'un metteur en scène encourageant un acteur hésitant.

– J'étais venu vous la rapporter, répondit Pasquale, mais Salai me l'a prise.

– Oh, nous le savons bien, nous l'avons vu faire de nos propres yeux. N'est-ce pas, maître ? »

Le Grand Ingénieur reposa sa clef. « Ce n'est pas la peine de me traiter comme un enfant, Jacopo. Sans doute serait-il intéressant d'apprendre comment la maquette est tombée entre les mains de ce jeune homme.

– Nous t'écoutons », dit le garde à Pasquale.

Tandis que le Grand Ingénieur tripotait ses horloges, les remontant l'une après l'autre, Pasquale se mit à expliquer ce qui s'était passé, comment il avait trouvé la maquette, le meurtre de Romano qui n'en était finalement pas un, l'empoisonnement de Raphaël et le vol de son corps, l'enlèvement de Machiavel, le complot de Salai avec les savonarolistes et son double jeu avec Giustiniani.

« J'aurais voulu vous remettre la maquette en mains propres, maître, conclut-il, mais la chance ne m'a pas accompagné jusque-là.

– C'était une tentative courageuse, n'est-ce pas, maître ? » souligna le garde.

Il y eut un silence alors que le Grand Ingénieur continuait à remonter ses horloges. « Ce n'est pas grave, Jacopo, dit-il enfin. On ne peut pas retenir une idée, comme je l'ai appris il y a longtemps. Une fois qu'elle est dévoilée au monde, elle acquiert une vie propre, comme dans la légende grecque de Pandore. Il suffit souvent à un individu assez intelligent de savoir qu'une chose est possible pour la réaliser : je me suis un jour amusé à dire à mes élèves que j'avais fait telle ou telle chose de telle ou telle manière, et à leur demander de tenter d'aller plus loin que moi. La plupart y ont réussi, et si leurs méthodes étaient toutes différentes, il y avait entre elles, pour ainsi dire, un air de famille. Cette maquette n'a pas d'importance. C'est l'idée qui est derrière qui en a, et elle, elle s'est envolée.

– Que nous n'ayons pu garder le secret de la boîte à images, passe encore, mais cette fois-ci, c'est plus dangereux, observa le dénommé Jacopo.

– Salai croit que la maquette est importante, maître, dit Pasquale, ce qui veut dire qu'il lui a trouvé un acheteur. Je le soupçonne d'être allé la remettre au magicien vénitien, Paolo Giustiniani, pour qu'il la vende à l'Espagne. Quant à l'Espagne, elle s'en servira contre Florence. Le hasard a voulu que je fasse échouer ses plans quand il se cachait encore derrière des intermédiaires, mais le voici maintenant qui agit à découvert. Je pourrais tenter de l'arrêter, si on m'en laissait l'occasion.

– Ce n'est pas la première fois que tu parles de ce Giustiniani, nota Jacopo. Salai t'a-t-il confié pourquoi il traitait avec lui, et non directement avec l'Espagne ? »

Repensant à ce que Salai avait dit, Pasquale avoua : « Pas en termes clairs, mais la manière dont les savonarolistes ont été attaqués sur le fleuve portait la signature de Giustiniani. D'autre part, ce dernier est sans doute prêt à payer beaucoup plus pour la maquette que les savonarolistes, qui sont des fanatiques.

– Mais tu n'as aucune preuve, n'est-ce pas ? insista Jacopo. Enfin, où qu'il ait pu aller, Salai ne reviendra pas cette fois-ci. Il a choisi la trahison, maître. Il l'a choisie ouvertement. »

Le Grand Ingénieur se boucha les oreilles avec les mains.

« Ce genre d'attitude ne vous avancera à rien ! gronda Jacopo, accoté au chambranle de la fenêtre, les yeux perdus sur la cité. Il est allé trop loin, cette fois, vous le savez. Ce n'est pas avec votre argent que vous pourrez le tirer d'affaire. Il faudrait le sauver de lui-même. »

Ce Jacopo sentait l'hypocrite derrière sa sollicitude, songea Pasquale ; protecteur et néanmoins intéressé, comme un fils cadet qui se plie à tous les caprices de son père dans l'espoir d'une part d'héritage. Le col et les poignets de son armure étaient bordés de la plus belle dentelle flamande, et la garde de son épée était recouverte de feuille d'or sculptée, incrustée de petits rubis comme des gouttes de sang.

Le Grand Ingénieur baissa les mains et les contempla. « Comment suis-je devenu si vieux, Jacopo ? Et mon bel Adonis ?

– Je suppose que c'est dans la nature des choses, maître.

– Salai n'a confiance en personne, reprit le Grand Ingénieur. Il sait au fond de lui qu'on ne peut pas lui faire confiance, et il croit que tous les hommes sont comme lui. Tu as raison, jeune homme, quand tu dis que c'est le prince du mensonge. Je l'ai baptisé par plaisanterie du nom du dieu des peuples maures, car dès l'abord il m'est apparu comme le suppôt de Satan. Quel beau garçon, mais quelles manières et quel caractère ! Et avide, bien sûr, jamais satisfait de ce qu'il avait. Comme un petit prince, d'une certaine façon. Et voici où nous en sommes. Sans doute que tôt ou tard, il te fera assassiner.

– Nous n'avons pas sauvé ce jeune homme pour le laisser se faire tuer par les brutes de Salai, maître, dit Jacopo. Vous le savez très bien, alors arrêtez d'essayer de lui faire peur.

– Ce n'est que la réalité.

– Il ne tient qu'à vous de la changer, rétorqua Jacopo, avec un nouveau clin d'œil à l'attention de Pasquale.

– Toi, bien sûr, tu aimerais que Salai ait moins de pouvoir.

– En tout cas, il en a trop sur vous, et sa coterie en a trop sur les autres artificiers. Une petite tache à sa réputation nous fera du bien à tous.

– Et à toi en particulier. Ne va pas croire que je ne vois pas comment tu essaies de me monter la tête contre lui.

– Chut ! souffla Jacopo. Pas devant les domestiques. »

Un page entra avec un plateau chargé de fruits, de pain de seigle tendre et d'un pot d'eau glacée. Il le posa sur la petite table encastrée dans l'arrondi de la fenêtre avant de se retirer.

Jacopo, toujours appuyé à la fenêtre, dit à Pasquale : « Mange ce que tu voudras.

– Et ton maître ?

– Oh, dit Jacopo d'une voix forte en regardant par-dessus son épaule pour s'assurer que le Grand Ingénieur l'écoutait, il va prétendre qu'il a déjà mangé. Il mange à peine de quoi nourrir une souris, et il dort encore moins. Pour se préparer, dit-il, au grand sommeil qui l'attend. » À voix plus basse, il ajouta : « Mange, et laisse réfléchir mon maître. Tôt ou tard, il finira par se rendre à l'évidence. Il comprendra que si Salai parvient à ses fins, c'est lui qui en supportera les conséquences. Mais crois-le ou non, il a toujours un faible pour lui. Il ne voudra pas qu'on lui fasse de mal. »

Pasquale jeta le plateau par terre ; amplifié par la vitre incurvée de la fenêtre, le fracas fut particulièrement satisfaisant. Le Grand Ingénieur battit des paupières en tournant vers lui des yeux voilés et grossis par les verres bleus de son binocle. C'était la première fois qu'il regardait Pasquale en face.

« Pauvre idiot ! » s'écria Jacopo en dégainant son épée.

Pasquale se leva d'un bond. « Je dois vous demander de me laisser partir, maître. Il n'est pas trop tard pour arrêter Salai. Si vous ne le faites pas, c'est moi qui le ferai.

– Assieds-toi, cracha Jacopo. Tu ne sais pas de quoi il est capable. Il aime encore Salai.

– Du calme, Jacopo, dit doucement le Grand Ingénieur, et range ton épée. Crois-tu que ce jeune homme va m'attaquer avec une prune, ou avec une poignée de figues ? Quant à toi, jeune homme, ce n'est pas la peine de t'énerver. J'ai dit que je t'aiderai, et il me semble avoir déjà commencé. Si j'en ai le pouvoir, tu auras quitté la tour avant le retour de Salai, ou, plus vraisemblablement, avant qu'il n'apprenne que tu es libre et qu'il ne donne l'ordre de te faire enfermer plus efficacement.

– C'est aimable à vous, maître, mais je vous en demande davantage. » Le désespoir avait donné de l'audace à Pasquale. Salai avait dit que Machiavel était toujours en vie, mais qu'adviendrait-il de lui si Giustiniani obtenait tout ce qu'il voulait ? « Que vous me fassiez sortir, dit-il, c'est une chose. Peut-être pourrai-je arrêter Salai, peut-être pas. Ce que je sais, en revanche, c'est que tout en affrontant Salai, je devrai me méfier du Signor Taddei, qui veut m'échanger contre le corps de Raphaël. Je peux toujours essayer, maître, mais je ne suis qu'un peintre, un simple élève, alors qu'avec les moyens dont vous disposez, il vous serait facile d'arracher Salai de son lieu de rendez-vous.

– Tais-toi, souffla Jacopo d'un ton féroce. Tu vas lui faire peur, et il ne voudra plus rien faire !

– Je ne dis que la vérité, insista Pasquale.

– Pauvre idiot… je suis de ton côté !

– Salai a tenté par deux fois de m'empoisonner, déclara le Grand Ingénieur, et il y a quelques années, un soldat a tiré sur moi. Il m'a manqué, et on l'a abattu sur-le-champ, mais je soupçonne Salai de l'avoir payé.

– C'est une certitude, corrigea Jacopo.

– Et pourtant, vous ne l'avez pas chassé ? s'étonna Pasquale.

– C'était trop tard. Il avait déjà trop d'influence, et il avait fait courir le bruit que je perdais la tête. À cet égard, peut-être avait-il raison. Et puis, où serait-il allé ? Ce pauvre Salai n'a jamais connu d'autre foyer.

– Qu'est-ce que je te disais ! soupira Jacopo en levant les bras au ciel de dépit.

– Mais je l'aimais, protesta le Grand Ingénieur, et je lui ai pardonné. Et je l'aime encore, lui ou l'enfant capricieux qu'il était autrefois, et qui vit toujours en lui, dans une certaine mesure. De plus, la tour ne m'appartient pas, du moins pas complètement. Afin de pouvoir la construire, j'ai passé un accord avec la Signoria stipulant qu'elle en finançait les travaux et me laissait y faire ce que je voulais, à condition qu'y soit établie une université d'artificiers. Nous y avons vécu une époque formidable ! Il nous arrivait de travailler des jours d'affilée pour faire aboutir une idée. Je me souviens du jour où

Vannoccio Biringuccio a redécouvert le principe de la machine d'Héron : il a enfermé de l'eau dans une sphère de cuivre, qu'il a chauffée, et il a eu de la chance de survivre à l'explosion. Nous avons cru que la tour s'écroulait ! Qui aurait pu prévoir où nous en serions, quinze ans plus tard ? Qui aurait pu imaginer que nos simples études de la nature changeraient le monde ainsi ? Que vois-tu, Jacopo ?

– Quoi, par la fenêtre ? Mais la cité, bien sûr. Elle est toujours là, bien qu'un peu roussie par endroits.

– Ces derniers temps, quand je la regarde, je la vois en flammes. Je vois des machines volantes qui passent par-dessus les murs d'enceinte et lâchent des boules de feu sur les bâtiments les plus fragiles. Je vois la population qui prend la fuite, poursuivie par les mêmes machines volantes. Je vois des hommes transformés en diables. C'est peut-être ce qui nous attend. Prends ton petit déjeuner, mon garçon. Mange, bois. Un homme rangé dans ses habitudes est un homme rangé dans sa tête. Il nous reste un peu de temps.

– Ne t'inquiète pas, dit doucement Jacopo. Il y réfléchit.

– Il sera peut-être bientôt trop tard, rétorqua Pasquale.

– Tais-toi. Laisse-le aller à son rythme. Tu l'as suffisamment perturbé comme ça.

– J'espère en avoir assez fait », dit Pasquale, avant de mordre dans une prune.

Le jus sucré du fruit se déversa dans sa bouche et lui ouvrit l'appétit. Comme il commençait à manger, le Grand Ingénieur acheva de remonter ses horloges, et Pasquale lui fit remarquer (prenant un grand plaisir à voir Jacopo rouler les yeux) qu'il y avait décidément beaucoup de temps rangé là.

« Disons plutôt qu'il y est mesuré, corrigea le Grand Ingénieur. Ce qui m'intéresse, c'est la diversité des moyens qui le permettent. Je regrette parfois de ne pas être devenu horloger plutôt qu'artificier, ou de ne pas être resté artiste, mais à présent, il est trop tard. Je n'ai plus guère de force dans la main droite, ce qui m'empêche d'assurer la gauche ; de plus, c'est un métier auquel on doit consacrer sa vie. J'ai changé de voie après l'assassinat de Laurent, et pourtant, j'ai parfois l'impression d'entrevoir ce que j'aurais pu faire, comme un alpiniste qui escalade une montagne pour s'apercevoir au sommet qu'il n'a finalement pas conquis le monde, car derrière il y a d'autres montagnes qui se dessinent dans la brume. Le temps est une chose compliquée, comme les peintres le savent bien. Nous le voyons comme une rivière, qui coule toujours dans la même direction, mais peut-être que Dieu le voit différemment. Peut-être a-t-il la possibilité de revenir en arrière et de changer les événements comme un auteur qui corrige un brouillon. Dans une autre vie… Enfin, toutes ces idées doivent te faire sourire.

– Vous me rappelez mon professeur, Piero di Cosimo.

– Je le connais suffisamment bien pour savoir que ses fabulations, qui peuvent amuser au premier abord, sont en fait tout ce qu'il y a de profond, car elles touchent aux racines de ce que nous n'acceptons que par habitude et sans réfléchir. À cet égard, Piero est comme un enfant, pour qui tout est nouveau. Je suis d'ailleurs convaincu que pour comprendre une chose, tout artificier devrait d'abord la voir d'un regard neuf.

– Eh bien c'est ce que je vous demande, maître, de voir les choses d'un regard neuf. Alors vous comprendrez que la situation n'est pas aussi désespérée que vous le croyez. Comme vous l'avez dit vous-même, ce n'est pas la maquette qui a de l'importance, mais la valeur que certaines personnes lui ont donnée. C'est… comme l'ange, l'ange de l'Annonciation ! Peu importe le contenu de son message, ou les mots qu'il emploie pour le livrer. Il lui suffit d'être porteur de la gloire de Dieu. C'est là qu'est son message. Si nous parvenons à reprendre la maquette, c'est nous qui aurons l'ascendant. »

Pasquale en aurait dit davantage sur le sujet, et avec plus d'audace, si une cloche ne s'était mise à sonner doucement.

« Les gardes sont en chemin, dit Jacopo. Leur capitaine a dû être informé que tu étais en liberté, sans doute par le page ;

je ne lui ai jamais fait confiance, à celui-là. Il faut que nous partions tout de suite, maître. Vous comprenez ?

– Bien sûr, que je comprends. Je suis vieux, mais je ne suis pas gâteux. »

Ils franchirent la porte par laquelle le page était sorti, pour suivre un long couloir terminé par une fenêtre de la taille d'un homme qui donnait sur la cité. Jacopo l'ouvrit, et il s'avéra qu'il s'agissait d'un miroir, ou d'un écran, qui renvoyait ingénieusement l'image de la cité transmise par une lentille, et que derrière se cachait un escalier.

Ils descendirent un long moment, traversant de petites pièces qui se présentaient par intervalles comme des grains de chapelet. Jacopo expliqua qu'à l'intérieur de la tour se trouvait une sorte d'anti-tour, des lieux retirés dont peu avaient connaissance. Beaucoup d'ouvriers avaient participé à la construction de la tour, mais chacun n'ayant travaillé que sur une partie ou sur une autre, ils n'en avaient pas la vue générale du Grand Ingénieur, de la même manière qu'un homme ordinaire ne peut voir correctement la ville dans laquelle il vit à moins de s'élever loin au-dessus d'elle de sorte que, comme Dieu, il puisse tout voir. Pasquale trouva que l'analogie était tirée par les cheveux, mais le Grand Ingénieur lui montra combien c'était vrai dans la nouvelle pièce qu'ils traversèrent.

Elle était sans fenêtres comme toutes les autres, mais plus grande, et circulaire, éclairée non pas par des lampes à acétylène mais par le soleil, qui entrait par une ouverture au plafond et tombait sur une petite table dont la surface était blanche et bombée. À la demande du Grand Ingénieur, Jacopo leva le bras pour abaisser un levier, et la table s'emplit soudain d'une image de la cité, comme vue de l'œil d'un oiseau planant au-dessus. Encore des astuces de lentilles, de prismes et de miroirs, mais l'effet n'en demeurait pas moins convaincant.

« Montre-moi où habite ce Giustiniani », demanda le Grand Ingénieur.

Au bout d'un moment, Pasquale réussit à trouver la villa,

une tache blanche sur le flanc de la colline qui montait vers le mur de la cité, de l'autre côté de l'Arno. L'espace d'un instant, l'ombre de son doigt effaçant l'image, il eut vraiment le sentiment que c'était ainsi que Dieu voyait le monde, qu'en aiguisant ne fût-ce qu'un peu sa vue, il pourrait voir Salai se diriger vers la villa, ou bien le magicien sous le toit de celle-ci, ou encore Machiavel à l'intérieur de sa prison.

« La lumière est devenue mon intérêt principal », expliqua le Grand Ingénieur. Ses tristes yeux caves baignaient dans une obscurité qui soulignait chacune de ses rides. « La lumière… c'est plus pur que les idées.

– Ensemble, dit Pasquale, nous pouvons déjouer le complot de Salai. Il en est encore temps. Les Espagnols sont à un jour de cheval d'ici. Même s'ils apprennent que la maquette est entre les mains de Giustiniani, il faudra qu'ils viennent la chercher. Venez avec moi !

– N'est-ce pas ce que je fais ? Tu m'as déjà convaincu, jeune homme. Jacopo, es-tu avec nous ? Ne reste pas la bouche ouverte, l'ami. Tu risques d'avaler une mouche.

– Je suis une nouvelle fois surpris, maître, par les caprices de votre esprit. Je m'évertue à vous convaincre d'agir contre Salai depuis le jour où il a tenté de vous faire assassiner, et tout à coup vous acceptez. »

Le Grand Ingénieur se tourna vers Pasquale. « C'est quand tu as traversé le vitrail, à la manière d'un ange. C'est à ce moment-là que mes yeux se sont ouverts, mais je n'en suis conscient que maintenant. Il faut que nous sauvions Salai de sa folie.

– Votre science contre la magie de Giustiniani, maître, dit Pasquale.

– La magie n'est que de la science qui cherche à se faire passer pour autre chose. Je suppose que nous n'avons guère de temps. Nous devons nous dépêcher. Où as-tu l'intention de me conduire ?

– Mais j'avais cru… »

Le Grand Ingénieur tira une chaise et s'y assit avec un soupir las. « Quoi, que j'allais lever une armée ? Je n'ai personne, à l'exception des gardes, et ils sont à Salai. Tout ce que je possède se trouve à l'intérieur de ma tête. Je n'ai même pas d'élèves. Je n'en ai plus depuis vingt ans ; il ne me reste que des disciples.

– Qui picorent la moindre de vos idées comme des corbeaux, ajouta Jacopo.

– Il n'y a qu'un homme qui puisse nous aider, dit Pasquale, mais je ne sais pas s'il le voudra.

– Peu importe. Conduis-moi à lui ! J'ai une grande confiance dans tes pouvoirs de persuasion, jeune homme. Ensemble, nous lui ferons entendre raison. Mais avant tout, je dois me reposer. Je me dis parfois que je n'aurais pas dû la faire si haute, cette tour. »

Jacopo prit Pasquale par le bras et l'entraîna un peu plus loin. « Il est vieux, et c'est une entreprise dangereuse pour lui.

– C'est la seule façon d'arrêter Salai.

– Je vois que nous nous comprenons. Bon, très bien. Laisse-moi te montrer quelque chose. Toi qui es peintre, cela t'intéressera sûrement. »

Au fond de la pièce se trouvait une série de bacs de pierre éclairés par une lumière rouge diffusée par des verres tintés. Un courant d'air froid y soufflait en permanence. Jacopo expliqua que c'était là que le Grand Ingénieur peignait avec la lumière. Il montra à Pasquale une rangée de plaques de verre uniformément argentées, ainsi que l'appareil à lentilles dans lequel elles s'engageaient.

« Mais il faut d'abord sensibiliser l'argent, en le traitant à la vapeur d'iode. Ensuite, après l'avoir exposée à la lumière, on place la plaque au-dessus d'un bac de mercure chaud jusqu'à ce que l'image se forme, puis on la plonge dans de l'eau chaude et salée pour la fixer. Voici la dernière. Fais attention ! La couche d'argent est fragile, et il a eu beau passer un nouveau vernis pour la protéger, elle est déjà en train de s'effriter. Attention, te dis-je ! »

Pasquale, qui avait pris la plaque, l'emporta en direction de la table. Jacopo lui emboîta le pas. « Attention, attention ! C'est l'image du banquet donné en l'honneur du pape. On y voit le pape lui-même, avec le malheureux Raphaël à ses côtés. »

Pasquale ne regardait pas les dignitaires, mais les domestiques qui se tenaient derrière eux, prêts à leur servir le deuxième vin. En particulier, celui qui se trouvait près de Raphaël. Il reconnut ce visage blême, cette tignasse, et finit par tout comprendre.

9

Lorsque Pasquale fut introduit auprès du Signor Taddei, le marchand était occupé à jouer aux échecs avec son astrologue, Girolamo Cardano, devant la vaste cheminée de pierre. Des documents étaient éparpillés à leurs pieds ; une tortue mécanique, sa carapace d'ébène incrustée de petits diamants en spirale, traversait cette rivière de papier sur six pieds trapus. Le secrétaire de Taddei écrivait à une table derrière le fauteuil à grand dossier de son maître, à côté d'un assistant qui faisait des additions à l'aide d'un abaque automatique, composant les chiffres, tournant la manivelle et enregistrant les résultats sur une longue feuille de papier avec une agilité machinale.

Au fond de la pièce, un trio de musiciens jouaient un air enlevé, et le domestique qui escortait Pasquale attendit qu'ils eussent terminé pour lui faire traverser promptement la grande salle. Cardano le regarda d'un air sardonique, tandis que Taddei contemplait l'échiquier, se caressant la barbe d'un doigt. La tortue mécanique buta contre ses pieds ; il la tourna dans l'autre sens et joua son coup avant de lever les yeux. Ces deux-là formaient une drôle d'association, le jeune esthète nerveux vêtu de noir et le marchand tranquille et démonstratif, mais il n'était pas rare de voir ainsi les opposés se rejoindre, car souvent, reconnaissant en un domestique ou un employé l'exagération d'un trait de caractère qui lui faisait personnellement défaut, le maître décidait d'élever l'homme en question au rang de faire-valoir et de confident.

« Voilà un plaisir inattendu », dit le Signor Taddei, jetant un coup d'œil désapprobateur au domestique qui escortait Pasquale.

Cardano avança un fou sur l'échiquier, puis retourna la tortue en direction de Taddei.

Le domestique expliqua que Pasquale s'était présenté à la porte du palais pour demander une audience.

« Je suis venu avec un ami, ajouta Pasquale sans vergogne. Je pense que vous devriez vous entretenir avec lui, plutôt que de jouer aux petits soldats.

– Vraiment ? » dit Taddei, avant de se carrer dans son fauteuil pour regarder Pasquale dans les yeux. Il était vêtu d'une robe rouge, garnie de fourrure teinte en noir au col et aux poignets, un chapeau carré trônant sur son crâne presque chauve.

« Attention, souffla Cardano. C'est peut-être un piège. » Sa lèvre inférieure était enflée, et, devant Pasquale, il se la mordit si fort que ses yeux se remplirent de larmes. L'astrologue paraissait très préoccupé ces temps-ci. Il ajouta : « Un homme seul peut faire plus de dégâts qu'une armée, s'il frappe au bon endroit. »

Avec une désinvolture feinte, Pasquale rétorqua : « C'est un vieillard, et non un assassin.

– Les apparences sont souvent trompeuses, insista Cardano. Soyez prudent, maître.

– Comptez sur moi », dit Taddei. La tortue se cogna à ses chaussons à bout recourbé. Sans presque regarder l'échiquier, il avança un pion d'une case et, avec son pied, retourna la petite machine, qui repartit pesamment vers Cardano.

Pasquale riposta : « Il me suffit de vous regarder, Signor Cardano, pour me rappeler l'effet trompeur des apparences.

– Il y a en bas un vieillard, maître, dit le domestique à Taddei. Il est accompagné d'un homme armé.

– Son valet, expliqua Pasquale. Il vous remettra son épée si vous le lui demandez, et c'est là sa seule arme.

– Fais donc monter ce vieillard », demanda Taddei au domestique. Puis, se tournant vers Pasquale : « Tu m'as causé bien des ennuis, mon garçon. J'espère au moins que tu n'es pas d'intelligence avec les savonarolistes.

– Vous savez bien que non, dit Pasquale d'une voix aussi ferme que possible. Ce sont justement les savonarolistes qui m'ont enlevé à vos hommes sur le Ponte Vecchio.

– Tu m'en diras tant ! Deux de mes hommes morts, et un troisième avec une balle dans le ventre, qui a toutes les chances de subir le même sort que ses camarades. Je ne sais pas si les savonarolistes t'ont enlevé, mais te voici maintenant devant moi, et en pleine santé.

– Mais d'une odeur qui laisse à désirer, observa Cardano.

– J'ai dû recourir à un moyen de transport inhabituel.

– Malheureusement, reprit Taddei, il n'y a toujours aucune trace du corps de Raphaël. L'as-tu vu, quand tu étais détenu par les savonarolistes ?

– Ce n'est pas eux qui l'ont, répondit Pasquale.

– J'ai toujours trouvé que tu faisais une piètre monnaie d'échange, lâcha Cardano.

– Ce n'est pas moi que voulaient les savonarolistes, mais quelque chose qui était en ma possession, et qui ne l'est plus. Et d'ailleurs, ce ne sont pas eux qui ont organisé l'échange. Ils en ont eu connaissance parce qu'il y a chez vous quelqu'un, signor, qui est en rapport avec eux.

– Si tu travaillais pour les savonarolistes, c'est exactement ce que tu dirais, répliqua Cardano, avant de repousser d'un air agacé la tortue qui essayait de grimper sur ses bottes noires.

– Je ne vous accuse pas, signor. C'est sans doute un domestique, ou peut-être le nouveau signaleur. D'une certaine manière, ce n'est pas très important.

– Si c'est vrai, dit Taddei, c'est important pour moi.

– Nous ne pouvons pas croire un seul mot de ce que dit ce

garçon, soupira Cardano. Comment se fait-il qu'il soit ici s'il a été enlevé par les savonarolistes ?

– Silence, fit Taddei. C'est à vous de jouer, Girolamo.

– Ah oui, c'est vrai. » Il avança sa reine pour la placer à côté de son fou et se renversa dans son fauteuil, se pinçant le pli du coude entre le pouce et l'index. « Et voilà. Échec et mat.

– Ah bon ? » Taddei jeta sur l'échiquier des yeux effarés, puis le repoussa.

« C'est tout ce que vous trouvez à faire pendant que l'ennemi marche sur Florence ? » pesta Pasquale.

Taddei le regarda d'un air amusé. « Je ne peux pas faire partir mes produits en chariot, les routes étant fermées par ordre de la Signoria, et je n'ose pas les faire partir en bateau, la flotte espagnole étant ancrée au large de nos côtes, prête à couler tout navire qui tenterait de passer. D'autre part, les citoyens demandent que la faction des artificiers démissionnent de la Signoria, la cité est toujours la proie des émeutes malgré l'état de siège, et mes manufactures sont fermées à cause d'une grève organisée par tes savonarolistes – mais je ne m'inquiète pas trop de ce côté-là, j'attends simplement que mes espions identifient les meneurs pour qu'on s'occupe d'eux. » Il écrasa son poing dans sa paume en guise d'explication, puis : « À présent, je veux que tu me racontes comment tu as échappé aux savonarolistes.

– Ils étaient en train de me faire traverser le fleuve, sur un bac qu'ils avaient capturé, quand ils ont été attaqués depuis la rive par des troupes qui m'ont semblé sous le commandement de Paolo Giustiniani. J'ai plongé dans le fleuve et rejoint la rive à la nage. » Il était inutile d'évoquer le rôle de Rosso dans cet épisode. Les morts étaient morts, et dire du bien ou du mal d'eux ne servait à rien. Pasquale ajouta : « S'il vous faut la preuve que je ne suis pas l'ami des savonarolistes, eh bien, la voici. »

Il sortit la plaque de verre qu'il avait ramenée de la Grande Tour dans un sac de toile. « Je sais maintenant qui a tué Raphaël, enchaîna-t-il, car je l'ai reconnu sur cette image. Elle a été prise au banquet qui a eu lieu après l'arrivée du pape. Vous êtes là, Signor Taddei, au bout de la table, vous devez donc vous en souvenir. »

Taddei prit la plaque de verre et regarda l'image aux bavures noires et brunes. « Je me souviens du moment où elle a été faite, dit-il. Nous avons dû rester sans bouger pendant deux bonnes minutes, et l'éclat des lampes faisait horriblement mal aux yeux. Ah, voilà ce pauvre Raphaël ! » Le silence se fit dans la salle alors que le marchand regardait l'image. « Eh bien, dit-il enfin, en quoi cela sert-il ton propos ?

– Quand cette image a-t-elle été prise ? demanda Pasquale.

– Oh, entre deux plats. Je ne me rappelle plus exactement lesquels. Mais si, bien sûr, c'était juste avant la mort de Raphaël. Où veux-tu en venir, mon garçon ?

– Regardez dans le fond, signor. On y voit les domestiques qui vont bientôt servir le vin pour le nouveau plat. Par bonheur, eux aussi ont obéi aux ordres de ne pas bouger. On en voit un à la hauteur de Raphaël. Je le connais. Il est au service de Paolo Giustiniani ; c'est lui qui a tenté de me capturer sur la Piazza della Signoria, et qui a ensuite essayé de s'introduire chez Niccolò Machiavel lorsque j'y étais. Peut-être vous souvenez-vous de lui, Signor Taddei. Il a les cheveux roux, et la peau blanche comme le lait.

– Même si tu peux prouver que tu t'es procuré cette représentation de manière légitime, intervint Cardano, qui nous dit que ce domestique est bien qui tu prétends ? »

Jetant un coup d'œil par-dessus son épaule, Pasquale fut soulagé de voir approcher le Grand Ingénieur qui clopinait à côté du domestique de Taddei, tous deux suivis de Jacopo dans son armure étincelante. « Quant à la manière dont je me suis procuré cette représentation, dit Pasquale, mon ami que voici pourra vous en répondre. Je crois que vous le connaissez, signor. »

Le Signor Taddei suivit le regard de Pasquale et, surpris, se leva d'un bond, renversant l'échiquier dont les pièces d'ivoire sculpté se répandirent sur le carrelage. Avec force effusions qui semblaient spontanées, il prit le Grand Ingénieur par le bras et l'accompagna jusqu'à son propre fauteuil. Même Cardano donna l'impression de s'émouvoir de cette apparition, et s'écarta pour laisser son fauteuil à Taddei, qui s'installa en face du Grand Ingénieur et se mit à le presser de questions.

Le Grand Ingénieur répondit d'un sourire timide et d'un hochement de tête, avant de faire comprendre que Jacopo parlerait pour lui. Après tout, c'était un vieillard en mauvaise santé, épuisé par cette entorse à sa vie de reclus et par le petit voyage à pied de la Grande Tour au Palazzo Taddei. Il s'affala plus qu'il ne s'assit dans le fauteuil que lui avait laissé Taddei, refusa la proposition de vin et, par l'intermédiaire de Jacopo, demanda de l'eau à la place. Ses yeux, derrière les verres bleus de son binocle, étaient mi-clos.

Jacopo vint se placer derrière le fauteuil du Grand Ingénieur, visiblement amusé par cette mise en scène, et déclara que son maître était prêt à offrir toute son aide dans l'affaire de Paolo Giustiniani. « Il a pris possession de quelque chose qui appartient à mon maître, une maquette qui doit être rendue. » Il se pencha pour écouter le Grand Ingénieur et ajouta : « Ou détruite, précise mon maître. En tout cas, il ne faut pas qu'elle tombe entre les mains des Espagnols. »

Pasquale expliqua aussi brièvement que possible qu'il s'agissait de la maquette que Giulio Romano avait d'abord volée sur l'ordre de Paolo Giustiniani, lequel agissait pour le compte des Espagnols ; que les savonarolistes, qui n'avaient pas confiance en Giustiniani, l'avaient enlevé afin de lui prendre la maquette et de la donner directement à leurs maîtres ; que ce Giustiniani ne jouait pas simplement un rôle d'intermédiaire dans l'affaire de la maquette volée, mais qu'il était également l'instigateur du meurtre de Raphaël, et que c'était lui qui devait avoir enlevé son corps. « Sans doute a-t-il agi sur l'ordre de l'Espagne, ou bien dans le simple but d'empocher une rançon. Lorsqu'il a su que c'était moi qui avais pris la maquette, il a décidé de faire d'une pierre deux coups : il a proposé d'échanger le corps de Raphaël contre moi-même et le malheureux Machiavel, sachant que nous savions où était la maquette. Hélas pour lui, nous avons été enlevés par les savonarolistes, que je ne remercie pas pour autant.

– N'est-ce pas troublant, cependant, que ce jeune homme ait réussi à s'échapper alors que le Signor Machiavel est toujours prisonnier ? remarqua Cardano. Nous n'avons toujours rien qui nous permette de l'expliquer.

– Vous pouvez le croire, dit Jacopo. Mon maître considère que c'est un garçon honnête. »

Pendant que Pasquale parlait, le Grand Ingénieur avait ramassé une feuille de papier parmi celles qui jonchaient le sol pour griffonner de petits schémas au verso. La tenant en l'air, il dit : « Je connais un moyen qui nous permettrait de prendre ce soi-disant magicien par surprise. S'il a besoin de toute son attention pour répondre à notre attaque, il n'aura pas le temps de détruire le corps de Raphaël. Et surtout, il ne pourra pas se retourner contre mon pauvre Salai. C'est à moi qu'il appartient de remettre cette âme égarée sur le droit chemin.

– J'espère que votre plan ne met pas de vies en danger, dit le Signor Taddei, mais avant tout, je dois vous en demander le coût. Certes, je ne suis pas pauvre, mais il me paraît difficile de financer une expédition de cette nature, en particulier dans les circonstances actuelles. La maquette qu'on vous a prise aurait-elle quelque valeur, selon vous ?

– Elle a déjà coûté trop cher, répondit le Grand Ingénieur.

– Mon maître veut dire qu'il doit y avoir moyen de s'arranger », précisa Jacopo.

Le Grand Ingénieur fit la grimace, mais ne souffla mot.

« Qu'en pensez-vous, Girolamo ? dit Taddei. Peut-on la développer ?

– Il faudrait que je la voie, répondit Cardano en haussant les épaules.

– Alors pour vous, ce n'est qu'une question d'argent ? explosa Pasquale, furieux et indigné.

– Du calme, jeune homme, dit Taddei. Je suis avant tout un homme d'affaires. Si tu veux des actes inconsidérés, je te conseille d'aller chercher ailleurs, bien que je doute que tu parviennes à convaincre quelqu'un d'autre avec ton incroyable récit. D'ailleurs, tu ne t'es pas adressé à moi par hasard, n'est-ce pas ?

– Je me suis adressé à vous parce que je vous savais déterminé à récupérer le corps de Raphaël. »

Taddei dévisagea Pasquale d'un regard perçant, et le jeune homme rougit. Après tout, le cardinal Jules de Médicis, le cousin du pape lui-même, était présent lorsqu'on avait emmené Pasquale pour l'échanger contre le corps de Raphaël, et Pasquale avait du mal à concevoir ce qu'on avait pu promettre à Taddei pour cette besogne, ou ce dont il s'était par là montré reconnaissant. Et bien sûr, il n'était pas question de le demander. On n'abordait pas ce genre de sujet à brûle-pourpoint, car c'était trop dangereux. Même l'information avait sa valeur propre, ce qui n'était pas sans comporter certains dangers pour son détenteur, comme Pasquale ne le savait à présent que trop bien. Sans s'en rendre compte, il avait été le détenteur d'une information qui avait coûté la vie à ce pauvre Rosso, ainsi qu'à deux des disciples de Raphaël, et menaçait maintenant de devenir le germe de la destruction de Florence.

Taddei, bien que brusque et pratique, n'était pas un mauvais bougre. « Tu n'es pas sans savoir, dit-il, que toute la force et la valeur de Florence sont fondées sur le commerce. Quant à ma modeste valeur personnelle, elle provient de la plus traditionnelle de nos industries, celle du textile. Or, pour avoir le dessus sur nos concurrents étrangers, nous autres Florentins avons tiré profit du système bancaire pour acheter la production des troupeaux anglais deux ou trois ans à l'avance. Ainsi, avant même qu'un agneau ne fasse ses premiers pas sur le sol d'Angleterre, toute la laine qui poussera jamais sur son dos a déjà été achetée. Cependant, cet avantage risque à présent de se retourner contre nous, car nous devons mettre la laine en réserve et honorer nos promesses de paiement, alors que nous sommes dans l'impossibilité de produire du tissu. Les savonarolistes le savent bien, c'est pourquoi ils cherchent à déstabiliser nos manufactures. Tu vois donc que la guerre se joue tout autant sur les livres de comptes que sur les champs de bataille, et si les hostilités sont déjà ouvertement engagées sur le premier terrain, les armées n'ont pas encore commencé à s'observer sur le deuxième. Voilà pourquoi, jeune homme, la plus petite intervention de ma part doit être soigneusement analysée au préalable, car il serait fâcheux que je gagne une partie de la guerre si c'est pour perdre l'autre.

– Le Signor Cardano souhaiterait peut-être analyser mes plans pour vous, Signor Taddei, proposa le Grand Ingénieur. Je suis certain qu'il les trouvera raisonnables. Je n'ai aucune envie d'organiser une boucherie pour perdre ce qui m'importe, pas plus que vous ne voulez vous ruiner pour le bien d'autrui. À partir de là, j'ai imaginé un moyen permettant à quelques hommes de paraître nombreux, grâce à des procédés qui jetteront le trouble et l'affolement dans le cœur et l'esprit de l'ennemi, tout en exposant les attaquants à un minimum de risques. J'ai passé ma vie à étudier le travail de ces hommes qui se prétendent des inventeurs qualifiés de machines de guerre, et il y a bien longtemps, je me suis aperçu que ces machines ne différaient en rien de celles qu'on utilise dans les manufactures et ailleurs. C'est donc à un coût très faible et dans un temps très court que mes procédés peuvent être mis en œuvre, et toute application que vous pourrez leur trouver par la suite, ma foi, à vous de l'exploiter. »

C'était un long discours, qui fut très pénible pour le vieil homme. Il resta affalé dans son fauteuil, et c'est à Jacopo qu'il revint de répondre aux remerciements sans fin de Taddei.

Cardano s'empressa de se pencher sur la feuille de schémas, et se mit presque aussitôt à questionner le Grand Ingénieur, qui se contenta de répondre par des sourires ou des hochements de tête. Taddei demanda du vin, puis, enroulant son bras autour des épaules de Pasquale d'une manière involontairement amicale, l'entraîna un peu plus loin dans la salle.

« Je veux que tu m'expliques pourquoi tu es si pressé, jeune homme. J'ai toujours estimé que tant qu'à faire quelque chose, autant le faire bien, même si cela demande de la patience. Toi, tu es aussi impatient que mon astrologue, là-bas, et aussi jeune, les deux allant souvent de pair.

– C'est que je veux sauver mon ami Machiavel. S'il est encore en vie, il est forcément entre les mains de Giustiniani ; il se trouvait sur le bac lorsque les hommes du magicien ont attaqué les savonarolistes, mais il était blessé et n'a pu s'échapper. Plus nous attendons, et moins il a de chances de rester en vie. Car une fois que les Espagnols auront pris la maquette, Giustiniani n'aura plus besoin de Machiavel ni du corps de Raphaël.

– Il pourra toujours en demander une rançon.

– Il est plus probable qu'il partira avec les Espagnols, s'il doit y avoir la guerre. Par ailleurs, vous êtes peut-être prêt à payer pour le corps, signor, mais accepteriez-vous de payer pour la vie d'un journaliste ?

– Tu es direct, dit Taddei, non sans admiration.

– Les circonstances l'exigent.

– Alors je serai direct à mon tour. J'ai l'intention de te faire jouer un rôle important dans cette opération.

– Mais signor, je suis peintre, et non soldat. S'il ne tenait qu'à moi pour qu'il en soit autrement…

– Tu vas t'introduire dans la villa avant l'attaque, coupa Taddei, implacable. Si tu le peux, tu dois assurer la sécurité du corps de Raphaël, celle de ton ami, et celle de ce Salai. Mais avant tout, tu dois essayer de reprendre la maquette. Dans cet ordre-là. Raphaël était un bon ami à moi, et je mets un point d'honneur à ce qu'il ait droit à un enterrement décent. J'espère que tu comprends.

– Mais comment voulez-vous que je fasse tout cela si je dois me livrer à Giustiniani ?

– Tu es un jeune homme de ressources. Si tu es aussi fort en actes qu'en paroles, tu trouveras un moyen.

– Vous n'avez pas confiance en moi, n'est-ce pas, signor ? »

Taddei rejeta la question d'un geste de la main. « Ce n'est pas une question de confiance.

– Une fois chez le magicien, je pourrais lui livrer votre plan d'attaque.

– Ainsi, je saurais qu'on ne peut pas te faire confiance, n'est-ce pas ? Mais j'ai suffisamment confiance en toi pour penser que tu n'agiras pas ainsi. De toute façon, nous attaquerons quoi qu'il arrive, et si Giustiniani prend l'offensive, nous riposterons d'autant plus sévèrement. Nous ne ferons pas de prisonniers… tu me suis, n'est-ce pas ?

– Tout à fait, répondit Pasquale, des frissons lui parcourant l'échine. Permettez-moi de vous demander une faveur. Si j'en réchappe, il faudra que je quitte la cité. Ce sera trop dangereux pour moi d'y rester, sachant ce que je sais.

– C'est ma foi vrai, reconnut Taddei. Où veux-tu aller ? »

Pasquale le lui dit, et Taddei s'esclaffa. « Ton ambition force l'admiration. Il y a un navire qui part cette nuit. Si tu arrives à temps, il y aura une place à bord pour toi.

– Deux places, corrigea Pasquale, qui pensait à Pelashil.

– Tu en demandes beaucoup.

– C'est de ma vie qu'il s'agit. Dites-moi, signor, croyez-vous que cette attaque peut réussir ?

– Si c'est possible, alors qu'il en soit ainsi.

– Tout est possible pour le Grand Ingénieur.

– C'est ce qu'on dit. » Taddei se retourna. « Alors, Cardano, quelles sont nos chances ? »

L'astrologue vêtu de noir s'approcha. Il se pinça une joue grêlée entre le pouce et l'index et dit à voix basse : « Je suis un peu dépassé par la manière dont sont appliqués certains principes…

– Et cela va me coûter cher ?

– D'après le valet du Grand Ingénieur, on peut prendre une grande partie du matériel dans les ateliers de la Grande Tour… non, je ne crois pas. Mais si jamais un seul élément ne fonctionne pas…

– Voyez avec mon secrétaire, donnez-moi un chiffre exact. Quant au bon fonctionnement de la chose, nous devons nous en remettre à notre génie. » Taddei se tourna vers le Grand Ingénieur, mais le vieil homme était endormi, son binocle aux verres bleus posé de guingois sur son visage, un portrait inachevé de Salai, jeune et idéalisé, s'étant échappé de sa main.

10

Il avait plu un peu juste avant le coucher du soleil, de quoi faire tomber la poussière et détremper le sol. La nuit était froide et claire, et Pasquale frissonnait dans l'herbe haute et humide qui poussait devant le portail de la villa de Giustiniani, de l'autre côté du chemin de terre. Encore un peu et il allait se mettre à geler pour la première fois de l'année. Dans les vignes, sur les collines qui environnaient Fiesole, les paysans devaient remplir les braseros de petit bois goudronné, afin de protéger du gel les derniers raisins de la saison.

Pasquale tira sur sa cigarette, l'enfermant dans ses mains pour en cacher le foyer. Ce n'était rien de plus que quelques mèches de tabac et des graines de marijuana dans du papier ordinaire. La fumée répandait un goût chaud dans sa bouche sèche. Lorsque le foyer lui mordit les doigts, il l'éteignit d'une chiquenaude et laissa tomber la cigarette au milieu des brins d'herbe. C'était peut-être sa dernière, pensée si malsaine qu'elle lui arracha un sourire.

Les murs qui entouraient le jardin de la villa renvoyaient la lumière de la lune décroissante. La première fois que Pasquale était venu là en compagnie de Machiavel, c'était une lune rouge qu'il avait vu se coucher au fond de la large vallée. À présent, elle était d'un blanc froid et bleuté, les manufactures du bord de l'Arno étant fermées et leurs fumées dissipées. Bien mauvais présage, en fait, que cette lune dégagée. Elle n'avait pas facilité la tâche des hommes du Signor Taddei quand, sous la direction de Girolamo Cardano, ils avaient dû traverser les clairs-obscurs dont elle avait envahi les oliveraies, chaque ombre pouvant abriter un valet ou un soldat de Giustiniani. Deux hommes étaient partis en reconnaissance afin d'ouvrir la voie aux autres, qui avançaient le dos courbé sous de lourds paquetages. Malgré la vigilance de ces éclaireurs, Pasquale avait sursauté au moindre frémissement de clair de lune, à la moindre course de souriceau. Il n'était pas courageux, tout juste assez stupide pour ne pas avouer sa peur. Pelashil lui avait dit que c'était un idiot, et s'il avait vigoureusement protesté sur le moment, il en était à présent convaincu.

Il était allé la voir cet après-midi-là, alors que Cardano, muni d'une autorisation écrite que Taddei avait obtenue par ses relations, s'était rendu dans les ateliers de la Nouvelle Université pour réquisitionner du matériel dont ses gardiens ne soupçonnaient guère l'existence. Pasquale avait donné sa parole d'honneur à Taddei qu'il reviendrait, en échange de quoi celui-ci avait accepté de le faire suivre discrètement plutôt que de le placer sous escorte.

Pasquale entra dans la taverne sous les huées et les sifflets de ses amis, l'un disant qu'il avait l'impression de voir un fantôme, un autre qu'un fantôme n'aurait jamais l'air si débraillé, un troisième qu'ils avaient devant eux un individu d'une bien triste notoriété, au point qu'il faisait l'objet d'une sommation de comparaître en justice. Un quatrième chevauchait une viole de gambe et tirait de ce tendre corps de bois aux formes féminines une mélodie plaintive en usant habilement de son archet. Ses compagnons lui donnant le rythme en se tapant frénétiquement sur les cuisses (ce genre d'accompagnement rythmique endiablé, emprunté aux chants des sauvages du Nouveau Monde, était la dernière vogue musicale en date, sa vigueur primitive rompant avec les mélodies traditionnelles), le violiste entonna le premier couplet d'une célèbre chanson d'amour, déformant les paroles pour y glisser le nom de Pasquale et déclenchant l'hilarité de ses compagnons, qui perdirent le rythme en des applaudissements ravis.

Pasquale eut aussitôt la sensation d'avoir retrouvé un milieu qui était le sien, mais qui, contrairement à lui, n'avait pas évolué. Il s'apercevait soudain qu'il n'avait rien en commun avec ces jeunes godelureaux, avec leurs cheveux soigneusement bouclés ou lissés à la gomme arabique qui les rendait brillants comme du vernis, leurs beaux habits bien propres aux couleurs roses, jaunes et bleu barbeau scrupuleusement assorties, leurs mains parfumées d'eau de rose et de lavande, leur voix traînante et leurs sourires entendus, leurs petites intrigues et leur fausse passion pour les beaux chevaux (qui étaient au-dessus de leurs moyens) et les belles femmes (à l'avenant). Le justaucorps noir, les chausses et le pourpoint marron qu'on avait donnés à Pasquale chez le Signor Taddei n'étaient rien de plus que pratiques, d'une coupe de dix ans démodée. Il n'avait pas eu le temps de se laver les cheveux correctement, encore moins d'en faire retomber les boucles sur le front comme à son ordinaire ; il les avaient relevés et enserrés dans un filet, à la manière d'un soldat. Tout à coup, il se sentait comme un adulte au milieu d'enfants. Ils le pressèrent de s'asseoir avec eux, de leur raconter ce qu'il avait fait, ce qu'il savait du meurtre de Raphaël, de boire quelque chose.

« Qu'est-ce que c'est que cette histoire de sommation ? s'enquit-il.

– Tu as fait des bêtises, répondit le musicien en posant son instrument et son archet. Quelqu'un aurait-il déposé une plainte contre toi dans l'un des *tamburi* ?

– Quelqu'un qui défendrait l'honneur de sa fille, Pasqualino ? proposa un autre.

– Plutôt celui de son fils », corrigea un troisième.

Se souvenant du moine, Pasquale haussa les épaules et demanda des nouvelles de Pelashil ; ses amis se remirent à rire. Le mercenaire assis près des cendres du feu de la veille se tourna vers eux, la mine renfrognée. Pasquale croisa son regard et détourna craintivement les yeux.

« Où est Rosso ? demanda quelqu'un. Allez, Pasquale, viens t'asseoir avec nous et raconte-nous ta vie de débauche. »

Pasquale s'empourpra de honte. Il ne pouvait pas dire à ses amis que son maître était mort, qu'il s'était suicidé. Il coupa court à la discussion en déclarant qu'il devait voir Pelashil, et alla réveiller le tavernier suisse qui sommeillait dans un coin, son énorme chien couché sur ses pieds nus. L'homme grogna d'une voix endormie et lui dit qu'elle était à la cuisine, à faire la vaisselle.

« Méfie-toi, ajouta-t-il. Sois prêt à plonger quand tu passeras la porte. »

Pasquale ne tarda pas à comprendre ce que voulait dire le Suisse. Pelashil était en train de laver des assiettes dans une bassine. Le hareng de midi cuisait sur une grille posée sur les braises du fourneau, faisant flotter dans la pièce un nuage de fumée. Lorsque Pasquale adressa la parole à Pelashil, elle lui tourna le dos ; lorsqu'il insista, elle se mit à l'asperger d'eau grasse. Il recula d'un bond, mortifié. Il lui expliqua qu'il voulait simplement lui dire adieu, au cas très improbable où il ne reviendrait pas.

« Alors c'est décidé. Tu t'en vas. Eh bien, va-t'en tout de suite ! » Furieuse, elle se frotta les yeux de ses poignets violacés, puis lui montra à nouveau son dos et rentra les épaules lorsqu'il voulut la retourner vers lui.

Il s'efforça d'en rire. « Et moi qui croyais que je comptais pour toi, je vois que je me suis trompé.

– Vous, les hommes ! Vous vous croyez si forts, si nobles, avec vos jeux idiots. Va donc te suicider, mais ne compte pas sur moi pour pleurer ta mort. Tu seras bien avancé, dans ta tombe de héros. Tes amis te donneront sûrement un beau monument.

– Tu me rends nerveux avec tes histoires d'enterrement. Je

suis simplement venu te demander deux faveurs. De t'occuper du singe, au cas où. Tu sais…

– Il n'est pas plus désagréable que le vieil homme, et de meilleure compagnie que toi.

– Plus propre ? Plus affectueux ? Allons, tu ne vas pas me dire que tu partages ton lit avec un tel monstre. »

Elle sourit, rien qu'un instant, un éclair de blanc sur son visage brun et marqué de quelques rides. « Tu as une bien haute opinion de toi-même.

– Et alors, j'ai tort ?

– Je t'ai dit ce que tu pouvais devenir. Tu n'es qu'un idiot.

– Tu sais, je ne suis pas certain de vouloir être mage. Tout ce que je voulais il y a quelques jours, c'était apprendre à peindre un ange comme personne ne l'avait encore jamais fait.

– Je t'ai montré comment.

– À présent, je ne suis plus très sûr de ce que j'ai vu. »

L'oiseau polychrome, qui était tout en n'étant pas Pelashil. Des bribes de temps comme les perles d'un collier, aussi brillantes et fixes que des étoiles. La créature qu'il avait rencontrée dans les fils de la tenture de toile.

« Tu n'apprendras rien du *híkuri* tant que tu ne seras pas *mara'akame*. Jusque-là, tes rêves ne seront toujours que… des jeux.

– De l'amusement ?

– Oui, trancha Pelashil d'un ton péremptoire.

– Le chemin paraît trop long.

– Écoute. La première fois qu'on prend du *híkuri*, on regarde le feu et on y voit le chatoiement des couleurs, la multitude de flèches aux plumes flamboyantes.

– En effet, confirma Pasquale, se rappelant sa propre expérience.

– Mais quand un *mara'akame* regarde le feu, qu'y voit-il ? Il y voit le dieu du feu, Tatewarí. Et il y voit le soleil. Il entend des prières qui louent le feu où demeure Tatewarí, et ces prières sont comme de la musique. Tout cela est nécessaire pour voir ce que Tatewarí fait sortir de son cœur pour nous. C'est ce vers quoi tu as fait ton premier pas, et que tu abandonnes à présent. Il y a deux mondes : celui des choses et celui de leur nom, où réside leur essence. Le *mara'akame* se place entre les deux. À l'exception de mon maître, tu es le seul de cette grande et terrible cité à commencer à le comprendre, et voilà que tu renonces à ce privilège pour rien.

– Ce n'est pas pour rien, tout de même. » Pasquale lui donna des explications sur l'endroit où il se rendait, la villa, les machines du Grand Ingénieur, puis, persévérant dans l'erreur de vouloir en rire : « S'il peut sauver Florence entière, il doit bien pouvoir me sauver moi.

– Je vais dire à mon maître qu'il va y avoir la guerre, dit Pelashil. Peut-être allons-nous prendre la route, aussi ne t'attends pas à me trouver ici à ton retour. »

Pasquale tenta de lui dire ce que lui avait promis le Signor Taddei, que dès que ce serait fini, il commencerait son voyage, et qu'elle pourrait venir avec lui, mais elle refusa de l'écouter, se retourna lorsqu'il voulut la rassurer, puis, comme il insistait, jeta ses assiettes dans sa bassine d'eau et ne répondit plus à aucun de ses appels.

Ainsi, en fin de compte, rien n'avait été décidé. Il était sorti par la ruelle de derrière plutôt que de retraverser la taverne et d'y affronter à nouveau ses amis. Il se sentait redevenu petit garçon.

À présent, dans l'obscurité, dans l'herbe haute qui bordait le chemin, Pasquale vérifia l'heure à la petite horloge fixée à son poignet par une sangle. Pas plus épaisse que trois ducats superposés, elle était munie d'un triangle qui tournait autour d'un cadran divisé en quarts d'heure. Les doigts de Pasquale l'informèrent qu'il en restait plus d'un avant l'heure à laquelle il était convenu qu'il irait au portail pour se livrer au garde. Cardano portait une horloge identique, et à la fin de l'heure suivante, il devait passer à l'attaque, que Pasquale eût réussi ou non.

Ces horloges synchronisées étaient les moindres des merveilles prises dans les ateliers du Grand Ingénieur, qui avait plus d'une corde à son arc.

Lorsque Pasquale rentra au Palazzo Taddei en sortant de la taverne, Gros-Jean comme devant, il trouva le vieil homme réveillé, qui pignochait dans un bol de fèves généreusement huilées et assaisonnées de romarin. Il avait couvert des pages et des pages de schémas, dans le but, lui expliqua Jacopo en haussant les épaules, de mettre au point une méthode permettant de réduire un cercle à un carré de surface égale.

« C'est dans les mathématiques que réside la vérité, déclara le Grand Ingénieur d'une voix douce. Uniquement dans les mathématiques. » Puis il ajouta : « Hélas, ces problèmes me prennent trop de mon temps. »

Pasquale commençait à s'habituer aux sautes d'humeur du vieil homme, à sa façon de ne louer les choses que pour les dénigrer ensuite. Il observa : « Le Grec, Pythagore, croyait que les nombres incarnaient la vérité pure. Comme s'ils étaient la poussière de la robe de Dieu.

– Beaucoup le croient encore. Je reçois de nombreuses lettres qui contiennent des calculs compliqués visant à donner l'âge de l'univers, sa grandeur, ou encore à démontrer que toutes les lois qui le gouvernent peuvent se résumer en une seule formule simple. N'est-ce pas, Jacopo ?

– Qu'en savez-vous, maître ? Vous me les faites lire à votre place, et il faut reconnaître qu'elles sont très ennuyeuses. Comme Pythagore et ses disciples, et comme les alchimistes tels que ce Vénitien, Giustiniani, les idiots qui vous écrivent croient que l'univers est un grand mystère dont la clef reste à forger. Et ils croient aussi que cette clef hypothétique garantira un pouvoir et une connaissance illimités à ceux qui la détiendront. Ils vont jusqu'à vous proposer, maître, de vous donner la moitié du royaume des cieux si vous acceptez de les aider à résoudre leurs énigmes.

– D'ailleurs, renchérit le Grand Ingénieur, il ne faut pas oublier que Pythagore et ses disciples, qui voyaient dans les nombres l'essence même de toute chose, ont été bouleversés d'apprendre que la diagonale d'un carré simple d'une unité de côté ne correspondait pas à un nombre fractionnaire simple, c'est-à-dire au quotient de deux nombres entiers. C'était là une contradiction d'une telle gravité que le disciple qui l'a révélée, Hippase, a été noyé selon les rites. Pauvre homme. J'ai toujours eu de la compassion pour lui. Je redoute qu'un déluge irrationnel ne détruise en un jour la totalité de l'œuvre humaine. »

Après en avoir demandé la permission au vieil homme, Pasquale prit l'une de ses feuilles de schémas pour l'examiner. « Ces dessins abstraits sont presque décoratifs, dit-il.

– Oh, j'ai souvent tiré des motifs architecturaux de ces croquis, en particulier pour les vitraux.

– Je regrette, pour celui que je vous ai cassé. J'aurais aimé le voir. »

Le Grand Ingénieur se pencha en avant, les yeux soudain étincelants d'enthousiasme. « Quand tu l'as traversé ! C'est ce que j'ai vu de plus merveilleux depuis des lustres. Voilà trop longtemps que je suis enfermé dans cette tour, retiré du monde... mais le monde est un lieu déconcertant, pas bien ordonné. J'ai de plus en plus besoin d'ordre pour réfléchir. Le plus étrange, dans ces jeux mathématiques, ce n'est pas qu'ils produisent ce que nous percevons comme de la beauté, mais qu'il est impossible de prévoir ceux qui en produiront. Il n'existe pas d'équation de la beauté : elle surgit de manière aléatoire, comme un fragment de chanson qui s'élève d'une foule, avant de se perdre à nouveau dans le brouhaha. Euclide considérait que la géométrie était une base solide pour expliquer rationnellement l'univers, mais même dans les explications d'Euclide, on trouve des mystères. Je me suis longtemps escrimé à résoudre tel ou tel problème... peut-être en pure perte. Peut-être existe-t-il en géométrie des propriétés irrationnelles qui ne peuvent se déduire des axiomes élémentaires d'Euclide. Mais si on ébranle les certitudes absolues de la géométrie, ce sont toutes nos architectures et nos réalisations artistiques qui s'écroulent, notre carte du ciel et nos techniques de navigation. »

Pasquale se sentit grisé par une vive émotion : si le monde n'était pas défini, chacun devait donc être libre de déterminer son propre sort. Il n'existait plus d'étalons pour mesurer les choses, et celles-ci devenaient indépendantes, n'ayant de raison d'être que par rapport à elles-mêmes. Les anges et les hommes. Le monde des choses, et le monde des sens. « Pourtant, dit-il, Christophe Colomb a découvert le Nouveau Monde.

– En cherchant autre chose, précisa Jacopo en haussant les épaules.

– Mais nombreux sont ceux qui ont refait le même chemin. Piero di Cosimo, par exemple. »

Le Grand Ingénieur fit un signe du doigt, et Jacopo se racla la gorge pour déclarer avec une certaine solennité : « Mon maître me demande de te dire qu'il ne faut pas faire confiance à Taddei. Ne compte pas sur son soutien, Pasquale.

– J'aurais un service à te demander, Jacopo, répliqua le jeune homme. Quand je serai parti, je voudrais que tu rendes visite à un certain personnage important. On ne me laisserait jamais lui parler, mais toi, tu es le valet personnel du Grand Ingénieur, et je suppose que tu es bien introduit dans ces milieux-là.

– De qui s'agit-il ? » s'enquit Jacopo en se gonflant d'orgueil.

Pasquale le lui dit, l'informa de l'objet du message, et, à la manière dont Jacopo sembla se réjouir de cette intrigue, il sut qu'il s'acquitterait de sa charge.

« Que ne suis-je plus jeune pour partir sur les mers avec toi, soupira tristement le Grand Ingénieur.

– Ne dites pas de bêtises, rétorqua Jacopo. Lorsque vous étiez jeune homme, on ne vous aurait jamais laissé vous embarquer pour un voyage aussi dangereux. Vous aviez trop de valeur pour la cité. »

La conversation évolua, et peu à peu, on en vint à parler de peinture. De l'ange de Pasquale.

Le Grand Ingénieur écouta Pasquale lui expliquer comment il s'était mesuré au problème de peindre quelque chose de nouveau, un ange comme on n'en avait jamais vu, après quoi il y eut un silence. Pasquale crut que le vieil homme s'était endormi, mais soudain, celui-ci prit la parole. « Il ne doit pas avoir l'air sombre ou soucieux, tu sais. C'est ce qu'on pourrait attendre d'un homme, mais pas d'une créature divine. Un ange doit être en extase, car il accomplit l'œuvre de Dieu, et en outre, il voit l'avenir. Le tien doit savoir que le péché originel permettra à l'homme de se libérer, car avant de pécher, l'homme était en parfaite harmonie avec la volonté de Dieu, et depuis, il doit lutter pour retrouver la faculté d'entendre la musique secrète et solennelle à laquelle obéissent les sphères de l'univers. Car par le péché, l'homme s'est donné l'occasion de s'élever plus haut que les anges.

– S'élever jusqu'où ? Vous ne voulez tout de même pas dire… »

Le Grand Ingénieur sourit, puis porta un doigt à ses lèvres. Celles-ci étaient d'un rouge vif à l'intérieur de sa barbe blanche et soyeuse. Pasquale le soupçonna de se les teindre. L'ongle du vieil homme était long, mais d'une propreté impeccable, et enduit d'une substance qui lui donnait un éclat nacré.

« Ne le dis pas. Ici, le simple fait de le penser risque de t'attirer des ennuis.

– Le Signor Taddei entretient des relations étroites avec le Vatican », expliqua Jacopo.

Le Grand Ingénieur ajouta : « Lui te dirait que c'est ce même orgueil qui a gagné Lucifer, et qu'au moment précis où il s'est rebellé, il a été déchu. Mais Lucifer le porte-lumière appartenait au paradis, alors que nous, où que nous allions, nous ne pouvons que nous élever. Ton ange doit en être conscient, et cela doit le remplir de joie.

– Une joie grave, sans doute. Peut-être ne suis-je pas à la hauteur de la tâche.

– Se remettre en question est la première des choses à faire avant d'entreprendre un travail. Quand on sait où on en est de ses connaissances, on peut commencer à en acquérir de nouvelles. Sinon, dans l'euphorie de l'ignorance, on n'apprend rien. Je me suis toujours demandé si les anges étaient intelligents, voire doués de raison, car s'ils sont des serviteurs parfaits de la volonté de Dieu, ils n'ont rien besoin de savoir, puisqu'ils procèdent de Celui qui sait tout. »

Le garde passa de nouveau devant le portail, pour la cinquième fois depuis que Pasquale s'était couché dans l'herbe. Les lumières de la villa se distinguaient à peine derrière les murs, où elles luisaient aussi froides et lointaines que la lune.

Maîtriser la science de la lumière, avait confié le Grand Ingénieur à Pasquale cet après-midi-là, serait la réussite du siècle. L'enregistrement de la lumière et de son mouvement allait bouleverser la perception du temps. Il pensait qu'on parviendrait à accélérer le lent processus chimique par lequel la lumière libérait l'argent de son sel d'iode, de manière à faire une prise de vue à chaque seconde, et ainsi capturer la façon dont les hommes et les animaux se déplaçaient. Le mouvement serait reconstitué par cette suite de prises de vue, qui défileraient successivement devant l'œil comme dans la réalité. Jacopo ajouta non sans fierté que son maître avait déjà expérimenté une technique de ce genre devant le pape, mais qu'il s'agissait d'une simple illusion, comme le verrait Pasquale. Parmi les machines qui devaient être utilisées contre Giustiniani, il y en avait une qui fonctionnait sur le même principe.

« J'espère que nous n'en aurons pas besoin, avait dit Pasquale. Je dois traiter avec Giustiniani, à la demande de Taddei. » Après un instant de réflexion, il avait ajouté à l'intention du Grand Ingénieur : « En repensant à votre dessin, maître, je viens d'avoir une idée sur la manière dont je pourrais m'y prendre. Si vous pouviez m'accorder quelques minutes, cela me permettrait peut-être de négocier sérieusement la vie de mon ami, et de repartir avec lui sans encombre. »

Il perçut le bruit d'un cheval au galop, des grincements d'attelage et un grondement de roues. Une voiture montait la côte en bringuebalant, tirée par un moreau transpirant. Le portail s'ouvrit avec fracas, et deux gardes s'avancèrent précipitamment. Allongé à quelques *braccia* seulement du plus proche, Pasquale vit son visage blême sous l'ombre de son casque à visière. Solidement bâti, il avait une épaisse moustache qui surplombait sa bouche lippue, et des yeux aussi bleus que les montagnes de la lune ; un mercenaire suisse ou prussien, comme les hommes que Taddei avait engagés pour cette expédition. Pasquale imagina un instant les soldats mercenaires des deux camps déposer les armes et se saluer comme des frères ; il n'avait vraiment aucune envie de se battre.

La voiture s'arrêta devant le portail. Le garde qui se trouvait à côté de Pasquale s'avança à la hauteur du cheval, qui encensait et soufflait bruyamment par les naseaux, et s'adressa au cocher en prussien d'une voix gutturale. Le cocher au teint laiteux s'esclaffa et retira son grand chapeau, faisant retomber des cheveux roux bouclés sur son front. À cet instant, Pasquale sentit comme un poignard de glace lui transpercer le cœur. Le cocher était le valet de Giustiniani, celui qui avait conduit Giovanni Francesco à la mort à son insu, celui qui avait servi le verre empoisonné à Raphaël, celui qui avait poursuivi Pasquale sur la Piazza della Signoria, et que Pasquale avait aperçu à la fenêtre de Machiavel.

Le garde fit signe à la voiture d'entrer. Comme elle passait lentement sous l'arc du portail, Pasquale se leva et s'avança sur le chemin.

Le garde brandit aussitôt son pistolet, avant de se détendre un peu en voyant que Pasquale était seul. Son compagnon déclara dans un toscan hésitant : « Défense d'entrer. Sois gentil, l'ami, passe ton chemin.

– Il faut que je voie le Signor Giustiniani », dit Pasquale.

Il alla pour sortir les documents rentrés dans son justaucorps, et le premier garde brandit à nouveau son pistolet. Le second s'avança, écarta sèchement les mains de Pasquale et lui prit la liasse de documents.

« Pour le Signor Giustiniani, expliqua Pasquale.

– Nous lui remettrons. Tu peux partir. »

Pasquale n'avait pas prévu qu'il se ferait refouler ; mais pourquoi les gardes le reconnaîtraient-ils ? « Il faut me payer », dit-il, avant de tendre le bras pour reprendre les documents.

Le second garde le fit tomber à la renverse. Pasquale roula dans une ornière de boue tendre et, pour la première fois depuis qu'il était parti pour la villa, sentit monter la colère, vive et violente. Il se releva d'un bond et chercha à saisir les documents que le garde tenait au-dessus de sa tête, hors de sa portée. Cette lourde facétie de brute prussienne faisait rire les deux gardes. Regardez-le sauter, ce blanc-bec, écoutez-le crier. Quel bonheur d'être un bon gros idiot de Prussien !

« Vous allez avoir des ennuis, menaça Pasquale d'une voix haletante, sans la moindre peur. Attendez que le Signor Giustiniani apprenne ça ! »

La voiture s'était arrêtée sur l'allée de gravier blanc, de l'autre côté du portail. Sautant alors à terre, le cocher fit demi-tour. Il reconnut aussitôt Pasquale, et son visage s'épanouit en un large sourire. « La troupe est au complet. Il était temps. Demain, nous ne serons plus là.

– Ainsi, l'émissaire espagnol est arrivé. »

Le rouquin plaqua un doigt contre son nez proéminent et fit un clin d'œil. « Il est dans la voiture. Tu ne manques pas de toupet, jeune homme. »

Pasquale arracha les documents des mains du garde et les tendit devant lui comme un bouclier. « Voilà qui va intéresser votre maître. Salai ne vous a pas tout dit. »

Le rouquin haussa les épaules. « Ce n'est pas moi qu'il faut convaincre. Monte en voiture, je vais te conduire sur-le-champ jusqu'à mon maître. » Puis, se tournant vers les gardes : « Fermez le portail. Plus personne ne viendra, ce soir. »

11

Comme précédemment, la lumière sortait à flots de toutes les fenêtres de la villa. Dans chaque pièce se trouvaient des lustres de verre chargés de bougies, comme autant de buissons ardents suspendus à de hauts plafonds de plâtre où des frises de putti et de chérubins folâtraient en une profusion fessue. Lorsque Pasquale entra dans la villa par une porte dont les deux vantaux étaient grands ouverts, à la suite du rouquin et de l'émissaire espagnol, il entendit une femme qui riait quelque part, l'écho de son rire se propageant dans le vestibule où des statues de marbre trônaient sous un plafond bleu pâle. Elle se mit à rire plus fort, comme prise d'une crise de nerfs, puis s'arrêta aussi brusquement que si on lui avait claqué une porte au nez.

Pasquale s'aperçut qu'il retenait son souffle. Il jeta un coup d'œil vers le rouquin, qui se contenta de sourire et de dire : « Par ici, messieurs, s'il vous plaît. »

Nombre des pièces que le rouquin fit traverser à Pasquale et à l'émissaire espagnol – un homme taciturne et guindé, vêtu de chausses et d'un pourpoint ordinaires rouge et noir, et d'une tunique de cuir serrée par une ceinture à grosse boucle d'argent – étaient vides, les autres ne contenant que quelques meubles épars. Dans une pièce, des soldats jouaient aux dés devant une énorme cheminée, si concentrés sur leur partie qu'ils levèrent à peine la tête au passage des trois hommes. Un trésor de livres, plus d'une centaine, était entassé contre le mur d'une autre.

La porte au fond de cette pièce était fermée. Curieusement, elle était équipée d'une sorte de heurtoir en forme de masque tragique, fixé d'équerre sur ses planches. Le rouquin effleura précautionneusement les lèvres du masque avant d'ouvrir la porte et de faire entrer ses deux invités.

Pasquale s'arrêta, à nouveau saisi par la peur. Il lui semblait qu'elle ne lui laissait pas de répit.

C'était la pièce dans laquelle Giovanni Francesco avait été assassiné. Comme la dernière fois, la cheminée était allumée, remplie de bûches qui y brûlaient en crépitant furieusement ; le fauteuil qui ressemblait à un trône était toujours là, son bois sombre sculpté d'arabesques rehaussées de feuille d'or. Et dans le fauteuil, comme la dernière fois, était assis le magicien vénitien, Paolo Giustiniani.

Il portait une calotte noire carrée, ainsi qu'une robe noire brodée de fils de soie et fendue jusqu'à la taille des deux côtés, qui découvrait ses jambes nues, musclées et poilues. Il était chaussé de chaussons noirs à bout recourbé. Il se tourna vers les deux autres hommes présents dans la pièce, présentant le profil de son maigre visage de faucon à Pasquale, et déclara : « Comme vous pouvez le constater, mon appel a été entendu. Nous allons pouvoir commencer. »

L'un des deux hommes, qui n'était autre que Salai, se contenta de hausser les épaules. Le deuxième, fièrement assis sur un tabouret, les poignets menottés et posés sur les genoux, c'était Machiavel. Il tourna son sourire ironique et dégagé vers Pasquale, qui le lui rendit, son cœur se gonflant d'espoir.

« Le moment est à nouveau mal choisi, lança Machiavel. Essaie au moins de profiter du spectacle, Pasquale.

– Inutile d'espérer, dit le magicien à Pasquale, son toscan marqué par un fort accent vénitien. Il n'y a rien à espérer ici, surtout pour toi. »

Le rouquin referma la porte et s'y appuya négligemment, souriant sans aucune malice à Pasquale.

L'émissaire espagnol se mit à protester, d'une voix calme et timbrée, qu'il était là pour traiter une affaire sérieuse, affaire pour laquelle rien n'avait encore été payé.

« Oh, fit Salai, donnez-lui ce qu'il veut, qu'on en finisse. » Il planta une cigarette entre ses lèvres charnues et se pencha pour l'allumer, puis souffla un grand nuage de fumée avec impatience. Il portait toujours sa tunique de velours rouge, avec une fine épée sur le côté. « Tout cela m'ennuie, ajouta-t-il.

– Je ne suis pas ici pour vous divertir », rétorqua l'émissaire, outragé.

Salai s'inclina d'un air moqueur. « Pardonnez-moi, signor. À la façon dont vous êtes vêtu, je croyais que vous étiez venu jouer une pantomime.

– Silence », ordonna Giustiniani. Il mit ses mains en coupe, la gauche par-dessus la droite. Lorsqu'il les écarta, la maquette reposait au creux de sa main droite. « Voici votre bien, signor », dit-il à l'émissaire.

Le rouquin vint prendre la maquette et la remit à l'émissaire avec un grand geste du bras.

« Et maintenant, reprit Giustiniani, écoutons ce que le peintre a à nous dire. » Il avait la manie de lever la main lorsqu'il prenait la parole, pour appeler l'attention. Voilà qui n'impressionnait guère Pasquale ; s'il avait l'étoffe d'un chef, un homme devait être capable d'imposer le respect sans user d'artifices.

« Vous le savez sûrement, dit Salai, si vous l'avez fait venir jusqu'ici. Ou est-ce que votre drôle de mise en scène avec le miroir et les cheveux brûlés n'était qu'une supercherie ?

– Vous allez voir que tout est très sérieux », répondit le magicien. Puis, joignant les mains sur la poitrine dans une parodie de prière, il dit à Pasquale : « Ne sois pas timide, mon garçon. Tu m'as apporté un cadeau. Montre à ces messieurs de quoi il s'agit. »

Pasquale sortit l'une des feuilles de papier froissé. « Voici, maître, pour la vie de Niccolò Machiavel. Vous aurez le reste lorsque nous aurons été relâchés avec le corps de Raphaël.

– Il faut que ce document soit vraiment très important.

– Salai ne vous a pas dit la vérité. Lorsqu'il a perdu les plaques de verre, il a également perdu des informations importantes. La maquette n'est pas suffisante. Il vous faudra aussi ces calculs, dont je ne vous ai apporté que la première moitié. Vous aurez l'autre, comme je vous l'ai dit, quand je serai relâché, avec mon ami et le corps. »

Le magicien prit le document, y jeta un coup d'œil, puis, le passant à Salai : « Est-ce l'écriture de votre maître ?

– Oui », reconnut Salai.

Le magicien reprit le document pour le passer à l'émissaire.

« Mais il écrit tellement ! explosa Salai. Ce vieux fou ne fait que ça : écrire, écrire, écrire, un fichu pavé après l'autre. Ces calculs peuvent être n'importe quoi, n'importe quoi !

– Regardez en bas, dit Pasquale sans se démonter. Avec un miroir, vous pourrez lire plus facilement. »

Le rouquin en fit apparaître un et le donna à l'émissaire, qui s'en servit pour examiner l'écriture fine et inversée du document. Là, comme Pasquale et Jacopo s'étaient entendus pour la mettre au point, avant de la dicter avec patience au vieil homme, se trouvait la phrase suivante : *Je soussigné Léonard déclare que ce sont là les calculs exacts qui permettent à un homme de s'élever dans les airs au moyen d'une hélice à axe vertical.*

L'émissaire la lut à haute voix. Salai cracha un nuage de fumée et protesta : « Une ruse. N'importe quel artificier est capable de construire cette machine à partir de la maquette. Il n'y a besoin de rien d'autre. Il est inutile de payer davantage, inutile de traiter avec cette… cette créature.

– Silence ! », ordonna le magicien. Sa voix résonna dans la pièce, et l'espace d'un instant, Pasquale eut la sensation que son cœur avait cessé de battre, comme pour obéir à cet ordre.

« Voilà un problème intéressant », dit Machiavel, amusé. Les yeux brillants, il était penché en avant sur son tabouret, vif et curieux comme un oiseau. La chaîne qui reliait les bracelets de fer de ses menottes était enroulée sur ses genoux.

« J'ai apporté tout ce qu'on m'avait demandé, dit Salai. On ne m'a jamais parlé de ces calculs. Après tout, ils ne sont peut-être pas au vieux fou.

– Vous avez dit que l'écriture était la sienne, rappela l'émissaire.

– Eh bien, je me suis trompé.

– Vous changez d'avis ? fit l'émissaire. Vous en changez facilement, dites-moi.

– Ce document a été écrit par un mathématicien, déclara le magicien. Tout autre Florentin aurait utilisé les chiffres romains. » Puis, se tournant vers l'émissaire : « Ici, on les utilise pour les comptes, parce qu'il est impossible de les falsifier en ajoutant des chiffres à la fin des nombres. Cela vous donne une idée du climat de confiance qui règne à Florence. Mais les mathématiciens, eux, préfèrent les chiffres arabes, qui sont d'une utilisation beaucoup plus simple. Et ce sont ceux qu'on trouve ici.

– C'était à vous de nous parler de ces calculs, signor, lança l'émissaire à Salai. C'est là le problème.

– Tout à fait, renchérit Machiavel. C'est là le cœur du problème. Soit vous faites confiance au Grand Ingénieur, soit vous ajoutez foi à l'avis changeant de son giton. »

Salai leva la main pour frapper Machiavel, mais le rouquin s'avança et la lui saisit. Salai se débattit quelques instants avant de se libérer et de se détourner.

« Laissons-les partir, proposa l'émissaire. Quel besoin avons-nous de ces deux-là ?

– Hélas, dit le magicien, ils veulent le corps, et il se trouve que j'en ai besoin pour l'offrir en sacrifice. » Il transpirait ; l'air de la pièce était lourd, comme chargé d'une gravité inexprimée. Songeant à l'image qu'il avait sauvée du feu, Pasquale eut un frisson.

« Il ne faut pas que le corps soit rendu, insista l'émissaire. Cela fait partie du marché.

– N'ayez crainte, dit le magicien. Dès la fin de la cérémonie, je le détruirai. Enfin, si celui que je vais appeler ne l'a pas emporté avec lui. Car il va venir, cette fois. C'est le bon moment. Je le sens. »

Salai se mit à rire, mais s'arrêta presque aussitôt. Chacun dans la pièce avait le regard tourné vers le magicien, dont le visage était possédé par une sorte d'avidité malsaine.

Avec la sensation de fouler de l'air – sensation que devaient partager les anges, puisqu'ils ne pouvaient jamais toucher la terre ferme – Pasquale déclara : « C'est tout ou rien. Relâchez-nous sans le corps, et vous n'aurez pas le reste des calculs.

– Je ne suis pas d'accord, trancha le magicien. Après tout, pourquoi devrions-nous vous relâcher maintenant, alors que nous avons tous les atouts dans notre jeu ? »

Tâtant subrepticement l'horloge à son poignet, Pasquale fut surpris de constater que moins d'une demi-heure avait passé depuis qu'il s'était livré au garde. Il s'était présenté à lui plus tôt que prévu, et il restait près d'une heure avant le début de l'attaque. Il essaya de se détendre. Il avait tout le temps de traiter avec le magicien. Et même s'il ne sauvait que Machiavel, ce serait une victoire. Raphaël, lui, était déjà mort, et il ne pouvait rien lui arriver de pire. Même être offert sur l'autel d'une messe noire n'était pas pire que d'être mort.

« S'il nous manque des informations, dit l'émissaire espagnol à Salai, vous pouvez être sûr que nous ne vous paierons pas, signor. Nous voulons la totalité, ou rien.

– Vous avez tout ce qu'il faut ! s'exclama Salai avec colère. Comme je vous l'ai dit, vous n'avez besoin que de la maquette, ni plus, ni moins. Ce jeune idiot vous ment, c'est tout. Oh, peut-être a-t-il du courage, je vous le concède, ou encore un sens aigu de l'abnégation. Mais quelle qu'en soit la raison, il essaie simplement de vous rouler dans la farine. Tuez-le, un point c'est tout. Prenez les documents qu'il a, si vous voulez.

Que m'importe ? Ils n'ont aucune valeur, vous pouvez me croire. Et même si je me trompe, eh bien, je me fais fort d'obtenir personnellement le reste, dussé-je pour cela tuer le vieux fou. Je vous en donne ma parole.

– L'assassinat ne fait pas partie de notre accord, souligna l'émissaire. Je ne peux pas négocier avec vous sur ce point.

– Si je voulais la mort du Grand Ingénieur, dit le magicien, il me suffirait de lui envoyer un esprit invisible, qui l'étoufferait en enfumant l'air de sa chambre pendant son sommeil.

– Je ne veux pas entendre parler de ce genre de choses, dit l'émissaire avec un dégoût manifeste.

– Vous allez faire bien plus que d'en entendre parler », exulta Salai.

Se drapant dans sa dignité, l'émissaire déclara : « Tout ce que je sais, signor, c'est que vous avez fait beaucoup de promesses, et qu'il apparaît que vous ne les avez pas toutes tenues.

– C'est comme l'ange, le diable et les deux portes, dit Machiavel à l'émissaire. Vous connaissez l'histoire ?

– Nous la connaissons tous, répondit le magicien. Taisez-vous.

– Moi, je ne la connais pas, corrigea l'émissaire. Si elle est en rapport avec notre affaire, j'aimerais l'entendre. »

Salai leva les bras au ciel et détourna la tête. Souriant, Machiavel expliqua : « Imaginez que vous vous trouviez dans une pièce, de laquelle vous pouvez sortir par deux portes. L'une mène à la mort, l'autre à la liberté, et rien n'indique quelle porte mène à quoi. Avec vous, dans la pièce, il y a un ange et un diable, et vous ne pouvez poser qu'une seule question à l'un d'entre eux. Le diable, naturellement, ne peut s'empêcher de mentir, alors que l'ange ne dit que la vérité. Oh, et bien sûr, tous deux sont invisibles, aussi vous ne saurez pas lequel vous aura répondu. Alors, quelle question posez-vous pour être certain de sortir en vie ?

– Laissons là les énigmes, dit le magicien. La situation est simple. » Il se tourna vers l'émissaire. « Vous n'avez qu'à emmener le Signor Machiavel avec vous, ainsi que les documents que ce jeune homme a eu la gentillesse d'apporter. S'il est vrai qu'ils sont nécessaires, alors je servirai d'intermédiaire, à titre gracieux, pour vous transmettre le reste, en échange de la libération du Signor Machiavel. Sinon, vous pourrez faire de lui ce que vous voudrez. Quoi qu'il en soit, vous devrez nous payer la somme convenue, ou ne partiront d'ici que ceux que je choisirai.

– Je ne suis pas de cet avis ! s'exclama Pasquale. Vous devez d'abord libérer mon ami, Niccolò Machiavel, et rendre le corps de Raphaël.

– Ton avis n'a pas d'importance, lui dit le magicien d'un ton moqueur, joignant ses longues mains pour se regarder les ongles. Tout ce qu'on te demande, c'est d'aller chercher le reste des documents. Si tu obéis, ton ami sera libre. Sinon…

– Confiez-moi deux hommes, dit l'émissaire au magicien, et nous ferons comme vous l'avez suggéré. J'en prends la responsabilité, bien que je doute que ce retard soit au goût de l'amiral Cortés.

– Je vois que j'ai affaire en vous à un homme clairvoyant, signor.

– C'est notre clairvoyance qui nous vaudra de conquérir le monde, dit l'émissaire. Celui qui détient la clef de l'avenir a le pouvoir de mettre l'histoire à rançon.

– Il risque surtout de se faire assiéger par ceux qui veulent sa clef », corrigea Machiavel avec entrain.

Le magicien lui demanda de se taire. « Quant au pouvoir, dit-il à l'émissaire, vous allez bientôt constater la futilité des forces temporelles. Je vous ai tous rassemblés ici, en ce jour de Saturne, pour m'assister. Pour commencer, vous devez revêtir une robe. »

L'émissaire eut un sursaut. « Je refuse de me prêter à de la magie noire ! »

Le rouquin s'empara de lui et le tint par le cou, appuyant un couteau près de son œil lorsqu'il se mit à se débattre. Le magicien tendit une bougie devant son visage et la fit aller et venir, tout en parlant d'une voix basse et monotone. Quand le rouquin lâcha l'émissaire, Pasquale vit que des larmes baignaient les yeux écarquillés du malheureux, et qu'il tremblait comme un arbrisseau dans la tempête.

« Quelqu'un d'autre a-t-il une objection ? s'enquit le magicien, posant son regard froid sur Pasquale, puis sur Machiavel.

– Du calme, Pasquale, dit Machiavel.

– Que veut-il de nous ?

– Je crois qu'il a l'intention d'évoquer un esprit. Il s'est vanté du grand pouvoir qu'il allait acquérir ce soir, et je comprends maintenant que ce n'est pas grâce aux Espagnols. As-tu peur ?

– Non pas un esprit, corrigea le magicien, mais un ange. L'un des sept archanges, pour être exact.

– C'est mon fils bien aimé, gloussa Salai. Je suis très fier de lui.

– Méfiez-vous, dit calmement le magicien. On ne plaisante pas avec ces choses-là. Je crois savoir que tu t'intéresses aux anges, le peintre. Dis-moi, aimerais-tu en voir un ?

– Je crains de manquer d'imagination, répondit Pasquale, d'une voix aussi ferme que possible.

– Crois-tu que les anges existent ? »

L'espace d'un instant, la bouche de Pasquale fut envahie par le goût amer du bouton racorni de *híkuri* que lui avait donné Pelashil. « Oh oui, répondit-il. Oui. »

Le magicien sourit. « Et si tu veux peindre un ange, tu ne refuserais tout de même pas une occasion d'en voir un, n'est-ce pas ? Quelle autre peintre pourrait se vanter d'une telle chance ? »

Se rappelant son panneau brisé, Pasquale expliqua : « Il fut un temps où je ne pensais à rien d'autre. Mais les choses ont changé.

– Et elles changeront encore, dit le magicien. Tu dois m'obéir, le peintre, et vous aussi, Signor Machiavel, ou je serai forcé de vous placer également sous mon contrôle. Croyez bien que je n'hésiterai pas ! »

Le rouquin libéra Machiavel de ses menottes, sortit des robes de toile blanche d'un coffre et les distribua avec des chapeaux de papier comme en portaient les tailleurs de pierre pour protéger leurs cheveux de la poussière et des éclats. Suivant ses instructions, Machiavel et Pasquale enfilèrent le tout. Le rouquin habilla l'émissaire espagnol, puis passa de nouveau les menottes à Machiavel. Pasquale obéissait avec un empressement coupable. C'était comme s'il était partagé en deux. D'un côté, il avait l'espoir de voir un ange ; de l'autre, il savait qu'il nageait là dans des eaux très obscures, et que même son âme était en péril. Imaginer le visage d'un ange était une chose, mais s'apprêter à y plonger son regard en était une autre.

« Courage, Pasquale, dit Machiavel.

– Peut-il vraiment faire apparaître un ange ? chuchota Pasquale.

– Il le croit. Mais si les hommes comme lui ont les pouvoirs qu'ils prétendent, pourquoi ne gouvernent-ils pas le monde ?

– Comment savons-nous qu'ils ne le font pas ?

– En secret, tu veux dire... »

Machiavel y réfléchit un instant, puis : « Aucun prince ne peut gouverner en secret, car même doué de pouvoirs magiques, il doit à un moment donné manifester sa volonté pour qu'elle soit accomplie. Non, même moi, je ne crois pas à la possibilité d'une telle conspiration du silence.

– Cela fait du bien de discuter à nouveau avec vous, Niccolò.

– Je regrette de ne pouvoir te rassurer, Pasquale. J'avoue que je crains pour notre vie à tous les deux.

– Pas plus que moi. » Pasquale songeait aux moyens dont disposait Cardano, en qui il n'avait aucune confiance.

Le magicien s'attacha une longue et large épée à la taille et retira sa calotte noire, laissant voir qu'il était tonsuré comme un moine. « Nous allons commencer, déclara-t-il. Personne ne doit parler sans que je le lui demande, pas même vous, Signor Machiavel, et aucun d'entre vous ne devra bouger de sa place. »

Il les conduisit dans la pièce voisine. Sur le sol de marbre s'étendait un immense dessin, tracé à la craie rouge. Une étoile à cinq branches était inscrite à l'intérieur d'un cercle, à l'extérieur duquel en courait un second. D'autres cercles plus petits s'inscrivaient dans les cinq triangles de l'étoile, dont le centre était occupé par un carré d'étoffe rouge d'un mètre de côté, avec un brasero de fonte ordinaire posé dans l'un des coins. Dans l'espace compris entre les deux grands cercles concentriques, d'étranges symboles, comme ceux de quelque mathématique alchimique, étaient soigneusement dessinés. Pasquale s'aperçut qu'il y avait de l'écriture romaine mélangée à des caractères grecs et hébraïques, mais ne put reconnaître aucun mot ni aucun nom, à l'exception du signe astrologique de Saturne au sommet, ou au nord, de l'étoile à cinq branches. Au bout de chaque branche brûlait, à hauteur de taille, une grosse chandelle de cire blanche. Il y avait d'autres chandelles à chaque coin d'une sorte d'autel qui se trouvait dans un petit cercle au nord-est de la figure principale. Et sur l'autel…

Pasquale poussa un soupir. Il ne put s'en empêcher. Sur l'autel était étendu le corps nu de Raphaël. On l'avait lavé, rasé et couvert d'inscriptions rouges et jaunes à l'aide d'une sorte de fard. Ses mains étaient croisées sur son torse glabre, et dans ses doigts aux ongles bleus, il tenait une croix retournée. Un creuset était posé entre ses jambes.

Le magicien regarda Pasquale et, avec un sourire ironique, se mit un doigt sur la bouche, puis leva le petit sac de cuir qui était suspendu à son cou, marmonna quelques mots, et y déposa un baiser. Ce fut un instant diabolique.

L'odeur rance dont les chandelles imprégnaient la pièce aux volets clos était enivrante. Le rouquin montra sa place à chacun : Machiavel et Pasquale, dans les cercles des branches orientale et occidentale de l'étoile, Salai et l'émissaire somnolent, dans les deux branches méridionales. Il confia une fiole de cognac à Pasquale, une autre de camphre à Machiavel, et leur expliqua que lorsqu'on leur en donnerait l'ordre, ils devraient jeter l'équivalent d'une main en coupe de liquide sur le brasero.

Pendant ce temps, le magicien avait replié l'étoffe rouge au centre de la figure, faisant apparaître un triangle, tracé lui aussi à la craie rouge et liseré de lierre. Il jeta l'étoffe ainsi pliée sur son épaule gauche et plongea son épée dans les charbons qui étaient entassés à l'intérieur du brasero. Ceux-ci s'enflammèrent avec un léger crépitement et dégagèrent aussitôt une âcre et épaisse fumée blanche.

Le rouquin prit place dans le cercle du haut et, gravant le marbre à la pointe de son épée, le magicien fit le tour de l'étoile en repassant sur les traits de craie rouge.

« Personne ne doit bouger », rappela-t-il avant de revenir se placer près du brasero.

La fumée emplissait lentement la pièce. Elle était à la fois suave et piquante, et aussi dense qu'un brouillard d'artificier. Pasquale fut pris d'une étrange sensation de vertige. Il avait des fourmis dans les doigts et dans les orteils. Sur l'ordre du magicien, il versa du cognac sur les charbons du brasero, et Machiavel y ajouta du camphre. Le rouquin posa un creuset à ses pieds, et des flammes bleues dansèrent à l'intérieur.

En latin, le magicien psalmodia : « Entends-moi, Uriel ! De cette vallée de misère et de la misère de cette vallée, de ce royaume de ténèbres et des ténèbres de ce royaume, jusqu'à la sainte colline de Sion et aux tabernacles célestes, je t'appelle par l'autorité de Dieu le Père tout-puissant, par la vertu des cieux et des étoiles, par celle des éléments, par celle des pierres et des herbes, ainsi que par la vertu des tempêtes de neige, du tonnerre et des vents, pour que tu exécutes les tâches qui t'ont été confiées avec la perfection de laquelle tu procèdes, sans aucune ruse, fausseté ni tromperie, sous le commandement de Dieu, Créateur des Anges et Empereur des Siècles !

« Au nom d'Emmanuel, au nom du Tétragramme Jéhovah, au nom d'Adonaï, roi des rois, manifeste-moi ton terrible pouvoir et accorde-moi de ton incommensurable largesse. À cela, je dédie mon autel. »

Le magicien baisa son épée, puis en plongea la pointe dans le creuset qui se trouvait aux pieds de son valet. Aussitôt, des flammes bleues s'emparèrent de la lame. Il traversa le cercle en tenant son épée enflammée devant lui pour l'abaisser sur le creuset coincé entre les jambes du corps de Raphaël. Des flammèches mêlées de fumée s'en élevèrent en grésillant, poursuivant leur envol tandis que le magicien reculait avec précaution vers son triangle.

La fumée était à présent si dense que Pasquale distinguait à peine les autres, ne voyant que des silhouettes incertaines qui s'estompaient dans la blancheur générale. Les flammèches qui s'envolaient du corps de Raphaël semblaient dessiner des visages fugitifs, plus ou moins éloignés. Ils étaient songeurs ou sévères, gais ou graves. Pasquale était à ce point paralysé par la peur et par les effets de la fumée que le magicien dut l'appeler deux fois pour lui rappeler de jeter du cognac sur les charbons ardents du brasero.

Le magicien posa son épée nue, qui avait cessé de brûler, sur le bout de ses chaussons. « Je t'ordonne et t'adjure, psalmodia-t-il aussi solennellement qu'un prêtre en chaire, Uriel, grand ministre, par le pouvoir du pacte que j'ai scellé avec toi et par le pouvoir des armées que tu commandes, d'accomplir mon œuvre. Au nom de Pamersiel, d'Anoyr, de Madrisel, d'Ebrasothéan, d'Abrulges, d'Itrasbiel, de Nadres, d'Ormenu, d'Itules, de Rablon et au nom d'Hamorphiel, toi qui commandes les douze anges des douze tribus qui gouvernent les rois et les gouvernements, depuis le feu, à travers les trente demeures jusqu'aux quatre-vingt-onze divisions de la Terre, montre-toi, montre-toi, montre-toi ! »

Pendant un moment, rien ne se passa. Puis la villa entière s'ébranla, agitée par trois brèves et violentes secousses. L'air de la pièce sembla se comprimer, comme battu par de grandes ailes, et la flamme de la chandelle qui brûlait devant Pasquale vacilla, puis se redressa brusquement. De la fumée blanche tourbillonna sous ses yeux, comme pour prendre forme. L'espace d'un instant, il fut animé par une folle espérance, aussi vive que la flamme de la chandelle. Puis, derrière les lourds rideaux, du verre tomba des hautes fenêtres pour tinter sur le marbre. Un grand vent s'engouffra dans la pièce, et toutes les chandelles s'éteignirent.

12

Pasquale sut tout de suite qu'aucun ange n'avait tenté de se montrer. Il avait été trahi : Cardano avait lancé l'attaque plus tôt que prévu. À tout moment, Pasquale s'attendait à entendre l'explosion de nouvelles fusées. Il y en avait six en tout, que les hommes avaient portées sur leur dos dans des tubes couverts de paille, déjà chauffées si bien que l'eau à l'intérieur s'était transformée en vapeur, poussant vigoureusement pour s'échapper. Pour les lancer, il suffisait d'ouvrir une soupape.

« Restez tranquilles ! » cria le magicien.

Mais Salai était déjà aux rideaux, qu'il avait écartés légèrement pour regarder par la fenêtre. « Il semblerait qu'on ait mis le feu à votre maison », dit-il.

Le rouquin rentra, refermant soigneusement la porte derrière lui. Pasquale ne l'avait même pas vu sortir. Sa tignasse rousse était saupoudrée de poussière de plâtre. « Des fusées, expliqua-t-il, mais il n'y a aucune trace de rampes de lancement, et personne n'a vu d'où elles étaient parties. Les hommes sont affolés. Il faut que je m'occupe d'eux. »

Et il repartit.

Planté au milieu de sa cérémonie gâchée, le magicien épousseta sa robe noire et regarda Pasquale avec un calme grave. Les grosses chandelles vacillaient autour de lui, projetant son ombre sur le mur du fond ; la fumée du brasero se déversait à ses pieds, un déferlement de vagues soulevées par le vent qui s'engouffrait par les fenêtres brisées. Le creuset posé entre les jambes du corps de Raphaël continuait de brûler et de lancer des étincelles, avec un crépitement léger mais distinct. L'émissaire clignait beaucoup des yeux, se regardant plier les doigts d'un air surpris.

« Tu es le chevreau de Judas », dit le magicien, avant de lever la main, où apparut soudain un bâton d'ébène.

« Je vais les tuer tout de suite ! » s'exclama Salai en bondissant près de Machiavel pour lui appuyer son épée sur la gorge.

Sans bouger d'un pouce, Machiavel regarda calmement et froidement le magicien comme pour le défier, alors même qu'il était menotté et sur le point de mourir.

« Patience ! dit le magicien. Attendons de connaître l'importance des forces qui sont rassemblées contre nous. Il se peut que nous ayons besoin d'eux vivants, pour négocier. »

Salai secoua si violemment la tête que ses cheveux s'agitèrent autour de son gros visage furibond comme un buisson dans une bourrasque. « Non ! »

Le magicien étendit la main ; son bâton s'y transforma aussitôt en un serpent noir, et dans le même mouvement, il le lança sur Salai. Épouvanté, Salai donna des coups d'épée au serpent, le manqua, et s'enfuit de la pièce en hurlant.

Le magicien se baissa pour ramasser son reptile qui rampait sur le sol, puis lui passa le pouce sur le dos. Aussitôt, celui-ci se raidit. Lorsqu'il eut secoué ses manches, il tenait à nouveau un bâton d'ébène. Dehors montait un bruit, un roulement de tambours frénétique et des clameurs de cornemuses stridentes et infernales, comme produits par des musiciens aux bras d'acier et à la gorge de cuivre. Pasquale se souvint de la machine à percussion, avec ses soufflets, ses poids et ses bras mécaniques.

« Sommes-nous cernés ? bredouilla l'émissaire, hébété comme après un réveil en sursaut.

– Avec mon aide, mes hommes vont repousser nos assiégeants, répondit le magicien. Vous n'aurez qu'à me suivre, signor, dès que je vous aurai confié la garde de ce prisonnier. »

Il se pencha vers Machiavel et lui joignit les mains. Les menottes du journaliste tombèrent de ses poignets, remplacées par un appareil qui ne lui entravait que les pouces.

« Celui qui prend l'initiative dans une bataille en est généralement le vainqueur », dit calmement Machiavel.

Le magicien le frappa du revers de la main, avec une telle force que le bruit résonna dans la pièce. « Si vous voulez vivre, dit-il sur le ton de la conversation, vous feriez mieux de me suivre. »

Machiavel redressa la tête pour affronter le regard de Giustiniani, un demi-sourire déformant ses lèvres fines. « La défaite est toujours difficile à admettre », rétorqua-t-il.

Le magicien se retourna et empoigna Pasquale par le bras. « Viens », dit-il, avant de sortir de la pièce avec lui, sans se retourner pour voir si l'émissaire et Machiavel les suivaient.

La villa était envahie de poussière et de fumée. Le magicien fit passer Pasquale par une série de pièces vides, devant des mercenaires qui couraient dans tous les sens avec des malles, des armes ou des piles de livres. Manifestement, ils s'apprêtaient à battre en retraite. La moitié du vestibule était la proie des flammes, qui léchaient les murs et l'encadrement des fenêtres brisées. Le plafond s'était effondré, couvrant le sol de plâtrage, et la plupart des statues étaient tombées de leur socle. Le feu remplissait l'espace d'une chaleur intense et sèche, d'un grondement sourd et violent et d'une odeur douce et pénétrante : c'était l'odeur du feu grégeois, dont on avait chargé la tête creuse des fusées et qui se répandait et s'enflammait à l'impact.

La peau de Pasquale essuya un coup de chaleur tandis qu'il suivait le magicien à l'extérieur. Les cris des hommes de ce dernier s'y mêlaient à la cacophonie de la machine à percussion. De grandes lumières incertaines clignotaient derrière les limites du jardin, et des ombres s'agitaient parmi elles. Des mercenaires tiraient des coups de feu dans leur direction, leurs mousquets claquant aussi faiblement que des crépitements de brindilles. Leurs efforts étaient d'autant plus vains que les ombres sur lesquelles ils tiraient n'étaient rien de plus que des ombres, fabriquées pour ressembler aux silhouettes d'une armée avançant sur un fond de lumières vives.

Deux hommes s'efforçaient de retenir le cheval affolé qui était attelé à la voiture noire. Ils se profilaient dans la lumière intense qui balayait la pelouse, celle des lampes réfléchissantes, toutes à miroirs rotatifs, que les hommes du Signor Taddei avaient installées dans les oliviers.

Alors que le magicien bousculait Pasquale pour descendre les larges marches de marbre en direction de la voiture, trois détonations étouffées retentirent de l'autre côté du mur et de la grille arrondie du portail. Pasquale voulut se jeter à terre, mais le magicien l'obligea à rester debout, de vive force, si bien qu'il vit les trois arcs de fumée que tracèrent les fusées à vapeur à travers la nuit. L'une frappa le fronton du portail avec un tintement dissonant et l'enveloppa d'une boule de feu orange. Les deux autres s'élevèrent plus haut, et Pasquale distingua leurs corps ventrus qui ondulaient comme des poissons dans la nuit tandis qu'elles retombaient. L'une explosa sans danger au milieu des arbres, mais l'autre s'écrasa sur le toit de la villa. Un instant plus tard, une boule de feu embrasait le ciel. Affolé, le cheval se cabra et se jeta en avant. Il brisa ses traits et partit au galop pour disparaître au coin de la villa, traînant l'un de ses gardiens derrière lui.

Sur le chemin qui menait au portail, le griffon remua sur son socle. Peut-être l'avait-on mis en marche, à moins que le choc de l'explosion n'eût déclenché son mécanisme. Il se dressa sur ses pattes avec raideur, les yeux brillants d'un éclat rouge, puis se mit à trembler comme pris de paralysie agitante. De la fumée jaillit de ses articulations, de sous les plumes qui entouraient son cou. Son bec se contracta, claquant comme les dents d'un idiot. Des jets de vapeur s'échappèrent de trous cachés, formant un grand nuage qui monta sous la chaleur du feu de la villa et du portail. Cette brume réfracta les lumières de derrière le mur, et ce fut comme un rideau de petit jour terreux tendu au milieu de la nuit.

Les hommes du magicien tiraient vers l'endroit d'où étaient parties les fusées à vapeur, s'agitant dans la lumière des lampes, leurs ombres se chevauchant pêle-mêle sur la pelouse. Certains se servaient de mousquets ou d'arbalètes ; d'autres faisaient tournoyer des frondes au-dessus de leur tête, pour jeter des boules de verre en direction des lampes. Cependant, Pasquale avait averti Taddei de cette tactique, et le marchand avait équipé ses hommes de masques à charbon. Un homme monté sur des échasses traversa la pelouse d'un pas chancelant, prenant de la vitesse, et s'engouffra dans un bosquet. Un instant plus tard s'élevait une gerbe de feu, suivie d'une pluie de branches brûlées.

Giustiniani tira Pasquale vers lui. Dans sa main venait d'apparaître un couteau, dont la lame était recourbée et gravée d'inscriptions rouges. Le magicien parla directement à l'oreille de Pasquale, son haleine parfumée au clou de girofle lui caressant la joue. « Combien d'hommes, et comment sont-ils disposés ? Réponds.

– Pas plus de sept, maître. »

Pasquale sentit la pointe du couteau s'appuyer sur la peau tendre qui bordait le bas de son œil gauche. Il ne put retenir un sursaut. Le magicien le prit par les cheveux et lui tira la tête en arrière, le laissant face au ciel noir. « Tu as intérêt à me dire la vérité, le peintre, si tu ne veux pas perdre d'abord cet œil-ci, et l'autre ensuite.

– Il y en a au moins cent ! Ils sont tout autour de la villa, maître !

– Des miliciens ? » La pointe du couteau s'éloigna légèrement.

« Non, maître. Ils font partie de l'armée personnelle du marchand Taddei.

– J'ai entendu parler de lui. Un ami de Raphaël.

– Il veut son corps, maître.

– Il devra se contenter du tien, dit le magicien d'un air sinistre.

– Il évoque les démons, comme vous avez pu le constater.

– Ma magie sera plus forte que la sienne », déclara Giustiniani.

Un des cèdres qui bordaient la pelouse illuminée se mit à secouer ses branches inférieures. Le magicien se retourna au moment même où une ombre sautait de l'arbre et s'élançait à travers la pelouse. Les mercenaires affolés se dispersèrent, s'abstenant de tirer sur l'apparition de peur de se blesser les uns les autres.

Le magicien repoussa violemment Pasquale et leva les bras au-dessus de sa tête. Il y eut une série de petites explosions devant lui, et du gaz s'en éleva en tourbillonnant. Il était jaune, âcre et étouffant. Pasquale s'écarta en chancelant tandis que le singe – c'était Ferdinand – traversait ce nuage. Il bondissait de gauche à droite en frappant le sol avec ses poings, les yeux rougis par le feu qui brûlait derrière le magicien.

Celui-ci recula et, d'un grand geste du bras, fit réapparaître son bâton d'ébène. Pasquale poussa un cri d'avertissement au moment même où le magicien lançait son bras en avant. Le serpent frappa le singe à la gorge, et celui-ci roula sur lui-même, empoignant son agresseur par la tête et par la queue. Pasquale se précipita vers le singe alors qu'il jetait le serpent, auquel il avait tordu le cou. Il donnait des coups de pied et frissonnait, tous les muscles tétanisés. Il ne pouvait plus respirer, et il ne resta à Pasquale qu'à tenir sa main calleuse tandis qu'il étouffait.

« Voilà comment je détruis tous les démons ! » triompha le magicien, avant de partir en courant. Il saisit un mercenaire au passage, lui cria quelque chose et le poussa en direction de l'ennemi, puis repartit pour aller en chercher un autre. Il tentait de rassembler ses troupes, courant dans tous les sens au milieu des fuyards, ses jambes blanches jetant des éclairs à travers les fentes de sa robe noire.

Pasquale referma les yeux de Ferdinand, comme il l'aurait fait pour un homme, et se retourna. Ses propres yeux se remplirent de larmes. Une grande douleur menaçait de se libérer en lui, s'il ne la retenait pas. Puis l'espoir revint, pour la seconde fois en quelques minutes. Une silhouette surgit de la villa en feu, un bras levé pour se protéger le visage. L'homme descendit les marches en titubant avant de tomber à genoux, et Pasquale se précipita vers lui. Il s'agissait de Machiavel, qui, à l'exception de quelques traces de suie et de brûlures légères, était indemne.

Pasquale l'aida à se relever, et tous deux avancèrent tant bien que mal sur la pelouse, dont l'herbe se desséchait sous la chaleur. Le mécanisme qui animait le griffon s'était bloqué. Il se tenait à demi accroupi avec une patte en l'air, claquant vainement du bec sur des traînées de fumée. Machiavel et Pasquale se réfugièrent derrière son socle, et le journaliste expliqua en souriant que l'émissaire avait sagement décidé de s'occuper de sa propre personne.

« Il a ce qu'il voulait, après tout. La maquette, et les documents que tu as apportés. C'était une supercherie courageuse, Pasquale.

– Vous l'avez déjouée ! dit Pasquale, criant pour couvrir le bruit des tambours et des coups de feu.

– Pour une fois que Salai disait la vérité, il est amusant que personne ne l'ait cru.

– Et l'émissaire vous a vraiment laissé partir ?

– Disons que j'ai profité de la confusion pour lui fausser compagnie.

– Et vos fers, ils sont partis tous seuls ?

– Oh, non. J'ai pris la clef du Signor Giustiniani quand il m'a frappé. Il a fait semblant de me retirer mes menottes par magie, mais bien sûr, il s'est servi d'une clef, que je me suis empressé de lui subtiliser, pour ensuite me libérer de l'appareil qui m'entravait les pouces. » Il regarda autour de lui, puis : « Je crois qu'il est temps de partir. Quel est le plan ?

– À mon avis, dit Pasquale, Taddei veut notre mort. Cette attaque a été lancée bien plus tôt qu'il n'avait été convenu. Peut-être devrions-nous rester où nous sommes.

– Combien d'hommes a-t-il envoyés ?

– Sept.

– Pas plus ?

– Le Grand Ingénieur a fourni quelques machines.

– Dans ce cas, nous n'avons guère à craindre des attaquants. »

Pasquale vit du mouvement au milieu des flammes qui léchaient le fronton brisé du portail. « Je n'en suis pas si sûr », dit-il.

La machine sortit du portail en feu, sa carapace brunie enflammée par endroits. C'était la cousine utilitaire de la tortue incrustée de diamants de Taddei : un objet de la taille d'un chien de chasse, recouvert d'un dôme de plaques d'acier de moins de deux *braccia* de haut. Elle avançait sur une douzaine de pieds trapus. Des coups de feu firent tinter sa carapace tandis que les mercenaires portaient leur attention sur elle. Puis elle s'arrêta. Des bras articulés jaillirent de chaque côté et commencèrent à la soulever au-dessus du chemin de gravier.

Pasquale tira Machiavel par le bras et lui dit de se sauver. Ils étaient arrivés au coin de la villa quand la machine explosa, envoyant des disques de métal aux bords tranchants voler au-dessus de la pelouse. Alors même que des mercenaires morts et blessés s'écroulaient, une deuxième machine franchit le portail en feu, marchant sur les débris de la première, avant d'exploser prématurément, déchargeant le plus gros de son énergie dans le sol et disparaissant dans un nuage de terre et de métal brisé.

« J'ai toujours pensé que l'homme ne connaîtrait jamais la grâce tant qu'il serait moins apte à créer qu'il ne l'est à détruire ! » s'exclama Machiavel, dangereusement émoustillé, ses yeux noirs renvoyant une autre lueur que celle du feu. « Rien qu'avec une poignée de ces engins-là, un seul homme pourrait détruire toute une armée !

– Si nous n'y prenons garde, c'est nous qu'ils risquent de détruire.

– Il y a sûrement une autre issue, j'en mettrais ma main à couper.

– Comment en êtes-vous si sûr ? »

Machiavel sourit. « Tout simplement parce que Giustiniani n'habiterait pas une maison où il n'existerait qu'une seule voie pour entrer et sortir. Tiens, regarde là-bas ! Allez, Pasquale ! C'est notre dernière chance ! »

Le rouquin courait à l'opposé des mercenaires survivants qui, sous le commandement du magicien, se déployaient sur la pelouse en direction des prétendus attaquants dont les ombres s'agitaient de l'autre côté du mur. Le magicien faisait la guerre aux démons, pris à son propre jeu d'adresse et d'illusion ; car après tout, ne venait-il pas de vaincre un démon qui l'avait attaqué ? Il brandit son bâton d'ébène, et celui-ci se couvrit de flammes bleues. Pasquale comprit alors que son serpent n'avait jamais été autre chose qu'un serpent, qu'il s'était contenté de faire apparaître et disparaître par un tour de passe-passe. Cependant, cette découverte n'était en rien une consolation : bien que réel, ce serpent s'était avéré tout aussi mortel que s'il avait été magique, peut-être plus encore.

Machiavel donna la chasse au rouquin, et Pasquale s'élança derrière lui. Ils arrivèrent ainsi devant le griffon mécanique, dont la tête avait été emportée par l'explosion de la bombe ambulante, et qui crachait un jet de vapeur par la base de son cou déchiqueté. Pasquale dit à Machiavel d'en faire le tour par la droite, tandis que lui-même prenait par la gauche ; puis ils convergèrent sur leur proie, qui s'était arrêtée pour donner un coup de pied dans le socle d'une statue de femme nue à tête de bouc, cornue et velue.

La statue recula brusquement. Le rouquin se retourna et

s'aperçut que Machiavel et Pasquale étaient presque sur lui. Il sortit un pistolet, mais hésita pour choisir sa cible, ce qui suffit à Pasquale pour se jeter sur lui et le renverser d'un coup de poing. Machiavel s'empara du pistolet et le braqua sur le rouquin, les mains tremblantes. « Bien joué, Pasquale, lança-t-il. Tu vois, nous avons notre issue. »

En reculant, la statue, dont le socle était creux, avait découvert un escalier de pierre qui descendait sous terre.

Le rouquin leva vers Machiavel un regard narquois. Du sang coulait au coin de sa bouche, mais il n'y prêtait aucune attention. « Si vous voulez me menacer avec ce pistolet, dit-il, vous feriez bien de commencer par l'armer. »

Machiavel ramena le chien de cuivre avec son pouce. Il s'agissait du même genre de pistolet à répétition que celui qu'il avait emporté lors de la première expédition à la villa. Il demanda au rouquin de se relever et de s'écarter. Ce dernier joignit les mains sur sa tignasse rousse, mais resta où il était. « Si vous vouliez me tuer, je pense que vous l'auriez déjà fait. Venez, je vais vous montrer la sortie. Elle est aussi difficile à trouver que l'entrée.

– J'ai déjà tiré sur des hommes, dit Machiavel, un rien de sauvagerie dans la voix. Je n'ai aucune envie de tirer sur vous, mais je le ferai si vous m'y obligez.

– Il veut dire que vous pouvez passer devant, expliqua Pasquale au rouquin. Toutefois, je me demande s'il est bien conseillé de faire confiance à un homme qui n'hésite pas à trahir son maître.

– Ce qui est sûr, dit le rouquin, c'est qu'il n'y a plus rien à gagner ici. » Une balle perdue siffla au-dessus de leurs têtes. Alors que Machiavel et Pasquale se baissaient instinctivement, le rouquin resta immobile. Les mains toujours sur la tête, il ajouta : « Il va bientôt y avoir plus à perdre qu'à gagner, d'ailleurs. Puis-je baisser les bras ? Le passage n'est pas particulièrement facile. »

Lorsque les trois hommes furent arrivés au bas de l'escalier, la statue grinça pour recouvrir l'ouverture. De petites flammes bleues montèrent çà et là dans des niches. D'une hauteur à peine égale à la moitié de la taille de Pasquale, le passage était sec et garni de briques. Le rouquin ouvrait la marche, et Pasquale la fermait, Machiavel haletant au milieu.

À mi-longueur, le passage décrivait une boucle en forme de U – afin de dérouter les assiégeants qui le découvriraient et voudraient s'en servir, comme l'expliqua gaiement le rouquin. Ils durent s'arrêter là tandis que de grands bruits de pas résonnaient au-dessus, faisant tomber de fines coulées de poussière d'entre les briques qui n'étaient pas cimentées.

« Cet endroit ferait une belle tombe, remarqua le rouquin.

– Prenez garde, lui dit Machiavel, si vous ne voulez pas que ce soit la vôtre. »

À la lueur des petites flammes bleues, à peine plus vive que celle des étoiles, c'était à peine si Pasquale distinguait le visage blême du rouquin par-dessus l'épaule de Machiavel. L'homme souriait, aussi à l'aise qu'un rat dans son trou. « Quelle était la réponse à votre énigme à propos du diable et de l'ange ? demanda-t-il. J'ai retourné le problème dans tous les sens, et je n'ai pas trouvé de solution. Mettez fin à ma torture.

– Signor, dit Machiavel, se drapant tout à coup dans sa dignité, ce n'est là qu'une vétille par rapport aux humiliations et aux épreuves que m'a fait subir votre maître au cours de cette journée. Continuez de vous creuser la cervelle. C'est une maigre consolation pour moi, mais je n'en attendais pas autant. »

Le rouquin s'esclaffa. « Vous me tenez au bout de votre pistolet. Je suis sûr que c'est plus satisfaisant. Quant à vos souffrances, vous savez bien que je n'ai fait que suivre les ordres. »

La solution vint tout à coup à l'esprit de Pasquale, de cette manière oblique dont se résolvent souvent les énigmes. « Il faut demander quelle porte recommanderait l'autre esprit, dit-il. C'est la seule question à laquelle ils répondront tous les deux de la même manière. »

Le rouquin s'esclaffa de nouveau. « Ah ! Le diable, qui ment, recommandera la mauvaise porte, sachant que l'ange indiquerait la bonne. Mais l'ange, l'ange…

– Je ne suis pas surpris que vous ne puissiez pas vous mettre à la place des anges, grinça Machiavel. Pourtant, votre maître aurait bien aimé en faire apparaître un.

– L'ange indiquera lui aussi la mauvaise porte, expliqua Pasquale, sachant que c'est celle que recommanderait le diable, et les deux esprits indiquant la même porte, il suffira alors de prendre l'autre pour avoir la vie sauve. Je suis désolé, Niccolò, je viens de comprendre à l'instant.

– Écoute, dit Machiavel.

– Je n'entends rien, dit Pasquale, après quelques instants.

– Exactement. La zone d'affrontement s'est déplacée. Nous devrions en faire autant. »

Après le virage serré, le passage devenait légèrement plus haut. Il se terminait par un deuxième escalier, qui montait jusqu'à un petit plafond carré.

Le rouquin posa son doigt sur ses lèvres et cligna de l'œil. « Mon ancien maître vous dirait que tout se fait par des incantations, et avec l'aide des démons. En fait, ce n'est qu'une question d'hydraulique, comme je m'en vais vous le prouver. »

Il retira une demi-douzaine de briques du mur. Plongeant les mains là où il les avait prises, il fit tourner quelque chose avec effort. Il y eut un bruit d'eau sous le sol, le bruit d'un réservoir qui se vide. Le plafond qui coupait les escaliers s'écarta en grinçant, et le rouquin monta les marches quatre à quatre. Pasquale s'élança derrière lui, craignant que l'homme ne leur échappât, ou qu'il ne les enfermât à l'intérieur. Cependant, à la sortie de l'escalier, il trouva le rouquin assis sur le rebord du rocher qui venait couvrir le trou dans l'étendue de lande, la cheville d'une jambe croisée sur le genou de l'autre. Il avait l'air très à son aise, comme s'il avait fait exprès de se faire prendre et de révéler le passage souterrain.

Ils avaient débouché à une centaine de *braccia* du chemin

qui bordait le mur d'enceinte de la villa. À l'intérieur du mur, le feu faisait un bariolage de lumière orange et d'ombre rouge. La villa brûlait d'un bout à l'autre, et les arbres les plus proches s'étaient eux aussi embrasés, jetant dans la nuit des gerbes et des gerbes d'étincelles. À l'entrée, les flammes bleues du feu grégeois s'accrochaient aux débris du portail. De l'autre côté de la villa, estompées par le brasier, les lumières des machines du Grand Ingénieur se croisaient et s'entrecroisaient dans le ciel, tandis que le bruit des tambours automatiques allait et venait dans le vent chaud, mêlé aux cris plus faibles des mercenaires assiégés. Soudain, un grand nuage de fumée rouge s'éleva de l'intérieur des murs. En montant, il prit la forme d'un démon malicieux, avant d'être emporté et déchiré par les bouffées d'air qui nourrissaient les flammes.

« C'est le bouquet final, remarqua le rouquin. Vous pouvez continuer sans moi. Il me reste un dernier détail à régler, et pour cela, j'aimerais que vous me rendiez mon pistolet.

– Je serais ravi de vous laisser partir, signor, dit Machiavel d'un ton mécontent, mais vous avez assisté à ce qui s'est passé. Nous aurons besoin de vous pour témoigner des agissements de Giustiniani, ainsi que du sort du corps de Raphaël. De cela dépend toujours une guerre. »

Le rouquin se leva. « Allons, signor, vous ne pouvez pas me retenir pour si peu. Le corps, c'est votre problème, pas le mien. Quant à mon témoignage, vous oubliez que je suis responsable de la mort de Raphaël. Je ne vais tout de même pas témoigner pour signer mon propre arrêt de mort.

– Bien au contraire, dit gravement Machiavel. Vous avez participé de votre plein gré à cette diablerie, signor. La pendaison est le moindre des châtiments que vous méritiez. Dans cette ville, on brûle les sorcières, et c'est ce qui vous arrivera si vous ne vous montrez pas coopératif.

– J'ai déjà échappé au bûcher une fois, rétorqua le rouquin, aussi me pardonnerez-vous de ne pas tenter la chance à nouveau. »

Il s'avança, ne souriant que plus largement lorsque Machiavel brandit le pistolet. Puis il tendit la main, et Machiavel grogna et appuya sur la détente. Il n'y eut qu'un petit bruit sec. Sans perdre de temps, le rouquin fit pivoter Machiavel et lui retourna le bras derrière le dos, l'obligeant à lâcher l'arme.

Pasquale réussit à faire chanceler le rouquin en le frappant à la tête, mais lorsqu'il voulut poursuivre son attaque, il reçut un grand coup de crosse à la mâchoire. Étourdi, il recula, et le rouquin sauta sur le rebord du rocher. Il fit tomber le chargeur vide du pistolet, en engagea un nouveau et tira un coup en l'air.

Pasquale et Machiavel échangèrent un regard. Le sang tiède de Pasquale ruisselait le long de sa mâchoire et lui dégouttait du menton. Sa blessure commençait tout juste à le faire souffrir.

« Le jeu n'en vaut pas la chandelle », dit Pasquale. Laissons-le filer.

Le rouquin s'inclina d'un air moqueur, puis sortit un petit sifflet, comme ceux dont se servaient les porchers municipaux pour rappeler leurs bêtes lorsque celles-ci se vautraient dans le cloaque de la cité. Il n'en sortit qu'une seule note perçante. Un homme surgit alors d'un bouquet d'arbres qui couronnait une éminence, un peu plus loin vers l'oliveraie par laquelle Pasquale et les hommes de Taddei s'étaient approchés de la villa. Il se dirigea lentement dans leur direction, et avant qu'il n'eût fait la moitié du chemin, Pasquale reconnut l'émissaire espagnol.

« Voilà qui devrait largement suffire », dit le rouquin en levant son pistolet.

Pasquale vit l'émissaire prendre un air étonné. Il fouilla dans le petit sac accroché à sa ceinture, et alors qu'il en ressortait la main, le rouquin tira trois fois sur lui coup sur coup. L'émissaire s'assit avec une précipitation soudaine. Le rouquin le visa alors soigneusement et tira une nouvelle fois. La tête de l'émissaire partit brusquement en arrière, et il s'écroula. Dans un dernier sursaut, il libéra l'objet qu'il avait sorti de son petit sac.

C'était la maquette. Pasquale la vit distinctement s'élever dans la nuit, imaginant même qu'il entendait le vrombissement de ses spires de papier ; c'était pourtant impossible, car les tambours, les tambours, les tambours continuaient de résonner au loin et le feu de rugir, et les mercenaires du magicien de crier et de tirer sur les ombres.

Le rouquin s'élança à travers la lande, bondissant pour attraper la maquette qui montait de plus en plus haut, alors portée non plus par ses hélices de papier mais par le vent qui soufflait sur le feu. Elle volait de travers, en décrivant une courbe ascendante. Pendant un moment, il sembla qu'elle allait s'élever au-dessus des flammes qui léchaient le portail en ruine, mais la bouffée d'air faiblit, et la maquette plongea et s'enflamma aussitôt. Allégée par son ignition, elle remonta, telle une plume suspendue au souffle de Dieu pour tourbillonner au-dessus de la destruction. Puis elle s'éteignit.

Le rouquin s'était arrêté au bord du chemin, les yeux levés vers l'endroit où la maquette avait disparu, comme s'il espérait la voir renaître de ses cendres à la manière du phénix. Alors qu'il se tournait vers Pasquale et Machiavel, il y eut un claquement sec ; il vacilla et piqua du nez.

Au début, Pasquale crut qu'il avait trébuché, mais ne le voyant pas se relever, il sut qu'on l'avait abattu. Il tira Machiavel par la manche et le fit s'accroupir à l'abri douteux d'un massif d'herbes folles. Sur le chemin, une silhouette avançait en direction du corps du rouquin. Tout à coup, Pasquale comprit qui ce devait être, car personne d'autre ne pouvait avoir amené le singe. Il se leva et cria en agitant la main, malgré Machiavel qui le traitait de fou, lui disant que les hommes de Taddei n'hésiteraient pas à les tuer tous les deux.

Mais la personne qui avançait sur le chemin s'était déjà tournée vers eux. Pasquale courut à sa rencontre. C'était une femme. C'était Pelashil.

13

Pasquale, Pelashil et Machiavel firent un détour pour repartir vers le fleuve. Ils préféraient éviter le chemin, Pelashil ayant dit que des hommes y guettaient ceux qui s'échappaient ; elle les avait vus s'emparer d'un gros vêtu de rouge, probablement Salai, et le forcer à monter dans une voiture. Lorsque Pasquale demanda s'il y avait un prêtre parmi eux, ou un homme qui porterait une robe, Pelashil lui répondit : « Oui, avec un capuchon, et une grosse croix ici. » Elle posa la main entre ses petits seins.

« C'est bien ce que je pensais, dit Pasquale. Cardano est à la solde des savonarolistes.

– Ainsi, dit Machiavel, Fra Perlata s'est échappé. Je l'ai perdu de vue lorsque le bac a touché la rive et que les hommes de Giustiniani l'ont pris d'assaut. »

Pasquale tamponna sa joue ensanglantée avec sa manche. « Une fois qu'ils auront découvert que Salai n'a pas la maquette, ils se mettront à notre recherche. Mieux vaut ne pas traîner dans les parages. »

Ils se frayèrent un chemin à travers la lande, laissant la villa en feu derrière eux pour marcher en direction du clocher de l'église de Santo Spirito, qui s'élevait au milieu des lumières éparpillées de la cité. Pelashil marchait bras dessus bras dessous avec Pasquale. Elle portait son long fusil de chasse en bandoulière, le canon octogonal dépassant sa tête d'un *braccio* entier. Elle savait qu'il aurait besoin d'aide, lui dit-elle : Piero l'avait vu en rêve, et c'est ainsi qu'elle avait amené le singe, dans le but de détourner l'attention afin de s'introduire dans la propriété. Cependant, lorsqu'il avait vu les lumières et le feu, et entendu ces bruits étranges, l'animal avait brisé sa chaîne et sauté par-dessus le mur.

« Il a tout de même fini par me trouver », précisa Pasquale, avant de lui raconter la mort de Ferdinand.

Ce n'était pas tout, dit Pelashil. Elle avait vu le portrait de Pasquale sur une gazette, et Piero lui avait expliqué ce qu'on y disait : il semblait que Pasquale était recherché pour le meurtre de son maître, Giovanni Battista Rosso. « Mais cela n'a pas la moindre importance, conclut gaiement Pelashil. Te voilà sur la bonne route, à présent. »

Pasquale continua de marcher en silence. Il avait l'esprit engourdi. C'était sans fin, voilà tout ce qu'il parvenait à penser. Ce n'était pas comme dans ces histoires de chevaliers qui partaient pourfendre les monstres et les brutes, ou rechercher le Graal, et qui, après avoir réussi, avaient droit au repos et à une récompense : la main d'une femme et l'accession légitime au trône, la découverte du Graal, ainsi que celle du paradis.

« C'est sans doute un coup de Taddei, avança Machiavel. Il a étouffé le scandale en te faisant porter le chapeau, Pasquale. Naturellement, il ne s'attendait pas à ce que tu sortes vivant de cet holocauste, et ne craignait donc pas que tu témoignes à ton procès.

– C'est ce que j'ai pensé », dit enfin Pasquale. Puis, se tournant vers Pelashil : « Veux-tu venir avec moi ? La dernière fois, j'ai essayé de te dire qu'il y aurait peut-être un moyen…

– J'ai déjà un maître.

– Après tout ce que tu as fait ? Il semblerait que tu sois devenue ton propre maître, ou ta propre maîtresse. Tu sais, je peux te ramener chez toi. C'est à peine si Piero s'aperçoit que tu existes. Il a besoin d'être seul. C'est là sa peur : la peur de l'autre. Le tonnerre, la foule, tout ce qui n'est pas dans sa tête. Il a même peur de moi, alors que je ne demande qu'à être son élève.

– C'est ici qu'est ma vie, rétorqua Pelashil. Piero m'a recueillie, et il m'a instruite alors que ceux de mon peuple refusaient de le faire. Moi, je m'occupe de lui, et grâce à ce qu'il m'enseigne, je deviendrai *mara'akame*. Est-ce trop compliqué pour toi ?

– Je ne veux pas te voler à lui. Si je te fais cette proposition, c'est parce que je ne crois pas que tu sois son esclave. »

Pelashil lui lâcha la main et dit avec colère : « Pourquoi faut-il que les hommes ne comprennent rien ? Je reste avec lui parce que j'en ai envie. Je n'appartiens à personne. Je ne suis ni son esclave, ni son épouse. Je m'occupe de lui parce que c'est ce que je veux. C'est vrai, il a peur de moi, et de beaucoup de choses, mais c'est un grand *mara'akame*, et un peintre d'une valeur que tu n'égaleras jamais. J'espère que cette réponse te convient.

– Moi aussi, j'ai peur de toi, dit Pasquale.

– Tant mieux.

– J'ignorais que tu savais tirer.

– C'est le vieil homme qui m'a appris. Dans mon pays, avant que je n'arrive ici. Avant qu'il ne retrouve cette ville maudite. »

Pasquale s'aperçut qu'il ne voulait pas savoir, bien qu'il se fût souvent posé la question, si elle avait jamais couché avec Piero. « Tous les repères que j'avais dans cette ville ont été détruits, dit-il. Quelle emprise a-t-elle sur moi, à présent ? Après tout, Rosso avait raison. Si j'avais accepté d'aller en Espagne avec lui, il serait toujours en vie, lui et beaucoup d'autres. »

Machiavel, qui avait sagement pris un peu d'avance pour les laisser régler leurs comptes, s'arrêta alors, et ils le rattrapèrent. « Ton souhait sera peut-être exaucé, dit-il. À moins que ce ne soit l'Espagne qui vienne à toi. »

Ils étaient arrivés sur la crête de la colline. Un chemin en descendait au milieu des maisons, en direction du port. La cité s'étalait des deux côtés, et partout, des lumières vertes et rouges faisaient de petits mouvements saccadés.

« Que disent-ils ? demanda Pasquale à Machiavel.

– Si tu es patient, peut-être pourrai-je te le dire dans un instant. Ils envoient tous le même message, en langage abrégé... » Puis, d'une voix froide : « Eh bien, il va y avoir la guerre. Quelle ironie du sort, n'est-ce pas, Pasquale ?

– Ainsi donc, en fin de compte, ce que nous avons fait n'aura servi à rien, sinon à nous donner bonne conscience. » Pasquale ne trouvait pas cette idée surprenante. Elle ne lui inspirait aucun sentiment, pas même de la déception.

Machiavel corrigea d'un ton paternel : « Notre action a peut-être eu une incidence, sans que nous en soyons conscients. Toutefois, ce serait du nombrilisme de croire que nous avons fait davantage. Il n'y a que les princes qui changent le cours de l'histoire, et sans vouloir te vexer, je ne crois pas que toi ou moi soyons de ceux-là.

– Le Grand Ingénieur en est, lui.

– Autrefois, peut-être. Mais même les princes ne sont pas éternels, et il me semble qu'il a connu son heure de gloire il y a longtemps, lors de la guerre contre Rome. Ce sont ses machines qui l'ont gagnée, mais il faudra quelqu'un d'autre pour gagner celle-ci. »

Pasquale vit des lumières bouger sur le fleuve. Le gros long-courrier *maona* s'apprêtait à se déhaler de son quai, tel un rideau flamboyant déployé derrière les mâts hérissés des navires plus petits, avec, pour compléter le tableau, la virgule d'écume lumineuse d'un remorqueur à aubes.

« Allez, dit-il. C'est maintenant ou jamais. »

Alors qu'il se mettait à courir, une joie grandissante s'empara de son cœur. Il se moquait de savoir si sa requête avait été transmise ou non par Jacopo, ou même si on y avait accédé. Tout ce qui lui importait, c'était l'espoir, la course. Il s'arrêta au pied de la colline, soufflant comme une machine d'Héron, et lorsque Machiavel et Pelashil le rattrapèrent, il les conduisit jusqu'au port par un sentier boueux entre les hauts ateliers et entrepôts qui dominaient les pontons.

Les gens se pressaient au bout du quai. Le navire se trouvait un peu plus loin. Le remorqueur le faisait laborieusement tourner vers l'écluse qui lui permettrait de gagner le chenal du Grand Canal. Tandis que Pasquale se frayait un chemin à travers la foule, il vit jaillir un éclair d'argent au-dessus des têtes amassées. Il s'agissait de l'armure étincelante de Jacopo, le valet du Grand Ingénieur, qui, juché sur le toit d'une voiture, regardait de côté et d'autre.

Lorsque Pasquale, suivi de Pelashil et de Machiavel, arriva enfin à la voiture, Jacopo sauta du toit pour ouvrir la porte. « Elle veut bien parler avec toi, dit-il à Pasquale en souriant.

– Avec moi aussi, j'espère », ajouta Machiavel.

Mona Lisa Giocondo attendait à l'intérieur, son visage renvoyant la lumière d'une bougie parfumée – seule lumière dans la voiture, les stores étant baissés. Pasquale et Machiavel s'assirent face à elle sur la banquette de peluche, mais Pelashil s'arrêta à la porte, secoua la tête et se détourna.

« Sans doute voulez-vous savoir tout ce qui s'est passé depuis notre dernier entretien », dit Machiavel.

Mona Lisa croisa les doigts de ses longues mains. Son lourd parfum musqué emplissait la petite voiture ; comme la dernière fois, elle portait un voile de tulle, relevé pour laisser voir son visage. Elle rétorqua : « Sans doute aimeriez-vous me raconter tout cela, Signor Machiavel, mais nous n'en avons guère le temps pour le moment. Tout ce que je désire savoir, c'est si mon mari est coupable.

– C'est le magicien vénitien Paolo Giustiniani qui a tué Raphaël, dit Pasquale. Le Signor Taddei détient la preuve que le poison a été administré par l'un de ses domestiques, dont il trouvera le corps près du portail de la villa du magicien. »

Mona Lisa poussa un profond soupir. « Dans ce cas, j'ai une dette envers vous.

– À ce propos, dit Machiavel en souriant de son petit sourire en coin, il faudrait que je m'entretienne avec votre innocent de mari, signora. J'ai vu que la déclaration de guerre était relayée par toutes les tours aux signaux de la cité, et je me propose à la fonction qui fut la mienne.

– Je vais faire de mon mieux, mais vous devez comprendre que je n'ai que peu d'influence sur mon mari. Ce sera à vous de le convaincre de votre valeur.

– Volontiers », dit Machiavel avec empressement.

Mona Lisa glissa un billet de transport dans la main de Pasquale, lui expliquant que deux places avaient été retenues comme convenu. « Je dois dire que cela m'a coûté cher, ajouta-t-elle. C'est peut-être le dernier navire à partir avant que la guerre n'éclate. La femme que j'ai vue dehors… est-ce ton épouse ?

– Pas encore, répondit Pasquale en rougissant. Peut-être jamais. Elle a des obligations qui la retiennent ici. À moins que vous ne veniez avec moi, Niccolò, je dois vous faire mes adieux.

– Il ne faut pas t'en faire pour moi, dit Machiavel. Toutes les gazettes seront suspendues, mais la Signoria aura besoin d'une voix exercée pour calmer le peuple. La guerre est un mode de vie, Pasquale. Celle-ci n'est ni la première, ni la dernière, et il y en aura d'autres, tant qu'il y aura des États qui seront en concurrence. La guerre n'est qu'une forme de politique, peut-être même la plus pure, car elle est l'expression armée du vice cardinal qu'est l'ambition. Tous les États désirent la paix, mais celui qui renoncerait à la guerre se retrouverait aussitôt assiégé par ses voisins. Voilà pourquoi je ne la crains pas, de la même manière que je ne crains pas le mauvais temps.

– Vous allez me manquer, Niccolò. Vous avez une drôle de manière de trouver du réconfort. »

Machiavel posa un doigt le long de son nez. « Florence est

prête pour la guerre, et c'est là un premier pas vers la victoire. De plus, à la différence de l'Espagne, ses citoyens ont le contrôle de l'armée, et c'en est un deuxième. La République survivra à la guerre, et elle en sortira grandie. »

Ce discours fit sourire Mona Lisa. Pasquale lança au journaliste : « Vous voilà déjà à faire de la propagande, Niccolò. Contentez-vous de dire adieu. »

Machiavel empoigna Pasquale par les épaules et l'embrassa comme un frère, puis, esquissant un sourire : « Nous ne nous reverrons pas, Pasquale, mais j'espère que j'entendrai parler de tes aventures. Allez, vas-y. Tu as un bateau à prendre. »

Pelashil et Jacopo attendaient dehors. « Ton maître sera soulagé de savoir que sa maquette n'existe plus, dit Pasquale à Jacopo.

– Je lui dirai. Et Salai ?

– Les savonarolistes l'ont pris. L'astrologue de Taddei, Cardano, est l'un des leurs, et il a tourné l'attaque contre Giustiniani à leur avantage. Ce n'est qu'un coup de chance si la maquette volante a été détruite avant de tomber entre leurs mains.

– L'enlèvement de Salai va briser le cœur de mon maître, mais je suis ravi qu'il soit débarrassé de cette petite ordure. » Il regarda par-dessus l'épaule de Pasquale en direction de Pelashil. « Est-ce la femme que tu emmènes ?

– Elle reste, répondit Pasquale en rougissant derechef.

– Il faut croire que tes pouvoirs de persuasion ont leurs limites, dit Jacopo. Mon maître m'a demandé de te donner ceci. Il te faudra acheter du vin et des vivres pour la traversée. Tu pourras le faire à Livourne, mais ça te coûtera les yeux de la tête. »

Pasquale soupesa le petit sac de pièces. « J'aurais aimé remercier ton maître.

– Il est en sécurité dans sa tour, où il réfléchit à des moyens de punir Salai. Il ne résiste pas à un joli minois, Pasquale. Il s'est mis dans la tête que tu étais un ange. Je suis heureux que tu ne restes pas pour en profiter. À présent, il faut faire vite. Par ici.

– Mais le bateau…

– Que veux-tu faire, le rejoindre à la nage ? La Signora Giocondo t'a retenu un bac sans regarder à la dépense. Je ne te demanderai pas ce que tu as fait pour elle ; ce doit être considérable. »

Derrière les postes de mouillage des grands navires, un petit ponton flottait sur le cours du fleuve, gardé par deux cuirassiers. Une petite barque s'y trouvait amarrée. Son propriétaire était assis contre un bollard qui faisait un angle au-dessus de sa tête. C'était un vieil homme, barbu et ridé, un œil voilé d'une taie blanche, à moitié caché par un sourcil tombant. Enroulé dans une couverture pour se protéger de la fraîcheur de l'eau, il fumait une cigarette, qu'il éteignit pour se la coincer derrière l'oreille et s'installer dans son embarcation.

Avant de monter à bord de ce frêle esquif, Pasquale prit le risque de donner un baiser à Pelashil, qu'elle daigna lui rendre au bout d'un moment. Elle lui dit à l'oreille : « Tu sais que les miens sont les Wixarikas, et qu'ils vivent dans les montagnes qui s'étendent au nord et à l'ouest de l'empire aztèque. Il est difficile d'y accéder, Pasquale, car il y a beaucoup de cañons et de vallées encaissées, mais si tu suis ton chemin, tu trouveras de petits villages aux maisons rondes, chacun ayant un *kalihue* où dansent les *mara'akate*, et des champs de maïs tout autour.

– Piero m'en a parlé cent fois, Pelashil.

– Oui, mais l'as-tu vraiment cru ?

– Je croirai ce que je verrai.

– Nous disons qu'un jour, tout sera comme nous le voyons dans le Wirikuta, le lieu où nous allons ramasser le *híkuri*. Les Premiers hommes reviendront, et la lumière du soleil baissera et celle de la lune augmentera jusqu'à ce qu'il n'y ait plus de différence. Tout ne fera qu'un. En attendant ce jour, nous restons suspendus entre le monde du soleil et les rêves de la lune. Ne l'oublie pas, Pasquale.

– Le passeur ne peut pas ramer plus vite que le navire, lança Jacopo. Si tu veux le prendre, il faut que tu partes maintenant. »

Tandis qu'on poussait la barque, et que le passeur sortait ses rames, Pelashil cria pour que sa voix traversât le fossé liquide qui s'élargissait. « Envoie-moi ton premier tableau, Pasquale, pour me montrer que tu es bien arrivé ! Piero n'est pas immortel ! »

Puis elle tourna les talons, suivie de Jacopo, et Pasquale les perdit de vue. Le navire entrait lentement dans l'écluse qui donnait accès au Grand Canal, et Pasquale s'aperçut que sa barque n'était pas la seule à se diriger vers lui. Il s'avéra qu'il avait quitté le quai avec plusieurs heures d'avance, pour gagner le large avant que le canal ne fût bloqué par les Espagnols. Beaucoup n'avaient pas de billet ; Pasquale dut brandir le sien et crier le nom de la Signora Giocondo encore et encore avant de se voir enfin jeter une corde à nœuds et de pouvoir se hisser à bord.

C'était le matin. Le navire avait déjà dépassé Livourne, remorqué dans le large chenal au milieu d'une flottille de petites embarcations à bord desquelles des marchands vendaient à tour de bras des fruits, des vêtements, des miroirs, des colliers et d'autres babioles (pour faire du troc avec les sauvages), des fusils (qu'il fallait aussitôt remettre à l'armurier) et toutes sortes de choses, lorsqu'on donna enfin une couchette à Pasquale. Ce n'était qu'un espace marqué à la craie de deux *braccia* sur quatre, avec à sa tête une petite armoire où Pasquale put ranger les provisions nécessaires qu'il avait achetées aux marchands flottants et à l'intendant du bord, un tas de graisse austère dont le bureau se trouvait dans les sombres entrailles du navire. La cale des passagers était divisée en une cinquantaine de ces couchettes, mais personne n'y dormait. Comme tout le monde, Pasquale était appuyé au bastingage du pont promenade qui ceignait le navire, au-dessous de la plate-forme surélevée où se tenaient le capitaine et le timonier. Il se sentait gagné par une étrange ivresse à regarder les autres passagers et à se demander lesquels deviendraient ses amis, s'il se ferait des ennemis, ou s'il trouverait parmi eux des compagnes durant la longue traversée jusqu'au Nouveau Monde.

Les bateaux des marchands se laissèrent distancer. Le remorqueur à aubes largua ses cordages et ralentit, de telle sorte que le navire arriva à sa hauteur, puis le dépassa. Devant s'élargissait une ligne, celle de la mer d'un bleu profond sous un ciel dégagé.

Pasquale tenait sous son bras une planche recouverte de toile cirée, avec deux élastiques pour éviter au papier d'être emporté par le vent. Il avait gardé sa plume à pointe d'argent tout au long de ses aventures, ainsi que son petit couteau et quelques morceaux de craie. En y mettant le prix, il lui suffisait d'aller chez l'intendant pour obtenir du papier et plus de craie, mais il n'était pas prêt, pas encore. Il savait qu'il y avait de l'argent à gagner en faisant des portraits des autres passagers, mais il préférait attendre. Dans sa tête se bousculaient toujours les images de tout ce qu'il avait vécu. Il y avait le portail en feu et les arbres embrasés, le pont qui brûlait et le vitrail resplendissant qui volait en éclats autour de lui, le faible regard étonné du singe à l'agonie et le sourire de Mona Lisa Giocondo, le visage sagace aux traits tirés de son ami et la fierté farouche et dédaigneuse de Pelashil… Et au milieu de tout cela, bien qu'il refusât encore de l'admettre, se formaient les linéaments d'une chose à la fois supérieure et inférieure à l'homme, une chose qui, en équilibre entre le monde idéal et le monde matériel, entre le Verbe et l'Acte, était peut-être (car de quoi pouvait-il être sûr à présent ?) le flamboyant visage émerveillé de son ange.

COUVERTURE :
MAQUETTE ISABELLE LUTTER,
ILLUSTRATION D.R.

*Cet ouvrage
a été transcodé
et achevé d'imprimer
sur Roto-Page
en décembre 1997
par l'Imprimerie Floch
à Mayenne.*

*D.L., janvier 1998.
Éditeur, n° 8029.
Imprimeur, n° 42446.
Imprimé en France.*

8029